A lei de
SULLIVAN

Nancy Taylor Rosenberg

A lei de SULLIVAN

Tradução de
SYLVIO GONÇALVES

EDITORA RECORD
RIO DE JANEIRO • SÃO PAULO
2007

CIP-Brasil. Catalogação-na-fonte
Sindicato Nacional dos Editores de Livros, RJ.

R724L Rosenberg, Nancy Taylor
A lei de Sullivan / Nancy Taylor Rosenberg; tradução de Sylvio Gonçalves. – Rio de Janeiro: Record, 2007.

Tradução de: Sullivan's law
ISBN 978-85-01-07435-5

1. Sullivan, Carolyn (Personagem fictício) – Ficção. 2. Ficção americana. I. Gonçalves, Sylvio. II. Título.

CDD – 813
06-4415 CDU – 821.111(73)-3

Título original norte-americano:
SULLIVAN'S LAW

Impresso no Brasil

ISBN 978-85-01-07435-5

PEDIDOS PELO REEMBOLSO POSTAL
Caixa Postal 23.052
Rio de Janeiro, RJ – 20922-970

CÓPIA NÃO AUTORIZADA É CRIME
ABDR
ASSOCIAÇÃO BRASILEIRA DE DIREITOS REPROGRÁFICOS
RESPEITE O DIREITO AUTORAL
EDITORA AFILIADA

Este livro é para Daniel

AGRADECIMENTOS

Gostaria de agradecer à minha editora e amiga, Michaela Hamilton, juntamente com a equipe maravilhosa na Kensington Publishing Corporation. Meu agente, Arthur Klebanoff, tem feito um excelente trabalho organizando minha complicada vida profissional.

Também gostaria de mencionar minha linda família: Forrest Blake, Jeannie, Rachel, Chessly, Jim, Jimmy, Christian, Hoyt, Barbara, Remy, Taylor, Amy, Mike e Nancy Beth. Como não poderia deixar de ser, atribuo meu talento criativo à minha mãe maravilhosa, La Verne Taylor.

Ao dr. Christopher Geiler, meu especialista em medicina, amigo e médico pessoal nos últimos seis anos: seu tempo e esforços são sinceramente apreciados.

Tenho uma dívida especial de gratidão para com Daniel Conrad Hutchinson. Tudo o que posso dizer, Dan, é que alguém que, de brincadeira, refere-se a si mesmo como o Espécime Definitivo da Masculinidade deve ser capaz de assumir o papel de dois personagens em um único livro de ficção. Contudo duvido que você tenha alguma coisa em comum com o personagem de nome Daniel, e o professor não é nem de perto tão detalhista quanto você. Também quero agradecer a Christina Hutchinson e a Sarah Bostick por suas dicas sobre os adolescentes de hoje.

Aos demais que me amam e me apóiam: meu irmão e minha cunhada, Bill e Jean-Taylor, assim como aos meus sobrinhos, Nick, Mark e Ryan; minha irmã e meu cunhado, Linda e John Stewart, e também a Sharon e Jerry Ford; meus assistentes, Thomas Villani e Geronima Carrillo, que cuidam de pagar minhas contas, de abastecer minha geladeira com comida e manter minhas roupas limpas. Pela consultoria especializada de meus amigos na SDSI Business Systems: John Paul Thomas, Patrick Thomas, Jean Barnett e Nancy King. Eles fizeram um trabalho magnífico com a remodelação de meu site na internet, bem como acalmando continuamente uma escritora em pânico quando seus computadores pifavam. A Heather Ehrlick, uma amiga verdadeira e terapeuta maravilhosa, que ajudou a manter minha dor sob controle enquanto eu estava escrevendo.

Aos meus amigos especiais no Immaculate Heart Center em Santa Barbara: Joann, Ann, Pauline, Carol; ao padre Virgil da Old Mission, um homem notável e inspirador. A Barbara e ao rabino Bernard King: sinto orgulho de ser considerada ainda que uma pequena parte de sua família espiritual. Ao filho deles, Neil, cujo nome também usei para um personagem.

Aos meus muitos anjos, santos e musas, eu não sei todos os seus nomes, apenas que todos trabalhamos para o mesmo chefe.

CAPÍTULO 1

Ao sol forte do meio-dia, o perigo espreitava em meio à vegetação abundante da Califórnia. Um aglomerado de cúmulos poderia ser confundido com uma cadeia de montanhas cobertas de neve. Segundo a meteorologia, uma tempestade chegaria ao anoitecer. Enganosas, as nuvens brancas estavam carregadas com umidade. Não tardariam a ficar escuras.

Tudo no mundo dele era enganoso.

O que primeiro chamou sua atenção para a menina foram os tênis. Quando caminhava, lâmpadas diminutas faiscavam dentro de reentrâncias em forma de coração. Seguir crianças usando tênis chiques era um jogo novo que ele vinha praticando. Tivera essa idéia num dia em que estava no shopping, comendo milho cozido e bebendo limonada. Ficava maluco quando precisava ficar sentado esperando por alguém. Ainda pior era ter de se apresentar num horário específico. Essa dona era mais imprevisível que a maioria dos traficantes de drogas, e traficantes sempre faziam da vida de qualquer pessoa um inferno. Pelo menos eles tinham um motivo para deixar você esquentando cadeira. O produto estava em falta, o fornecedor não havia chegado na hora certa ou estavam tão dopados que nem lembravam mais que tinham um compromisso com você. Toda vez que ele falava com a mulher, ela mudava os horários dos encontros.

Ele vinha seguindo crianças com tênis caros até o estacionamento, curioso sobre os tipos de carros que seus pais dirigiam. Durante um período de quatro horas no dia anterior, seguira nove crianças usando o mesmo tipo de tênis. Não exatamente o mesmo estilo. O único critério era que os tênis deviam acender. Não se importava se as reentrâncias eram em forma de animais, corações, flores, bolas de beisebol ou bolas de futebol americano. Sabia que as grandes lojas sempre faziam liquidações de produtos infantis. Mas em qualquer lugar que os pais comprassem esses tênis teriam custado mais do que um par de calçados infantis comuns.

Folheando seu caderninho, acrescentou duas fileiras de números. Se a marca e o modelo de um carro eram algum indício da renda de uma pessoa, havia um número bem maior de crianças pobres usando tênis chiques do que de crianças ricas. As ironias da vida sempre o divertiam. É claro, ele sabia que seu jogo não era uma pesquisa de verdade. Verificar tênis de crianças não era seu trabalho, nem nada assim.

Odiava esperar. No momento, estava procurando um lugar. Checara várias casas a alguns quarteirões dali, mas nenhuma se enquadrara em suas necessidades. Gostava de árvores, casas afastadas da rua, o tipo de vizinhança onde as pessoas não espionavam a vida umas das outras.

Nunca em sua vida ele recebera ordens de uma mulher.

Encostado a uma árvore, fumava seu cigarro, quando viu a menina abrir a porta da frente da casa e sair para o quintal. Deus, ela era linda. Que tipo de pais deixaria uma menininha sair sozinha? Às vezes andava em sua bicicleta com fitas cor-de-rosa. Outras vezes ficava somente saltitando. Pelo menos sua mãe tinha feito algumas restrições. Ela não podia sair do quarteirão. Ele a observara seguir até o fim do quarteirão, parar e dar meia-volta. Olhou para o relógio de pulso. A menina levaria oito minutos para alcançar o terreno baldio atrás dele.

A família inteira saíra para a igreja às 9h30 daquela manhã. Ele os vira sair, todos usando roupa de domingo. Eles tinham voltado para casa por volta das 13h e estacionado sua van Volkswagen à entrada da garagem. Deviam ter parado para almoçar em algum lugar.

Durante toda a semana ficara atento para ver se aparecia algum homem. Tinha quase certeza de que a mulher não tinha marido. O menino mais novo não devia ter mais de seis meses. O bebê chorava o tempo inteiro e os dois meninos passavam o tempo todo brigando. A mais velha era uma menina. Devia estar entrando na adolescência — tinha um par de peitos que dava para ver a um quilômetro e meio de distância. Talvez o bebê fosse dela, embora ele jamais a tivesse visto prestar muita atenção à criança. Todas as noites, ela se sentava nos degraus da varanda da frente e ficava olhando para o nada. Há algumas noites ele ouviu uma gritaria. Quando a irmã mais velha saiu da casa, ele percebeu que ela estava chorando.

A mãe não trabalhava, de modo que provavelmente vivia de auxílio-desemprego e talvez da pensão que coletava para cada um de seus rebentos. Presumia que ela pagava as contas de supermercado com vales-alimentação. Pelo menos ninguém na casa fumava. Não podiam usar vales para comprar cigarros ou bebida alcoólica. O que as pessoas costumavam fazer era trocar esses vales por dinheiro com amigos, em geral pela metade do valor.

Dando um peteleco nas cinzas de seu cigarro, deu à mãe pontos extras porque ela cozinhava. Sabia que a mãe cozinhava, porque certa noite espiara a família pela janela da cozinha. O cheiro era tão bom que ele se sentiu tentado a bater na porta e perguntar se havia comida para mais um.

As crianças pareciam razoavelmente limpas, e ele podia ver que a mãe não gastava consigo mesma o dinheiro que conseguia. Usava sapatos gastos e o mesmo vestido de viscose para ir à igreja todos os domingos. Quando saía, levava uma bolsinha plástica preta. Um ladrão teria de estar muito desesperado para roubar aquela bolsa velha, pensou. Suspeitava de que a bolsa estava entupida com dinheiro. Ela era uma mulher grande que poderia botar um homem para correr. E sob nenhuma circunstância ela largava aquela bolsa. Dois dias antes um dos meninos caíra e quebrara o braço. A mãe correra para ajudá-lo, bolsa espremida debaixo do sovaco. Seria necessário um pé-de-cabra para retirar aquela bolsa. Sendo do tipo sem alça, precisava ser segurada com as mãos. Ladrões de bolsas dão preferência a bolsas com alça. A maioria das mulheres não sabe disso.

Para todo lugar que olhava, via sinais claros de pobreza. Largados na rua, carros quebrados que precisavam ser empurrados a cada 72 horas para que a polícia não os rebocasse. Os policiais só faziam aumentar o sofrimento dos pobres. Como não tinham dinheiro para registrar seus carros, levavam multas. Como podiam pagar as multas? Se tivessem algum dinheiro, registrariam carros. E impostos de circulação de veículos, nem pensar. Mais multas. Cedo ou tarde o pobre acabava na prisão. E quando era libertado tinha mais multas a pagar e novas intimações para comparecer ao tribunal. Então por que tentar? Era melhor ficar em casa e receber o seguro social. Ninguém pregava uma multa na bunda do pobre enquanto ele caminhava até a caixa de correio. Ele lembrou que sua infância tinha sido num bairro bem parecido com aquele.

Segurando na frente do peito a Bíblia dos gideões que roubara do quarto do motel, sentia a adrenalina correr nas veias. Cinco minutos e contando. Já podia ouvi-la cantar. Era difícil discernir as palavras, mas reconheceu a música. Como tudo o mais nessa menina, a voz era pura e agradável. Não usava uma colônia forte, não exalava nenhum odor corporal repugnante, não exibia feridas abertas ou picadas de agulhas.

— "Quem ama Jesus é feliz! Eu sei porque a Bíblia diz!"

— Essa é a minha canção favorita — disse à menina enquanto parava ao seu lado. Ele não gostava que os sapatos da menina estivessem em contato com o concreto sujo, não gostava que ela vivesse naquela casa velha, caindo aos pedaços. Era uma princesa, sua linda princesa. Os cabelos encaracolados emolduravam um rostinho adorável. A pele era de um marrom lustroso e cálido, os olhos reluziam com alegria. Por quanto tempo mais ela continuaria cantando? Será que acabaria chorando na varanda, como sua irmã mais velha?

Planejara esperar mais uma semana, torcendo para começar em seu novo emprego e esquecer aquilo que convencera a si mesmo ser um inofensivo jogo de contar sapatos. Ele a queria demais. Imaginou como seria tê-la nos braços, sentir o aroma dos cabelos recém-lavados, acariciar a pele impecável.

A menina parou e olhou para ele. Durante alguns momentos ficou calada, e então viu a Bíblia que ele estava segurando.

— Você freqüenta nossa igreja?

— Freqüento, sim — mentiu ele, sorrindo. — Ainda esta manhã conversei com sua mãe. Ela me pediu que cuidasse de você. Você sabe, para que nada de ruim lhe aconteça. — Ele virou-se e apontou para a rua adjacente. — Não moro longe. O braço do seu irmão está melhor? A sua mãe me disse que ele caiu do skate.

— Também quero engessar o braço — disse ela, brincando com as pregas do vestido florido. — Então todas as crianças poderão assinar no meu gesso e mamãe não vai me obrigar a pôr a mesa para o jantar. Os pratos são pesados demais. Não tenho força para ficar carregando eles de um lado para o outro.

— Aposto que você é mais forte do que imagina — disse a ela, agachando-se. — Ponha a sua mão na minha e empurre o mais forte que puder. Talvez você seja até mais forte do que eu.

— Mesmo? — disse a menina, empolgada.

Os dedos pequenos e perfeitos envolveram os dele. Sentiu um arrepio, uma degustação do prazer que ela iria lhe proporcionar. Lágrimas brotaram em seus olhos. A nuvem escura estava acima dele. Precisava agir depressa. Assim que começasse a chover, alguém viria procurar pela menina.

Ela merecia um palácio, e tudo o que ele podia lhe oferecer era a morte.

A chuva de abril descia em lençóis transparentes. Como levara seus dois filhos de carro até a escola, Carolyn Sullivan estava vinte minutos atrasada para o trabalho. Estacionou o Infiniti branco na vaga mais próxima que encontrou. Quando saiu e abriu o guarda-chuva, o tecido dele prendeu na porta do carro e rasgou.

Mais uma segunda-feira infernal, pensou enquanto jogava o guarda-chuva rasgado no banco traseiro e cobria a cabeça com o jornal. Então correu até a entrada do prédio.

Quinze minutos depois, Carolyn estava sentada numa cadeira no escritório de seu supervisor na Agência de Serviços Correcionais do condado de Ventura, uma cidadezinha nos arredores de Los Angeles. Com os cabelos pingando, e a mão direita ainda segurando o jornal empapado, recebera o comunicado antes mesmo de tomar um cafezinho.

Por que Brad Preston deixara uma mensagem em seu correio de voz exigindo que ela se apresentasse a ele no momento em que chegasse? Alguma coisa grande devia estar acontecendo. Carolyn torceu para que fosse uma boa notícia — talvez aquela promoção há tanto esperada. Como mãe solteira, sua decisão de se formar em Direito significara uma bela mordida em seu orçamento apertado.

Caminhou até a ante-sala do escritório. A assistente de Brad, Rachel Mitchell, informara-a antes de que ele estava numa reunião com o chefe da agência e que deixara instruções para que ela o aguardasse.

— Volto já — disse à mulher, desgrudando do peito a blusa molhada. — Vou tentar tomar um café.

Um homem alto e bonito, de cabelos louros e olhos azuis, segurou Carolyn pelo cotovelo.

— Você não vai a lugar algum — disse abruptamente Brad Preston, conduzindo-a de volta ao escritório e fechando a porta com um chute. Soltou Carolyn e olhou para o jornal na mão dela. — Já olhou a manchete?

— Não — respondeu Carolyn, largando o jornal molhado na lata de lixo. — Meu guarda-chuva rasgou. Usei o jornal para me proteger. O que está havendo?

— Eddie Downly estuprou uma menina de 8 anos! — anunciou, empurrando para ela um exemplar do *Ventura Star Free Press*. — Está viva, mas ele fez tudo o que pôde para matá-la. Você era a agente de condicional dele. Quando foi a última vez que viu o filho-da-puta?

Os dedos de Carolyn tremeram enquanto ela fitava a fotografia do estuprador. Nas ruas chamavam-no de Fast Eddie. Seu nome verdadeiro era Edward James Downly. Aos 16 anos fora sentenciado a cumprir um ano no presídio municipal, e quatro anos depois posto em condicional. Como o crime fora de natureza sexual, Downly fora julgado como adulto e registrado como criminoso sexual. Segundo a lei de 1998 de Banco de Dados de Identificação Forense de DNA, todos os criminosos sexuais tinham de oferecer uma amostra de DNA. No momento, Fast Eddie estava com 19 anos.

— Eu... Eu... — balbuciou Carolyn, levantando lentamente os olhos. — Não me lembro, Brad. Terei de ver na ficha dele.

— Logo você — disse ele, baixando os olhos para a poltrona de couro atrás de sua mesa coberta de papéis. — Nunca imaginei que um dia teria uma conversa como esta com você, Carolyn. Faz quanto tempo?

— Já lhe disse — insistiu Carolyn, a voz trêmula. — Não tenho certeza. A condicional dele estava para acabar qualquer dia desses. Eddie nunca me deu qualquer indício de que fosse estuprador ou pedófilo. No crime que cometeu, tudo o que ele fez foi passar a mão por baixo da saia da garota de 14 anos que morava na casa ao lado. Eddie jurou que ela era sua namorada. Ele afirma que só foi condenado devido a um tipo de rixa entre as duas famílias. Da última vez que falei com ele, estava noivo.

Brad inclinou-se para a frente, o rosto paralisado e marcado por linhas profundas.

— A imprensa está pegando no nosso pé. Você é uma das nossas melhores agentes. Diga-me o que eu quero ouvir, Carolyn.

Ela esfregou a testa, cobrindo com a mão uma parte do rosto. Ele queria se assegurar de que ela vira Downly naquele mês, de que ela monitorara cada um dos seus movimentos, de que não havia nada que a agência pudesse ter feito para impedi-lo de violentar uma criança.

— A verdade? Quer realmente saber? Não é o que você quer ouvir.

— É claro que eu quero a verdade! — gritou Brad. Ele se levantou e tirou o casaco, arrancando com força a gravata. — Precisamos embasar nossas declarações com documentação. Prometi que em uma hora entregaríamos à polícia cópias de tudo o que temos na ficha de Downly. Ele não mora mais no endereço que está na ficha da polícia. Quanto tempo faz, Carolyn? — Aproximou-se de Carolyn até ficarem a poucos centímetros de distância um do outro. — Não podemos ficar brincando de pergunta e resposta enquanto um estuprador está à solta. Merda, quero saber como está a nossa situação!

— Muito tempo — respondeu, ela esfregando as palmas da mão na saia. — Nove meses... talvez até um ano.

— Um ano! — exclamou Brad, seu hálito esquentando o rosto de Carolyn. — Você não vê esse homem há um ano?

— Não esqueça que não pertenço à Divisão de Serviços de Campo — justificou-se Carolyn. — Mês passado tive de completar mais de quarenta investigações pré-sentenciais. E ainda por cima, agora tenho uma pasta com mais de duzentos criminosos. Acompanhar passo a passo tudo isso é humanamente impossível. Você sabe disso, Brad.

— Quando soube que o caso era seu, não achei que teríamos um problema — disse ele, caminhando de um lado para o outro da sala. Levantou as mãos para o alto para aliviar a tensão. — Leve tudo o que você tiver sobre Downly para o departamento de polícia. Não atenda ao telefone e não saia do prédio até decidirmos o que vamos dizer à imprensa.

Carolyn levantou-se e ficou de pé, os braços caídos.

— Não temos nada para decidir — disse Carolyn. — Assim que eu entregar a ficha de Downly, eles vão saber que deixei o caso parado. E mesmo que decidam me jogar na fogueira, eu me recuso a falsificar informações.

Brad apontou para o próprio peito, ainda mais agitado do que antes.

— Por acaso pedi a você que falsificasse informações? Está tentando me chantagear?

Carolyn se calou, olhos fixos nos dele. Ela e Brad tinham sido amantes até seis meses antes, quando ele fora promovido. Fora um caso de amor fadado ao fracasso. Brad tinha 39 anos e nunca fora casado. Embora fosse um homem decente na maioria dos aspectos, possuía uma personalidade intensa, o que provavelmente era o que o tornava irresistível para as mulheres. Nas horas de folga era piloto de corridas amador, gostava de sair para beber com os amigos, e seu gênio era famoso. Carolyn jamais conseguira entender como ele mantinha um físico perfeito e não parecia nem um dia mais velho do que 30 anos. Bons genes, disse a si mesma, pensando que mais cedo ou mais tarde a vida que ele levava começaria a cobrar seu preço.

— Não quero uma reprise do caso Cully — disse Carolyn. — Aquilo foi uma catástrofe, lembra?

A situação com Jerry Cully fora semelhante, embora muito mais grave. Cully fora posto sob liberdade condicional de sua condenação por exposição indecente. Na maioria dos casos, exibicionistas não eram predadores sexuais. A natureza de seus crimes era passiva. Tendiam a ser indivíduos introvertidos, quase patéticos, que não seriam capazes de cometer atos de violência. Jerry Cully fora uma exceção. Havia um ano estuprara uma estudante no mesmo campus em que Carolyn cursava a faculdade de direito. Isso acontecera alguns meses antes da promoção de Brad. Dick Stanton, o oficial de condicional de Jerry Cully, estivera contando os dias que faltavam para sua aposentadoria. Ao contrário de Carolyn, que supervisionara Eddie Downly diligentemente por mais de três anos antes de perdê-lo de vista, o oficial de condicional de Cully vira-o em apenas uma ocasião.

Quando o estupro ocorreu, Stanton alterou as fichas de modo a parecer que ele havia monitorado regularmente as atividades de Cully. Porém acabaram descobrindo que Cully era um estuprador em série. Sem saber, Dick Stanton oferecera a Jerry Cully um álibi para seus crimes. Stanton confessou a fraude e se demitiu do cargo. Nessa época, ela e Brad ainda namoravam, e ele confessara-lhe que fora uma das pessoas que encorajara Stanton a alterar os arquivos. Brad sabia que havia errado, mas mesmo assim defendera-se, alegando que sua intenção fora não apenas proteger seu colega, como também a reputação da agência inteira. Carolyn queria ter certeza de que ele não iria pedir a mesma coisa a ela.

— Para agilizar as coisas, traga a ficha dele e deixe Rachel copiá-la e levá-la para Hank Sawyer no departamento de polícia — disse Brad. — Se você deixou alguma coisa de fora, envie depois por e-mail para Hank. Enquanto você estiver fora, vou ligar para o chefe e dar as más notícias. Tenho um outro caso que quero passar para você.

— O que você acha? — perguntou Carolyn, preocupada com a possibilidade de perder o emprego depois que se espalhasse a verdade sobre Downly.

Brad Preston estendeu a mão sobre a mesa para pegar o telefone.

— Faça o que eu disse — instruiu, fazendo um gesto com a mão livre. — Quanto mais cedo pegarem o Downly, mais rápido poderemos abafar esta situação.

Às 9h45, Carolyn deu a Rachel a pasta grossa sobre Eddie Downly. Antes de voltar para o escritório de Brad, ela correu para o banheiro feminino e se derreteu em lágrimas. Abriu a bolsa, retirou um lenço e enxugou os olhos. Tentou dizer a si própria que, mesmo se tivesse visto Downly a cada mês durante o ano passado, isso não o teria impedido de violentar uma criança inocente. Contudo sabia que um criminoso podia apresentar sinais quando começava a se desintegrar.

Mas esse nem sempre era o caso com criminosos sexuais. Muitas vezes aparentavam ser cidadãos exemplares. Um pedófilo era como uma rachadura na parede, escondida atrás de um móvel. Não obstante, Carolyn teria de viver com esse remorso pelo resto da vida, sem jamais saber se poderia ter feito alguma coisa para impedir o crime. Carolyn escorou o jornal aberto no espelho em cima da pia. Deus do céu, uma menininha de 8 anos! A filha de Carolyn, Rebecca, tinha 12. Downly não apenas estuprou a criança, como também a estrangulou. Quando a menina desmaiou, ele julgou que estivesse morta. Ontem, enquanto Carolyn e os filhos divertiam-se num churrasco na casa da mãe dela em Camarillo, Luisa Cortez estava numa vala atrás de um prédio abandonado de uma antiga fábrica de laticínios.

Carolyn embolou o jornal e o arremessou através do banheiro. Anos atrás, ela havia gostado de seu trabalho. Agora acordava todas as manhãs com o estômago embrulhado. Estavam lhe dando trabalho demais. Certo dia, antes de Brad assumir a unidade, Carolyn chegara a perder a cabeça. A vítima de 11 anos do caso que estava investigando nessa época era obrigada a se curvar sobre a privada, todas as manhãs antes de sair para a escola, para ser sodomizada pelo padrasto. Quando a menina reagiu, o padrasto torceu-lhe os mamilos com um alicate. O caso em si tinha sido horroroso. Durante a investigação, Carolyn descobrira que a agência de serviços sociais não conseguira aconselhamento psicológico para a criança. Enquanto o padrasto continuou em casa esperando julgamento, a menina foi colocada sob os cuidados de pais substitutos, deixando para trás os amigos, a escola, e até a mãe. A mãe da menina continuou morando com o acusado, porque acreditava que ele fosse inocente. Durante o julgamento, Cheryl Wright tentara cometer suicídio.

Carolyn invadira o escritório de seu supervisor e exigira que o caso fosse passado para outro oficial de condicional. Ela estava investigando quatro outros crimes contra crianças e não seria capaz de lidar com esse. À beira de um colapso nervoso, Carolyn chegara a pensar em ir até a casa do padrasto e atirar nele. Irene Settle, a mulher que na época estava encarregada da unidade, disse a Carolyn que ela deveria conduzir o caso até o fim ou apresentar sua demissão. Quando Carolyn perguntou o motivo, a mulher fitou seus olhos e disse que ela era a única na unidade qualificada para lidar com um caso daquela magnitude.

Foi pensando nas vítimas que Carolyn continuou em seu trabalho. Matriculada no primeiro ano da faculdade de direito do Ventura College, assistia às aulas noturnas toda segunda e quarta-feira. Tinha a sorte de John, seu filho de 15 anos, ser suficientemente responsável para cuidar da irmã mais nova. Matriculara-se na faculdade para se aprimorar e aumentar sua renda. Também estava procurando uma forma de fugir da vida que levava.

Aos 37 anos, Carolyn era baixa, mas tinha um corpo curvilíneo e feminino. Seus cabelos castanhos caíam-lhe nos ombros em ondas naturais; sua pele era perfeita; seus olhos eram cor de mel. Vestida com uma blusa de algodão cor-de-rosa e uma saia preta simples, ela havia deixado o blazer preto no encosto da cadeira do escritório para que secasse. Em casa havia dois blazers idênticos pendurados no armário, diferindo apenas na cor — um azul-marinho, o outro bege. Carolyn variava o guarda-roupa com seis blusas de tons pastel que ela passava a ferro toda manhã de sábado. De vez em quando usava um vestido, alguma coisa simples e elegante. Seus únicos acessórios eram uma cruz de prata com uma flor no centro, que ganhara de sua mãe, um relógio militar suíço e um antigo par de abotoaduras de pérola que estavam na família havia mais de cem anos. Durante aqueles 13 anos como oficial de condicional, as abotoaduras haviam se tornado sua marca registrada.

Carolyn manteve a cabeça baixa enquanto seguia a passos rápidos pelo corredor até o escritório de Brad. Rachel não estava à sua mesa, e a porta para o escritório de Brad estava aberta. Ele parecia irritado, mas não tanto quanto antes.

— Wilson aceitou muito bem — disse Brad, referindo-se ao diretor da agência. — E acabo de falar com Hank Sawyer no departamento de polícia. Ele ficou bobo com a quantidade de trabalho que você dedicou a Downly. Você contatou todas as pessoas ligadas a ele: conhecidos, parentes, patrões. — Ele abriu um sorriso confiante, exibindo uma fileira de dentes reluzentes. — Minha aposta é que Downly estará preso antes do fim do dia. Sawyer não mencionou nada relacionado ao problema de supervisão. O prazo médio de condicional é de 36 meses. Podemos dar sorte. A imprensa certamente não sabe o que fazemos. Os idiotas nem sabem a diferença entre sentenças concomitantes e consecutivas.

— Você mencionou um caso novo — disse Carolyn, preocupada com a possibilidade de repercussões.

Brad Preston era um otimista clássico. E sempre expunha claramente todas as suas emoções. Se você cometesse um erro ou pisasse no calo dele, Brad pularia sobre seu pescoço como um jaguar. Em contrapartida, se ele visse uma luz no fim do túnel, instantaneamente partia para o problema seguinte. Embora se ressentisse do fato de Brad ter sido promovido no lugar dela, Carolyn tinha de admitir que ele tinha sido o melhor candidato para esse cargo estressante.

— Sim, o caso — disse ele, dando-lhe uma pasta. — A última coisa de que precisávamos era de outro indivíduo em liberdade condicional, certo? Os cabeças-de-bagre lá em Sacramento deviam levar a culpa pelo que aconteceu com Downly. Assim que os escritórios municipais de condicional atingem sua capacidade máxima de casos, o que sobra transborda em cima da gente. Nós trabalhamos para o condado, não para o estado.

— Por que o pessoal da Divisão de Serviços de Campo não fica com os criminosos em condicional? — perguntou Carolyn. — Nosso trabalho é escrever relatos jurídicos, relatos que são exigidos pela lei. É por causa disso que a unidade se chama Serviços de Tribunal, embora ninguém pareça se importar com isso.

— O mesmo problema — respondeu Brad. — A unidade de Serviços de Campo não é capaz de supervisionar o número de pessoas que temos em condicional ativa. — Fez uma pausa, para prosseguir um momento depois: — Certo, aqui está o serviço. Depois de 23 anos, puseram em condicional o homem que matou o filho de Charles Harrison. É um caso famoso. Você já deve ter ouvido falar dele.

Carolyn ficou de queixo caído.

— Está se referindo ao subchefe do Departamento de Polícia de Los Angeles?

— Sim, Harrison — disse Brad. — Mas, quando o filho dele foi morto, ele era o chefe de polícia aqui em Ventura.

— Mas por que pensou em mim para este caso? — indagou Carolyn, correndo os olhos pelo documento de liberação do prisioneiro emitido de Chino. — O departamento de polícia pode não ter percebido o problema com o caso do Downly, mas isso não significa que eles não resolvam nos morder.

— Você é a maior, querida — disse Brad. — Dê uma olhada nos detalhes. Vou pegar um pouco de café para a gente.

Ele se levantou abruptamente e saiu. Carolyn olhou para cima para fazer uma pergunta antes de compreender que ele não estava mais na sala. Mais uma das peculiaridades desse homem era sua capacidade de se mover como um raio. De onde retirava tanta energia? Carolyn sabia que ele não era dependente de drogas. Mas Brad sempre disse que trocaria sua energia frenética pela capacidade de concentração de Carolyn. Quando Carolyn colocava sua mente em alguma coisa, ela não se desconcentrava nem se um tijolo caísse em seu pé.

Ela olhou para a foto do seu novo criminoso em condicional. Enquanto Brad parecia notavelmente jovem para sua idade, Daniel Metroix aparentava ter dez anos a mais que seus 41. Sua pele era acinzentada, seus cabelos marrom-escuros eram oleosos e pontuados por fios brancos, e olheiras escuras tornavam mais feio seu rosto.

Quando Brad retornou e empurrou uma xícara de café quente para a mão de Carolyn, ela a aceitou animadamente.

— Sabe por que parei de acompanhar Eddie Downly, não sabe?

— Já conversamos sobre isso — disse Brad. — Eu já estive no seu lugar até muito recentemente, lembra? Sei que vocês vivem abarrotados de trabalho. Downly deixou uma tonelada de evidências na cena do crime. Como acha que descobriram tão rápido que era ele o estuprador?

Carolyn fechou a ficha de Metroix.

— Levo trabalho para casa toda noite e nunca pedi pagamento por hora extra.

Brad reprimiu-a com um olhar.

— Esta não é a melhor hora para você se queixar — disse ele.

— Não estou me queixando — rebateu Carolyn. — Estou freqüentando a faculdade de direito, caso você tenha esquecido. Só as leituras já estão acabando comigo. Ontem à noite dormi na mesa da cozinha, toda vestida. E não estou passando tempo suficiente com meus filhos. — Calou-se por um instante e respirou fundo. — Você não me designa para furtos e assaltos, Brad. Se quiser que eu faça um trabalho decente nos casos sérios, não pode esperar que eu conduza um rebanho de indivíduos em julgamento e em condicional. E especialmente não um caso tão delicado quanto este. Sei que você é meu supervisor, mas será que não podia repensar isso?

— Você é a nossa principal investigadora — disse ele, puxando uma gaveta de sua mesa para pegar um frasco de Tylenol. — Jamais tome tequila em dias de semana — aconselhou. Depois de engolir as pílulas com o café, prosseguiu: — O que outro oficial levaria vários meses para completar, você consegue dar cabo em poucos dias. Às vezes acho que você conhece mais sobre leis do que metade de nossos juízes. Quando recomenda uma sentença de cinqüenta anos, é um acordo fechado. Se você disser que um réu deve ser tirado da prisão e morto a tiros, alguns de nossos juízes vão começar a comprar espingardas.

— Não seja bobo — disse Carolyn, ruborizando de embaraço. — Minhas recomendações são aceitas porque eles consideram que elas são bem pesquisadas e apropriadas. Eles sabem que levo meu trabalho a sério.

— Não — discordou Brad. — Isso é poder.

— Exercer poder no tribunal não paga minhas contas — disse ela. — Por que acha que estou suando a camisa para me formar em direito?

— Peça pagamento por horas extras. Você não pode ser tão mártir assim.

— Você sabe o que está acontecendo, Brad — disse Carolyn, surpresa por ouvir um absurdo tão grande. — Com os cortes de orçamento, se nós começarmos a pedir pagamento por hora extra, eles vão começar a demitir funcionários. Então teremos mais trabalho do que temos agora.

— Sei que tenho designado os casos mais difíceis para você — admitiu Brad, colocando as mãos na cabeça. Ele não tivera tempo de cortar o cabelo, e com os fios louros quase alcançando as sobrancelhas seu rosto ganhava uma aparência inocente. — Claro que não é justo. Mas não tenho escolha. Você é uma das poucas pessoas aqui dentro que compreendem as complexidades do processo jurídico. Se eu der a um dos outros agentes um caso de vinte acusações, com vítimas múltiplas e dúzias de acréscimos, no fim das contas eu mesmo vou acabar fazendo a maior parte do serviço.

Os casos continuavam chegando como balas em um tiroteio, e a única forma que Carolyn tinha de cumprir os prazos era começar a trabalhar neles assim que aterrissavam em sua mesa. Os oficiais que procrastinavam ou acabavam fazendo um trabalho ruim ou viravam a noite para cumprir os prazos. Com seus compromissos externos, Carolyn não podia se dar ao luxo de permitir que sua pilha de trabalho crescesse.

Contudo, supervisionar um condenado em condicional não era nem de perto tão complexo quanto lidar com uma investigação pré-sentencial. Se o indivíduo não violasse a condicional, a única obrigação era monitorar suas atividades mensalmente. Por outro lado, a supervisão era perigosa. Depois de correr os olhos pela ficha, Carolyn compreendeu que Brad a estava colocando numa posição muito precária, o último lugar onde ela precisava estar no momento.

— Se eu pegar o caso de Metroix, todo mundo vai ficar na minha cola.

— Boa observação — disse Preston com sarcasmo, batendo a caneta contra os dentes. — Carolyn, Metroix matou um menino. O pai do rapaz é um dos agentes da lei de posto mais alto. Se Metroix cair numa privada, cinqüenta policiais vão fechar a tampa.

— Sei que a vítima foi o filho de Charles Harrison. Até saí com Liam Armstrong nos tempos de escola.

— Quem é Liam Armstrong?

— Um dos dois meninos que sobreviveram — disse Carolyn, recordando imagens do jogador de futebol egocêntrico que tentou forçá-la a fazer sexo na segunda vez em que saíram juntos.

— Cidade pequena — disse Preston, tomando outro gole de café. — Estou feliz por não ter crescido neste lugar. Agora me conte sobre seu outro trabalho.

Ventura era uma cidade única, pensou Carolyn. A comunidade surgira em torno da Missão San Buenaventura e, sob muitos aspectos, mantinha um sabor espanhol. Agora havia casas com garagens para barcos espalhadas por todo o lado da orla da auto-estrada 101, e as propriedades nos sopés das colinas ofereciam vistas fantásticas. Uma hora para o norte ficava Santa Barbara — lar de milionários, campos de pólo e praias maravilhosas. Contudo, os cidadãos de Ventura eram pessoas muito trabalhadoras, em sua maioria pertencentes à classe média.

— Bem, você vai me contar ou terei de arrancar de você? — perguntou Brad.

Carolyn sentiu-se tentada a mentir, a lhe dizer que, se ele insistisse em lhe designar Metroix, aconteceria a mesma coisa que acontecera com Downly. Havia outros oficiais competentes na agência. Porém, por mais pesada que fosse a carga de trabalho, alguém precisava fazê-la. Saber que essa pessoa era Carolyn concedia a Brad uma sensação de segurança. Esperara que depois do incidente com Downly ele fosse passar a recorrer menos a ela. Obviamente, esse não seria o caso, e não era assim que o homem trabalhava. Brad gostava de viver no limite. Fazer as coisas do jeito mais fácil, conforme ele mesmo já havia dito a ela, deixava-o entediado.

— Ontem acabei de ditar o atentado a tiros de Dearborn — respondeu Carolyn. — Recomendei o termo agravado, conforme discutimos. O assassinato de Perkins já foi arquivado. Quanto ao atentado a tiros de Sandoval, resumi os fatos do crime. Semana passada, entrevistei o réu no presídio. Esta tarde falarei com a vítima, Lois Mason. Como Sandoval teve duas condenações anteriores por assalto com arma mortal e foi fichado sob três acusações pela promotoria pública, vai voltar para o presídio.

— Grande — disse Preston, um lado de sua boca contorcendo-se num sorriso. — Isso significa um babaca a menos nas ruas. Não consigo acreditar que Sandoval tenha atirado numa velhinha para roubar a bolsa dela.

— Ela reagiu — lembrou Carolyn. — Tenho mais algumas coisinhas no forno, e só. — Ser eficiente tinha seus pontos negativos. Ela acabava trabalhando duas vezes mais do que seus colegas. — Acho que você pode me empurrar qualquer coisa que apareça, Brad. Você vai fazer isso de qualquer jeito.

— Não tenho escolha — disse ele, aliviado por ter ouvido pelo menos uma notícia boa no dia. Ele tinha 12 casos novos que precisavam ser designados, e nenhum oficial disponível para lidar com eles. Pelo menos quatro dos 12 acabariam com o nome de Carolyn Sullivan neles. Agora tudo o que ele tinha a fazer era encontrar alguém para investigar os últimos oito.

— Mantenha-me informado sobre Downly — disse Carolyn, levantando-se para sair.

— Tudo vai ficar bem, gatinha — disse Brad. Ele começou a folhear uma pilha grande de mensagens telefônicas da semana anterior. Então parou e olhou para ela. — A ficha diz que Metroix tentou obter transferência para o hospital do presídio alegando ser um esquizofrênico paranóico. Todo psicopata que já conheci faz de tudo para convencer você de que ele é são. Um homem que está há tanto tempo na prisão é perigoso. Tome cuidado. — Fez uma pausa e então acrescentou: — E comece a andar com a sua arma.

— Vou começar a andar armada quando você parar de me chamar de gatinha e querida — retorquiu Carolyn. — Você é o meu supervisor agora. O que aconteceu entre nós dois são águas passadas.

— Ponha-se no meu lugar — disse ele, colocando as mãos atrás do pescoço. — Podemos não estar saindo mais juntos, mas isso não significa que eu não me importo com você. Não posso dormir com alguém que supervisiono.

— Ouvi dizer que você anda cantando Amy McFarland — disse Carolyn. — A mesma regra não se aplica a ela? Sugiro que você abra bem os olhos para não ser processado por assédio sexual.

Carolyn trabalhara com Brad Preston desde o dia em que fora contratada. Antes de cometer o erro de dormir com ele, perguntara-se por que Brad nunca fora casado. Depois que o caso dos dois terminou, ela notou um padrão específico. Preston gostava da emoção da caçada. Depois que conseguia levar a garota para a cama, era apenas uma questão de tempo até que ele perdesse o interesse por ela. Amy McFarland estava no trabalho havia menos de três meses. Carolyn não confiava nela.

— Não estou cantando Amy McFarland. Amy e eu flertamos de vez em quando. Que mal há nisso? Você costumava ser divertida, Carolyn. Está com ciúmes porque fui promovido e você não? Sou cinco anos mais velho que você. Eu deveria estar dirigindo esta agência. Em vez disso, não passo de um escrivão melhorado. Se não fosse pelo dinheiro, trocava de lugar com você num estalar de dedos.

— Corta essa, Brad — disse Carolyn, desafiando-o com o olhar. — Com todas as propriedades que você possui, poderia pedir demissão neste exato momento e viver melhor do que a maioria das pessoas. O seu pai era rico.

— Golpe baixo, o seu — disse Brad. — Mas nada diz que não podemos almoçar juntos. Passe aqui por volta do meio-dia. — Ela estava prestes a sair quando ele levantou um braço para detê-la. — Quase ia esquecendo, marquei o Metroix para as duas. Precisamos cuidar desse cara imediatamente. Harrison é osso duro de roer. Se metermos os pés pelas mãos neste caso, nossas carreiras vão por água abaixo.

— Esqueça o almoço — disse Carolyn, olhando para ele por sobre o ombro quando estava prestes a passar pela porta. — Não tenho tempo para almoçar. O meu chefe é um maníaco.

Brad apontou com o lápis para ela.

— Você é atrevida. Gosto disso numa mulher. Talvez eu peça para voltar para o meu antigo posto e nós possamos recomeçar de onde paramos.

— Sonho seu — disse Carolyn, fechando a porta ao sair.

CAPÍTULO 2

Depois que voltou ao cubículo que servia como seu escritório, Carolyn começou a sentir uma ardência no estômago. Olhou as horas e viu que já passava de uma da tarde. Consumira seis xícaras de café e não comera nada desde a noite anterior.

Abrindo a gaveta inferior da mesa, pegou suas rações de emergência — barras energéticas, juntamente com uma embalagem com seis garrafas de água mineral. Só gostava de barras energéticas que contivessem manteiga de amendoim, e elas eram difíceis de encontrar. O telefone de Carolyn tocou, e ela atendeu, deixando cair a barra Balance na mesa. Ouviu a voz inconfundível de seu irmão de 31 anos.

— Vou receber algumas pessoas esta noite — disse Neil. — Nada muito requintado. Queijos e vinhos. Estamos tentando decidir que pinturas devemos colocar na exposição da semana que vem. Eu gostaria de ouvir sua opinião.

— Você sabe que tenho faculdade nas noites de segunda — disse Carolyn. — Por que não apareceu lá na casa da mamãe ontem? Você nem telefonou. Tentei falar com você no celular, mas estava ocupado.

— Sinto muito — disse Neil. — Esqueci completamente do churrasco. Mamãe ficou chateada?

— Na verdade, não — disse Carolyn. — Você é o menino de ouro, o Michelangelo de nossos tempos. A única maneira que você tem para subir ainda mais no conceito da mamãe é se tornando padre.

— Deus me livre — disse ele, rindo. — Vou ligar para ela agora e pedir desculpas. Você está se sentindo bem? Sua voz está estranha.

No ano anterior, o condado oferecera fones de ouvido para todos os funcionários. Carolyn pegou o seu e o colocou na cabeça para que pudesse comer enquanto eles conversavam.

— Leu o jornal de hoje? A notícia do homem que estuprou a menininha de 8 anos? Eu era a oficial de condicional.

— Meu Deus! — exclamou Neil. — Como consegue trabalhar com esses desgraçados?

— Trabalhar com eles não é o problema. O problema é controlá-los.

— Não se preocupe, mana — disse ele. — Você vai ser advogada em três tempos. E em mais cinco anos será juíza. Então poderá tomar todas as decisões. Sabe aquele meu cliente, Buddy Chambers, o grande advogado de divórcios? Dia desses eu estava conversando com ele. Ele sabe tudo sobre você. Acha que você vai ser uma grande juíza.

— Eu estava brincando quando disse que queria ser juíza — disse Carolyn, embaraçada. — Por favor, não fale a meu respeito com seus amigos. Terei sorte se conseguir passar no concurso da Ordem dos Advogados.

Ela apertou o botão de desligar em seu fone. Eles eram tão íntimos que ambos sabiam quando uma conversa chegava ao fim. Para poupar tempo, raramente se despediam. As pessoas achavam isso estranho. Fazia cinco anos desde a morte do pai deles. Desde então, os membros da família tinham desenvolvido uma consciência aguçada uns dos outros. Quando Carolyn, ou sua mãe, ou seu irmão, tinha algum tipo de problema, um dos três inevitavelmente telefonava. Vários dos amigos deles achavam que eles se comunicavam pela internet, usando mensagem instantânea ou algum outro programa de computador semelhante. Não, dizia ela. Eles não usavam a internet e não eram telepatas. Sua capacidade de sentir as necessidades uns dos outros nascia da força mais antiga e poderosa no universo — o amor.

O mundo de Neil era muito diferente do de Carolyn Ele podia não ser o novo Michelangelo, como sua mãe se gabava para as amigas, mas era um artista extremamente talentoso. A carreira de Neil finalmente estava decolando e Carolyn estava feliz por ele.

Tirando o fone da cabeça e retornando a atenção para Daniel Metroix, Carolyn leu novamente a ficha. Ele havia atacado três rapazes adolescentes diante de um boliche. Dois dos rapazes sofreram ferimentos leves. Metroix teria causado a morte de Tim Harrison ao empurrá-lo sem querer na frente de um carro em movimento. Metroix estava desarmado na ocasião da briga e não houvera testemunhas além das vítimas. O motorista do carro não viu nada até o momento do impacto. Metroix foi julgado e condenado por assassinato em segundo grau.

Um crime dessa natureza, basicamente uma briga entre quatro homens jovens na mesma faixa etária, pensou Carolyn, deveria ter sido alegado como homicídio involuntário. A morte do rapaz muito provavelmente fora acidental. O que transformara essa morte num crime, a despeito de quem fora responsável, era o fato de a morte ter ocorrido durante um ataque. Contudo o promotor público foi encarregado de determinar que tipo de acusação seria registrada contra o perpetrador. Os dois rapazes declararam sob julgamento que Metroix os tinha atacado e empurrado intencionalmente a vítima no caminho do carro.

Uma das coisas que Carolyn não podia compreender era como os três rapazes não haviam sobrepujado Metroix. Três contra um era uma vantagem muito boa, e esses rapazes eram jogadores de futebol americano. Ela enfiou a mão num envelope afixado no verso da ficha e retirou um maço de fotos criminais batidas na noite do crime. O rosto de Metroix parecia uma massa disforme e ensangüentada, a expressão de seus olhos, fosca e desorientada. Os relatos policiais indicavam que os únicos ferimentos sofridos pelos rapazes sobreviventes durante a briga tinham sido algumas pequenas escoriações.

— A pessoa que marcou com você para as duas da tarde chegou — disse Kathy Stein pelo interfone. — Onde quer conversar com ele?

— Ah — disse Carolyn. — Leve-o para a sala quatro. O nome dele é Daniel Metroix, certo?

— Sim — respondeu a mulher num tom rabugento, com uma voz mais grossa que a da maioria dos homens. — Foi o que ele disse. Quer que eu verifique a identidade dele?

— Não, não — disse Carolyn. — Isso não será necessário.

Ela esperou alguns momentos, dando à recepcionista tempo para conduzir Metroix até a sala de entrevistas. A Divisão de Serviços de Tribunal da Agência de Serviços Correcionais de Ventura abrangia todo o terceiro pavimento do prédio, e era localizada bem em frente ao tribunal. O presídio ficava sob o mesmo teto, mas não havia entrada dentro do prédio principal. Contudo os prisioneiros podiam ser deslocados com facilidade do presídio para o tribunal através de um túnel subterrâneo.

Os escritórios separados por divisórias nos quais trabalhavam os oficiais de condicional davam vista para o estacionamento e o pátio. No lado oposto do pavimento ficavam fileiras de salas pequenas. Cada uma das salas continha uma mesa e quatro cadeiras, assim como um telefone que os oficiais usavam para ditar textos para o setor de processamento de palavras. As salas também eram usadas para conduzir entrevistas. Na maioria dos casos, os indivíduos entrevistados não estavam sob condicional ou em julgamento. Eram criminosos condenados libertados sob fiança e aguardando suas sentenças, vítimas, ou outras pessoas relacionadas ao crime específico cuja investigação cabia a este ou àquele oficial. Caso houvesse sido negada fiança ao réu, o oficial de condicional entrevistaria o indivíduo dentro do presídio. Ter o presídio localizado no mesmo complexo poupava tempo para todos os envolvidos no processo judiciário.

Os oficiais designados para serviços de tribunal geralmente possuíam perícias diferentes dos oficiais que supervisionavam criminosos. De vital importância era a habilidade de interpretar leis complexas relacionadas à sentenciação, como Brad Preston enfatizara. As leis no estado da Califórnia estavam cada vez mais complicadas. Um oficial designado para serviços de tribunal precisava ser proficiente em redação. Em casos sérios envolvendo acusações e vítimas múltiplas, os relatos costumavam variar entre vinte e cinqüenta páginas.

A Divisão de Serviços de Campo, cujo dever primário era supervisionar acusados, possuía escritórios-satélites espalhados pelo condado. Os oficiais de serviços de campo viviam sobrecarregados de casos, ao ponto de serem incapazes de administrá-los. Não conseguir investigar apropriadamente um caso poderia causar problemas graves. Por exemplo, um deslize poderia responsabilizar um oficial pela morte de uma criança, o espancamento de uma esposa ou qualquer número de situações trágicas como a que ocorrera com Eddie Downly. Cada pessoa na agência estava perfeitamente cônscia do problema — simplesmente não havia oficiais suficientes para supervisionar o influxo constante de acusados.

A situação entre os oficiais de condicional era ainda pior, porque eles supervisionavam indivíduos que tinham sido libertados do presídio, e a maioria desses indivíduos cometera atos de violência.

Carolyn abriu a porta para a sala de entrevistas onde Daniel Metroix estava esperando. Depois de entrar, fechou a porta e ficou parada por alguns instantes, a mão direita ainda agarrando a maçaneta. Fotografias nem sempre oferecem uma boa representação da aparência de uma pessoa. O homem sentado à mesa pequena e redonda estava usando uma camisa de brim azul-clara, calças jeans e um cinto de couro preto. Seus pés estavam calçados no que pareciam tênis novos. Seus cabelos castanhos claros estavam bem cortados. Ele obviamente passara a levantar pesos enquanto estava no presídio, porque ela podia divisar músculos por baixo do tecido de sua camisa. Mal lembrava o jovem frágil nas fotos policiais. Inicialmente seus olhos pareceram frios e sem vida, mas então Carolyn notou neles uma fagulha de empolgação.

— Há quanto tempo! Como vai você? — perguntou ele, levantando-se e estendendo a mão.

Carolyn não fazia a menor idéia do que ele estava falando. Ela conhecia este homem? Embora não houvesse muita diferença de idade entre os dois, segundo sua ficha, Daniel Metroix estudara na Tremont High, e não na Ventura High, a escola de Carolyn.

Daniel deixou a mão cair para a lateral do quadril, obviamente desapontado.

— Sinto muito — disse depois de algum tempo. — Nós moramos no mesmo prédio. Mas faz tanto tempo que você não deve lembrar de mim.

— Não — disse Carolyn, curiosa agora. — Onde você morava?

— No prédio de aluguéis na Maple Street — respondeu. — Acho que era chamado de Carlton West. Um nome muito chique para um edifício muito vagabundo. — Baixou os olhos. — Pelo menos era o que minha mãe costumava dizer. Você morava no mesmo andar que a gente, a alguns apartamentos de distância. Sempre me pedia que brincasse com você.

— Você está enganado — disse sucintamente Carolyn. — Nunca morei nesse prédio.

Carolyn puxou uma cadeira e sentou-se à mesa, gesticulando para que Daniel Metroix fizesse o mesmo. Ela havia mantido seu nome de solteira depois de casar. Brad tinha razão sobre Ventura ser uma cidade pequena, mas alguma coisa em Daniel Metroix arrepiava os cabelos da nuca de Carolyn. O número de pessoas que ela empurrara ao longo da estrada para o presídio era imenso. Contudo Daniel Metroix não podia nutrir uma mágoa pessoal contra ela, que estivera cursando o ensino médio na época em que ele fora condenado. A fotografia de Carolyn aparecia ocasionalmente nos jornais. Talvez Carolyn houvesse investigado um dos antigos colegas de cela dele. Será que telefonara para um dos seus colegas de prisão e mencionado o nome de sua nova oficial de condicional? Será que tentara baixar a guarda de Carolyn com essa conversa sobre tê-la conhecido? Com a internet, era possível descobrir informações a respeito de qualquer pessoa. Ela havia mentido ao dizer que sua família jamais vivera nos apartamentos do edifício Carlton West. Mas Daniel Metroix não poderia lembrar-se dela. Na época ela teria apenas 5 anos de idade.

Carolyn percebeu que Daniel Metroix estava olhando para a mão esquerda dela. Ela já estava divorciada havia sete anos.

— O que ele fez?

— Quem?

— Seu marido — respondeu Daniel. — O que seu marido fez para que você perdesse seu amor por ele? Você era casada, não era?

— Não discuto minha vida pessoal enquanto trabalho — disse Carolyn, sabendo que precisava estabelecer uma posição de autoridade quanto antes. Colocou a ficha de Daniel na mesa e a abriu, removendo um papel que listava os termos da condicional dele. — Você foi posto sob condicional por um período de 36 meses — disse ela. — Como exigência, deve se apresentar a este escritório mensalmente. Você me entendeu?

Daniel fez que sim com a cabeça enquanto inclinava a cadeira para trás, equilibrando-a em suas pernas traseiras.

— Você deve se submeter a visitas à sua residência com ou sem aviso prévio.

— E se eu não encontrar uma casa?

— Onde está morando?

— Acabo de chegar à cidade — disse Daniel.

— Mas você foi libertado há duas semanas.

— Quis ver algumas paisagens — disse Daniel. — Passei algum tempo em Los Angeles. Meus papéis de soltura diziam que eu não precisava me apresentar aqui até o final do mês. Tudo o que eu precisava fazer era telefonar e marcar uma reunião. Quando telefonei, uma moça mandou que eu viesse esta tarde.

Ótimo, pensou Carolyn, lembrando a si mesma que Daniel Metroix era um prisioneiro sob liberdade condicional. Depois de passar a maior parte de suas vidas dentro de uma instituição, alguns deles cometiam suicídio.

— Você não pode morar nas ruas. Se não tiver um lugar para ficar ou fundos para obtê-lo, terá de ficar num abrigo.

Daniel enfiou a mão no bolso e tirou uma folha de papel amassada.

— Um cara no ônibus me deu o endereço de um motel. Assim que sair daqui, vou alugar um quarto. O nome do motel é Seagull, na Seaward Avenue. O que você acha? Vale a pena dar uma olhada?

— Não sou agente de viagens. Ligue depois para me dizer se vai ficar lá mesmo. Precisarei checar suas condições de moradia.

Carolyn pegou seu Palm Pilot. Ela precisava fazer um trabalho para entregar naquela noite no curso de direito e duvidava de que teria tempo de completá-lo. Programara-se para trabalhar nele durante o horário de almoço.

— Marcaremos a reunião para amanhã à tarde, às 17h30.

Dessa forma, pensou Carolyn, ela poderia passar lá quando estivesse voltando do trabalho para casa. E, com o horário de verão, veria tudo à luz do dia.

— Ótimo — disse Daniel com o desinteresse de um homem acostumado a mandar nos outros.

Deixando seu Palm Pilot sobre a mesa, Carolyn leu outra exigência da condicional dele.

— Você tem termos tanto sobre álcool quanto sobre drogas.

— O que isso significa?

— Que não tem permissão para freqüentar bares ou quaisquer estabelecimentos onde se sirva álcool.

— Não bebo.

— Então isso não vai ser problema — disse Carolyn. — Você também deverá consentir em exames de drogas sempre que for julgado necessário.

— Você quer dizer drogas ilegais? — perguntou Daniel, recolocando a cadeira de volta sobre as quatro pernas. — Estou tomando medicamentos para minha doença.

— Que tipo de doença? — Brad mencionara alguma coisa sobre Daniel Metroix ter fingido doença mental enquanto estava em Chino, embora ela não tivesse encontrado nenhuma menção a respeito disso em seus documentos. Mas, evidentemente, Carolyn tivera umas poucas horas para estudar o seu caso.

— Esquizofrenia — respondeu. — Tenho a receita, se quiser ver. É um remédio novo. Eu me aplico uma injeção uma vez por mês. Quer dizer, agora que estou fora da prisão. Lá dentro, eles me aplicavam as injeções na enfermaria.

— Quando foi diagnosticado?

— Quando estava no primeiro ano do secundário — respondeu Daniel. Tinha um ar petulante, quase ameaçador, às vezes substituído por uma expressão triste. — Passei três meses no

Camarillo State Hospital. Eu preferiria voltar para a prisão a voltar para aquele buraco do inferno.

— Preciso ver sua receita. — Carolyn estendeu a mão, esperando, enquanto ele pescava no bolso um papel amassado. — Fique aqui — disse ela, levantando-se. — Terei de fazer uma cópia para o arquivo.

Depois de usar a copiadora no fim do corredor, Carolyn voltou à sala de entrevista e devolveu a receita a Daniel. Ela não reconheceu a droga — fenotiazina com ácido decanóico —, mas não estava familiarizada com psicotrópicos. Ela anotou as iniciais FAD, lembrando a si mesma de pesquisar na internet. Um novo tratamento para a esquizofrenia era interessante.

Porém o fato de o medicamento ser administrado por intermédio de uma seringa impunha um problema. Teria de consultar Brad antes de decidir como agir. Correndo os olhos pelos termos e exigências da condicional de Daniel, ficou surpresa por ele não ter sido obrigado a se submeter a um tratamento psiquiátrico regular. Tinha termos de drogas, mas nenhum termo psíquico. Eles viam esse tipo de erro imbecil todos os dias. Ela teria de fazer uma petição à corte para que o termo fosse incluído.

Carolyn estendeu a mão e segurou o antebraço dele. Daniel tomou um susto e se virou com cara de quem iria bater nela.

— Arregace as mangas.

— Por quê?

— Preciso verificar se você tem marcas de agulha.

Ela examinou ambos os braços e não encontrou nada. Mesmo no presídio, era possível obter narcóticos. Mas para consegui-los os criminosos recorriam a estratégias mirabolantes. Fingir que precisava tratar-se com uma droga injetável seria a forma perfeita de encobrir uma dependência de heroína ou metanfetamina. Ele teria de trazer seu remédio quando comparecesse aos encontros mensais. Depois que Carolyn tivesse constatado não haver narcóticos na seringa, Daniel teria de administrar a droga na sua presença. O fato de Carolyn não ter encontrado marcas em seus braços não significava que ele não era viciado. Carolyn já conhecera homens capazes de injetar a droga no pênis.

— Pode abaixar as mangas agora — disse Carolyn, pensando que ela talvez tivesse encontrado uma maneira de não supervisionar este homem. Caso fosse preciso revistar completamente seu corpo todos os meses, Daniel teria de ser designado a um oficial do sexo masculino. — Vamos completar as formalidades — prosseguiu Carolyn. — Você não deve se associar com nenhum criminoso conhecido. Deve obter um emprego remunerado. Caso cometa qualquer tipo de crime, sua condicional será cancelada automaticamente.

Ela empurrou o documento sobre a mesa para ele assinar.

— Este é um procedimento padrão, Daniel. Se você não cumprir as exigências estabelecidas neste documento, será acusado de violação da condicional e mandado de volta para a prisão. Como sua sentença foi de vinte anos a prisão perpétua, não creio que você queira que isso aconteça. Alguma pergunta?

— Sim — disse ele, assinando o papel sem ler.

Carolyn ignorou-o e pegou novamente seu Palm Pilot, rapidamente marcando encontros para os quatro meses seguintes. Em seguida, anotou as datas e horas em um dos seus cartões de visita.

— Caso ocorra uma emergência e você tenha de remarcar um encontro, deve telefonar para mim o mais cedo possível. Estamos claros?

— Sim — disse Daniel. — Sobre o emprego...

Ela tentou não fitar os olhos dele. Alguma coisa neles a assustava. Além disso, em casos de supervisão, era melhor permanecer impessoal. Quando preparava relatórios pré-sentenciais sobre estupradores, assassinos ou outros criminosos violentos, ela tentava convencê-los de que era a melhor amiga deles. Ela até usava saias e salto alto, na esperança de obter acesso a informações que pudessem acrescentar mais vinte anos em suas sentenças.

— Você já tem um emprego em vista?

— Tenho quase setenta mil dólares — disse Daniel, reganhando a autoconfiança. — Não preciso trabalhar no momento.

Carolyn piscou várias vezes. O sujeito tinha acabado de sair da prisão e tinha mais dinheiro no banco do que ela. Ela sentiu vontade de registrar uma violação contra ele só por inveja.

— Como conseguiu tanto dinheiro?

— Herança — disse Daniel, sorrindo. — Minha avó me deixou dez mil dólares. Ela faleceu logo depois que fui mandado para o xilindró. Um advogado abriu um fundo de investimentos para mim. Agora tenho setenta mil. Bacana, não?

Carolyn dirigiu-lhe um sorriso falso, mas ficou séria de novo.

— Preciso saber o nome do advogado. Tenho de verificar se você obteve esses fundos legitimamente.

— Não tem problema — disse Daniel, coçando um lado do rosto. — Não tenho o número dele aqui comigo. Está listado no catálogo telefônico de Ventura. O nome dele é Leonard Fletcher.

— Você precisa trabalhar — disse ela, olhando fixo em um ponto acima da cabeça dele. — Manter um emprego é uma das condições da sua reintegração na comunidade. Não ouviu quando li os termos e exigências de sua condicional?

— Acho que não — disse Daniel, dando de ombros. — Nunca trabalhei. Tinha apenas 17 anos quando me prenderam. Não tenho habilidades profissionais. Tirei meu diploma de ensino médio enquanto estava na prisão. Fora isso, a maior parte do que sei aprendi sozinho. Sou bastante bom em física e matemática. Sei desenhar, mas principalmente esboços conceituais para máquinas e aparelhos. Que tipo de trabalho tenho de arrumar?

— Qualquer um — explicou Carolyn, brincando com a pulseira no punho esquerdo. Ele realmente disse que era bom em física ou ela estava ouvindo coisas? — Pode trabalhar como frentista de posto de gasolina, garçom, lixeiro.

Daniel estava começando a compreender a realidade da situação. Sua voz se elevou quando ele disse:

— Por que preciso trabalhar se não preciso de dinheiro?

— Porque manter um emprego é uma das exigências de sua soltura — disse Carolyn. — Se eles inserissem uma cláusula dizendo que você tem de sentar-se no topo de um mastro durante os próximos três anos, você só teria duas opções: sentar-se no mastro ou ser mandado de volta para a cadeia. Não sou a pessoa que faz essas regras. Minha única incumbência é garantir que elas sejam cumpridas.

— Então acho que vou arrumar um emprego — disse ele. — Quanto tempo eu tenho?

— Trinta dias — respondeu Carolyn. — Você deverá estar empregado com remuneração da próxima vez que nos virmos. E, a despeito de quanto dinheiro você tenha, não gosto da idéia de você morar num motel. Além de conseguir um emprego, espero que encontre um lugar adequado para morar até nosso próximo encontro.

Ele pareceu perplexo.

— Por que não posso morar num motel? Isso estava nas exigências que leu para mim?

— Não — respondeu Carolyn. — Não precisa estar. Certas coisas caem na área do bom senso... do meu bom senso. Sugiro que procure um apartamento. Se morar num hotel, ficará logo sem dinheiro e acabará morando nas ruas. — Carolyn começou a recolher seus papéis para sair. A entrevista com a vítima do caso de estupro estava marcada para as 16h e Carolyn concordara em visitar a mulher em sua casa, por cortesia. Olhou o relógio e viu que eram quase 15h. — Quando ligar mais tarde hoje, deixe o número de telefone do motel e o número do seu quarto. Você irá me notificar assim que tiver um endereço permanente. O mesmo é válido para o seu emprego. Preciso saber onde você está e o que faz durante todas as horas de seu dia. Você não pode pedir demissão, mudar-se ou sair da cidade sem minha permissão.

— Estar em liberdade condicional é a mesma coisa que estar na prisão — disse ele, estalando os nós dos dedos. — Talvez a prisão seja até melhor. Lá pelo menos te dão comida e um lugar para ficar. Eu até tinha meu próprio laboratório para trabalhar.

Carolyn escreveu "Motel Seagull" na ficha de Daniel Metroix. Caso ele não se apresentasse, ela saberia por onde iniciar a busca. Levantou os olhos quando o ouviu dizer alguma coisa sobre um laboratório.

— O que quer dizer com seu próprio laboratório?

— O diretor do presídio permitiu que eu convertesse uma sala de almoxarifado num laboratório improvisado — explicou Daniel.

Claro que deixou, pensou Carolyn. Este homem era doido de pedra. Agora ele estava dizendo que passara 23 anos estudando física em seu próprio laboratório. Nenhum diretor deixaria um prisioneiro sozinho num laboratório.

— Nos vemos amanhã às 17h30. Não se esqueça de telefonar para avisar onde você está morando.

Carolyn queria ligar para o hospital e se informar sobre o estado de Luisa Cortez. Ela se perguntou que crimes terríveis Daniel Metroix seria capaz de cometer. Fast Eddie tinha sido um chamado de alerta. Ela faria todo o possível para impedir que isso acontecesse novamente. Se um dos seus criminosos sob condicional saísse da linha um centímetro, ela emitiria um mandado de prisão para ele.

Daniel fitou-a com olhos gélidos.

— Trocando em miúdos: enquanto eu estiver sob condicional, você é minha dona. É isso?

— Você entendeu — disse Carolyn. — Bacana, não? Mas eu preferiria um cachorrinho. Não se meta em encrencas durante os próximos três anos e estará livre de mim.

CAPÍTULO 3

Um rapaz bonito, de cabelos louros compridos, agachou-se apoiado num joelho ao lado da mesa de Carolyn, antes do início da aula de segunda-feira de Lei Criminal e Procedimentos.

— Um amigo meu vai dar uma festa sábado à noite — disse David Reynolds com um sorriso de galã. — Por que não aparece lá? Se a festa estiver um saco, podemos dar uma esticada até a minha casa.

Carolyn virou-se para certificar-se de que ninguém estava ouvindo. Ela tinha por hábito sentar-se na fileira da frente, por acreditar que aprendia mais quando mantinha contato visual com o professor. Não tinha o costume de fazer anotações. Aprendia melhor ouvindo. David ficava sentado na mesma fileira, do outro lado da sala. A maioria dos alunos ocupava as mesas no fundo da sala, porque isso lhes facilitava completar trabalhos de casa ou encontrar respostas a perguntas em seus computadores.

— Quantos anos você tem? — perguntou Carolyn.

— Trinta e um — disse David, afastando do rosto uma mecha de cabelos. — Que diferença faz? Idade é apenas um número.

— Tivemos esta mesma conversa na semana passada — disse Carolyn. — Você é apenas alguns anos mais velho do que meu filho. Se tem 31, eu tenho 12.

— Você está cometendo um erro — sussurrou ele, vendo a professora entrar na sala. — Eu sei me divertir.

David havia se transferido da faculdade de direito da UCLA no meio do período. A faculdade de direito do Ventura College era basicamente um curso intensivo, seu currículo planejado para permitir aos alunos passarem no exame da Ordem dos Advogados. Como a UCLA era uma faculdade muito mais prestigiada, ela deduzira que David saíra por necessidade financeira. Ou isso, ou ele havia farreado mais do que estudado. A faculdade de direito era cheia de mulheres jovens inteligentes e muito bonitas. Carolyn precisava admitir que ficava lisonjeada com os flertes de David. Ela jamais esperara que seu relacionamento com Brad se tornasse permanente. Ele tinha sido o primeiro homem com quem ela dormira desde seu divórcio. Suas faces ruborizaram. O sexo com ele tinha sido incrível.

A professora, Arline Shoeffel, também era a juíza superiora do condado de Ventura. Com 46 anos, Shoeffel era uma ruiva alta e magra, com a pele bem clara salpicada de sardas. Usava os cabelos cortados rente à cabeça, e óculos com aros de tartaruga. Seus hábitos de vestir sugeriam uma pessoa sem nenhum conceito de moda ou qualquer desejo de fazer qualquer coisa além de cobrir o corpo. Carolyn suspeitava que devia ter uns 20 anos o vestido com padrão florido que ela usava agora.

— Boa noite — disse Shoeffel, recostando-se contra um pódio na frente da classe. — Deixem seus trabalhos em minha mesa durante o intervalo das 20h. Esta noite vamos rever rapidamente as diferenças entre lei criminal e civil. — Olhou para David. — Sr. Reynolds, um crime pode ser definido ou criado pelo tribunal?

— Claro — disse David, rindo enquanto olhava através da sala para Carolyn.

— Incorreto — sentenciou a professora, dirigindo-lhe um olhar severo. Ela correu os olhos pela sala, e então pousou os olhos em Carolyn. — Srta. Sullivan...

— Crimes não podem ser criados ou definidos pelos tribunais. Isso deve ser realizado na legislatura estadual. Em seguida caberá às cortes decidir, caso a caso, se um crime foi cometido por um réu. — Carolyn fez uma pausa para organizar os pensamentos antes de prosseguir. — A interpretação da lei varia de acordo com o sistema jurídico de cada um dos estados.

— Excelente — disse Shoeffel, virando-se para o quadro-negro para escrever o próximo dever de casa antes de prosseguir a aula.

Quando a aula terminou às 21h, Carolyn permaneceu na sala para terminar seu trabalho no laptop. Ela havia trabalhado nele durante o intervalo e agora faltavam apenas um ou dois parágrafos. Ela não podia imprimi-lo, de modo que o salvou num disquete e escreveu seu nome na frente com uma caneta de feltro preta. Guardou o computador dentro da mochila e deixou o disquete na mesa da juíza Shoeffel, torcendo para ela pensar que o havia esquecido ao recolher os trabalhos dos outros alunos.

Enquanto caminhava até seu carro no estacionamento, Carolyn avistou Arline Shoeffel parada na frente de um Acura prateado, olhando ansiosamente as horas. A chuva parara antes de ela sair da corte judicial. A noite, porém, estava fria e úmida. Ela continuou caminhando, e então passou entre os carros para falar com a professora.

— Nunca sei se devo chamar a senhora de professora ou juíza — disse Carolyn timidamente. — Este não é o lugar mais seguro para uma mulher ficar sozinha. Está esperando por alguém?

— Meu carro não está pegando — disse Arline Shoeffel. Estava usando uma capa de chuva castanha e tamborilando a ponta do guarda-chuva no asfalto. — Já tem quase trinta minutos que liguei para o socorro.

— Acha que é a bateria, juíza Shoeffel? Posso tentar fazer com que pegue. Tenho cabos no meu porta-malas.

— Por favor, me chame de Arline — disse a mulher. — Agradeço pela sua oferta. Mas tenho certeza que eles vão aparecer a qualquer momento.

— Já esperei mais de uma hora uma vez — disse Carolyn. — Por que não me deixa dar uma olhada? Ano passado uma garota foi estuprada praticamente neste lugar.

— É mesmo — retorquiu a juíza. — Maggie McDonald. Lembro que ela foi atacada no estacionamento. Não sabia que tinha sido neste setor. — Ela correu os olhos pelo estacionamento. — A faculdade precisa colocar mais luzes. É escuro demais aqui. Deviam ter feito isso no ano passado.

— Posso tentar fazer o motor pegar? — indagou Carolyn, livrando-se da mochila enquanto estendia a mão até a porta do Acura.

— Mas é claro — disse a juíza Shoeffel, dando-lhe as chaves. — Pretendia esperar dentro do carro com as portas fechadas. Mas fiquei com medo do motorista do reboque não me ver. Acho que uma mulher na minha posição devia dar mais o exemplo.

Carolyn girou a chave na ignição. Tudo o que ela escutou foi um clique. Tentou de novo. Desta vez o motor tossiu, e então morreu. Afundando o pé no acelerador várias vezes, ela esperou um pouco, e então tentou de novo. O motor finalmente pegou.

A juíza estava espiando através da janela.

— É melhor a gente se certificar de que ele não vai morrer na primeira vez que a senhora parar — disse Carolyn. — Acho que a senhora vai precisar trocar a ignição. Ou isso ou a bomba de combustível. Espere uns cinco minutos antes de cancelar o socorro, e então seguirei a senhora até sua casa.

— Realmente odeio causar tamanho incômodo a você.

Carolyn dirigiu-lhe um sorriso terno.

— Deixei um disquete com meu trabalho na sua mesa. Fiquei acordada até tarde para completá-lo. Sou mãe solteira. Com meus filhos e o trabalho, conseguir meu diploma de advogada provavelmente é mais fantasia do que realidade.

— Não precisa dizer mais nada — comentou Arline, levantando a mão. — Se você não tivesse parado para me ajudar, eu poderia ter sido assaltada. Você ouviu falar sobre a menininha que foi estuprada no fim de semana passado?

— Ouvi — disse Carolyn, esticando a mão para dentro do carro para pegar a mochila. — A polícia acha que o estuprador foi um dos criminosos em condicional que estava sob a minha supervisão.

— Meu Deus! — exclamou Arline, uma expressão de choque no rosto. — Não é de admirar que não tenha tido tempo de terminar o seu trabalho. Pelo menos pode relaxar, agora que a polícia o prendeu.

— Quando? — perguntou Carolyn, empolgada. — Tem certeza?

— Ouvi no rádio alguns minutos antes do começo da aula. O nome dele era Edward Downly. Era esse o nome do homem supervisionado por você?

— Era, sim.

Carolyn estava grata porque iria para a cama com o conhecimento de que Fast Eddie não estava perambulando pelas ruas em busca de outra vítima. Ela não entendia por que Brad ou outra pessoa no departamento de polícia não a havia notificado. Talvez a juíza estivesse enganada; talvez eles tivessem apenas revelado a identidade de Downly. Pegando o celular, checou suas mensagens e ouviu a voz de Brad: "Não falei que eles iam pegar o sujeito?", dizia ele. "A polícia pegou Downly na churrascaria na esquina da Clairmont com a Owens, aquela que você listou como um dos lugares preferidos dele."

— Graças a Deus — disse Carolyn à juíza, colocando o telefone de volta na bolsa. — É duro quando uma das pessoas pelas quais você é responsável faz alguma coisa tão terrível.

Arline pousou a mão no ombro de Carolyn.

— Como está a menina?

— Os médicos acham que ela vai se recuperar completamente — respondeu, as duas mulheres conectando-se num nível mais íntimo. — Fisicamente, quer dizer. Como ele a estrangulou, eles estavam preocupados com a possibilidade de dano cerebral. Mas ela nunca mais vai se sentir segura de novo, isso é certo. Eu conheci o sujeito, e não percebi que ele seria capaz disso. — Ela tocou o olho esquerdo para enxugar uma lágrima. — Sinto muito. Não queria jogar tudo isso nos ombros da senhora. A senhora carrega cinqüenta vezes mais responsabilidade do que eu.

— Se ao menos encontrássemos uma maneira de impedir que esses crimes terríveis acontecessem! — disse Arline, agora atrás do volante do carro. — Um dia, em vez de sinais em cada esquina, haverá câmeras de vigilância.

Carolyn ainda estava pensando em Eddie Downly. Ela finalmente respondeu ao comentário da juíza.

— Será que essa é a melhor solução? Soube que algumas cidades européias experimentaram isso com sucesso considerável.

— Não consigo imaginar outra coisa que funcione — disse Arlinea. — A pena de morte não é tão eficaz assim, pelo menos não como um fator impeditivo. Indivíduos que cometem atos de violência raramente pensam nas conseqüências. Quando as pessoas compreenderem que cada um de seus movimentos está sendo monitorado, os índices de crimes diminuirão rapidamente.

Passava das dez, e Carolyn precisava chegar em casa. Em geral a essa hora sua filha já estava dormindo, mas ela poderia passar algum tempo com o filho.

— Onde a senhora mora?

— Em Skyline Estates — respondeu Arline. — Você vai me seguir, certo? Tudo o que precisa fazer é me levar até o portão. De lá em diante, estarei bem.

— Vou pegar o carro — disse Carolyn. — Dirijo um Infiniti branco.

— Gostaria de lhe pagar um jantar — disse Arline. — Talvez numa noite dessas, depois da aula. Em geral tenho reuniões durante os intervalos para o lanche.

— Não se preocupe com isso — respondeu Carolyn enquanto se afastava.

— Espere, Carolyn — gritou pela janela. — Você está se saindo muito bem na minha aula. E não estou dizendo isso por causa desta noite. Você será uma excelente advogada.

— Obrigada — disse Carolyn, acenando enquanto corria até seu carro.

Era bom saber que um dia que começara desastrosamente estava terminando de forma positiva. Ela mal esperava para recomendar um termo de prisão para Fast Eddie. Neste momento ela já estava acumulando as acusações em sua cabeça. E o que ela não poderia realizar por intermédio da lei, os próprios prisioneiros iriam fazer. Nem mesmo os piores criminosos perdoavam os estupradores de crianças, e a punição que os colegas de prisão de Fast Eddie iriam impor seria muito mais adequada que a de qualquer tribunal. Downly teria sorte se sobrevivesse.

— É melhor se acostumar a ficar de quatro, Eddie — disse Carolyn enquanto apertava o botão do alarme e entrava no Infiniti. Aos 19 anos de idade, Fast Eddie era um jovem magro e bonito. Sua pele era macia e suas feições pendiam para o feminino. A fila teria um quilômetro de comprimento. Os presos iriam amar Fast Eddie. Mas primeiro iriam espancar e sodomizar o infeliz.

A casa de dois andares ficava no bairro North Hollywood de Los Angeles. O motorista estacionou seu Jeep Cherokee preto no meio-fio, certificando-se de que puxara o freio de mão, para o veículo não descer pela colina. Os dois passageiros saltaram do carro e seguiram por um caminho de paralelepípedos até a frente da casa. O mais alto, um homem de cabelos negros no fim da casa dos quarenta e barba e bigode bem-aparados, deu uma cabeçada num galho de árvore.

— Este lugar é uma selva, Pete — queixou-se Boyd Chandler, partindo o galho grosso ao meio como se fosse um graveto. Chandler estava usando uma camisa de linha azul e calças compridas escuras. — O chefe bem que podia mandar podar essas árvores.

— Ele passa a maior parte do tempo bêbado — comentou Pete Cordova. Homem baixo, de pele olivácea e cabelos grisalhos, Cordova estava de calças jeans e suéter preto. — Acho que ele nem deve enxergar as árvores.

— E daí se é alcoólatra? — comentou Boyd. — Ele é o subchefe do departamento de polícia de Los Angeles.

Pararam na varanda e Pete tocou a campainha enquanto Boyd tirava do bolso um pacote de chicletes e colocava um na boca.

— Eu mataria por um cigarro — desabafou.

— Nem lembro há quanto tempo você parou — comentou Pete.

— Três anos.

— Tanto tempo, e ainda sente vontade de fumar?

— Sinto — disse Boyd. — Algumas necessidades acompanham você por toda a vida. Entende o que quero dizer?

Pete riu.

Uma doméstica hispânica muito bonita atendeu a porta, baixando os olhos enquanto gesticulava para os homens entrarem.

— Podem ir para o escritório — informou a doméstica. — Aceitam café, água, refrigerante?

— Traga umas cervas, meu bem.

Os olhos de Boyd correram pelo corpo da mulher, parando com interesse nos seios amplos. Ela estava usando um vestido branco, e o tecido fino deixava ver seus mamilos.

— Sinto muito, mas o médico do chefe Harrison mandou tirar todas as bebidas alcoólicas da casa.

Os dois homens se entreolharam.

— As coisas mudam — sussurrou Boyd. — Se ele estiver sóbrio, estaremos em apuros. — Ele observou o rebolado da mulher enquanto ela caminhava para o outro quarto. — Acha que o chefe está comendo ela? Tem um corpaço, não acha?

— Acho que não — disse Pete. — Aquela mulher é uma rainha. O que ia querer com um pinguço como o Harrison?

Entraram numa sala mal-iluminada. Um homem de 58 anos estava curvado, de pernas abertas, numa poltrona reclinável de couro marrom. Fitou-os com olhos castanhos anuviados, parcialmente ocultos por óculos de lentes grossas. Estava de pijama por baixo de um roupão de banho, e com os pés protegidos por chinelas forradas com pele. Havia uma pilha de jornais no chão ao seu lado, e a ponta da mesa estava atulhada com frascos de medicamentos controlados.

— Sentem-se — disse Charles Harrison, olhando para o sofá. Durante algum tempo, manteve os olhos frios fixados nos dois homens. Finalmente falou em voz baixa e controlada: — Confiei em vocês para cuidar das coisas. Metroix não deveria ter saído da prisão.

Boyd pigarreou, quase engolindo chiclete. Tirou-o da boca e depositou-o num cinzeiro.

— Tínhamos a maior parte da junta de condicional, chefe — explicou Boyd. — O problema foi que eles designaram três pessoas novas este ano.

— Vocês falaram com elas?

— Tentamos — disse Pete, considerando o homem à sua frente mais patético do que ameaçador. Ainda se lembrava de Charles Monroe Harrison em seu auge: bonito, refinado, articulado, um astro reluzente no meio policial. E de repente a vida inteira dele ruiu. O filho de 17 anos foi assassinado. A esposa, Madeline, desenvolveu algum tipo de doença rara e ficou hospitalizada durante anos. Pete achava que era uma coisa chamada síndrome da fadiga crônica. Hoje em dia os médicos têm um nome bonito para tudo, pensou. A esposa pirou, pura e simplesmente. A carreira de Harrison progrediu, mas o homem afogou suas tristezas na garrafa. A julgar pela sua aparência esta noite, Pete tinha certeza de que o álcool ia matá-lo.

— Fizemos tudo o que estava ao nosso alcance, chefe — garantiu Pete. — Tomamos vinho e jantamos com eles... Explicamos a eles que Metroix era perigoso, que seu perfil psicológico indica uma alta possibilidade de que volte a matar se fosse libertado. Até mostramos a eles uma foto do Tim no uniforme de seu time de futebol americano. — Ele parou de falar, vendo o peito do subchefe de polícia expandir e contrair em emoção. — Tudo estava correndo bem até a gente se encontrar com uma mulher que é dos novos membros da junta. A primeira coisa que ela fez foi pedir para ver nossas credenciais. Assim que admitimos que não somos mais empregados oficialmente pelo departamento de polícia, ela bateu a porta na cara da gente.

— É — acrescentou Boyd, o ombro direito contorcendo-se com energia nervosa. — Depois liguei para ela, pedindo-lhe que conversasse de novo com a gente. Dessa vez nós pressionamos a dona. Então o marido dela botou a gente para correr da propriedade deles com uma espingarda.

Os olhos de Charles Harrison faiscaram de raiva.

— Seus imbecis. Eu disse a vocês que essas táticas só agem contra a gente. O que vocês fizeram? Disseram à mulher que iam quebrar as pernas dela?

— Não exatamente — disse Boyd, gesticulando largamente com a mão. — Ela tem um filho no último ano do ensino médio. Eu segui o garoto e peguei ele fumando maconha com uns amigos. Já tinha verificado a ficha escolar dele. O babaquinha ganhou uma bolsa para uma daquelas faculdades chiques lá no leste. Harvard, acho.

— Princeton — corrigiu Pete com uma expressão invejosa. Imaginou como seria começar sua vida de novo. O dia em que prestara juramento como oficial de polícia fora um dos momentos de maior orgulho em sua vida. Vários membros de sua família também tinham ingressado na polícia, subindo rapidamente de posto em posto. Um policial hispânico detinha muito status. Tudo o que Pete possuía era um diploma do ensino médio. A não ser que uma pessoa se tornasse oficial de segurança, dez anos como policial não contava para nada, e sua situação era pior do que a da maioria. Pete e Boyd eram criminosos condenados.

— Tudo o que fiz foi contar à mãe do garoto que a universidade talvez tivesse regras bem rigorosas em relação ao uso de narcóticos — explicou Boyd. — Você sabe, disse a ela que o garoto poderia perder a bolsa.

— Metroix já cumpriu uma sentença mais longa do que a maioria das pessoas condenadas pelo mesmo crime — acrescentou Pete, remexendo-se na cadeira. — E, como se isso não bastasse, o sujeito ficou amigo do diretor do presídio. O relatório do diretor listava Metroix como prisioneiro modelo.

O rosto do homem mais velho paralisou-se numa expressão de fúria.

— Aquele desgraçado matou meu filho. E vocês, seus retardados, têm o descaramento de sentar-se na minha casa e me dizer que ele foi um prisioneiro perfeito. Saiam da minha frente! — gritou o velho, um fio de saliva correndo pelo lado da boca. — Tenho nojo de vocês. Vocês eram inúteis quando usavam um distintivo e são inúteis agora.

Pete tossiu, olhando para Boyd enquanto decidia o que deviam fazer em seguida. Certa noite, eles deram uma dura num assaltante dopado e Boyd bateu tanto nele que o homem sofreu dano cerebral permanente. Pete alterou o relatório para proteger o parceiro, sem saber que havia várias testemunhas do incidente, entre elas um repórter do jornal local. O prisioneiro estivera algemado durante a maior parte do espancamento. Ambos os policiais foram julgados e sentenciados a três meses no presídio municipal. No dia em que foram libertados, o chefe Harrison estava à espera deles na porta do presídio com uma valise contendo vinte mil dólares em dinheiro. De algum modo, todos os anos, o chefe aparecia com mais vinte mil para garantir que Daniel Metroix permaneceria na prisão.

Com o passar dos anos, os dois ex-policiais tinham mergulhado no submundo, e agora flertavam com o crime organizado e com traficantes de tóxicos. Pete e Boyd não roubavam nem traficavam; contudo atuavam como força extra para alguns dos poucos contatos que ainda tinham dentro da polícia. O dinheiro que Harrison lhes pagava era irrisório. Eles continuavam a trabalhar por respeito ao velho.

— Deixem para lá — disse Harrison, com a voz arrastada. Uma das mãos, trêmula, pegou um frasco na mesa e lançou várias pílulas na palma da outra mão. Jogou as pílulas na boca e engoliu-as com água. — É para o meu fígado — explicou aos dois. — Alcoólatras não ficam no topo da lista de transplantes. Não posso ir para a sepultura sabendo que esse homem está livre. Estão me entendendo? Tenho duzentos mil no meu caixa dois.

— Ficamos satisfeitos em saber que você tem algum dinheiro para ficar confortável — disse Pete, levantando-se. — O problema, chefe, é que eu e Boyd não matamos por dinheiro.

Ele começou a caminhar até o chefe para apertar sua mão, pensando que esta provavelmente seria a última vez que iriam vê-lo. Harrison não era uma pessoa má. Era um moribundo que nunca havia superado sua dor. Pete deu vários passos para a frente e então parou, aterrorizado pelo pensamento de que talvez estivesse tendo uma visão futura de si mesmo. O que ele faria se alguém matasse um de seus filhos? Ele rapidamente se virou e seguiu o parceiro até a porta.

— Duzentos mil é muito dinheiro — trovejou Harrison. — Por acaso acham que não mantenho registros sobre vocês? Sou capaz de documentar cada crime que já cometeram, assim como cada bandido com quem já se associaram desde que foram chutados da polícia de Ventura. Só preciso dar alguns telefonemas, e vocês passarão o resto de suas vidas na prisão. É claro, se derem as costas para mim e saírem por aquela porta, podem não viver o bastante para ir para a cadeia.

Durante todo o tempo, Pete Cordova temia que a situação chegasse a este ponto. Ele tinha uma esposa maravilhosa e duas filhas que eram a razão de seu viver. As pessoas do submundo com quem eles negociavam não podiam se dar ao luxo de serem expostas, e Harrison não tinha nada a perder e tudo a ganhar.

— Vamos, Boyd — disse, puxando a manga do companheiro. — Não estamos falando mais com uma pessoa racional. Chefe, você está nessa sozinho.

— Vocês vão voltar — disse Harrison, dobrando o corpo até a cintura enquanto seu rosto se contorcia de dor. — E mesmo se não voltarem, alguma outra pessoa vai aceitar a minha oferta.

Depois que saíram da casa, Boyd disse:

— Queria ter pego o Metroix na noite que ele matou Tim. Greenly era um covarde. Se ele tivesse me ouvido, teríamos sido poupados de muito sofrimento.

Pete Cordova ficou de boca fechada enquanto caminhava na frente até o carro. Chegara o momento de mudar sua vida. Ele devia isso à sua família. Uma das primeiras pessoas das quais ele precisava se distanciar era Boyd Chandler. Duvidava que Harrison fosse cumprir suas ameaças e denunciar suas atividades ilegais às autoridades, mas Boyd poderia agir pelas suas costas e aceitar a oferta do chefe. Duzentos mil dólares era uma bela soma de dinheiro, e Boyd era viciado em jogo.

CAPÍTULO 4

Carolyn residia numa casa modesta, de três quartos, localizada perto do Ventura College. Antes de começar a freqüentar a faculdade, costumara passar seus fins de semana cuidando do jardim sob o sol californiano. O caminho que conduzia até a porta da frente era ladeado com roseiras em flor, e os canteiros ao longo do exterior da casa eram cheios com fileiras de sempre-vivas de cores berrantes.

Depois de estacionar o Infiniti na entrada da garagem às 21h30 daquela noite, Carolyn correu para dentro da casa, torcendo para encontrar o filho ainda acordado. Como John fazia o jantar e ajudava Rebecca com o dever de casa às segundas e quartas, enquanto Carolyn estava na aula, ela lhe dera permissão para converter a garagem em seu próprio apartamento particular. Todos os três quartos estavam localizados no mesmo lado da casinha, e John, que estava com 15 anos, necessitava de privacidade.

Rebecca era uma menina de 12 anos exuberante e popular. Ligava o aparelho de som numa altura ensurdecedora, sempre estava recebendo a visita de uma ou outra amiga, e só limpava seu o quarto quando Carolyn ameaçava colocá-la de castigo. Ao contrário da maioria dos adolescentes, John era extremamente organizado. Passava o tempo lendo e estudando, e detestava qualquer espécie de ruído. Lindo de morrer, o garoto media mais de 1,80m e tinha olhos verdes luminosos. Contudo, no momento atual, o sexo oposto exercia um papel insignificante na vida do filho de Carolyn. Ocasionalmente levava uma menina para um baile da escola ou ao cinema. Depois, a garota sempre vinha visitá-lo, mas John era ocupado demais para atender às exigências de um namoro firme.

O rapaz aspirava a ingressar no MIT, o Instituto de Tecnologia de Massachusetts, e formar-se em física. Para Carolyn, prover as necessidades de seus filhos não era nada fácil. Ela certamente não podia depender do ex-marido. Infiel e mentiroso, Frank traíra Carolyn repetidas vezes. Quando ele começara a usar drogas, Carolyn finalmente pusera um fim ao casamento.

Ela encontrou John na cozinha organizando os pratos no lava-louças. Estava usando calças jeans e uma camisa branca sem mangas. Sua pele era bronzeada; seu corpo, firme e musculoso.

Carolyn caminhou até ele e o beijou na face.

— Você está ótimo, garoto — disse Carolyn, sabendo que ele agora estava malhando diariamente em seu apartamento na garagem. John dissera à mãe que levantar pesos ajudava-o a dormir à noite. Como ela própria, seu filho sentia dificuldade de acalmar sua mente fervilhante. Depois de anos de noites sem dormir, Carolyn finalmente recorrera a calmantes. Ela rezava para que John não seguisse seus passos.

— Deixa que eu termino de limpar — disse Carolyn. — Você precisa ir para a cama. Já disse mil vezes para não se importar com os pratos. Você já faz muito.

— Cama? — retorquiu John com uma expressão ansiosa. — Tenho horas de trabalho que deixei de fazer. — Limpou as mãos numa toalha de prato. — Paul Leighton comprou uma casa no fim da rua. Eu o vi diante da casa hoje. Quase fui me apresentar a ele, mas acabei decidindo que não seria educado importuná-lo antes de ele receber o caminhão de mudança e arrumar todas as suas coisas.

Carolyn abriu a geladeira e retirou uma jarra de limonada, servindo-se de um copo e ocupando um lugar numa cadeira de madeira à mesa de teca redonda.

— Eu deveria conhecer essa pessoa? O nome não me parece familiar.

— É um professor de física na Caltech — disse John. — O sr. Chang me mostrou todos os livros que Leighton escreveu. Ele acha que Leighton vai ser outro Richard Feynman, o cara que eu estou estudando.

— Impressionante — disse Carolyn, esfregando a cabeça e chutando os sapatos de seus pés. — Então ele é tanto escritor quanto físico?

O menino balançou a cabeça, frustrado. Sua mãe era um enigma. No passado, ela poderia resolver um problema de matemática no qual trabalhara durante dias em menos de uma hora. Porém, desde que começara a freqüentar a faculdade de direito, seu lado científico regredira. Ele sabia que ela estava cansada. Podia ver isso escrito no rosto dela.

— Leighton não escreve romances, mãe, como o papai tentou fazer. Ele escreve ensaios. E não apenas isso. Ele é formado pelo MIT.

— Agora eu estou realmente impressionada — disse Carolyn com um sorriso. — Existem outras instituições de ensino além do MIT, sabia? Qual é o problema com a Caltech? Até a Long Beach State é uma boa universidade. A Universidade da Califórnia seria bem mais barata.

— Você não entende — argumentou John. — O MIT é o melhor. Talvez o professor Leighton possa escrever uma carta de recomendação para mim. Como fiz o curso de verão no ano passado, poderei terminar o ensino médio quando tiver 17 anos. Faltam apenas dois anos para isso. Tudo o que preciso é obter notas excelentes nos testes de avaliação de conhecimento escolar.

— Parece ótimo — disse Carolyn. — Quando eu tiver uma noite livre, convidaremos o professor e a esposa dele para jantar.

John fitou-a envergonhado.

— Ele não tem esposa. É divorciado. A filha dele tem a mesma idade da Becky. Isso significa que ela irá para a mesma escola. Já falei com Becky e ela me prometeu apresentar a filha de Leighton a algumas das amigas dela.

— A sua irmã não gosta de ser chamada de Becky — lembrou Carolyn. — Ela diz que isso soa muito infantil.

— E eu com isso? — disse John. — Eu faço tudo aqui. Posso chamar a minha irmã do que quiser.

— Tive uma conversa parecida com o Brad hoje — disse Carolyn, terminando de tomar sua limonada. Levando o copo para a pia, prosseguiu: — Chame sua irmã de Rebecca, tá? Já tenho problemas demais sem ouvir vocês dois discutindo por causa de um nome.

— Por que o Brad deixou você chateada?

— Ele me chamou de querida.

— O que tem de errado nisso?

— Não é apropriado para um supervisor empregar termos carinhosos no escritório. Ele também me chamou de gatinha.

— Ainda bem que você parou de sair com ele — disse o rapaz. — Se quer saber minha opinião, acho ele um babaca. Só de pensar nele transando com a minha mãe me deixa com vontade de vomitar.

Carolyn deu um tapa no ombro de John.

— Não use essa linguagem quando falar sobre sua mãe, entendeu? Eu estava solitária. Brad e eu éramos amigos havia anos. Saíamos para jantar e ver um filme de vez em quando.

— Tá legal — disse John, forçando um sorriso. — Pode falar o que quiser, mas eu vi vocês entrando de fininho às duas da manhã.

— Pare de falar desse jeito comigo — disse Carolyn. — O que eu e Brad fizemos é assunto nosso e de mais ninguém. De qualquer maneira, já terminou.

— O professor Leighton não é velho e feio — disse John, empolgado. — Pode ser alguns anos mais velho que você. Caras inteligentes nem sempre parecem astros de cinema. É mais bonito que o papai.

— Por falar no seu pai — disse Carolyn —, ele tem ligado ou aparecido ultimamente?

— Não — respondeu o rapaz, evitando os olhos da mãe. — E mesmo se tivesse, não iria querer vê-lo. Ele não se importa com a gente. Não temos nem o número de telefone dele. Da última vez que conversamos, ele disse que estava falando de um telefone público. Tenho certeza de que estava mentindo. Ouvi uma mulher rindo no fundo. Agora ele mente sobre tudo.

Carolyn lembrou-se do rapaz sensível e romântico pelo qual se apaixonara. Eles tinham feito piqueniques e amor na praia. Ele escreveu cartas de amor e mandou-lhe flores. Abraçadinhos na cama dele, passaram muitas noites conversando até o sol nascer. John estava errado. Frank tinha sido um homem bonito e atraente. Era surpreendente o que o álcool e as drogas podiam fazer com a aparência de alguém. Ainda sem ter chegado aos 40 anos, o ex-marido de Carolyn parecia um velho. Seu casamento começara a ruir havia dez anos.

Por causa do bebê, apenas um deles poderia continuar a estudar. Carolyn colocou John na creche e começou a trabalhar como secretária para pagar as mensalidades da faculdade de Frank. Ele dava aulas de língua inglesa enquanto tentava completar seu primeiro romance. Quando viu que não conseguiria publicar o livro, passou a satisfazer seu ego dormindo com outras mulheres. E então até mesmo suas escapadas sexuais perderam a graça. Passou a permitir que traficantes de drogas viessem à sua casa e se aproximassem de seus filhos. Durante o divórcio, Carolyn tentou esconder a verdade de John e Rebecca. O psicólogo com o qual John e Rebecca tinham parado de se consultar muito recentemente insistiu em que ela contasse às crianças por que se divorciara do pai delas. Quando uma pessoa se envolvia com drogas pesadas, não havia espaço para mais nada. Frank não amava mais ninguém. A única coisa que ele amava eram as drogas.

— Meu professor disse que Leighton é um cara divertido — disse John, quebrando o silêncio. — Você talvez goste dele.

— Ah, entendi — disse Carolyn, sorrindo. — Não tem problema se eu transar com um professor de física, contanto que você consiga uma recomendação para o MIT. É isso?

John soltou uma risadinha.

— Mais ou menos — respondeu. — Pelo menos eu aprenderia alguma coisa. Não consigo me imaginar aprendendo qualquer coisa útil com o Brad. Admito que quando eu era mais novo achava legal aquele lance dele com os carros de corrida. Aposto que o cara não conseguiria passar nem nas minhas provas de cálculo. Sei que ele não tem cérebro para física.

— Estou ocupada demais para me envolver com outro homem agora — disse Carolyn, usando uma esponja para enxugar o balcão da cozinha. — Rebecca está dormindo?

— Está — respondeu. — Precisei ajudá-la a fazer o trabalho de casa de novo. Ela é preguiçosa, mãe. Ela poderia ter feito sozinha. Tenho meus próprios deveres para fazer.

Carolyn já tinha ouvido essa queixa antes. Ela fez uma anotação mental de conversar com Rebecca pela manhã.

— Ela catou todo o lixo no quarto dela como eu mandei?

— Você sabe que Rebecca nunca limpa o quarto. Ela obriga as amigas dela a fazer isso. Ela é uma fedelha mimada, mãe. Você devia ver como ela se comporta quando você não está aqui. Ela não se serve sozinha nem de um copo de leite. Ela me trata como se eu fosse um escravo.

Encostada na ombreira da porta, Carolyn cruzou os braços.

— Quem tem a garagem inteira só para si? Além disso, achei que você queria que eu namorasse esse professor de física. Privilégios são privilégios. Tudo na vida vem com um preço.

Na manhã de terça-feira, uma morena alta de olhos escuros e rosto redondo e amistoso desviou a atenção de sua mesa quando Carolyn passou apressada para o seu escritório. Atrás de cada divisória havia duas estações de trabalho. Como Carolyn estava há mais tempo no serviço, sua mesa ficava localizada perto da janela. A mesa de Veronica Campbell ficava no lado oposto da divisória, mas, como sua mesa ficava próximo da parede, as duas mulheres podiam ver uma à outra e conversar. Veronica tinha uma tendência a falar demais, um dos motivos por que quase nunca conseguia cumprir seus prazos.

— Estou tão cheia deste trabalho que nem consigo pensar direito — disse a mulher, emburrada. — Preston me designou para dois novos casos hoje de manhã. — Ela pegou uma pilha de pastas e deixou-as cair de volta na mesa. — Vai ser impossível terminar esses relatórios a tempo, mesmo se eu ficar aqui todas as noites até a meia-noite. Tenho marido e três filhos. Acho que Drew tem outra, e ontem à noite o meu filho de 2 anos achou que eu era a babá. Não é de admirar que a agência cometa tantos erros. Não somos máquinas, não é verdade?

— Nem me fale — comentou Carolyn, caminhando para seu cubículo e colocando sua bolsa e valise no chão ao lado da cadeira. Os dois oficiais de condicional que compartilhavam divisórias com Carolyn e Veronica raramente estavam por perto. Blair Ridgemore, que dividia um espaço com Carolyn, pertencia ao pequeno grupo de pessoas na Califórnia que ainda eram viciadas em nicotina. Quando Ridgemore não estava entrevistando vítimas ou réus, ele ditava seus relatórios a um gravador, sentado num daqueles bancos de concreto no jardim, onde poderia fumar.

Sandra Wagner, que dividia o espaço com Veronica, estava em licença-maternidade havia seis meses.

— Então, quando acha que vai se formar na faculdade de direito? — Veronica voltou a tagarelar. — Você vai poder sair desta pocilga e se tornar rica e famosa. Mal posso esperar para ver você naqueles programas de tevê, falando sobre todos os nojentos desgraçados que vai defender.

— Obrigada — respondeu Carolyn, suspirando enquanto puxava a ficha de Daniel Metroix. — Até nojentos desgraçados têm direito a representação legal, Veronica. Se bem que não pretendo representar molestadores de crianças, estupradores ou assassinos. Isto é, a não ser que eu acredite que eles sejam inocentes.

— Certo — disse Veronica. — Isso é o que todo mundo diz. Por que não se torna advogada de divórcios? Então poderá ferrar todos aqueles maridos traidores. Se eu pegar o Drew pulando a cerca, posso precisar de uma advogada de divórcios.

— Eu preferiria defender criminosos. Vara de família é a pior. Não apenas é enlouquecedora, como metade dos clientes não pode pagar. Lei criminal é o que conheço melhor. Quem sabe? Talvez me torne promotora.

— Você tem aula hoje, não tem?

— Hoje, não — respondeu Carolyn, pensando que depois que as crianças fossem para a cama, ela poderia colocar um pouco de sua leitura em dia. Graças a Deus, a juíza Shoeffel, ou Arline, como pedira que Carolyn a chamasse, não passara mais um trabalho de casa esta semana.

— Não sei como você consegue — prosseguiu Veronica. — Meus filhos botariam fogo na casa se eu os deixasse sozinhos por mais de uma hora. Jude está com quase 15 anos, mas ela é uma péssima babá. Micky foi um acidente, sabia?

— Está se referindo ao bebê?

— Estou — disse a mulher. — Vou criar filhos até me aposentar. Além disso, eu nunca conseguiria acompanhar um curso de direito. E você nem tem um marido para ajudá-la.

— Não é moleza — admitiu Carolyn, olhando pela janela. — Mas tenho sorte por John ser tão responsável. Rebecca pode ser difícil. Espero conseguir terminar a faculdade antes de ela começar a sair com rapazes.

Carolyn foi até uma sala com a intenção de ditar um relatório sobre o atentado a tiros de Sandoval. Mas não conseguia parar de pensar em Daniel Metroix. Como ela iria vê-lo naquela noite, decidiu fazer uma busca nos arquivos de computador para ver que tipo de informação adicional podia desenterrar sobre o caso. Tinha ficado assustada com a alegação do homem de conhecê-la. Daniel deixara o número de seu quarto no Seagull na secretária eletrônica de Carolyn na noite anterior. Ela não queria acabar lutando contra um estuprador ou ver o cara sacando uma arma para atirar nela. Além disso, havia toda aquela conversa maluca a respeito de física e sobre ter seu próprio laboratório no presídio.

Ah, pensou Carolyn, colocando seu fone de ouvido e discando o número para Chino. Ela poderia pelo menos desfazer uma das ilusões de Daniel.

— Fala o diretor Lackner — disse um homem de voz grave. — Minha secretária me disse que você tinha uma pergunta a respeito de um ex-prisioneiro chamado Daniel Metroix.

— Sim — disse Carolyn, e relatou o que Daniel lhe contara.

— Metroix é um sujeito decente. Nunca teve qualquer tipo de problemas de comportamento enquanto esteve aqui.

— Ele não estava sendo tratado de esquizofrenia? — perguntou Carolyn, abrindo a pasta de Daniel para retirar documentos enviados pelo presídio. — As pessoas com esquizofrenia em geral demonstram uma miríade de problemas de comportamento. Quem fez o diagnóstico?

— Ele alegou que estava ouvindo vozes — disse o diretor. — O psiquiatra de nossa equipe analisou Daniel e julgou que ele poderia se beneficiar com a medicação. Depois Metroix ouviu falar alguma coisa sobre uma droga nova. Como não conseguimos a aprovação do comitê de prisões, Metroix pagou por ela do próprio bolso. Se me lembro bem, ele herdou algum dinheiro de um parente.

— O senhor verificou isso?

— Não posso checar tudo o que acontece dentro desta instituição — respondeu Lackner, defensivo. — Por que não liga para o dr. Edleson?

— Esqueça o dinheiro por enquanto. O senhor forneceu um laboratório a Daniel Metroix?

— Ah, aquilo — disse o diretor, soltando uma risadinha nervosa. — Prisioneiros têm o hábito de exagerar as coisas. Era um velho armário de almoxarifado. Daniel era bom em consertar coisas. Você sabe, aparelhos que usamos aqui no presídio. Como ele era prisioneiro modelo, eu o deixei montar uma pequena oficina. Alguns outros prisioneiros modelo também trabalhavam lá.

Carolyn estava prestes a concluir o telefonema quando baixou os olhos para um relatório escrito pelo diretor em benefício de Daniel. Ter um diretor de presídio do seu lado era o tipo de coisa que normalmente faria os portões de uma prisão se abrirem instantaneamente. Numa sentença de 12 anos a perpétua, a maioria dos indivíduos era posta em condicional depois de aproximadamente oito anos. A não ser que tentassem escapar ou fossem mortos por um guarda ou outro detento, todos os prisioneiros recebiam créditos de bom comportamento e bom trabalho, créditos que reduziam suas sentenças quase à metade. Daniel Metroix estivera encarcerado por 23 anos, uma sentença que era equivalente a quarenta anos. Carolyn sabia de assassinos múltiplos que haviam cumprido penas menores.

— Por que a condicional desse homem foi negada repetidamente? — perguntou Carolyn. — O senhor recomendou que ele fosse libertado há mais de 15 anos, citando-o como prisioneiro exemplar.

— Você terá de conversar com a junta de condicional — disse Lackner. — Preciso atender outro telefonema agora.

Carolyn desligou e procurou pelo número de William Fletcher, o advogado de Daniel. Depois de enfatizar suas credenciais, o assistente do advogado passou-a para ele, em sua casa. Fletcher era semiaposentado e especializado em administração de propriedades.

— Não posso divulgar informações sem um consentimento assinado do sr. Metroix.

— Ora, vamos — insistiu Carolyn. — Não preciso de números e detalhes. Tudo o que preciso é de um sim ou não. Daniel Metroix recebeu uma herança da avó?

— É uma mulher inteligente, sra. Sullivan. O fato de que sou o advogado dele deveria lhe dizer alguma coisa. Não me telefone de novo até ter uma autorização assinada por meu cliente.

Carolyn abriu uma exceção e almoçou na lanchonete. Depois passou a maior parte da tarde na frente do computador, lendo cada documento relacionado à prisão, julgamento e condenação de Daniel Metroix. Estava intrigada com o fato de o defensor público que o representara não ter alegado sua inocência baseado em insanidade. O fato de Metroix ser esquizofrênico e ter passado três meses num hospital psiquiátrico estadual jamais foi mencionado durante o julgamento, assim como nenhum registro de seu psiquiatra fora encaminhado às autoridades de Chino. Carolyn não podia perguntar ao defensor público o que havia acontecido, porque o homem morrera num acidente de carro havia 15 anos.

Quando acabou de ler as transcrições do julgamento, Carolyn conseguiu extrair dos arquivos do computador a ficha original de detenção e inscrição de Metroix no presídio. Entre seus pertences estivera um cartão de visitas de um psiquiatra local, juntamente com um envelope branco contendo quatro comprimidos, que o laboratório criminal identificou como um medicamento chamado Levodopa.

Carolyn jamais ouvira falar desse medicamento, o que não era surpreendente, considerando o pouco que ela sabia sobre psicotrópicos. Tentou localizar Walter Gershon, o psiquiatra cujo nome estava no cartão, mas não conseguiu achar seu número. Considerando que o médico aposentara-se ou morrera, como o defensor público, Carolyn digitou a droga Levodopa num browser e apertou o botão de busca na internet.

O arquivo de referência médica on-line indicava que o Levodopa era usado principalmente no tratamento da doença de Parkinson. Por que seria administrado a um esquizofrênico uma droga usada no tratamento da doença de Parkinson? A medicação aumentava dramaticamente os níveis de dopamina no cérebro.

Carolyn decidiu telefonar para um psiquiatra que trabalhava freqüentemente como testemunha especializada. Depois que ela disse à secretária do dr. Albert Weiss que poderia cobrar ao condado por uma hora do tempo do médico, a mulher transferiu-a para o celular dele.

— Preciso fazer uma pergunta ao senhor — disse Carolyn, dizendo-lhe o nome do medicamento e dando um resumo das circunstâncias.

— Sra. Sullivan, nenhum psiquiatra, ou nenhum médico, a propósito, trataria com Levodopa um esquizofrênico diagnosticado. Você tem certeza de que anotou direito o nome do remédio?

— Pode ter sido um erro de grafia — disse Carolyn ao médico. — Existia, há mais de vinte anos, algum medicamento para esta doença que tivesse nome semelhante?

— Sou psiquiatra desde quando você ainda era uma menina — disse Weiss. — Até onde eu sei, não existe nenhum remédio assim.

— Que tipo de efeito essa droga exerceria?

— Bem, nada de mais — disse, sarcástico, o psiquiatra. — O paciente provavelmente iria se tornar um psicótico logo depois que a droga entrasse em sua corrente sanguínea. Você me pegou no campo de golfe. Estou para dar uma tacada. Respondi à sua pergunta?

— Obrigada — disse Carolyn. — Continue seu jogo.

Caminhando até o refeitório para pegar um refrigerante, Carolyn esbarrou em Brad Preston, quando este tagarelava e ria com Amy McFarland.

— Encontrei discrepâncias imensas no caso Metroix. — Carolyn puxou a lingüeta de sua lata de 7UP e tomou um gole. — Assim que tiver clareado todos os fatos, vamos precisar conversar.

Brad sorriu para Amy McFarland.

— Veja o sujeito uma vez por mês — disse a Carolyn. — Designei mais quatro investigações para você esta manhã. O caso Metroix é história antiga. Você não tem tempo de se preocupar com discrepâncias.

Carolyn lançou a Brad um olhar que teria derrubado um elefante. A nova namorada dele não parecia sobrecarregada de trabalho. Ela se virou e dirigiu um sorriso amistoso para a mulher.

— Você já conheceu a noiva do Brad, Amy? — perguntou. — Devia ver o anel que ele deu a ela na semana passada. Uns três quilates, acho. E como se isso não bastasse, a lua-de-mel deles vai ser em Paris. Não é romântico?

Carolyn observou o rosto da mulher se contorcer de raiva. Ela saiu furiosa da sala, mas não sem antes golpear Brad na barriga com sua bolsa.

— Sabia que você estava dormindo com ela — disse Carolyn.

— Você não é apenas maluca — disse Preston, café espalhado na frente da camisa. — Você é uma jararaca.

— Mantenha seu pau fora do escritório — aconselhou Carolyn, uma expressão de satisfação no rosto.

— Você não se importava com isso.

— Na época você não era meu supervisor, lembra?

De volta à sua escrivaninha, Carolyn releu as transcrições do julgamento de Metroix para ter certeza de que não havia deixado passar nenhum detalhe importante. Alguma coisa não se encaixava com o restante. Brad originalmente dissera-lhe que este caso era muito delicado e aconselhou-a a não cometer erros. No refeitório, entretanto, disse que o caso era história antiga e que tudo o que ela precisava fazer era ver o homem uma vez por mês.

Carolyn agora estava determinada a descobrir tudo o que pudesse sobre a morte de Tim Harrison. Como estudante de direito, estava intrigada com os numerosos elementos do caso.

Confirmar suas suspeitas de que Brad estava dormindo com outra mulher doía, sobretudo porque Amy McFarland tinha 25 anos e era um mulherão. Obviamente, Brad não pusera fim no caso deles apenas devido à sua promoção. Será que ele já estava saindo com Amy antes mesmo de ela ser contratada para a agência? Talvez ele a tivesse ajudado a conseguir o emprego. Um oficial de condicional não ganhava muito dinheiro, mas, como na maioria dos empregos no funcionalismo público, o número de pessoas que se candidatava à função era surpreendente. Os benefícios eram excelentes, e os aumentos salariais, constantes. A maioria dos novos funcionários era de universitários recém-formados, e muitos possuíam títulos de mestre.

Carolyn olhou pela janela, tentando não chorar. À medida que uma mulher envelhecia, sentia mais dificuldade de aceitar uma rejeição. Seus pensamentos se voltaram para David Reynolds. Será que ela devia aceitar os avanços dele e usá-lo para se mostrar na frente de Brad? Carolyn seguiu para uma sala de entrevista e telefonou para o irmão.

— O que você está fazendo?

— Comendo uma tigela de cereais — respondeu Neil. — E você?

— Cogitando o suicídio — disse a irmã. — Brad me largou por uma loura jovem. E como se não bastasse, ainda tenho de trabalhar com ela. Me sinto como uma idiota.

— Eu disse a você que o cara era um babaca — comentou calmamente Neil, sabendo que a irmã estava sendo melodramática. — Ela é uma loura jovem ou uma loura belíssima? Se tiver um rosto decente e um corpo escultural, dou a você cinqüenta pratas pelo telefone dela. Diz a ela que sou um artista famoso. Vou pintar e imortalizar sua beleza para sempre.

— Eu odeio você — disse Carolyn, chutando uma cadeira. — Não sei por que te liguei. Você nunca tenta me confortar quando estou chateada. Tudo o que faz é me insultar.

— Esse é o objetivo — disse Neil, rindo. — Agora você está puta comigo, não com o Brad.

Ao deixar a sala de entrevista, Carolyn decidiu sair do escritório e fazer uma visita ao departamento de pertences do presídio. No julgamento de David, não fora mencionado nada sobre o psiquiatra ou os comprimidos. Será que alguém poderia ter retido essas provas por saber que elas apoiariam uma defesa por capacidade reduzida ou insanidade?

— Esta data está certa? — perguntou Jessie Richards, um guarda designado para o departamento de pertences. Ele olhou para ela através do guichê na porta.

— A data está certa.

Carolyn deu a ele a folha impressa no computador que listava os objetos que haviam estado em poder de Daniel no momento da prisão. Contra todas as possibilidades, ela torcia para que estivessem em algum lugar, acumulando poeira numa caixa. O procedimento padrão exigia que os pertences do prisioneiro fossem encaminhados a cada prisão para a qual ele fosse enviado, de modo a serem devolvidos na hora da libertação. Como enviar a um ex-detento seus pertences não era prioritário, ocasionalmente esquecia-se disso.

— Eu usava fraldas quando este cara foi preso — disse Richards, digitando o número de caso da impressão que Carolyn lhe dera. — Nem sabia que havia computadores naquela época.

— Também havia carros, Jessie — disse Carolyn. O homem era um surfista ávido e provavelmente passara a adolescência numa névoa de maconha. Ironicamente, o espectro inferior da força policial tinha diversos indivíduos com esse tipo de antecedentes. Anos atrás, as coisas tinham sido diferentes. Naqueles tempos, os candidatos a policiais eram submetidos a um teste com o detector de mentiras. Bastava uma admissão de uso de drogas, e eles eram chutados da instituição.

— Segundo nossos registros, as coisas dele sumiram alguns dias depois de sua prisão — disse Richards.

Carolyn estava confusa.

— Não pode ser — disse ela. — Os medicamentos foram mandados para o laboratório, para análise. Encontrei o relatório nos arquivos. Não dizia nada sobre os pertences terem sido perdidos. — Praticamente cada computador tinha seus próprios códigos de acesso e muitos dos arquivos eram codificados. No que dizia respeito a provas, a segurança era particularmente rígida. Contudo a situação tinha sido completamente diferente há 23 anos. — Ligue para o laboratório e pergunte se eles se esqueceram de devolver as provas.

— Você só pode estar brincando — disse Richards, girando a cadeira para ficar de frente para Carolyn. — Tudo o que o sujeito tinha com ele eram uns comprimidos de um medicamento controlado, uns trocados e um cartão de visitas. Todo ano eles fazem uma fogueira e queimam montanhas de maconha. Acredite em mim, Sullivan. Telefonar é perda de tempo. Não apenas ninguém no laboratório vai saber para onde foram essas coisas, como eles nem vão perder tempo falando comigo.

As suspeitas de Carolyn estavam aumentando. No caminho de volta até o seu escritório, ela pensou que talvez a pessoa que roubara os pertences de Metroix não se dera conta de que os objetos já tinham sido registrados no sistema de computador. O crime ocorrera quando todo o sistema criminal estava sendo informatizado. Mesmo se a pessoa que havia roubado os bens de Metroix tivesse checado o computador, os dados talvez não tivessem aparecido devido à confusão de se tentar informatizar uma quantidade de dados tão grande.

Daniel Metroix era apenas quatro anos mais velho que Carolyn. Era irônico que eles tivessem morado no mesmo edifício. Ela se lembrava do nome do edifício apenas porque seus pais haviam lhe contado sobre isso. O pai de Carolyn passara alguns anos desempregado, o que obrigara a família a se mudar para um edifício de aluguéis na zona oeste de Ventura. Logo depois, as coisas melhoraram quando ele conseguiu emprego como professor de matemática numa escola. Mais tarde a mãe de Carolyn voltara a estudar e fizera mestrado em química. Até cinco anos atrás, Marie Sullivan ensinara numa escola em Ventura. Agora morava numa comunidade para aposentados em Camarillo.

Neil era o caçula da família e seus talentos artísticos e atitude despreocupada tinham lhe valido a idolatria da mãe. Carolyn possuíra o futuro acadêmico mais brilhante até engravidar durante seu segundo ano em Stanford. Portanto, pensou Carolyn, ela e Metroix tinham uma coisa em comum: obstáculos imprevistos haviam-nos impedido de cumprir plenamente seus potenciais. De acordo com registros escolares, vários professores tinham recomendado Metroix para uma bolsa de estudos, e um deles o havia classificado como quase gênio nas áreas de matemática e ciências.

Carolyn não pensava duas vezes quando recomendava uma sentença máxima para um criminoso violento. Ela não era apenas uma das oficiais de condicional mais respeitadas no condado, como também a mais punitiva. Mas alguma coisa terrivelmente errada acontecera no caso de Daniel Metroix. Supressão ou adulteração de provas era crime.

Com um ponto de vista objetivo, pensou Carolyn, retornando à sua mesa, uma pessoa compreendia que o pêndulo oscilava para ambos os lados. Alguns criminosos que cumpriam somente uma pena curta atrás das grades representavam uma ameaça grave à sociedade. O caso de Daniel Metroix não parecia apenas um trabalho descuidado e despreocupado da parte de seu advogado de defesa.

O sistema tinha sido manipulado.

CAPÍTULO 5

Terça-feira à noite, quando ia para seu encontro com Daniel Metroix no motel Seagull, Carolyn pegou o celular na bolsa e ligou para casa

— Onde esteve? — perguntou Carolyn quando o filho atendeu.

— Aqui — respondeu John. — Liguei de volta para você. Não pegou a mensagem?

— Não — disse Carolyn. — Já devia ter saído do escritório quando você ligou. Saí mais cedo. Como estão as coisas? Descongelou o bolo de carne, como pedi que fizesse hoje de manhã?

— Rebecca detesta bolo de carne — disse John. — É por causa disso que ele ficou dois meses no freezer. Quando vai voltar para casa?

— Devo chegar no máximo às sete. Se estiver com fome, não me espere para comer.

— E o que vamos comer? — perguntou John, com um tom irritado na voz. — Você precisa passar na mercearia. Não temos nada para jantar hoje, quanto mais para fazer nossas merendas amanhã.

— Vou comprar alguma coisa — garantiu Carolyn. — Cadê sua irmã?

— Enfurnada no banheiro — disse John. — Está pintando o cabelo de roxo.

Carolyn gritou:

— Quero falar com ela agora!

— Estou brincando, mãe — disse John, embora soasse desanimado. — Mas por que você haveria de se importar, se nunca está aqui? Estou travado num problema de cálculo há mais de dois dias. Precisamos pensar numa solução, mãe, ou as minhas notas vão cair. Não posso cuidar de tudo sozinho. Cozinho, lavo roupa, sou babá da Rebecca e ainda dou aulas particulares para ela.

— Entendo — disse Carolyn. — Vamos conversar sobre isso neste fim de semana. Só liguei para dizer que vou chegar tarde. Não coma, certo? Te ligo de volta em cinco minutos. — Ela começou a desligar, e então compreendeu que estava sendo insensível. — John, eu valorizo muito o que você está fazendo. Prometo que vou aliviar suas responsabilidades.

— Desculpa por ter reclamado. Acho que estou cansado hoje.

— Eu te amo — disse Carolyn. — Você não precisa se desculpar, querido. As suas reclamações são válidas. De qualquer modo, estou pensando em trancar a faculdade. Também estou cansada.

Ela apertou o botão de discagem automática do celular. Neil atendeu ao quarto toque.

— Ainda bem que te peguei em casa — disse Carolyn. — Preciso de você.

— Deus sempre está em casa quando você precisa dele — brincou o irmão de Carolyn. — O que está acontecendo agora?

— Está ocupado?

— Terei uma exposição na semana que vem — respondeu. — Também tenho uma linda modelo de nu no quarto, arfando por minha atenção. Até você se apaixonaria por esta garota. Ela tem o rosto e o corpo de um anjo.

— Não estou interessada em garotas — disse Carolyn. — Ponha a garota nua no gelo e leve meus filhos para jantar. Preciso fazer uma visita de conferência à casa de um condenado em condicional. John alega que não há comida em casa. Você está me devendo por não ter aparecido na casa da mamãe no domingo. Ela me fez assar uma torta para você!

— Era aquela que você faz com bananas em camadas, biscoitos wafers e creme batido? É a minha favorita.

— Era, sim. Pena que nós a comemos, senão eu teria ido até sua casa para acertar ela na sua cara. Você sabe que eu não tenho tempo para fazer tortas. Mal tenho tempo de ir ao banheiro.

— Apanharei John e Rebecca em 15 minutos.

— Obrigada — disse Carolyn. — Ligue e mande eles se prepararem. Se quebrar esse galho para mim, prometo que farei outra torta de banana.

— Estou com medo da exposição ser um fiasco.

Aqui vamos nós, pensou Carolyn. Ela estava esperando uma crise.

— Tudo vai correr bem — garantiu.

— Você não está entendendo — disse Neil em tom baixo, para que a garota no outro quarto não o ouvisse. — A economia está uma merda agora. As pessoas não estão investindo em arte. Só porque vendi muitas pinturas ano passado, isso não significa que este ano irá acontecer a mesma coisa. Tenho pensado em vender a casa.

Por mais confiante que parecesse, Neil era emocionalmente frágil. Ele sempre ficava nervoso antes de uma grande exposição.

— Relaxe — disse ela. — Você não disse que no mês passado vendeu uma pintura por trinta mil?

— Sim, mas aquilo foi uma exceção. O sujeito era tão estúpido que teria comprado uma tela em branco. Ele tinha muito dinheiro, só isso. Acho que ele é um tipo de chefe de quadrilha que está se fazendo passar por socialite. Quando descobrir que nunca vendi antes uma pintura nesse nível de preço, ele provavelmente vai voltar e me fazer em picadinhos.

Ai, meu Deus, pensou Carolyn, agora ela estava falando com o Neil de 12 anos. Quando o irmão ficava deprimido, começava a regredir.

— O *L.A. Times* não fez uma matéria sobre você?

— Sim, mas...

— Neil, escute bem — disse ela. — Você é um artista maravilhoso. Se não sair gastando como um doido, terá dinheiro suficiente para se sustentar durante pelo menos cinco anos. E isso se você não vender nenhuma pintura, entendeu? Você comprou para a mamãe aquele apartamento caríssimo em Camarillo. Como você pagou à vista, sempre poderemos hipotecar o apartamento. Você já me emprestou dinheiro mais vezes do que quero admitir. Eu te amo, Neil. Todo mundo te ama. A sua exposição vai ser fantástica. Você vai ganhar toneladas de dinheiro. E se não ganhar, não importa.

— Não sei o que eu faria sem você — disse Neil, deixando exalar um suspiro longo. — Você é o fio que me mantém inteiro.

— Você também — disse ela. — Você passa tempo demais naquele barraco atrás da casa que usa como ateliê. Telefone para o John e a Rebecca. Vá a algum lugar divertido. Eles vão fazer você se sentir melhor.

Olhando o relógio no painel do carro, e vendo que já eram 17h30, ela jogou o telefone de volta na bolsa e enfiou o pé no acelerador.

Alguns minutos antes das 18h, Carolyn entrou no estacionamento do motel Seagull. Sempre fora uma pessoa pontual. Ficava nervosa quando estava atrasada. Procurou entre suas chaves por aquela que destrancava o porta-luvas, e então enfiou a mão dentro dele e pegou o revólver e o coldre de ombro. Retirando o Ruger 9mm, tateou pelo porta-luvas até encontrar o pente de munição. Enfiou-o no revólver. Odiava armas. Embora oficiais de condicional fossem policiais jurados, e portanto com direito de portar armas de fogo, até um ano antes, os oficiais de condicional em Ventura não andavam armados. Depois que um policial de campo foi morto ao fazer uma visita inesperada a um condenado sob condicional que estava em meio a uma grande negociação de drogas, o departamento mudou sua política. O fato de que agora estivessem supervisionando mais detentos do presídio sob condicional também influía, porque intensificava o perigo.

Ligando a lâmpada de teto no interior do Infiniti, checou o pino de segurança e se certificou de que não havia nada alojado no interior do cano da arma. Cinco meses haviam se passado desde que ela havia destrancado o porta-luvas, quanto mais portado a Ruger. Carolyn acidentalmente deixara seu paletó no escritório, e iria se sentir estúpida usando o coldre de ombro. Abrindo a bolsa, deixou a arma cair em seu interior. Em seguida largou o coldre de ombro no banco do carona. Ela tinha um colete à prova de balas no porta-malas. Como nunca o usara, nem tinha certeza se cabia.

Carolyn não tinha certeza se estaria mais segura com ou sem arma. Ela já investigara muitos crimes envolvendo armas de fogo. A legislação concernente ao registro de armas manuais não era nada além de um paliativo. A maioria das armas usadas em crimes era roubada de cidadãos que as haviam comprado legalmente. As pessoas achavam que estariam protegidas se possuíssem uma arma. Nove em dez vezes, o perpetrador usava a arma da vítima para cometer o crime, ou alguém na casa punha a mão na arma, e ou se matava ou matava um membro da família.

Esse tipo de tragédia não estava distante da vida de Carolyn. Seu tio pegara a pistola calibre 38, que comprara numa loja de penhores para proteger sua família, e pusera-a na cabeça para estourar os próprios miolos. Carolyn e seu irmão, então com 14 anos, foram as pessoas que o encontraram. Era o tipo de recordação que podia assombrar alguém pelo resto da vida.

Carolyn saltou do carro e apertou o botão para o alarme. O estacionamento estava quase vazio. Tudo o que ela notou foi um caminhão Chevy preto estacionado perto do escritório. Carolyn considerou que a localização era boa, mas o hotel estava fortemente necessitado de reparos. Como eles não pareciam ter muitos hóspedes, Carolyn deduziu que não o manteriam por muito mais tempo. Enquanto atravessava o estacionamento, teve uma sensação muito estranha. Várias vezes olhou para trás, certa de ter ouvido passos às suas costas.

Daniel anotara o número de seu quarto como 221. A maioria dos quartos dos pavimentos superiores parecia escura, mas mesmo assim ela viu claramente um homem sentado numa cadeira diante de uma janela aberta.

Carolyn subiu a escadaria de dois em dois degraus. Quando chegou ao quarto, viu a chave enfiada na fechadura. Posicionando-se a um dos lados da porta, estendeu o braço e bateu, enquanto a outra mão repousava no revólver guardado dentro da bolsa. Daniel abriu a porta.

— Por que deixou a chave na porta?

Ele correu os dedos pelo cabelo.

— Estava trabalhando — disse, gesticulando na direção de uma pilha de papéis na mesa ao lado do abajur. — Deixo a chave na porta para não me trancar do lado de fora. Às vezes não tem ninguém lá embaixo na recepção. Afinal de contas, não tenho nada que valha a pena roubar. Quer dizer, tenho o meu trabalho. Mas não consigo imaginar um ladrão saindo daqui às pressas com uma pilha de papéis que ele não vai conseguir decifrar.

Carolyn se perguntou se ele um dia conseguiria ajustar-se ao mundo exterior. Ele estava usando a mesma camisa da véspera. Um lado da camisa estava saindo de suas calças jeans, os cabelos estavam despenteados, e ele estava usando apenas uma meia e nenhum sapato.

— Gosto de ter uma janela — disse Daniel, caminhando até lá para encostar as mãos no vidro. — Quando meus olhos ficam cansados, descanso eles olhando para o oceano. Não é bonito?

Enquanto Daniel estava de costas para ela, Carolyn rapidamente verificou o armário e o banheiro, procurando por indícios de armas, drogas ou álcool. Merda, pensou, teria de lhe prestar mais uma visita depois que ele arranjasse um apartamento.

— Encontrou um lugar para morar hoje?

— Não — disse ele, virando-se. — Não tenho carro. Tenho dinheiro para comprar um, mas não tenho carteira de motorista. Fui de ônibus ver alguns apartamentos, mas me perdi. Ninguém sabia onde ficava o ponto de ônibus. Tive de voltar de táxi.

Carolyn caminhou até a mesa bagunçada e pegou uma folha de papel. Num lado havia um desenho complexo, que ela não conseguiu entender. O outro lado estava coberto de equações.

— O que é isto?

— Ah, uma coisa na qual venho trabalhando há uns 18 anos — respondeu, tímido. — É um exosqueleto.

— Você não respondeu à minha pergunta. — Ela reconheceu a palavra, mas não conseguiu associá-la a nada que uma pessoa pudesse construir. Ela não havia percebido que Eddie Downly era um estuprador. Quanto mais Metroix tagarelasse, mais condições ela teria para avaliar o risco que ele impunha à comunidade. — Clareie a minha memória. O que é exatamente um exosqueleto?

— Certos animais possuem exosqueletos — explicou. — Caranguejos, por exemplo. Você sabe, uma concha externa. Tentei construir uma roupa de caminhar para a filha de um guarda que era parcialmente paralítica.

Três partes ilusão, uma parte ciência, pensou Carolyn. Aquilo quase parecia com os projetos de química desajeitados da mãe de Carolyn. Ela resolveu dar mais corda a ele.

— Então este é um dos projetos no qual você trabalhava no presídio.

— Não funcionou muito bem — admitiu Daniel, respondendo ao interesse demonstrado por Carolyn. — Um exosqueleto humano é um dispositivo altamente complexo. O problema é desenvolver o material certo para a roupa. Isso e descobrir como provir uma fonte de energia leve e portátil. Acho que o governo está trabalhando no mesmo problema. Eles querem aprimorar o desempenho dos soldados combatentes. Chamam o dispositivo deles de HPA, que é uma sigla para aumento do desempenho humano.

Carolyn levantou uma das mãos.

— Calma aí. Você está me dizendo que há 18 anos você inventou uma coisa que o governo está desenvolvendo agora para a segurança nacional?

— Sim, mas eu não inventei um exosqueleto — explicou Daniel. — A única pessoa que detém a patente para o exosqueleto é Deus. Tudo o que os *Homo sapiens* estão fazendo é tentar copiar e adaptar uma coisa que faz parte da natureza.

— Deus, hein — disse Carolyn, impressionada com o fato de ele ter mantido suas crenças religiosas depois de 23 anos atrás das grades. Contudo conceituação religiosa não era incomum em indivíduos esquizofrênicos.

— Sim — disse Daniel, rindo. — E provavelmente nunca iremos copiar direito. Eu poderia ter o melhor laboratório do mundo, as mentes mais brilhantes, o equipamento mais sofisticado. Você acha que eu poderia criar uma formiga, um cachorro, um cavalo e, principalmente, um ser humano que pudesse pensar e raciocinar? Deus é o melhor de todos os inventores. — Ele fez uma pausa e esfregou a testa, perdido em pensamentos.

— Você inventou mais alguma coisa enquanto estava preso?

— Claro — disse Daniel, já tendo tido a mesma discussão com seu advogado. — Inventei muita coisa. A primeira coisa que inventei no presídio foi um sistema de monitoração de telas múltiplas, que também gravava em fita magnética. Eles gostaram muito dessa invenção, porque permitia reduzir o número de guardas em ronda.

Pelo menos com esse dispositivo em particular Carolyn estava familiarizada.

— O gravador de videocassete já não tinha sido lançado quando você desenvolveu isso?

— O primeiro protótipo do videocassete foi desenvolvido por um homem chamado Charles Ginsburg quando ele trabalhava numa empresa chamada Ampex. Mas era imenso, quase tão grande quanto um piano. Depois a Ampex vendeu a patente para a Sony. O primeiro videocassete comercial foi lançado em 1971. Comecei a trabalhar na máquina que fiz no presídio pouco antes de meu encarceramento, porque alguns dos componentes de televisão tinham relação com um sistema de comunicação que eu estava projetando. Eu consegui montar o protótipo e colocá-lo em funcionamento há uns 15 anos.

A época coincidia com as datas na primeira carta que o diretor tinha escrito recomendando sua libertação.

— Você vendeu alguma de suas invenções?

— Nunca vendi nada — respondeu. — Para dizer a verdade, nunca penso em fazer dinheiro com as coisas que invento. Para mim, é trabalho. É o que eu faço, sabe? Vejo algum tipo de problema e faço tudo o que posso para resolvê-lo. Além disso — acrescentou, nem um pouco preocupado —, cedi por escrito todos os direitos das coisas que inventei enquanto estava em Chino. Essa foi a condição deles para que me dessem meu próprio laboratório.

Carolyn tentou pensar como uma advogada. Ela não sabia nada sobre lei de patentes. Teria de descobrir quem detinha legalmente os direitos das invenções dele. Aparentemente, seu trabalho na prisão não tinha sido fabricar placas de automóvel. Carolyn percebeu que sua tensão havia sumido e agora sentia-se alerta e estimulada.

— Você consertava coisas?

— Está falando sério? — perguntou Daniel. — O diretor não me queria trabalhando em nada que não fosse o exosqueleto. Não adiantava dizer a ele que eu não tinha o equipamento certo.

Decidindo que já o deixara divagar bastante, Carolyn perguntou:

— Lembra-se do que aconteceu na noite em que foi preso?

— Não muito — disse Daniel com um suspiro. — Eu estava tendo problemas naquela época. Lembro porque minha mãe ficou preocupada e telefonou para o meu médico.

— O nome do médico era Walter Gershon? — perguntou Carolyn.

— Era, sim. Escrevi montes de cartas para ele lá do presídio. Ele nunca me respondeu.

— Também tentei entrar em contato com ele. Mas não está na lista telefônica. Pode ter se aposentado, se mudado ou morrido. Lembra de já ter tomado um medicamento chamado Levodopa?

— Não. Por que quer saber?

— Quando você foi preso, esse medicamento estava listado entre seus pertences. Consultei um psiquiatra e ele me informou que era a pior droga que alguém poderia receitar a uma pessoa com sua doença.

Daniel baixou os olhos enquanto tentava se lembrar.

— Eu carregava comprimidos num envelope quando estava na escola ou longe do apartamento. Os comprimidos estavam num envelope?

— Sim — respondeu Carolyn. — Há quanto tempo você estava tomando esse medicamento?

— Talvez há uma semana — respondeu. — O dr. Gershon mudou minhas receitas. Não lembro qual era o nome do remédio. Sei que fiquei chateado quando peguei o remédio na farmácia.

— Por que ficou chateado?

— Porque tinha um nome diferente do remédio que o doutor tinha receitado — disse Daniel, usando o dedo para fazer pequenos círculos na superfície da mesa. — Até discuti com o farmacêutico, achando que ele tinha me dado por engano o medicamento de outra pessoa. Ele me garantiu que era o genérico do mesmo medicamento. Por isso tinha outro nome.

— Como o remédio afetou você?

— Tudo desmoronou — disse Daniel, lágrimas reluzindo nos olhos. — Eu estava me saindo realmente bem na escola antes de tomar o remédio novo. Então voltei a ter problemas. Quando liguei para o médico, ele me mandou duplicar a dose. Assim que fiz isso, as coisas pioraram ainda mais.

Esse é um ponto vital, pensou Carolyn, não o fato de o psiquiatra ou o farmacêutico terem cometido um erro grave, mas o fato de que alguém relacionado ao crime tivesse escondido essa informação do tribunal.

— Você pode me dizer o nome da farmácia?

— O'Malley's — respondeu. — Mas ela não existe mais. Hoje passei de ônibus pela rua dela. Tem um shopping onde ficava a farmácia. Todas as farmácias agora pertencem a redes. Os O'Malley eram uma família.

— Eu sei — disse Carolyn. Era triste como o mundo havia mudado. Hoje em dia negócios de família eram raros. — Mas, afinal de contas, por que o médico mudou sua medicação?

— Porque faltavam poucos meses para a minha formatura — disse ele, piscando repetidamente enquanto continuava movendo o dedo em círculos na mesa. — O estresse pode deflagrar um surto. Desculpe, falar sobre essas coisas me deixa mal.

Mas Carolyn decidiu pressioná-lo. Ela tivera um vislumbre da doença dele. Agora queria fatos.

— Você já cometeu um ato de violência durante um surto?

— Nunca — disse Daniel. — Já caminhei pelado no meio da rua, além de outras coisas esquisitas. Não sou uma pessoa violenta. Mesmo quando fui para a prisão e os detentos quiseram me bater, não reagi.

— Vamos nos concentrar na noite do crime. Lembra-se dos três rapazes?

— Lembro-me de como eles eram, mas, pelo que vi no tribunal — explicou Daniel, juntando fortemente as mãos —, estava escuro quando eles me atacaram e não pude ver direito os rostos deles. Eu tinha estado na biblioteca, estudando.

— O crime aconteceu num beco atrás do salão de bilhar Rudy's — disse Carolyn. — O que estava fazendo no beco?

— Era um atalho para o meu apartamento. Queria chegar em casa rápido para a minha mãe não gritar comigo. Ela me tratava como se eu fosse...

— Tente se concentrar, Daniel — pediu Carolyn. — Você precisa me contar o que aconteceu.

— Lembro-me de ter visto três atletas grandões parados diante da porta dos fundos do boliche. Deixei cair meus livros. A correia da minha mochila tinha arrebentado e eu estava tendo de carregar todas as minhas coisas nas mãos. Alguns dos livros eram didáticos. Os outros eram livros que eu havia retirado na biblioteca. Cada vez que eu tentava pegar um dos livros no chão, um dos rapazes o chutava. Eu fiquei realmente furioso. Estava escuro e eu não conseguia achar metade dos livros. Sabia que eram caros. Não queria que minha mãe tivesse de pagar para substituí-los.

— Continue falando — disse Carolyn, imaginando quanto ele deveria ter ficado furioso naquela noite. Podia imaginar um júri fazendo a si próprio essa pergunta. Essa podia ter sido a razão para seu defensor público não lhe ter permitido testemunhar no julgamento. — O que mais você lembra?

— Caí de barriga no chão — disse ele, as pálpebras tremendo de novo. — Lembro-me deles rindo de mim, me xingando. Tentei me levantar quando eles começaram a me bater. Um cara negro me virou para cima e me forçou a abrir a boca. A partir daí as coisas ficaram difusas. A última coisa de que me lembro foi de um deles urinando na minha boca.

Carolyn colocou a cabeça entre as mãos. Se o que ele estava dizendo era verdade, a coisa toda era um absurdo. Ele havia passado 23 anos na prisão enquanto os três bandidos que o tinham espancado e humilhado ficaram livres? Então ela corrigiu a si mesma, porque Tim Harrison, o filho do chefe de polícia, tinha perdido a vida.

— Você empurrou intencionalmente Tim Harrison na frente de um carro?

— Não — respondeu Daniel, levantando e caminhando enquanto revivia os acontecimentos daquela noite. — Depois que começaram a bater em mim, tenho quase certeza de que não consegui me levantar até um pouco antes de o sujeito ser atropelado. A essa altura, eu tinha convencido a mim mesmo de que tudo aquilo era um delírio. Por que deveria lutar contra pessoas que não existiam?

— Onde você estava quando Tim foi morto?

— Quando começaram a lutar entre eles, eu me arrastei até um canto e me escondi atrás de uma lata de lixo — disse Daniel, abraçando o próprio peito. — Eu estava muito mal. Foi ali que eu estava quando a polícia me prendeu. Um dos rapazes jurou que eu os havia ameaçado com uma faca. A polícia não encontrou nenhum tipo de faca. A minha mãe jamais me deixaria sair de casa com uma faca, nem uma faca de cozinha. — Esboçou um sorriso. — Com o tipo de problemas que eu tive, até eu sabia que não era uma boa idéia ter uma faca.

— Os rapazes lutaram entre eles antes ou depois de Tim ter sido atingido pelo carro?

— Antes — disse Daniel. — Um dos caras estava morrendo de raiva. Posso estar enganado, mas acho que foi o Harrison. Não parava de falar sobre o pai dele, dizendo que os amigos dele não deviam me machucar, que todos eles iam ser expulsos do time de futebol e ele ia tomar uma surra do pai.

Carolyn geralmente se referia às vítimas por seus nomes de batismo. Pais e entes queridos não se referiam uns aos outros por seus sobrenomes.

— Você viu Tim ser atropelado?

Daniel parou de andar de um lado para o outro e a fitou.

— Não tenho certeza — disse Daniel, respirando fundo. — Quando você acha que uma coisa não é real, você tenta prestar o mínimo possível de atenção a ela.

— Diga-me precisamente o que você ouviu — disse Carolyn, caneta posicionada sobre o bloco.

— Precisamente não vai ser possível — disse Daniel. — Estamos falando sobre 23 anos atrás e uma mente que não estava em seu melhor estado. Tudo o que posso fazer é lhe dizer o que acho que ouvi. Tem certeza de que quer saber? Quando expliquei desta maneira ao meu advogado, ele me disse que o que vi ou ouvi era basicamente inútil. Foi por causa disso que ele não me deixou testemunhar.

— Estou ciente de que você não testemunhou — disse Carolyn. — Não sou sua advogada, Daniel. E a morte de Tim não foi um delírio.

— Certo — disse ele. — Ouvi um motor de carro, um guinchar de pneus e pessoas gritando. A coisa seguinte de que me lembro foi que estava sendo fichado no presídio do condado. — Ele se deixou cair na cadeira, o rosto torcido em amargura. — Que diferença faz se sou inocente ou culpado? Já cumpri minha pena.

Carolyn sabia que a maioria das pessoas teria dificuldade em compreender as complexidades do sistema de justiça criminal.

— A sua sentença foi de 12 anos a perpétua. Enquanto você estiver respirando, eles poderão mandar você de volta para a prisão.

Carolyn se assustou com o toque agudo do telefone. Quando Daniel caminhou até a mesinha-de-cabeceira para atender, os instintos de Carolyn foram acionados. Seus olhos varreram o quarto. Ela viu fios correndo ao longo do topo do teto. Recentemente, dois agentes do FBI tinham sido mortos ao entrar num quarto com uma armadilha explosiva.

— Não atenda.

— Por quê?

— A quem você deu este número de telefone?

— Só a você — disse ele, pegando o fone. — Deve ser engano.

Carolyn arrancou o fone da mão de Daniel, largando-o no chão ao lado da mesinha-de-cabeceira. Além do fio telefônico padrão, havia outro cabo preto e grosso similar aos do teto. Chegou a pensar que talvez seria o cabo para um modem. Fosse o que fosse, não ia esperar para descobrir.

— Temos de sair daqui! — gritou, agarrando a camisa de Daniel enquanto tentava freneticamente obrigá-lo a acompanhá-la. — Depressa! Isso pode ser uma armadilha. O telefonema era para se certificar de que você estava aqui.

— Meus papéis — disse Daniel, estendendo a mão para pegá-los.

— Vamos, não podemos perder tempo! — gritou Carolyn, a meio caminho da porta.

Eles haviam dado alguns passos pelo corredor quando ouviram a explosão. Uma enorme bola de fogo irrompeu através da janela do hotel. Tanto Carolyn quanto Metroix foram arremessados ao chão. O caminho de concreto estava tremendo, como ficaria durante um terremoto.

— Você está ferido? — gritou Carolyn, tossindo devido à fumaça.

— Acho que não — disse Daniel, olhando para trás na direção da sala.

— Precisamos descer a escada antes de o prédio ruir. Tome — disse ela, rasgando com os dentes um pedaço de sua blusa e dando-o a Daniel. — Ponha isto sobre a boca e o nariz. Não caminhe ereto. Permaneça o mais perto do chão que puder.

Enquanto estilhaços de vidro e cortinas de fumaça voavam pelo ar, Carolyn e Daniel engatinharam o mais depressa que podiam na direção da escadaria. A fumaça ficou tão densa que ela não conseguia ver nada. Seus braços e joelhos estavam arranhados e ensangüentados. Ela o ouviu tossindo e arfando às suas costas. Houve outra explosão, e Carolyn estava apavorada com a possibilidade de o caminho de concreto no terceiro andar ruir por cima deles.

A distância ela ouviu as sirenes. Eles não podiam esperar para serem resgatados. Finalmente, ela encontrou. Estendendo o braço direito e tateando o chão enquanto engatinhava, Carolyn sentiu o primeiro degrau no topo da escadaria. Ela estendeu a mão para trás e segurou a mão de Daniel.

— Vire-se! — gritou ela. — Precisamos descer a escadaria de costas.

— Eu... não consigo... respirar — disse Daniel, virando-se de costas no chão.

Carolyn obrigou Daniel a sentar-se de pernas abertas, levantou o braço dele e o deixou cair para saber se estava inconsciente. Em seguida usou os dedos para abrir a boca de Daniel, e sugou tanto ar quanto seus pulmões podiam comportar, tentando desesperadamente não tossir. Caso sucumbisse à inalação de fumaça, ambos morreriam. Apertando o nariz de Daniel para fechar as narinas, selou sua boca na dele e começou a soprar. Quando ele não respondeu, ela virou a cabeça na direção da escadaria. Os rostos de John e Rebecca relampejaram em sua mente. Seus filhos precisavam dela. De que adiantaria se ambos morressem?

Ela precisava decidir.

Carolyn sugou mais ar e exalou na boca de Daniel. Estava tonta devido à falta de oxigênio, e seus olhos lacrimejavam profusamente. Assim que o ouviu tossir, Carolyn agarrou a perna direita dele e iniciou sua descida escadaria abaixo, puxando-o. Pouco tempo depois, Daniel começou a se mover por conta própria. Chegaram ao pé da escadaria ao mesmo tempo que os caminhões do corpo de bombeiros e os veículos de emergência chegavam à cena. Carolyn caiu de cara no chão na área gramada ao lado do estacionamento.

Escutou vozes masculinas vociferando ordens e sentiu que estava sendo rolada para ficar deitada de barriga para cima. Abriu os olhos enquanto um enfermeiro punha uma máscara de oxigênio em seu rosto.

— Precisamos de uma maca com rodas! — gritou o homem. — Tenho outra vítima.

Carolyn empurrou a máscara de oxigênio para longe do rosto.

— Havia um homem comigo — sussurrou, a garganta quase seca demais para falar.

— Seu amigo vai ficar bem — garantiu o enfermeiro enquanto rasgava um saco plástico contendo uma agulha intravenosa. — Vou inserir uma intravenosa no seu braço. Tente relaxar e respirar normalmente.

Carolyn fechou os olhos. Alguns momentos depois sua cabeça caiu para o lado. Sons desapareceram enquanto ela flutuava num mar de escuridão.

CAPÍTULO 6

John estendeu o braço através das barras da cama de hospital e acariciou suavemente a mão de Carolyn.

— Vai ficar boa, mãe — disse ele, a preocupação estampada no rosto. — Está na unidade de emergência do Good Samaritan Hospital. O médico disse que vai poder voltar para casa dentro de algumas horas.

Carolyn tentou sentar-se na cama e então desabou de volta no travesseiro. Os joelhos e cotovelos ardiam, e ela viu uma garrafa de soro pendurada num mastro ao lado da cama. Ela estava no oxigênio, e sua garganta doía como se tivesse bebido ácido.

— Pode me dar um pouco de água? — pediu, a voz quase inaudível.

John pegou algumas lascas de gelo na mesa e usou uma colher para colocá-las na boca de sua mãe.

— A enfermeira disse que você só podia tomar lascas de gelo — explicou. — Eles aplicaram uma injeção em você antes de dar pontos em seus joelhos e cotovelos. Não querem que beba muita água. A enfermeira disse que você poderia vomitar.

A mão de Carolyn voou para o peito.

— Onde está a cruz da minha mãe? — perguntou, temendo que tivesse sido perdida na explosão.

— Está comigo — disse o filho. — Eles também me deram suas algemas e relógio. Tome mais um pouco de gelo.

As lascas de gelo aliviaram a sensação de ardência na garganta. Carolyn decidiu que eles provavelmente tinham-lhe dado morfina. Tinha a impressão de que seus músculos eram feitos de macarrão e estava com dificuldade de focar a visão.

— Você veio com o Neil?

— Não — disse John. — Liguei para ele. Mas você sabe que ele desliga o telefone à noite quando está pintando. O professor Leighton me trouxe de carro.

Ela levou alguns momentos para lembrar onde ouvira o nome. Sons e odores da explosão estavam bloqueando tudo o mais em sua mente. Olhou amorosamente para o filho, grata por estar viva.

— O nosso vizinho?

— Quando ligaram do hospital, eu não sabia o que fazer — disse John. — Tentei ligar para papai, mas o telefone dele foi desligado de novo. Eu ia chamar um táxi, mas tinha apenas alguns dólares. Como Rebecca almoçou com a filha do professor Leighton hoje, ela estava com o número de telefone deles. Ele é realmente um cara bacana, mãe.

— Onde está sua irmã agora? Você não a deixou sozinha, espero.

— Não — disse ele. — A empregada do professor Leighton mora na casa dele. Rebecca está dormindo lá. Está tudo bem. Tente descansar ou o médico não vai deixar você ir para casa.

— O que aconteceu com Daniel Metroix?

— O psicopata? — disse John, com uma careta. — O professor Leighton não conseguiu entender por que você foi até o quarto dele no motel. Tem sorte de ele não ter matado você.

Um completo estranho havia subitamente entrado em sua vida.

— O que eu faço no trabalho é confidencial — disse Carolyn. — Como não costumo supervisionar muitos criminosos, você não sabe como esta parte do meu trabalho funciona. Oficiais de condicional e suspensão de pena fazem visitas o tempo todo. Nós precisamos verificar as condições em que eles vivem. Esse homem estava hospedado num motel até encontrar um apartamento.

— Então talvez você devesse arrumar outro emprego — disse John. — Nós precisamos de você, mãe. O que eu e Rebecca faríamos se algo acontecesse a você?

— Nada ruim vai acontecer, querido — disse ela, apertando a mão de John. — Só tomei um susto essa noite. E o sr. Metroix não tentou me machucar. Provavelmente foi um acidente. Mas você vai me prometer que nunca mais vai repetir nada que eu lhe disser sobre o meu trabalho. Estamos claros?

Os músculos no rosto do menino enrijeceram.

— Você não está sendo justa — disse ele. — O que eu deveria fazer? O hospital ligou para mim e disse que um responsável precisava vir pegar você. Você não faz idéia de como fiquei constrangido de ter de pedir ajuda a um homem a quem nem conhecia ainda. O professor Leighton me perguntou todo tipo de coisa no carro. Onde está o seu pai? Onde estão os seus avós? Por que seu tio não atende ao telefone?

— Você não ligou para a minha mãe, ligou? — perguntou Carolyn, que não queria preocupá-la.

— Não — respondeu ele. — Eu sei que a vovó não dirige mais à noite.

— Você poderia ter ligado para Veronica Campbell — disse ela, temendo que a situação tivesse sido tensa demais para o rapaz. — O número dela está no quadro de avisos ao lado do telefone. O número de Brad também está lá. Jane Baily teria ajudado você. Ela cuidou de você e da sua irmã durante anos.

— A sra. Baily se mudou — disse o rapaz. — O professor Leighton comprou a casa dela. A casa estava à venda há seis meses. Não lembra, mãe?

Carolyn estava envergonhada. Mais uma vez, o filho estava certo.

— Só me encontrei com essa tal Veronica uma vez — prosseguiu John no mesmo tom atormentado. — Eu podia não querer que você se casasse com Brad, mas foi um pouco bom ter um homem por perto. Desde que ele se tornou o seu chefe, tudo o que você faz é se queixar dele. Brad costumava passar aqui de vez em quando, levava a gente para churrascos, deixava a gente nadar na piscina dele. Podia ser um babaca, mas pelo menos parecia se importar com a gente. A gente nunca mais recebeu ninguém lá em casa.

Carolyn suspirou, cansada e desanimada demais para continuar.

— Preciso descansar — disse ela. — Diga ao sr. Leighton que ele pode ir para casa. Vamos tomar um táxi.

— Ele é um professor universitário, mãe — lembrou John. — Por que desperdiçar dinheiro num táxi?

— Agradeça ao professor e diga a ele que não precisa mais ficar aqui. Aliás, por que não vai com ele?

Lágrimas juntaram-se nos olhos de John.

— Está zangada comigo, não está?

— Nem um pouco — disse Carolyn. — Conversaremos amanhã quando você voltar da escola para casa.

John começou a sair do quarto, e então virou-se e caminhou até o leito da mãe, abaixando-se para beijá-la na face. Carolyn acariciou-lhe levemente uma das faces.

— Espero demais de você — disse ela. — Sinto muito. Às vezes não tenho escolha. Ouvi tudo o que você me disse esta noite. Amanhã vai ser um dia melhor.

Carolyn havia cochilado, quando ouviu uma voz masculina pronunciar seu nome. Ela viu o detetive Hank Sawyer e um homem mais jovem, um policial uniformizado, de pé ao lado de sua cama. O relógio na parede marcava 2h15. Achou curioso que o hospital não a tivesse mandado para casa. Esfregando os olhos, deduziu que, ao vê-la dormindo, a enfermeira achara que estava sedada demais para receber alta.

— Precisamos fazer umas perguntas — disse Hank. — Este é Trevor White. O médico disse que você saiu daquela confusão no motel com nada mais que alguns cortes feios. Você deve ter a boa sorte dos irlandeses.

Carolyn olhou para os dois homens. Ela havia trabalhado com Hank durante anos. Ele não apenas era um detetive, como também um sargento na divisão de crimes contra pessoas. Aos 45 anos, ele media um pouco menos de 1,80m e estava com uns nove quilos acima do peso, quase todos na barriga. Tinha cabelos castanhos ralos e forte compleição.

O detetive era um investigador arguto e de valor altamente reconhecido. Ele havia rastreado e apanhado o assassino de um caso que Carolyn investigara vários anos antes. No processo, levara uma bala no abdome, um dos lugares mais dolorosos no corpo para receber um ferimento de bala. Carolyn ficara surpresa ao vê-lo de volta ao trabalho em menos de três semanas.

O policial White parecia no meio da casa dos 20 e demonstrava o comportamento rígido de um soldado. Provavelmente, um novato, considerou Carolyn. Quando um oficial de polícia tentava parecer autoritário, geralmente estava cobrindo sua falta de experiência.

— Diga-me o que aconteceu — disse ela, apertando um botão para levantar a cabeça da cama. — Foi uma bomba?

— Vamos chamar de dispositivo explosivo — disse Hank. — Até nosso esquadrão antibomba completar sua investigação, não podemos ter certeza.

— Quantas pessoas foram feridas?

— Você e um sujeito chamado Daniel Metroix. Os arquivos listam Metroix como tendo saído recentemente de Chino, sob condicional. Ele alega que você é a agente de condicional dele. Isso é verdade?

— É — disse Carolyn. — Onde ele está agora?

— Está sendo fichado no presídio — disse o policial White, repousando a mão na coronha da arma. Muitos centímetros mais baixo que seu superior, White tinha cabelos cortados rente e pequenos olhos cinzentos.

Hank fulminou o policial com o olhar.

— Traga-me um copo de café — ordenou, prontamente colocando o outro homem em seu devido lugar. — E aproveite para me trazer um Snickers. — Ele enfiou a mão no bolso e jogou um punhado de moedas para o policial. White não foi suficientemente rápido para pegá-las, de modo que teve de se curvar para catá-las no chão uma a uma.

Depois que o policial saiu do quarto, o detetive virou-se novamente para Carolyn.

— Garotos — disse com desdém. — Estou ficando velho demais para treinar novatos. Entendeu o que o garoto fez de errado?

— Ele ofereceu informações — disse Carolyn, que não estava preocupada com os problemas pessoais do detetive no departamento de polícia à luz do que tinha ouvido. — Por que prendeu Metroix, Hank? Ele não teve nada a ver com o que aconteceu. Eu tinha de verificar suas condições de moradia. Marquei uma visita no quarto dele.

— Como vocês conseguiram sair antes do lugar ir pelos ares?

— O telefone tocou quando eu estava para sair — disse ela, olhando para o teto enquanto tentava se lembrar da seqüência de eventos antes da explosão. — Quando vi fios passando pelo teto, soube que devia haver alguma coisa errada. Então vi o mesmo tipo de fio saindo da parte traseira do telefone. Disse a ele que tínhamos de sair do prédio. Quase tínhamos conseguido chegar até a escadaria quando Metroix parou de respirar. Administrei respiração boca a boca em Metroix, e ele se recobrou. — Carolyn estendeu o braço para pegar uma garrafa de água na mesinha-de-cabeceira. Ele tomou a garrafa da mão dela e serviu a água num copo, dando a ela e esperando até que terminasse de beber. — Minha garganta, você sabe — disse ela, rouca.

— Fumaça em geral provoca isso — disse Hank. — Comecei minha carreira no corpo de bombeiros. Já engoli minha cota de fumaça.

— Do que você está acusando Metroix?

— No momento, violação de condicional. O promotor público deve tentar acusações de tentativa de assassinato amanhã à tarde, dependendo de que tipo de provas nós iremos conseguir. Estamos esperando que você possa nos ajudar a compor este caso.

— Metroix não violou a condicional, Hank — garantiu Carolyn, colocando o copinho de plástico de volta na mesinha-de-cabeceira. — O homem quase morreu.

O detetive puxou as golas de sua jaqueta, ajustando-a em seus ombros.

— Você sabe o que é um homem-bomba, Carolyn?

— Claro que sei. Daniel Metroix não é um homem-bomba. — Ela parou para pensar, ouvindo os gemidos do paciente atrás da cortina ao lado dela. — Por que não há mais feridos? O que aconteceu com o restante das pessoas no motel? Tive medo de que a estrutura inteira ruísse.

— Vou ser honesto — disse Hank. — Temos uma situação peculiar em nossas mãos. O motel não estava aberto para negócios. Foi por isso que ninguém mais se feriu. O prédio deveria ser demolido na próxima segunda-feira. Eles pararam de alugar quartos há mais de um mês.

— Como iam demolir o prédio?

— Por implosão. Havia vários cartazes emitidos pela empresa demolidora, a Barrow and Kline. Eles até tinham contratado um guarda de segurança para patrulhar o local. Falamos com ele mais cedo e ele insistiu em que o motel estava vazio. Você não viu os cartazes?

— Não — disse Carolyn. — Eu cheguei atrasada. Havia uma picape perto do escritório. Achei que o lugar estava em péssimo estado, que ninguém ia querer ficar lá. Quando o telefone tocou, perguntei a Metroix se ele tinha dado o número a alguém. Ele disse que não. Depois que vi os fios, me lembrei do incidente com os dois agentes do FBI e entrei em pânico. As coisas não pareceram certas desde que cheguei lá. Eu tinha a impressão de que alguém estava me observando ou me seguindo.

— Você viu essa pessoa?

— Não — respondeu Carolyn. — Se havia um segurança, como ele não percebeu que Metroix estava hospedado lá? Assim que entrei de carro no estacionamento, eu o vi sentado à sua janela no segundo andar. Ele estava com as luzes acesas e as cortinas estavam abertas. O seu guarda de segurança está mentindo.

— Qualquer coisa é possível — disse Hank, olhando por sobre o ombro enquanto White voltava para o quarto, dando-lhe seu café e uma barra de chocolate. — Talvez o guarda tenha saído para comer alguma coisa. A que horas você chegou ao motel?

— Por volta das 18h — disse Carolyn, lançando um olhar simpático para o jovem policial, a quem o detetive humilhara intencionalmente. — Lembro, porque olhei as horas. Estava atrasada, como disse. Devia me encontrar com Metroix às 17h30 e estava com medo de que ele julgasse que eu havia esquecido o compromisso e saísse.

— O segurança trabalhava do meio-dia às 20h — disse Hank, colocando a barra de chocolate no bolso e bebericando o café. — Ele fazia um intervalo por volta das 18h. Isso explica por que você não o viu. Há quanto tempo esse tal Metroix invadiu o motel?

— Não sei — respondeu Carolyn, aninhando atrás da orelha uma mecha de cabelos. — Saiu de Chino sob condicional há duas semanas. Alegou ter chegado à cidade na segunda-feira, quando conduzi a entrevista. E, Hank, duvido que ele tenha invadido o motel e acampado no quarto como um mendigo. O homem herdou setenta mil dólares da avó. Alguma outra coisa está acontecendo aqui.

— É mesmo? — disse ele. — Pode falar que estou escutando.

Carolyn virou-se, punhos cerrados. Ela precisava ser extremamente cautelosa agora. Embora tivesse certeza de que Hank era um policial honesto, ele devia saber pelo assassinato de quem Daniel Metroix fora condenado. Tudo relacionado ao motel poderia ter sido uma armadilha complexa montada para se livrar de uma vez por todas do homem que matara o filho de Charles Harrison. Neste caso, isso era pior do que ela havia temido, devido ao complexo planejamento que isso teria exigido.

— Por que Metroix permitiria que seu oficial de condicional fosse visitá-lo, se ele havia invadido um prédio? Eu poderia tê-lo mandado imediatamente de volta para o presídio para cumprir uma sentença perpétua.

Mesmo se Daniel tivesse visto os cartazes, pensou Carolyn, ele poderia não tê-los lido. Descontando o fato de que ele era esquizofrênico, esse homem vivia numa dimensão diferente da maioria das pessoas. Obviamente alguém alugara o quarto para ele, e, sob as circunstâncias, a única coisa que fazia sentido era que o recepcionista do hotel fosse um impostor.

— Quem quer que tenha feito isso pode ter removido os cartazes na segunda-feira, quando Metroix abriu a conta no motel — raciocinou Carolyn. — Quanto ao segurança, você conhece bem essa turma, Hank. Ele podia estar bêbado ou chapado.

Daniel Metroix alegara ter conhecido Carolyn no passado. Ele parecera desapontado quando Carolyn não se lembrara dele. Será que ela possuía uma conexão com esse homem em algum lugar? Por outro lado, ela havia entrevistado muitas pessoas. Poderiam ter espalhado boatos de que ela estava investigando as circunstâncias da morte de Tim Harrison. Será que Charles Harrison decidira usá-la como um meio para garantir que, se Metroix não morresse na explosão, um júri iria sentenciá-lo à morte pelo assassinato? Uma atitude implacável demais, disse Carolyn a si mesma. Infringir a lei para manter fora das ruas o responsável pela morte de seu filho era compreensível, particularmente se Harrison estava convencido de que os dois sobreviventes tinham dito a verdade. Querer Daniel Metroix morto seria a vingança final, mas nada tão maníaco quanto matá-lo junto com uma oficial de condicional. Outro fato a considerar era que o tipo de pessoas que armavam explosivos não se importava se pessoas inocentes fossem feridas ou mortas.

Carolyn ouviu Hank falando com White e se virou para os dois oficiais com uma careta de dor para se desculpar pelo silêncio prolongado.

— Por que eles deixaram a eletricidade ligada se iriam implodir o prédio semana que vem?

— Provavelmente para os homens da empresa de demolição poderem ver o que estavam fazendo — disse Hank, esmagando o copo descartável na mão. — O gás foi desligado há vários dias. O seu amigo não tinha nem água quente. Se ele estava pagando para ficar lá, por que não se queixou?

O argumento de Hank tinha lógica. Contudo ele não conhecia Daniel Metroix. Um esquizofrênico podia passar semanas sem tomar banho. Agora que ela pensou no assunto, ele estivera usando as mesmas roupas que usara na entrevista.

— O que você acha que aconteceu?

— Ainda não tenho certeza — disse o detetive, jogando o copo amassado na cesta de lixo. — Meu palpite é que Metroix descobriu como detonar um dos dispositivos explosivos perto do quarto onde você o encontrou. Nós checamos a ficha dele. No presídio de Chino, ele era conhecido como o Engenheiro. Os fios já estavam instalados, de modo que um sujeito com o tipo de perícia de Metroix poderia ter preparado a armadilha bem depressa.

— A sua premissa é uma bosta — criticou Carolyn. — Metroix recebeu um telefonema imediatamente antes da explosão. Ele jurou que não disse a ninguém mais que estaria hospedado no motel. Se foi ele que explodiu o lugar, quem foi que ligou para ele?

— Qualquer um pode dar um telefonema — disse Hank, sorrindo. — O sistema de telefonia do motel era automatizado. Tudo o que Metroix tinha a fazer era agendar um telefonema despertador para um horário específico. Ele poderia estar mancomunado com outro ex-condenado, ou até mesmo com alguém ainda cumprindo pena em Chino. Metroix é um psicopata. Nenhuma atitude desse tipo de pessoa faz sentido.

— Você está prejulgando esse homem porque ele sofre de uma doença mental — disse Carolyn, incomodada com a estreiteza de pensamento do detetive.

— Talvez as vozes que ele escuta tenham dito que você era o demônio e que ele tinha de matá-la.

Vendo um jovem médico falando com uma enfermeira no corredor, Carolyn decidiu que era hora de pôr um fim na conversa. Qualquer pessoa relacionada com a polícia do condado de Ventura devia ser considerada um possível aliado de Charles Harrison. Contudo, ao aliar-se a Daniel, ela podia ter colocado em risco alguma coisa mais valiosa que seu trabalho. Carolyn precisava voltar para casa, para seus filhos, o mais rápido possível.

— Não estou me sentindo bem — disse, passando a mão na barriga. — Vocês podem sair agora para eu falar com o médico? Eu apreciaria muito.

— Não tem problema — disse Hank. — Você estará no seu escritório amanhã, para o caso de precisarmos fazer mais algumas perguntas?

— Não tenho certeza — disse Carolyn. — Meu escritório sabe como me contatar.

O detetive caminhou para mais perto da cama.

— Carolyn, você está brincando com um jogo perigoso — disse ele, uma expressão no rosto que comunicava que ele sabia que ela não estava terminando o interrogatório só por causa dos ferimentos. — Daniel Metroix é um criminoso violento. Ele quis matar você. O telefonema provavelmente seria uma desculpa para ele sair do quarto. Quando você viu os fios no teto, ele perdeu vários minutos. A coisa estava programada em termos de segundos. Ele ia deixar você lá para morrer.

— Vamos dizer que ele queria me matar — disse Carolyn. — Qual foi o motivo dele?

O policial White encontrou coragem para falar novamente.

— Talvez ele não goste de oficiais de condicional.

O detetive balançou a cabeça.

— Isso foi uma piada, idiota?

— Não, senhor — disse o outro, o rosto pálido. — Eu pensei...

— Com apenas três meses na polícia você não pensa, não fala nem mija sem o meu consentimento — asseverou Hank. — Você ouve, observa e aprende. Entendeu? Se não fizer isso, estará procurando outro emprego na semana que vem. — Ele se virou de volta para Carolyn. — Alguém sabia que você iria ao motel dele essa noite?

— Não que eu saiba — disse ela, recordando-se das conversas anteriores que tivera com John e o irmão.

Hank Sawyer apontou para a porta e White caminhou cabisbaixo nessa direção. O detetive o seguiu.

— Você é uma mulher inteligente. Por que está protegendo um assassino?

Carolyn segurou a respiração até depois do detetive ter saído. Ele estava completamente certo. Ela deveria ter aprendido alguma coisa quando ele pegou no pé do policial novato. Nunca ofereça informação, a não ser que isso beneficie você.

Valeria a pena contemplar a sabedoria de Hank? Ela tinha sido rígida com Daniel, embora estivesse apenas fazendo o seu trabalho. Mas ele não era como os outros prisioneiros sob liberdade condicional. Ele teria tempo suficiente para fazer uma coisa tão complexa quanto uma explosão com tempo programado? Será que o comportamento rude de Carolyn o havia irritado ao ponto de querer matá-la? Desconsiderando suas invenções inteligentes, Daniel Metroix era um assassino condenado. Seria também um psicopata diabólico?

Mais um pensamento arrepiante adentrou a mente de Carolyn. Até onde ela sabia, tudo o que Daniel lhe contara podia ser mentira ou delírio. Os projetos e cálculos que ela vira no quarto dele pareciam convincentes, mas um exame mais detalhado poderia revelar serem desprovidos de significado.

Carolyn levantou-se da cama, arrancou a sonda intravenosa de seu braço, achou suas roupas numa sacola de plástico presa com fita adesiva ao pé da cama e saiu para encontrar um telefone público a fim de chamar um táxi. Quando compreendeu que deixara a bolsa no quarto de motel, cobriu o rosto com as mãos e chorou.

CAPÍTULO 7

Na manhã de quarta-feira, Carolyn acordou com a filha Rebecca balançando-a pelo ombro.

— Desculpe por acordar você, mãe — disse a menina. Os cabelos cacheados de Rebecca estavam apartados no meio e presos atrás com grampos. — John disse que não tem nada para a gente fazer nossas merendas. Precisa nos dar algum dinheiro.

Carolyn sentou-se na cama, fitando a filha através de olhos vermelhos e irritados. Conseguira chegar em casa graças a uma enfermeira, que lhe dera uma carona, e então desabara na cama antes do amanhecer. Merda, pensou, duvidando de que algum dia fosse ver sua bolsa de novo. Pelo menos ela não estivera carregando muito dinheiro. Ultimamente sentia-se rica quando tinha vinte dólares de sobra na carteira. Além disso, quase havia ultrapassado o limite do cartão de crédito. Seu salário pagava as prestações da casa e punha comida na mesa. Bancar a mensalidade da faculdade de direito havia secado suas finanças. Agora ela teria de passar pela inconveniência de requerer segundas vias da carteira de motorista, do cartão de débito e do Mastercard.

Saiu da cama, vestiu o roupão e cambaleou até o closet, onde vasculhou o fundo de todas as suas bolsas. Encontrou uma nota de cinco amassada, várias notas de um e um punhado de trocados.

— Acho que tenho oito dólares aqui — disse, colocando o dinheiro na palma da mão da filha. — Fique com a metade e dê o resto para o John.

Rebecca estava olhando as ataduras nos cotovelos da mãe.

Os joelhos e pernas de Carolyn também tinham ficado feridos durante a fuga frenética na escada de concreto, mas a metade inferior do corpo estava escondida sob o roupão.

— O que aconteceu? — indagou a garota. — John disse que você sofreu um tipo de acidente. John disse que se me contasse mais alguma coisa, você ia ficar furiosa com ele.

Carolyn abraçou a menina, inalando a fragrância fresca de seu cabelo. Pelo menos seu filho tinha ficado de boca fechada desta vez. Não havia motivo para assustar a filha, dizendo-lhe que sua mãe quase fora assassinada.

— Tropecei numa escadaria e caí — explicou, os olhos encontrando os de John do outro lado do quarto. — Estou bem, querida. Corra, senão vai chegar atrasada na escola.

Rebecca pareceu com medo de sair.

— Você vai estar aqui quando chegarmos em casa?

— Prometo — disse Carolyn, decidindo que depois da noite anterior ela merecia uma folga. Podia trabalhar em seus casos sem ir ao escritório e não tinha entrevistas marcadas para hoje. Dizer mentiras a Amy McFarland podia ter sido um golpe baixo, mas os quatro casos novos que Brad alegara ter designado para ela não haviam se materializado.

Carolyn estava grata por ter deixado sua pasta no carro. Se a tivesse levado para o motel, também a teria perdido. O único problema seria reaver o carro. Carolyn presumia que ele estivesse no motel Seagull, a não ser que a polícia o houvesse rebocado.

Carolyn viu John parado na entrada do quarto.

— Paul Leighton me ajudou a trazer o carro para casa — informou John, jogando um chaveiro na cama. — Achei que você talvez precisasse.

— Obrigada — disse Carolyn, segurando a frente do roupão para mantê-lo fechado. — Como seu amigo conseguiu dirigir dois carros?

— Paul achou que não teria problema se eu dirigisse o Infiniti — respondeu John. — Eu sabia que você mantinha um par de chaves na sua gaveta. Eu sei dirigir direitinho, e não era tão longe assim. Não vai soltar os cachorros em cima de mim de novo, vai?

— Achei que você deveria chamá-lo de professor — disse Carolyn. — E não fiquei zangada com você ontem.

— Ótimo — disse John, guardando no bolso as notas que recebera da irmã. — Precisamos sair. Deixei que você dormisse o máximo possível. A propósito, você está com uma cara péssima. Tente descansar um pouco, certo? Deixa que de noite eu cuido do jantar.

Rebecca abraçou a mãe e saiu com o irmão. Carolyn voltou para a cama e pegou o telefone na mesinha-de-cabeceira.

— Preciso falar com o diretor Lackner — disse Carolyn quando uma voz de mulher atendeu. — Sou a oficial de condicional de Daniel Metroix.

— Aguarde um momento — disse a mulher. — Vou transferi-la para o escritório do diretor Lackner.

Carolyn acabou falando com metade da equipe do diretor antes de finalmente alcançar o assistente dele, um homem chamado Raphael Scribner.

— Em que posso ser útil? — perguntou educadamente.

— Prefiro falar com o diretor. Diga a ele que é urgente. Eu falei com ele ontem.

A voz grave do diretor apareceu no telefone.

— Stephen Lackner falando.

Carolyn passou-lhe um resumo dos eventos da noite anterior, juntamente com algumas das coisas relacionadas com o crime original que ela havia descoberto.

— Preciso lhe fazer mais algumas perguntas sobre o laboratório. O senhor disse que Daniel era bom em consertar coisas. Que tipos de coisas ele consertava?

— Já lhe disse, oficial Sullivan — retrucou o homem, a voz carregada de irritação. — Daniel consertava utensílios variados que usávamos aqui no presídio.

Ontem eram aparelhos, hoje são utensílios, pensou Carolyn.

— Metroix me disse que inventou muita coisa enquanto esteve aí — disse Carolyn. — Uma das suas primeiras invenções parece ter sido um sistema de monitoração de telas múltiplas com capacidade de gravação. Isso não é exatamente o mesmo que consertar pequenos aparelhos ou utensílios. — Ela ouviu o diretor respirar fundo. — Ele também disse que desenvolveu uma roupa de caminhar para a filha de um guarda que estava parcialmente paralisada. Chamou essa roupa de exosqueleto e disse que o exército norte-americano, bem como instituições de pesquisa do mundo inteiro, estão trabalhando dia e noite para aperfeiçoar esse dispositivo.

— Bobagem — disse o diretor, enfático. — O homem é um doente mental. Fico feliz pela senhora não ter se ferido gravemente. Fora isso, não posso fazer nada para ajudá-la.

— O senhor permitiu a Metroix trabalhar no laboratório apenas se ele concordasse em ceder por escrito todos os direitos às suas invenções. Isso é correto?

— Não houve invenções — disse o diretor Lackner. — Tudo o que fizemos foi perfeitamente legal. Metroix chamava a salinha de laboratório. Era apenas uma oficina, parte de um programa de empreendimento conjunto. Alguns dos produtos foram usados aqui no presídio, e outros vendidos para um vendedor externo.

Carolyn estava começando a descascar mais uma camada na história complicada da vida de Daniel. O diretor podia ter escrito cartas em benefício de Daniel para a junta de condicional, apenas para encontrar uma forma de fazer com que fossem desconsideradas e em seguida convencer a junta a negar sua condicional. Um homem que se comportava bem por trás das grades poderia, mesmo assim, impor uma ameaça à sociedade, em particular se o diretor tivesse exagerado os perigos representados por sua doença. As próximas perguntas seriam as mais pertinentes, mas, por algum motivo, Carolyn não esperava que o diretor respondesse honestamente a elas.

— Deixe-me ver se entendi corretamente. — Carolyn podia perceber que ele estava irritado. A inflexão em sua voz também indicava que estava nervoso. Carolyn decidiu inverter a conversa, para talvez extrair mais informações. — Segundo a lei, os frutos do trabalho de um detento vão para o presídio ou para o estado da instituição na qual estiver encarcerado. Estou certa, diretor Lackner?

— Completamente — disse ele, suspirando de alívio. — Adeus, oficial Sullivan.

— Não desligue — gritou Carolyn, sabendo que era hora de endurecer o jogo. — Metroix contratou um advogado que acredita que existe uma questão legal envolvida quanto à propriedade do detento. Ele não estava simplesmente consertando rádios ou forjando placas de veículos. Os projetos e invenções de Metroix foram avaliados por profissionais, Lackner. Há uma grande quantidade de dinheiro envolvida.

A linha ficou silenciosa por vários momentos. Finalmente o diretor disse:

— Sou um homem ocupado. Tenho um presídio para dirigir.

Antes que Carolyn pudesse dizer mais alguma coisa, Lackner desligou o telefone. Então Charles Harrison talvez não seja a única pessoa que quisesse livrar-se de Daniel Metroix, pensou. Carolyn tinha certeza de que o diretor mentira para ela. Quantas invenções estavam envolvidas? Vinte e três anos era muito tempo.

Tendo obtido alguma noção da personalidade de Daniel, Carolyn duvidava de que ele se lembrasse até mesmo de uma porção do que fizera. Desconsiderando o exosqueleto, se o diretor Lackner tivesse posto seu nome numa invenção que hoje era usada em cada lar, uma grande fortuna podia estar em risco.

Dando-se conta de que já passava das dez, Carolyn discou a linha direta de Brad Preston.

— Que merda foi aquela que aconteceu ontem à noite? — gritou Brad. — A sua fotografia está na primeira página de todos os jornais. Hank Sawyer já me ligou duas vezes, exigindo saber o que vamos fazer sobre Metroix.

Carolyn arrumou os travesseiros atrás da cabeça, tentando ficar confortável.

— Não vou emitir uma ordem alegando violação de condicional por parte dele — declarou. — Se o gabinete do promotor público quiser apresentar acusações, isso é prerrogativa deles. Até eu investigar melhor, a minha posição é de que Metroix foi uma vítima inocente. Isso é mais complexo do que você imagina, Brad. O diretor da Chino pode até ter contratado alguém para eliminar Metroix.

— O que há entre você e esse homem? — perguntou Brad, a voz tão alta que Carolyn teve de segurar o fone a alguns centímetros da orelha. — Temos um psicopata que tentou explodir um motel no qual você estava. E você está tentando me dizer que esse cara não violou a condicional! E como se isso fosse pouco, está levantando acusações contra um diretor de presídio. Estou começando a me perguntar quem é mais maluco, você ou Metroix.

— Estou com uma dor de cabeça horrível, Brad — disse Carolyn, fechando os olhos. — Por favor, fale mais baixo.

— Presumo que não virá hoje. Então me conte tudo o que está acontecendo.

Carolyn disse a ele o que descobrira até agora sobre o caso de Daniel Metroix, juntamente com alguns detalhes a respeito de sua conversa com o diretor Lackner.

— A situação mais provável é que Charles Harrison tenha contratado alguém para matar Daniel depois que fosse libertado da prisão.

— Você parece ter certeza de que Metroix não causou a morte do filho de Harrison, mas por que o próprio Harrison não compartilha essa crença? Ele não é um homem ignorante, sabia?

Carolyn levou o telefone sem fio até a cozinha para servir-se do café que estava na jarra. A ressaca, decidiu, deveria ter sido causada por uma combinação da morfina com o estresse. A sensação de entorpecimento que experimentara na noite anterior passara completamente. A cada passo que dava, tinha a impressão de que seus joelhos iam rachar. Para a equipe de uma sala de emergência, qualquer coisa que não representasse uma ameaça à vida era considerada menor. Os ferimentos que recebera não iriam matá-la, mas certamente seriam dolorosos.

— Você sabe como as pessoas se sentem em situações como essa — disse Carolyn. — O rapaz era o filho único de Harrison. O homem é incapaz de ver qualquer outra coisa, Brad. Ele fixou toda a sua dor e ódio em Metroix, porque Liam Armstrong e Nolan Houston juraram que ele era o responsável. Lembre-se, eu saí com Armstrong. Ele era bruto e covarde. Também estudei com Houston. Não me lembro de muita coisa sobre ele, fora o fato de que é bonito e negro. Depois que tive de lutar contra Armstrong no banco de trás do carro dele, tentei ficar longe de jogadores de futebol.

— Por que está convencida de que Metroix não armou a explosão? O diretor confirmou que ele tinha um laboratório. Talvez Hank esteja certo e ele tenha a perícia necessária para montar uma armadilha explosiva.

— Se eu não tivesse arrastado Metroix para fora daquele quarto, ele estaria morto — asseverou Carolyn. — Metroix estaria morto. E ainda por cima tive de lutar com ele para tirá-lo de lá. Ele não queria deixar os projetos de suas invenções.

— Agora ele é um inventor...

— Vi parte do trabalho dele — prosseguiu ela. — O diretor Lackner tentou me dizer que ele fazia aparelhos ou ferramentas em algum tipo de programa de cooperação conjunta. Eu não acredito nele.

— Você esquece que Metroix é esquizofrênico.

— E daí? — gritou Carolyn, batendo a jarra na mesa da cozinha com tanta força que rachou o vidro. — Provavelmente foi essa doença que fez dele um alvo para Armstrong, Houston e Tim Harrison. Esses garotos não passavam de uns riquinhos arruaceiros. Você sabe o que Metroix me disse?

— Não, mas tenho certeza de que você vai me dizer — retrucou Brad.

— Eles provocaram Metroix, bateram ele, e então urinaram no seu rosto. Gente boa, hein?

— Por que nada disso veio à tona no julgamento dele? — questionou Brad. — Não importa o que esses garotos fizeram, foi há vinte anos. Enquanto conversamos, tem gente atirando e ferindo cidadãos inocentes. Devíamos estar nos concentrando nesses desgraçados, e não num prisioneiro sob condicional que já cumpriu sua pena. Digamos que Metroix tenha sido vítima de uma armação. Nada mais vai mudar isso.

Carolyn tirou a vassoura e o espanador do armário de produtos de limpeza para poder limpar o vidro no chão.

— Brad, não estamos mais falando sobre História Antiga — disse ela, escorando-se contra a mesa da cozinha. — Alguém tentou matar Metroix ontem à noite. Se essa pessoa ou pessoas não foram contratadas por Charles Harrison, nosso próximo suspeito provável é o diretor do presídio. O gabinete do promotor público pode pedir a pena de morte para o mandante de um assassinato.

— Não é um assassinato até haver uma pessoa morta.

— Continue me ignorando e vai haver.

— Está falando sério sobre o diretor?

— Completamente — disse Carolyn. — Como podemos botar as mãos nos documentos de cessão que Metroix assinou por suas invenções?

— Não temos nenhuma jurisdição em Chino — disse Brad. — Teríamos de contatar o procurador-geral do estado para emitir uma ordem judicial. Mesmo se Metroix inventou alguma coisa valiosa, o que eu acho muito improvável, as únicas cessões que você vai encontrar serão aquelas emitidas para o presídio ou para o estado.

— Por que não podemos proceder a uma busca de patentes em nome de Stephen Lackner?

— Fique à vontade — disse ele. — Aposto cem dólares que não vai achar nada. Pense nisso. Lackner deve possuir algum nível de inteligência, do contrário não seria diretor de uma instituição penitenciária. Manter uma grande população de prisioneiros sob controle significa que você precisa entender como funciona a mente criminosa.

Carolyn olhou pela janela da cozinha. Ela precisava cortar a grama neste fim de semana. Não podia pedir a John, porque o pobre do garoto já estava sobrecarregado. Ela queria que fosse dezembro em vez de abril; então seu quintal estaria coberto de neve e ela não teria de se preocupar com a grama.

— Está dizendo que ele poderia ter registrado as patentes sob outro nome?

— Finalmente entendeu, garota — disse Brad. — É você quem está estudando para ser advogada. Até eu poderia deduzir isso. Lackner pode ter usado um parente, um amigo, a esposa de um guarda, ou simplesmente ter aberto uma firma, e em seguida vendido a invenção para uma grande empresa. Você nunca pegará esse homem, e isso considerando que Metroix realmente tenha inventado alguma coisa de valor. E mesmo assim, por que o diretor do presídio iria matá-lo? Pelo que você contou, ele teria feito isso há anos.

— Simples — disse Carolyn, curvando-se para varrer os cacos de vidro para uma pilha. Percebendo que estava descalça, caminhou até a sala e se deixou cair no sofá. — Assim que Metroix foi agraciado com a condicional, o diretor deve ter compreendido que seria apenas uma questão de tempo até ele mostrar seu trabalho para as pessoas daqui de fora. Qualquer um que visse uma de suas invenções, iria querer saber o que mais ele fez. Por exemplo, você gostaria de possuir a patente do gravador de videocassete?

— Esta é uma das coisas mais ridículas que escutei na minha vida! Você realmente acha que Metroix inventou o gravador de vídeo?

— Não — disse ela, olhando a sola dos pés e catando um pedacinho de vidro. Para certificar-se de que não sangrara no tapete, deitou as pernas na mesinha de café. — Mas ele talvez tenha inventado a primeira televisão com telas múltiplas com capacidade de gravação. Isso deve valer uns trocados.

— Tanto faz — disse Brad. — Vamos esquecer sobre o diretor de presídio e as invenções de Metroix por enquanto e lidar com o problema imediato. Se eu obtiver uma ordem para suspender a condicional de Metroix, você irá se recusar a assiná-la?

— Sim — respondeu Carolyn. — E diga a Hank que se ele tiver alguma dúvida pode ligar para mim aqui em casa.

— Ele acha que a promotoria pública pode apresentar acusações de assassinato.

— Não farão isso até que tenham um caso embasado em provas — disse Carolyn. — O motel já estava preparado para a demolição. A primeira coisa que eles teriam de provar seria que o edifício não explodiu espontaneamente. Até onde sabemos, a culpada pelo incidente foi a empresa de demolição. — Ela tornou a prender um lado do esparadrapo no joelho direito. — Nosso ilustre promotor público, Sean Exley, vai se candidatar à reeleição este ano, caso você tenha esquecido. Exley jamais deixaria um de seus promotores abrir acusações de assassinato num caso com tantos furos. Fora Daniel Metroix, o homem que eles querem acusar, eu sou a única vítima. No momento, eles terão de me considerar uma testemunha hostil. Acredite em mim, Exley quer ganhar todos os casos. O que eu descrevi é o pior pesadelo de um promotor público.

— Você entende alguma coisa do riscado — disse Brad, admitindo que os argumentos dela faziam sentido.

— Eu entendo muito do riscado — brincou Carolyn, autoconfiante.

— Queria que você nunca tivesse ingressado na faculdade de direito — disse Brad. — Você era uma boa oficial de condicional. Agora, sempre que converso com você, é como falar com mais um advogado. Como se já não houvesse bastante deles.

Carolyn sorriu. De certa forma, Brad tinha razão. Desde que começara o curso de direito, ela encarava seus casos com outros olhos.

— Agora é tarde — disse Carolyn, desligando.

CAPÍTULO 8

Daniel Metroix estava encolhido num canto de sua cela no presídio do condado de Ventura. Era quarta-feira. Ele não dormia desde a noite anterior. Ele se lembrava da explosão, do hospital e dos policiais, mas não tinha certeza se tudo isso havia sido real. Ele precisava de sua injeção. As vozes estavam gritando dentro de sua cabeça como uma sinfonia demoníaca.

Teve uma visão de sua mãe. Mulher gorda, de cabelos negros e encaracolados, Ruth Metroix tinha pernas grandes como troncos de árvore. Estava usando o seu roupão de banho cor-de-rosa manchado.

— Meu precioso bebê — disse a aparição. — O que fez agora?

— Não fiz nada! — gritou Daniel.

Ele olhou para as barras da cela, consumido de raiva e confusão. Memórias encheram sua mente. Cerrou os olhos enquanto rodopiava de volta no tempo. Estava em seu velho quarto no edifício Carlton West.

O telefone tocou na cozinha apertada. Daniel conseguiu ouvir a voz da mãe falando com o psiquiatra dele.

— Sinto muito por perturbar o senhor em casa, dr. Gershon — disse Ruth Metroix. — Há alguma coisa terrivelmente errada com Daniel. Ele não sai do quarto há dois dias. Tentei entrar lá.

Ele deve estar bloqueando a porta com alguma coisa. Ele não tem comido. Não tem ido à aula. — A mãe se calou por um instante, enquanto ouvia. — Se eu sei se ele tem tomado sua medicação? Espere, vou tentar fazer o Daniel falar com o senhor. — A mãe gritou: — Por favor, querido! Venha até aqui falar com o dr. Gershon. Ele está ao telefone.

Quando Daniel não respondeu, ele ouviu os passos pesados da mãe no soalho de madeira.

— Se você não sair, não terei alternativa senão ligar para a polícia e mandar que arrombem a porta. Eles vão querer botar você de volta no hospital.

Daniel empurrou para o lado a penteadeira pesada que estivera bloqueando o caminho e abriu a porta.

— Por que está fazendo isso comigo? — queixou-se. — Estou estudando. Tenho provas finais na semana que vem.

Ruth engoliu em seco.

— Mas você não tem ido à escola.

As mãos de Daniel tremiam violentamente, ele não se barbeava havia uma semana, e o quarto fedia a odor corporal.

— Venha até a cozinha falar com o dr. Gershon — rogou a mãe, tentando segurar a mão dele. — Se fizer isso por mim, prometo que irei deixá-lo sozinho.

Relutantemente, Daniel atendeu ao pedido da mãe. Assim que começou a falar ao telefone, ele a viu correr para dentro do seu quarto.

— Saia! — gritou Daniel, e lançou-se pelo corredor a fim de empurrá-la para o lado.

Ruth gesticulou para as fotografias encarreiradas nos rodapés. Fotografias de membros da família: tios, tias, primos. Fotos de Daniel ainda pequeno, andando de bicicleta na frente do edifício.

— O que está fazendo? Qual é o sentido disso? Por que tirou as fotos do álbum?

Ele simplesmente a fitou, recusando-se a responder.

— Vai me contar o que o dr. Gershon disse?

— Ele disse que devo aumentar minha medicação — respondeu Daniel. — Agora, pode sair do meu quarto para que eu possa continuar estudando?

— Ele não quer ver você?

— O dr. Gershon vai sair de férias por duas semanas — murmurou Daniel. — Marquei uma consulta para quando ele voltar.

Quando viu a Bíblia aberta no chão, Ruth tomou um susto. Embora fosse uma cristã devota, o dr. Gershon dissera-lhe que removesse todos os símbolos e livros religiosos do apartamento, incluindo a cruz que estivera sobre a cama de Daniel durante quase toda a sua infância.

Daniel podia se lembrar de quando o pesadelo começara, mas jamais entenderia o motivo. Durante um baile da escola, sentira-se compelido a batizar Gracie Hildago no reservatório da cidade. Sem perceber que ele havia mantido a cabeça da pobre menina debaixo d'água por tempo demais, ela quase havia se afogado. Ele havia passado os três meses seguintes no Hospital Psiquiátrico de Camarillo, que era uma câmara de torturas sancionada legalmente.

Ruth curvou-se para pegar a Bíblia e tirá-la do quarto. Daniel arrancou o livro das mãos de Ruth e bateu a porta na cara dela. Para ter certeza de que ela não iria voltar, Daniel recolocou a penteadeira diante da porta.

— Idiota — disse a voz dentro da cabeça dele. — Você nunca vai subir naquele palco para pegar o seu diploma. Em junho, estará morto e enterrado.

— Não — disse Daniel, cobrindo as orelhas com as mãos. — Eu me recusou a ouvir. Você é apenas uma criação da minha mente.

Deixou-se cair ajoelhado e engatinhou pelo quarto enquanto olhava para as fotografias. Ele tinha de lembrar quem era, de algum modo permanecer em contato com a realidade. O dr. Gershon mandara-lhe aumentar a medicação. Ele já aumentara sua dose diária alguns dias antes, e os sintomas só haviam piorado. Amanhã, ele iria tomar três comprimidos em vez de dois. Ele precisava pesquisar livros na biblioteca. Para sua aula de ciências, desenvolvera um protótipo de sistema de purificação de água que fora considerado excelente pelo professor. Precisava de mais informação, mas sua mãe insistia em que ele fosse direto da escola para casa todos os dias. Embora tivesse 17 anos, devido à doença ela o tratava como a uma criança.

Lembrou que Ruth já lhe dissera que não voltaria para casa até o final do dia seguinte. A avó de Daniel estava doente, e Ruth precisava levá-la de carro até o médico. Daniel decidiu que iria até a biblioteca no dia seguinte para pegar os livros de que precisava. Gostava de estudar na biblioteca. Sentia-se seguro quando cercado de livros.

— Se você sair deste apartamento, eles vão pegar você — disse uma das vozes. — Eles estão esperando por você. Você é um inútil, um merda.

Lágrimas corriam pelas faces de Daniel. Por que as vozes não o deixavam sozinho? Por que elas não paravam de repreendê-lo? Os médicos não podiam encontrar uma forma de extirpá-las de sua mente? Se cortar o próprio braço pudesse fazer as vozes pararem, ele sairia para comprar uma serra.

Ele não sonhava em ficar rico. Já havia abandonado todas as esperanças de um dia casar-se e ter uma família. Mesmo se tivesse uma oportunidade de fazer sexo, sua medicação impossibilitava isso. Tudo o que queria era viver com alguma aparência de normalidade, acordar todas as manhãs para sair para o trabalho, fazer alguma coisa produtiva.

Daniel cerrou os punhos e socou o chão.

— Estou pedindo demais, Deus? — lamuriou-se. — Preciso sofrer? Não existe nenhuma saída? Por que estou sendo punido?

— O que sabe sobre Deus, queridinho da mamãe? Se esperar até amanhã, você pode encontrá-lo pessoalmente. Você está morto, seu babaca nojento. Vai voltar para uma cela acolchoada. Isso é o mesmo que morrer, não é?

Os dedos de Daniel tremiam enquanto ele folheava freneticamente as páginas da Bíblia. Ele recitava as escrituras em voz alta, seus olhos saltando de uma seção para outra. A parte do Novo Testamento foi ressaltada em vermelho e derretida num rio de sangue. Sangue dele. Sangue demoníaco. Sangue maculado.

Daniel caminhou até o armário, pegou uma coisa na prateleira superior e colocou-a no centro da sala. A grande faca Bowie começou a girar lentamente no chão. Segurando a respiração, Daniel podia ouvir a faca falar com ele, sibilando como uma serpente.

— Pegue-me, seu fracassado. Quer ou não quer uma resposta para os seus problemas? Eu sou a resposta. Corte os pulsos e os seus problemas vão acabar.

Daniel pressionou os polegares com força contra as pálpebras, tentando fazer com que as alucinações parassem.

— Você sabe que existe apenas uma maneira de acabar com os seus problemas. Tudo o que precisa fazer é pegar a faca. Talvez você deva cortar a garganta. Assim, vai morrer mais depressa.

— A-ajude-me, Deus — gaguejou Daniel, pressionando as palmas uma contra a outra em oração. Era como se ele tivesse sido tragado para o inferno. Seus móveis transformaram-se em bolhas marrons abstratas. As paredes fecharam-se em torno dele, encerrando-o numa caixa apertada. Engasgou com a própria saliva. Sem pensar, posicionou a faca na garganta, diretamente sobre a veia jugular.

Foi distraído por uma brisa repentina que entrou pela janela. Observou a Bíblia ser folheada pelo vento. Mal havia começado, a brisa parou. Daniel baixou o olhar para a página deixada aberta.

Deus estava lhe enviando uma mensagem.

Daniel leu, começando por Eclesiastes 4:10: "Porque se caírem, um levanta o companheiro. Porém, ai do que estiver só ao cair, pois não haverá quem o levante. Se alguém quiser prevalecer contra um dos dois, os dois resistirão a esse alguém. O cordão de três dobras não se rebenta com facilidade."

Os olhos de Daniel abriram subitamente quando ele ouviu o carceireiro girar a chave na fechadura. A Bíblia estivera certa. Três rapazes detestáveis haviam estado no beco, esperando por ele.

— Levante-se — disse o homem gordo. — Vamos passar você para outra cela.

Daniel se levantou, empurrando o passado para longe. Por que estava numa prisão? Ele tinha perdido todo o seu trabalho. Haveria realmente uma razão para continuar vivendo? Ele havia caído novamente no poço.

Quando ele não se moveu, o policial entrou e o agarrou.

— Tire essa bunda daí, Metroix. Você é surdo?

Depois de beber três xícaras de café instantâneo e comer duas tigelas de cereais Lucky Charms, Carolyn vestiu um par de jeans e uma camiseta para ir ao banco. Depois de pegar um pouco de dinheiro e convencer o gerente a lhe dar mais um cartão de caixa eletrônico, ela iria até o presídio. Com as duas agências discordando quanto a como proceder, os documentos de liberação de Daniel não deveriam ser processados até o dia seguinte. Carolyn podia imaginar como Daniel estava se sentindo. Após apenas duas semanas fora da prisão, estava novamente atrás das grades. E ainda por cima perdera o trabalho de toda uma vida. Provavelmente estava mais perturbado pela perda de suas invenções do que pelo fato de estar encarcerado.

Pegando uma velha sacola de papel marrom e as chaves do carro, saiu pela frente da casa. Quando viu seu carro na entrada da garagem, parou de repente. Os pára-brisas do Infiniti, os dianteiros e os traseiros, estavam estilhaçados. As laterais e a traseira da lataria também estavam amassadas. Por um momento Carolyn pensou que talvez o carro tivesse sido danificado pela queda de destroços durante a explosão. Mas sabia que isso não podia ser verdade, porque John jamais teria conseguido dirigir o carro de volta para casa nessas condições na noite anterior. Também duvidava de que o filho teria deixado de comentar sobre uma coisa tão perturbadora.

Caminhando para mais perto do carro, Carolyn viu um pedaço de cartolina cinza, do tamanho de uma folha de formato carta, preso pelos limpadores de pára-brisas. Com muito cuidado para não se cortar com estilhaços de vidro, puxou o papelão com as pontas dos dedos, na esperança de que a pessoa que tivesse escrito nele houvesse deixado impressões digitais ou alguma outra forma de evidência identificadora. As palavras estavam escritas em grandes letras de imprensa com uma caneta de feltro preta:

METROIX É UM ASSASSINO. ASSASSINOS NÃO TÊM FUTURO. AJUDE A METROIX E MORRERÁ COM ELE.

Carolyn sentiu a respiração presa na garganta. Às 11h45, o sol estava alto no céu e a temperatura, por volta dos vinte graus Celsius, mas ela estava com a impressão de que uma nuvem negra havia se formado sobre sua cabeça. Fitou as palavras ameaçadoras. Não apenas a sua vida estava em risco, como também a de seus filhos.

A maioria das pessoas no quarteirão trabalhava, e seus filhos iam à escola durante o dia. Por que ela não ouvira nada? O crime devia ter sido cometido em algum momento depois das 8h, quando John e Rebecca tinham saído. Alguém poderia ter danificado o seu carro enquanto ela tomava banho, porque seu quarto ficava nos fundos da residência.

Carolyn carregou o bilhete de volta para casa. Pousou-o na mesa da cozinha e em seguida guardou-o numa sacola de plástico hermética. Enterrando a cabeça nas palmas das mãos, tentou decidir o que fazer em seguida. Precisava reportar o crime à polícia. Se não o fizesse, seu seguro não cobriria os danos. O maior problema era que ela não sabia se podia confiar em Hank Sawyer ou em qualquer outra pessoa relacionada com a polícia de Ventura, o mesmo departamento do qual Charles Harrison já fora chefe. Contudo, jurisdição era jurisdição, e ela não tinha nenhuma alternativa.

Depois de notificar à polícia, telefonou para o irmão.

— Neil — disse Carolyn quando uma voz masculina grogue atendeu. — Preciso da sua van.

— Que horas são?

— Mais de meio-dia — respondeu. — John tentou ligar para você ontem à noite. Eu estive envolvida numa explosão. Esta manhã alguém veio até a minha casa e danificou o meu carro. Eles também ameaçaram me matar.

Carolyn ouviu Neil sussurrar para alguém. Deduziu que era a modelo com o rosto e o corpo de um anjo.

— Vou pegar o carro da Melody e ir até aí agora mesmo — disse Neil. — Você não pode usar a minha van. Está abarrotada com as minhas pinturas para a exposição. Prometi à galeria que as deixaria lá esta tarde.

— Como isso vai me ajudar? — perguntou Carolyn, os nervos à flor da pele. — Preciso de um meio de transporte. A sua amiga modelo, ou seja lá quem for Melody, não vai me emprestar o carro por uma semana inteira, vai? A polícia provavelmente vai confiscar o Infiniti como prova. Depois terei de levá-lo a uma oficina.

— Não pode usar um automóvel do condado?

— Eles são armadilhas mortais, Neil — disse Carolyn. — Da última vez que dirigi um, os freios falharam na rodovia. Quase atravessei o pára-brisas. Não lembra? Fiquei dois dias hospitalizada.

— A Melody vai passar a tarde aqui — disse o irmão de Carolyn. — Vamos pensar em alguma coisa aí. Fique calma, mana. Você está me bombardeando com toda essa merda e ainda nem estou acordado. Faça um pouco de café para mim.

— Quebrei a cafeteira.

— O que você não quebrou? — perguntou, gemendo. — Esqueça. Estarei aí em dez minutos.

Carolyn viu dois carros de polícia pararem na frente da casa, assim como o Ford Crown Victoria preto, sem identificação da polícia, dirigido por Hank Sawyer. Ela saiu para falar com eles.

Enquanto os técnicos da cena criminal batiam fotografias e outro policial começava a escrever seu relatório, Hank e Carolyn caminharam até o outro lado do quintal para poderem conversar em particular. Ela se recostou contra um grande salgueiro.

— Agora você vai suspender a condicional de Metroix, espero — disse ele, apontando com a cabeça para o Infiniti. — Não disse ontem à noite que você estava remando contra a maré?

As emoções de Carolyn tinham mudado do choque para a raiva. Estreitou os olhos para fitar o detetive.

— Talvez você tenha escrito o bilhete e mandado um dos seus homens procurarem meu carro com um pé-de-cabra na mão.

Hank riu, cáustico.

— Escute — disse ele, sério novamente. — Posso não concordar com você a respeito desse tal Metroix. Mas não faço ameaças e certamente não mando oficiais de polícia destruírem propriedades particulares. Admito que você passou por uns maus bocados, mas agora está saindo da linha.

— Pense a respeito — disse Carolyn, correndo as mãos pelos cabelos. — Metroix não destruiu a lataria e os vidros do meu carro e me deixou uma ameaça de morte. O homem está na prisão.

— Como eu disse ontem à noite, o homem pode ter um parceiro de crimes. Vamos verificar e ver se mais alguém foi libertado mais ou menos na mesma época. Muitos desses condenados se juntam depois que saem do xilindró.

Os oficiais de polícia e correções trabalhavam na mesma arena, mas suas áreas de especialização divergiam.

— Quanto tempo faz desde que você visitou uma prisão? — perguntou Carolyn. — Meu palpite é que o presídio Chino libertou cinqüenta detentos no mesmo dia em que soltou Metroix. Todo mundo fica louco para trancar essas pessoas, mas ninguém se importa sobre onde vamos colocá-las. Metade das prisões neste estado fica tão entupida que os detentos são libertados bem antes do final de suas sentenças. A coisa toda está virando uma farsa, uma porta rotatória.

— Metroix não entrou e saiu — lembrou Hank, desembrulhando um palito para enfiá-lo entre os dentes. — Ele estava preso há tempo suficiente para comandar uma quadrilha inteira.

Carolyn cruzou os braços sobre o peito, e então, para liberar suas frustrações, esmagou um caracol na calçada. Com o canto do olho, viu um homem parado em pé perto do meio-fio. Inicialmente presumiu que fosse Neil, embora não esperasse que o irmão fosse chegar tão depressa. Em geral, dez minutos para Neil significava uma hora.

Carolyn olhou para o homem. Calculou que media 1,80m de altura, e aparentemente era magro e atlético. Não era musculoso como Brad, mas as roupas envolviam harmoniosamente seu corpo. Usando uma camisa branca folgada e calças compridas cinza, tinha os cabelos salpicados de fios brancos penteados por trás das orelhas. Deviam ser naturalmente cacheados, pensou Carolyn, vendo alguns anéis no pescoço e na fronte. A pele era clara, um contraste interessante com os cabelos escuros. À medida que ele se aproximava, Carolyn notou que seus olhos possuíam uma tonalidade clara de azul. Esse devia ser o novo amigo de seu filho, o estimado professor Leighton. Embora ele trouxesse um sorriso estampado no rosto, seus olhos estavam semicerrados devido ao sol forte. Carolyn duvidava de que ele passasse muito tempo ao ar livre.

Ela se perguntou: por que ele estava em casa no meio do dia? John dissera-lhe que o professor ensinava na Caltech. Não apenas isso. Por que ele havia comprado uma casa em Ventura? A Caltech ficava em Pasadena, o que significava uma viagem de quase duas horas.

Carolyn aproximou-se do detetive até que apenas uns poucos centímetros a separassem do rosto dele.

— Metroix cumpriu uma sentença tão longa porque alguém quis assim. Não me trate como uma boba, Hank. Você sabe o que está acontecendo aqui. Talvez Charles Harrison tenha descoberto que me recusei a suspender a condicional de Metroix, e contratado uns bandidos para amassar meu carro e me dar um susto.

— Prove, Carolyn — disse o detetive. — Você não pode atirar acusações como essas sem embasamento. Harrison é um homem respeitado nesta cidade.

— Eu tive minhas dúvidas sobre Metroix — disse Carolyn, decidindo fazer mais pesquisas antes de contar ao detetive sobre o telefonema para o diretor do presídio. — A julgar pela forma que as coisas estão tomando, tenho quase certeza de que ele foi incriminado. Você está protegendo Harrison, junto com cada outro policial desta cidade? Do jeito que está agindo, começo a pensar que está. Passe um recado meu para o Harrison, certo? Diga a ele que da próxima vez que alguém pisar na minha propriedade, o que vai ficar espalhado no chão vão ser os miolos do invasor e não pedaços do meu pára-brisas.

Ao ouvir uma voz às suas costas, Carolyn virou-se.

— Você deve ser Carolyn Sullivan — disse o homem que ela vira antes, estendendo a mão. — O meu nome é Paul Leighton. O seu filho...

Carolyn cortou-o, não querendo que o detetive achasse que John estava envolvido.

— É um prazer conhecê-lo — disse Carolyn, forçando um sorriso. — Hank, nos dê licença por um momento.

O detetive balançou a cabeça, pasmo.

— Este homem pode ter visto a pessoa que danificou o seu carro. Agora você está tentando me impedir de falar com uma possível testemunha.

— Sinto muito, policial — disse Leighton educadamente. — Não vi nada que valha a pena mencionar. Estou presumindo que o senhor é um policial — acrescentou, olhando por sobre o ombro para os dois outros homens. — Deve ser um detetive, porque não está usando uniforme. Desculpe-me. Não sou versado em assuntos policiais.

— Detetive Hank Sawyer — disse ele, apertando com força a mão do homem. — Como pode ver, sr. Leighton, estamos investigando um crime aqui. Qualquer informação que puder nos dar será bem apreciada.

— Ouvi uma barulheira por volta das 10h — informou Leighton. — Achei que era o caminhão de lixo. Para ser honesto, esqueci que dia da semana era. — Ele massageou a mão, como se o apertão de Hank tivesse sido doloroso. — Quando estou trabalhando, tenho uma tendência a me desligar de qualquer interferência externa.

— Entendo — disse Hank, olhando Leighton dos pés à cabeça. — Que tipo de trabalho você faz?

— Bem, no momento estou tentando terminar um livro — disse Leighton, que claramente não era uma pessoa muito tagarela.

— Aposto que não é um romance policial — disse Hank, com uma risadinha.

— Não, não — disse Leighton, rindo. — Estou usufruindo de minha licença sabática. Ensino física na universidade.

A menção de física foi suficiente para fazer o detetive se afastar para falar com os outros policiais. Carolyn gentilmente segurou o professor pelo braço e o conduziu até a frente da casa. Físicos e inventores, normalmente uma raridade, subitamente estavam abundantes. Ela se perguntou se Leighton fazia a maior parte do seu trabalho à mão, já que tinha estremecido quando Hank lhe dera um de seus apertos de mão esmagadores.

— Foi muita gentileza sua cuidar de John e Rebecca ontem à noite — disse ela, sentando-se numa das cadeiras de vime branco na varanda da frente e gesticulando para Leighton fazer o mesmo. — Assim que eu estiver com a vida mais controlada, adoraria que você e sua filha viessem jantar conosco.

— Oh — disse ele, sentando-se na cadeira ao lado dela. — Fiquei feliz em ajudar. Quem você acha que quebrou o seu carro? Teve relação com aqueles problemas no motel ou foi um ato de vandalismo aleatório?

Ela deu de ombros.

— Neste momento, ninguém sabe.

— Eu não sabia que costumava haver problemas neste bairro — disse Leighton, passando um dedo abaixo do nariz. — Tenho uma casa em Pasadena. Decidi que me distanciando um pouco da universidade, conseguiria trabalhar mais depressa. — Baixando os olhos, acrescentou: — Você sabe, quando se está afiliado a uma comunidade acadêmica há tanto tempo quanto eu, as pessoas têm uma tendência a invadir a sua privacidade.

O filho de Carolyn tinha razão. Ao que tudo indicava, Leighton era um homem interessante e decente. E fora conhecê-lo logo hoje! Ela parecia uma mendiga. Sem maquiagem, com o cabelo recém-lavado pendendo em tranças molhadas, e usando uma camisa de malha cinza e as calças jeans folgadas da Levi's, com rasgos nos joelhos, que pegara emprestada de John. Ela apanhara as calças na cesta de roupa limpas, na esperança de que os rasgos minimizassem a pressão em seus ferimentos.

Carolyn precisava admitir que o professor universitário tinha elegância. Talvez se sentisse atraída por Leighton, porque ele era a antítese de Brad Preston.

— Meu irmão está vindo para cá. Vou fazer os preparativos para alugar um carro — disse Carolyn, observando os policiais engatarem o Infiniti no carro-guincho para transportá-lo até o laboratório criminal. — Na verdade, esta área é muito tranqüila. Depois da noite passada você deve achar que atraio problemas.

— Soube que você é oficial de condicional — declarou Leighton, afugentando uma mosca do rosto. — Isso significa que você lida com criminosos regularmente.

— Mais ou menos — disse Carolyn. — Mas eles nunca apareceram antes no meu quintal. Com sorte, esta foi a primeira e a última vez.

Paul Leighton ficou sentado bem calmo, olhando para o espaço. Obviamente, ele possuía mais uma característica rara: sentia-se confortável com o silêncio.

— John realmente gostou de visitar você — disse Carolyn. — Tenho certeza de que lhe contou sobre os planos de ingressar no MIT.

— Tenho um carro extra — disse o professor universitário. — Eu o estou guardando para quando minha filha tirar a carteira de motorista. Você pode ficar com ele até conseguir outro. Tudo o que ele está fazendo é acumular poeira na minha garagem. Colocar o motor para funcionar iria me poupar de ter de recarregar a bateria sempre que decidisse dirigi-lo.

Quanta gentileza, pensou Carolyn.

— Não posso aceitar — respondeu Carolyn. — Você já fez muito. Em todo caso, obrigada de novo.

— Não, por favor — insistiu Leighton, elevando a voz. — Lucy estava zangada comigo por tê-la obrigado a mudar de escola. Dias desses, Rebecca apresentou Lucy a todas as amigas dela. Lucy até quer que a sua filha durma uma noite dessas lá em casa, para elas se conhecerem melhor. — Ele fez uma pausa, esfregando as mãos nas coxas. — Não é fácil criar uma filha sozinho. Se bem que, pelo que seu filho me disse, nós estamos no mesmo barco.

Carolyn estava se sentindo à vontade, como se Leighton fosse um velho amigo.

— Se tem certeza mesmo, posso voltar atrás e aceitar a sua oferta — disse Carolyn. — Como a minha bolsa foi destruída na explosão, preciso tirar uma nova carteira de identidade. Não acho que irei precisar do carro por mais do que um dia. Tenho seguro, para o caso de acontecer alguma coisa.

— Venha comigo — disse Leighton, levantando-se. — Você pode pegar o carro agora.

— Meu irmão e eu podemos encontrar alguma outra solução — disse Carolyn, tirando uma folha de papel e uma caneta de sua bolsa. — Anote o seu telefone. Vou ligar para você se precisar do carro. Tem certeza de que não estou abusando?

— Nem um pouco — respondeu Leighton, abrindo um sorriso largo. — Para que servem os vizinhos?

CAPÍTULO 9

Neil chegou quarenta minutos atrasado, fazendo o motor de seu Porsche vinho roncar no acesso de veículos. A polícia já havia saído, e ela estava esperando na varanda da frente. Medindo 1,90m, o irmão de Carolyn lembrava o pai deles: olhos negros grandes e expressivos, rosto estreito com feições cinzeladas, cabelos escuros desgrenhados, e um jeito infantil que fazia as mulheres quererem tratá-lo como a um filho ou se jogarem na cama com ele. Neil era tão magro que parecia não comer direito há meses. Carolyn invejava o metabolismo do irmão. Ele comia como um louco sem jamais ganhar um quilo.

Fitando-o, ela perguntou:

— Por que demorou tanto?

— Ora, você sabe — disse Neil, um sorriso matreiro no rosto. — Negócios não terminados da noite passada.

— Negócios não terminados de nome Melody, presumo — disse Carolyn, embalando-se na cadeira de vime branco. — Quando você era um bebê, mamãe costumava dizer que você trocava o dia pela noite. Chorava a noite inteira e dormia o dia todo. Você não mudou. A única diferença é que pinta a noite inteira e transa o dia todo. Gostaria de poder viver como você. A minha vida é um desastre.

— Vamos entrar — disse ele. — Que história é essa de explosão? — Olhou por sobre o ombro para o quintal. — Onde está o seu carro? Achei que ele estava quebrado.

— A polícia rebocou — respondeu Carolyn. — Não ouviu nada do que lhe disse pelo telefone?

— Na verdade, não — admitiu Neil, abrindo a porta da casa para ela. — Já eram 7h quando consegui dormir. Larguei tudo o que estava fazendo quando você insistiu em que eu levasse John e Rebecca para comer ontem à noite. Melody e eu devíamos ter recebido algumas pessoas para jantar. Em vez disso, ela pediu uma pizza e ficou assistindo a um filme sozinha. Tive de compensá-la. Foi por isso que demorei tanto...

— Me poupe dos detalhes — disse Carolyn, conjurando imagens de Neil e Brad trocando relatos de suas experiências sexuais. Como podia uma mulher que tinha o rosto e o corpo de um anjo também possuir um Porsche? Não era justo.

Dentro de casa, Neil pousou um braço no ombro da irmã. Deu-lhe um tapinha no ombro, e bocejou.

— Tudo vai ficar bem. Faz um pouco de café para mim?

Depois de lembrar ao irmão que tinha quebrado a cafeteira, Carolyn preparou um pouco de café espresso.

— Vamos — disse ele. — Vamos sair para tomar um bom café-da-manhã.

— Não tenho tempo — disse Carolyn, descrevendo os eventos das últimas 24 horas. — Preciso alugar um carro, Neil. Minha bolsa estava no quarto de hotel. Não tenho dinheiro, cartões de crédito, nem carteira de motorista. Pode usar o seu cartão de crédito para alugar um carro para mim, mas se me registrar como segunda motorista eu terei de mostrar para eles uma carteira válida.

— Para onde você precisa ir? — perguntou Neil. — Eu a levo. Preciso voltar às três da tarde para deixar as pinturas na galeria em Los Angeles. Não quis trazer a van por medo de alguém bater em mim.

Carolyn pensou em Daniel e em quanto ele estivera desesperado para salvar os projetos de suas invenções. Carolyn estava zangada com a polícia por tê-lo prendido sem o consentimento dela numa situação de condicional.

— Um dos nossos vizinhos ofereceu o carro dele. Acho que vou aceitar a oferta. Posso me demorar muito no presídio. Já passa de uma.

Neil olhou-a com uma expressão preocupada.

— Alguém está tentando machucar você ou algo assim? Você parece bem para mim.

— Eu não devia ter incomodado você de novo. Sei que está ocupado. Tudo vai ficar bem, como você disse.

— Espere um pouco — disse Neil, levantando a mão. — Admito que tenho andado ansioso, mas, se alguém anda lhe causando problemas, tudo o que você precisa fazer é me dizer como encontrá-lo. Vou procurar o sujeito e dar um aperto nele. Ninguém se mete com minha irmã.

Ele puxou Carolyn para si e abraçou-a com força. Ela cutucou o abdome dele com um dedo.

— Posso sentir as suas costelas, Neil. Tem comido?

— Como um cavalo — garantiu. — Mas se esqueça de mim. Diga o que está importunando você. Posso pedir a Melody que leve as pinturas até Los Angeles. Vamos cuidar desse cretino.

Carolyn ficou na ponta dos pés para beijar a fronte dele. Eles sempre haviam cuidado um do outro. Carolyn acariciou uma das mãos dele, separando cada um dos dedos. Eram dedos grandes, quase brutos. Ela viu as manchas de tinta em suas unhas e sentiu o cheiro característico de terebintina. Anos atrás, ela havia comprado um livro de arte sobre as pinturas e esculturas de Michelangelo e tinha ficado impressionada com a habilidade do artista em representar a força bruta nas mãos de um homem da classe trabalhadora. Ela dissera ao irmão que ele possuía mãos de Michelangelo. A mãe deles, equivocadamente, achou que ela estava se referindo às pinturas de Neil e começou a contar a todo mundo que o seu filho era o Michelangelo da atualidade.

— Você não vai bater em ninguém com essas mãos — disse Carolyn. — Ando armada, lembra? Se eles voltarem, atiro neles.

O irmão abriu um sorriso travesso enquanto caminhava até a porta.

— Eu me diverti muito com os garotos ontem à noite, mas você ainda me deve uma torta.

Carolyn riu.

— Precisa ser feita em casa? Posso comprar umas três para você.

— Ei — disse Neil com uma piscadela. — Acordo é acordo.

Às 14h15 de quarta-feira, Carolyn entrou com o BMW azul de dez anos de idade de Paul Leighton no estacionamento do complexo de prédios governamental. Caminhando na direção do presídio, Carolyn enfiou sua identificação de oficial de condicional do condado no bolso da calça. Por sorte, ela mantivera a carteira em sua valise, e não na bolsa. O banco levara apenas dez minutos para emitir um novo cartão de caixa eletrônico. Mas conseguir uma nova via da carteira de motorista e um novo MasterCard consumiria mais tempo.

— Estou aqui para ver Daniel Metroix — disse ela na janela, encostando a carteira contra o vidro para que o guarda da prisão pudesse vê-la.

— Ele está na ala médica, Sullivan — disse Chris McDougal, um policial negro de seus trinta anos. — A senhora terá de entrevistá-lo noutro dia.

— Por que ele está lá? — perguntou. — Devido aos ferimentos sofridos na noite passada?

— Espere um pouco — disse o policial, abrindo outro arquivo no computador. — Diz aqui que ele chegou transferido do Good Samaritan. Segundo nossos registros, não há nada fisicamente errado com ele. Ele teve um surto psicótico ou algo assim essa manhã.

— Não! — exclamou Carolyn, deduzindo que Daniel perdera a razão ao se ver novamente na cadeia. Ela também se perguntou se não estaria na hora de sua medicação mensal. Até um surto psicótico era possível sob as circunstâncias. Carolyn tentou lembrar o que ele lhe dissera sobre o novo remédio que vinha tomando. Tudo o que veio à sua mente era que a droga era administrada por injeção. Um produto químico que entrava diretamente na sua corrente sanguínea poderia causar sérios problemas se o paciente subitamente parasse de tomá-lo. — Eu preciso vê-lo — disse ela. — Eu sou a oficial de condicional dele. Tenho o direito de vê-lo, mesmo que seja na enfermaria.

— Veja, quando esse sujeito saiu do controle, foram necessários cinco dos nossos para dominá-lo — disse McDougal.

— Traga o seu supervisor — disse ela. — E também quero ver o registro de internação de Metroix.

Alguns guardas de prisão estavam se reunindo por trás da divisória de vidro. McDougal saiu e retornou alguns momentos depois com uma prancheta de metal. Ele deixou a prancheta cair na caixa de transferência com um tinido alto e falou ao microfone:

— O sargento Cavendish está descendo para falar com você.

— Vou esperar — disse Carolyn, pegando a prancheta na caixa de transferência. Folheou a papelada enquanto caminhava até uma fileira longa de cadeiras de plástico interconectadas usadas pelos visitantes. Sentou-se numa das cadeiras, abriu a valise e pegou um formulário de liberação.

Conforme previra, o promotor público não havia apresentado acusações. Um policial podia prender um indivíduo sob uma causa provável, mas precisava sustentar essa causa com uma queixa formal, e o prisioneiro devia ser acusado e processado diante de um juiz dentro de 24 horas. Ela havia terminado de preencher os detalhes quando olhou para cima e viu um homem imenso com queixo quadrado fitando-a.

— É Sullivan?

— Sou — disse ela, levantando-se. — Aqui estão os papéis de liberação de Daniel Metroix. Gostaria que eles fossem processados o mais rápido possível.

O sargento Cavendish pareceu surpreso.

— Você não vai suspender a condicional dele?

— Não — respondeu Carolyn, apertando contra o peito a valise e a prancheta de metal.

Cavendish devia medir 2m e pesar mais de 130 kg, tudo músculo sólido. Parecia um neandertal. Ela sentiu que ele tinha talento para intimidar pessoas, especialmente oficiais de justiça pequenos e do sexo feminino, como ela própria.

— Soube que houve um problema essa manhã — disse Carolyn. — Metroix é esquizofrênico. Ele precisa de sua medicação.

— Senhora, escute — disse Cavendish. — Metade dos homens daqui tem algum tipo de problema de cabeça. O seu garoto agrediu um de nossos guardas. Nós mesmos podemos apresentar queixas contra ele.

Carolyn deu de os ombros e disse:

— Isso não seria sensato, sargento.

— Mesmo? — retrucou o sargento, um canto do lábio curvando para cima. — E por quê?

— Porque ele foi preso ilegalmente — disse Carolyn, tentando, com um blefe, induzi-lo a libertar Daniel. — Eu estava com ele quando o prédio explodiu ontem à noite, e ninguém pode suspender a condicional dele exceto eu ou um superior em minha agência. Informei o detetive Sawyer e o policial White de que eu não estava preparada para suspender a condicional de Metroix. Além disso, a lei determina que um detento tem o direito de receber tratamento médico apropriado. Metroix devia ter recebido uma injeção nessa manhã ou na noite de ontem.

— Um médico ordenou essa injeção quando o prisioneiro foi transferido do hospital? — indagou Cavendish, não tão agressivo quanto antes. — Porque, se não tivermos uma ordem oficial arquivada, não poderemos administrar o medicamento.

— Preciso ir ao toalete — disse Carolyn, correndo na direção do banheiro feminino.

Assim que entrou numa cabine, baixou a tampa do sanitário, sentou-se e abriu a prancheta de metal. Encontrando os documentos de liberação do hospital, viu que a área de instruções complementares estava vazia, muito provavelmente porque Hank prendera Daniel antes de o médico da unidade de emergência conseguir terminar de preencher o prontuário.

Carolyn escreveu uma ordem para que fosse administrada ao paciente uma injeção às 6h daquela manhã. Ela não conseguiu lembrar exatamente o nome da droga que Metroix lhe dissera que estava tomando, mas sabia que havia anotado as letras FAD. Antes de sair do banheiro, olhou-se no espelho.

— Não apenas está parecendo uma mendiga, como está se transformando numa criminosa — disse a si mesma no espelho.

Desde que Daniel Metroix entrara em sua vida, o mundo de Carolyn estava de ponta-cabeça. Ela havia forjado um documento oficial. Torceu para que o homem fosse realmente uma vítima, como acreditava. Se não fosse, ela tinha menos cérebro do que Cavendish.

— Sinto muito — disse ao sargento, fingindo embaraço. — Quando a natureza chama, você sabe como é.

Cavendish estendeu a mão para pegar o prontuário, e ela deu rapidamente um passo para trás. Ela não estava disposta a concretizar sua fraude antes de ter certeza de que Daniel seria libertado. Se as coisas não corressem da forma como planejava, Carolyn tinha em mente fazer outra incursão de emergência ao banheiro.

— Ele está tomando um antipsicótico — disse Carolyn. — Não seria incomum para ele ter uma reação violenta enquanto estivesse sem o remédio. Você pode proceder da maneira que julgue adequada, sargento. Tenho certeza de que suas queixas de agressão não irão colar, porque vocês deixaram de seguir as ordens do médico. O condado pode até ser processado e...

O sargento Cavendish suspirou.

— Já chega — disse ele. — Vou libertar esse homem sob uma condição.

— Certo, estou ouvindo — disse Carolyn.

— Você terá de assumir a custódia dele — disse ele. — Consegue lidar com isso? Você não é muito grande, e esse detento causou muitos problemas essa manhã.

"E você não é muito esperto, seu grande imbecil", Carolyn sentiu-se tentada a dizer.

— Trato feito.

— Nos dê mais ou menos meia hora, e o problema será seu.

Enquanto Cavendish virava-se para caminhar até a porta de segurança, Carolyn se perguntou como um papa-defunto conseguiria enfiar um homem daquele tamanho num caixão. Os músculos dele eram tão superdesenvolvidos, que nem parecia possível dobrar seus braços e pernas contra o tronco.

Ela viu as horas. John e Rebecca chegariam da escola em menos de uma hora, e ela estava num estado de espírito tão mórbido que seus pensamentos voltavam-se para papa-defuntos. Pior: o que ela iria fazer com Daniel? Ele havia enfrentado cinco carcereiros e, se os eventos da noite anterior tivessem lhe provocado um surto psicótico, ele poderia estar realmente perigoso. Ela pensou em sua arma, e então se deu conta de que esse era mais um pertence que ela perdera na explosão do motel.

Carolyn pegou o celular e ligou para casa, deixando uma mensagem na secretária eletrônica. O telefone do condado também estivera em sua bolsa. Sentia-se culpada, porque prometera a Rebecca que estaria em casa quando a menina voltasse da escola. John dissera que faria o jantar. A não ser que ela pensasse depressa em outro plano, eles precisariam colocar um prato extra na mesa.

CAPÍTULO 10

Às 16h de quarta-feira, Carolyn estava com Daniel Metroix no banco do carona do BMW do professor Leighton. As roupas de Daniel estavam esfarrapadas e fedendo a fumaça, e ele não se barbeara na véspera. Carolyn notou que o braço direito de Daniel apresentava movimentos espasmódicos.

— Qual é o nome do remédio que você está tomando? — perguntou Carolyn, olhando rapidamente para ele.

— Fenotiazina e ácido decanóico — respondeu Daniel. — Devia ter tomado a minha injeção mensal há vários dias. Costumavam aplicar em mim na enfermaria do presídio. Perdi a noção do tempo. O remédio, assim como todas as minhas outras coisas, estavam no quarto do motel. Você tem o remédio com você?

— Não — respondeu Carolyn, tentando imaginar como poderia obter esse tipo de medicamento. Farmacêuticos não vendiam psicotrópicos, e o que Daniel estava tomando provavelmente era ainda mais incomum. Se ela não estava enganada, lembrava-se de ele ter mencionado que a droga apenas recentemente fora aprovada pela FDA.

— Por que me prenderam de novo?

As mãos de Carolyn apertaram o volante. A expressão nos olhos de Daniel era assustadora. Ele provavelmente estava assustado e confuso, além do fato de não ter tomado sua injeção. Ela não podia permitir que esse homem ficasse perto de seus filhos.

— Eles cometeram um erro — disse Carolyn a David. — Mas eu resolvi o problema, não resolvi? Você não está mais preso.

— O que aconteceu com o meu trabalho?

— Não tenho certeza — respondeu ela, embora soubesse que estava perdido para sempre. Talvez o que ela visse no rosto de Daniel fosse desespero. A vida desse homem finalmente havia dado um passo na direção certa, apenas para em seguida dar outro para trás, colocando-o de volta aonde havia começado. — Primeiro vamos lidar com o problema mais premente. Precisamos encontrar uma forma de conseguir uma nova receita para você.

— O meu trabalho é importante — disse Daniel, ficando agitado. — Posso não conseguir refazer nem mesmo uma fração do que estava naquele quarto. Aqueles papéis representavam anos da minha vida. Era melhor que você tivesse me deixado morrer na noite passada. O meu trabalho era tudo o que eu tinha.

— Eu entendo — disse Carolyn, mantendo a voz num tom baixo e consolador. — Precisamos achar um psiquiatra. Só um psiquiatra pode receitar esse tipo de medicação. Conheço apenas uma pessoa a quem podemos recorrer — acrescentou, pensando no dr. Weiss. — Mas ele não atende mais pacientes. Além disso, tenho certeza de que um novo médico gostaria de proceder a um novo exame em você antes de receitar qualquer coisa, talvez até interná-lo num hospital.

Carolyn tinha a impressão de estar falando sozinha. Daniel estava com a cabeça virada e não parecia ouvir. Considerou deixá-lo na instituição psiquiátrica local para que ela pudesse ir para casa e descansar um pouco. Não apenas a vida de Daniel estava em risco, como ela também parecia correr perigo por associação. Para sua própria proteção, Carolyn precisava certificar-se a respeito de Daniel. Além disso, precisava de mais informações.

— O que aconteceu na prisão?

— Não me lembro.

A voz de Daniel estava abafada, e ele ainda olhava pela janela.

— Olhe para mim — disse Carolyn. — Você bateu em alguém?

— Acho que não — respondeu Daniel, apertando uma das mãos na outra para controlar os espasmos. — Preciso do meu remédio.

— Compreendo — disse Carolyn, lembrando-se de que ela fizera uma cópia da receita para colocar na pasta de Daniel. — Você estava com a sua receita quando compareceu à entrevista de apresentação. Onde ela está agora?

Daniel ficou calado. De repente, começou a falar rápido:

— Deixei a receita na drogaria perto do motel para não perdê-la.

— Lembra o nome da farmácia?

— Rite Aid — respondeu, os olhos meio esgazeados. — Pode me levar até lá?

— É para onde estamos indo — respondeu Carolyn, fazendo uma volta de 180 graus e conduzindo o carro para a rodovia 101. — Você precisa ficar calmo e confiar em mim. Depois que tivermos conseguido o seu remédio, vou ver se posso alugar outro quarto de motel para você. Você precisa fazer tudo exatamente como eu disser. Não queremos uma reprise da noite passada.

— Tenho dinheiro — disse ele. — O meu advogado, o sr. Fletcher, abriu uma conta de banco para mim. O banco fica na mesma rua que a farmácia.

— Você vai precisar de identificação — informou Carolyn. — Além disso, a maioria dos motéis requer um cartão de crédito.

Podemos ter problemas. Perdi minha bolsa e tudo o que havia dentro dela na explosão.

Daniel enfiou a mão no bolso e puxou uma carteira de couro preto nova.

— Tenho tudo — disse ele, abrindo a carteira e mostrando uma identidade da Califórnia, assim como vários cartões bancários e de crédito.

Carolyn não precisava mais verificar a história de Daniel sobre o dinheiro que ele havia herdado.

— Estava no seu bolso na noite passada?

— Estava. O sr. Fletcher preparou tudo para mim, como eu disse. Nunca usei nenhum dos cartões de plástico, exceto para o motel.

— Você disse a esse advogado aonde ia se hospedar?

— É claro — disse Daniel, olhando para Carolyn como se não entendesse o motivo de uma pergunta tão idiota.

Carolyn quase colidiu com o carro à sua frente.

— Pensei que você tinha dito que não havia dado o telefone do motel a ninguém além de mim.

— E não dei.

— Mas você acaba de dizer que deu.

— Não — disse Daniel. — Disse que contei a ele onde ia ficar. Isso não significa que dei o número do motel para ele.

Carolyn sentiu os pêlos da nuca arrepiarem. Como Daniel dissera ao advogado onde ia ficar, a premissa de que ninguém além da própria Carolyn soubera que ele estava alugando um quarto no motel Seagull saíra voando pela janela.

— Tudo o que você me contou é verdade?

— Sim — respondeu. — Eu não minto.

— Telefonei para o diretor de Chino. Ele me disse que o seu laboratório era, na verdade, uma oficina. Disse que você e alguns outros prisioneiros modelo consertavam pequenos aparelhos e faziam ferramentas. Era isso o que vocês faziam?

— Não — respondeu Daniel, os espasmos no braço direito piorando. — O diretor Lackner realmente disse essas coisas?

— Ele disse que você inventou toda a história sobre suas invenções, que você nunca criou nada. Estou tentando ajudar você. Eu preciso saber a verdade.

— Eu achava que o diretor gostava de mim — disse Daniel, parecendo deprimido. — Eu fazia tudo o que ele mandava.

— Ele fez você assinar uma cessão de direitos por suas invenções?

— Sim — respondeu. — Ninguém nunca acredita em mim. Eles não acreditaram em mim na prisão hoje de manhã.

— O que aconteceu na prisão?

— Tropecei e caí. Um dos outros detentos bateu num guarda, e então todo mundo entrou na briga. Como sempre, puseram a culpa em mim.

Ao ver o letreiro da Rite Aid, Carolyn fez uma curva fechada para a direita.

— Chegamos — anunciou com alívio. — Vamos entrar e comprar seu remédio.

— Preciso de papel, tamanho grande.

Saltaram do carro e caminharam até a loja.

— Você não está indo para a escola — disse Carolyn, perdendo a paciência. — Compre logo essa porcaria de remédio para eu poder voltar para casa.

— Meu trabalho — disse Daniel, cabisbaixo. — Quero tentar refazer meu trabalho. Perdi coisas nas quais trabalhava desde que era adolescente.

— Fique grato por não estar atrás das grades — disse Carolyn. — Ligarei para você amanhã de manhã. Você precisa me prometer que ficará no motel. Isso é sério, compreende?

— Tem alguém tentando me matar? — perguntou Daniel enquanto eles caminhavam pelos corredores da farmácia. — É por isso que você está tentando me ajudar?

— É possível — disse Carolyn. — Há mais um problema. Eu e minha família também estamos em perigo. Se você souber de alguma coisa que não está me dizendo, é melhor me contar agora.

— Preciso de livros — disse Daniel. — Traga para mim qualquer coisa que achar sobre termodinâmica. Também preciso de informações sobre células de força de hidrogênio.

Carolyn olhou para baixo e viu que ele estava com os cadarços desamarrados.

— Amarre seus sapatos — ordenou. Daniel também precisava de roupas limpas, desodorante, escova de dentes, lâmina de barbear. Carolyn ficara irritada quando Brad lhe designara um detento para supervisionar, mas nem de perto tão irritada quanto se sentia agora. — Não sou a sua compradora pessoal, Daniel. Pegue o que precisa enquanto eles estão verificando a receita. E então vamos sair daqui, entendeu?

Carolyn lembrou que ela também precisava observá-lo aplicar a injeção em si mesmo. Seus filhos estavam em casa sozinhos. Era ela quem estava precisando ver um psiquiatra.

Às 21h30 de quarta-feira, Carolyn teve a impressão de que iria desmaiar de exaustão. Passara mais de uma hora ajudando Rebecca com seu dever de casa e limpara a cozinha para que seu filho pudesse completar seus estudos. Finalmente, pôs a filha para dormir. Enquanto caminhava pelo corredor, encontrou-se com John.

— Paul ligou enquanto você estava no quarto de Rebecca — disse ele, seguindo a mãe enquanto ela continuava até o quarto de dormir principal. — Quis chamá-la, mas ele falou que não precisava. Por que não me disse que alguém quebrou os vidros do Infiniti? Paul contou que te emprestou o segundo carro dele, aquele BMW azul que vi na garagem dele. Ele ligou para perguntar se você havia tido algum problema com o carro.

Sem querer alarmar os filhos, Carolyn havia estacionado o carro do professor no outro lado da rua. Ela também não quis dizer ao filho que, além das janelas, a lataria do Infiniti também fora muito danificada. O professor devia ter visto seu BMW na rua e temera que ele estivesse com algum problema mecânico.

Sentada na cadeira de veludo azul do outro lado de sua cama, Carolyn dobrou os braços nas laterais do corpo e estendeu as pernas à sua frente.

— Não quis assustar vocês — justificou Carolyn. — Acho que devia ter lhe contado sobre o carro. Depois da última noite, achei que nós precisávamos de algum tempo para nos reajustarmos.

O rosto de John contorceu-se de raiva.

— Alguns dos meus amigos viram a matéria no jornal sobre a explosão. Por que você não me disse que aquele homem foi condenado por matar um garoto? — Ele apontou um dedo acusador para Carolyn. — Tem alguém perseguindo você por causa dele.

— Ninguém quis me machucar — disse Carolyn, cansada demais para argumentar. — Pense bem, querido. Eu estava sozinha em casa quando alguém danificou o carro. Se eles queriam me machucar, por que não fizeram isso naquele momento?

— Errado! — disse John, fechando a porta do quarto da mãe, para que a irmã não os escutasse. — Quem quer que sejam essas pessoas, estão avisando você. Você esteve com aquele homem estúpido ontem à noite, não esteve? Foi por isso que você se atrasou. Mas que droga, mamãe, por que está fazendo isso? Tenho a sensação de que você é a filha e eu o pai, do jeito que você de repente decidiu andar com maus elementos. Está apaixonada por esse cretino ou algo assim? Me conte, certo? Porque eu não consigo entender. — Ele parou de falar, e um momento depois explodiu de novo: — Você não sabe como me sinto? Você vai fazer com que todos nós sejamos mortos.

— Não levante a voz para mim — alertou Carolyn. — Estou eticamente comprometida em ajudar esse homem se suspeito de que ele foi vítima de uma injustiça. Isso não é um errinho que alguém cometeu. Daniel Metroix perdeu a maior parte de sua vida adulta. E eu sei muito mais sobre a vida do que você, filho. — Ela fez uma pausa, deixando sua última palavra pairar no ar.

Quando a mãe empregava uma referência genérica como filho, John sabia que era hora de calar a boca e escutar. Era o jeito dela de lembrar-lhe onde ele se encontrava na hierarquia.

— Tudo o que aconteceu nos últimos dois dias apenas confirma as minhas suspeitas de que Daniel Metroix foi vítima de uma armação. O que está acontecendo neste momento pode não ter relação com a morte do rapaz. Há uma possibilidade de que tenha a ver com suas invenções.

John não entendeu o que sua mãe quis dizer com invenções. Tudo o que ele sabia era que esse não era o momento para fazer perguntas.

— Tudo bem — disse, batendo as mãos nas coxas. — O que você quer que a gente faça?

— Quero que sejam extremamente cautelosos — aconselhou Carolyn, endireitando-se na cadeira. — De agora em diante, não quero Rebecca andando sozinha na rua. Ou eu irei levá-la de carro ou você irá acompanhá-la a pé até a escola e pegá-la no fim do dia. — Ela sabia que o que estava pedindo ao filho era uma inconveniência adicional. A vida não era moleza. — Quanto à sua própria proteção, tente permanecer num grupo quando não estiver aqui em casa. Amanhã comprarei celulares para você e para Rebecca. Dessa forma, poderão ligar para mim ou para a polícia se notarem qualquer coisa até mesmo minimamente suspeita. — Fez uma pausa, deixando que ele absorvesse as declarações. — Não vou voltar a freqüentar a faculdade de direito até este problema ter sido resolvido. Assim, vocês não ficarão sozinhos com tanta freqüência quanto no passado. Vocês também terão mais tempo para se concentrar nos seus deveres de casa.

— Por que vai largar a faculdade por causa desse sujeito? — perguntou John. — Você tem se esforçado tanto!

— Não disse que estava largando a faculdade pelo semestre inteiro — disse Carolyn. — Posso perder algumas aulas, no máximo. Vou conseguir alcançar a turma depois. Além disso, não estou abrindo mão da minha faculdade ou de qualquer outra coisa por esse homem, como você insiste em chamá-lo.

Ela se curvou e arrancou um dos esparadrapos do joelho direito, os pontos iriam se dissolver, pelo menos era o que o doutor havia lhe dito. Pena que seus problemas não dissolviam com a mesma facilidade.

— Quando me tornei oficial de condicional, fiz um juramento de apoiar a lei e proteger a sociedade. Daniel Metroix é tão merecedor de meu tempo e esforços quanto o professor Leighton ou qualquer outro morador do país. Isso pode soar simplista demais, John, mas coisas ruins acontecem a pessoas boas. Nunca esqueça que um dia uma dessas pessoas desafortunadas pode ser você.

A sabedoria das palavras de Carolyn comoveu o filho. John ajoelhou-se e gentilmente removeu a bandagem do joelho esquerdo da mãe.

— Em todo caso, não posso recuar agora — sussurrou, sabendo que quem estava tentando matar Daniel provavelmente já sabia que ela conseguira tirá-lo da prisão. — Estou nisso até o pescoço.

— Por que não tira essas calças? — disse John, fitando os olhos da mãe com respeito e ternura. — Vou pegar água oxigenada e uns esparadrapos. Os cortes não são tão profundos. Mas você deve mantê-los cobertos para não infeccionarem. — Ele enrolou as mangas da blusa de Carolyn, removendo os curativos e examinando os cortes nos cotovelos. — Eles nem precisaram dar pontos neste aqui — disse John, apertando o antebraço esquerdo de Carolyn para examinar a ferida. — Fique aqui enquanto pego o estojo de primeiros socorros na cozinha. Depois você tem de ir direto para a cama.

Antes de levantar-se de novo, Carolyn jogou os braços em torno do pescoço do filho e o abraçou. Ela também estava comovida com as palavras dele. Engraçado, pensou, lembrando-se de todos os ferimentos na escola, resfriados, vírus e gripes que ela cuidara com o passar dos anos. Depois que as crianças amadureciam, tratavam grande parte da sabedoria que tinham adquirido como se ela houvesse aparecido por mágica, raramente concedendo crédito aos pais que a haviam implantado.

— Tem certeza de que não quer ser médico? — perguntou Carolyn, deixando os braços descerem para os ombros musculosos de John. — Você daria um ótimo médico.

— Nunca se sabe — disse John sorrindo enquanto saía do quarto.

Carolyn levou Rebecca e John para a escola na manhã de quinta, e então seguiu para o complexo de prédios governamental. Na noite anterior ela fizera uma lista das várias pessoas com quem precisava entrar em contato a respeito dos eventos que cercavam a morte de Tim Harrison. A situação com o diretor do presídio deveria esperar até que ela obtivesse mais informações específicas sobre as invenções. Antes de saber precisamente o que Daniel inventara, Carolyn não podia descobrir se uma pessoa detinha ou se candidatara à posse de uma patente.

Brad provavelmente tinha razão. Se o diretor Lackner era corrupto, ele teria sido suficientemente sofisticado para não registrar as patentes em seu próprio nome.

Embora houvesse provido muitos benefícios para investigadores criminais, a tecnologia moderna também impusera barreiras entre aqueles que precisavam manter contato. Devido às solicitações constantes, quase ninguém tinha registro no catálogo telefônico, mesmo numa cidade do tamanho de Ventura. Na realidade, cidade pequena era um conceito extinto. O universo inteiro estava conectado eletronicamente. Pertencendo à polícia, Carolyn podia obter sem problemas um número não listado no catálogo, mas não podia impedir uma pessoa de bloquear uma chamada ou não atender a um telefonema se não conhecesse quem estava do outro lado da linha. Agora os oficiais de condicional e suspensão de pena passavam horas sem fim tentando executar o que já havia sido um dos aspectos mais simples de seu trabalho: telefonar para os criminosos e checar se tudo estava de acordo. Podia levar meses até que um oficial pudesse confirmar que um criminoso sob liberdade condicional ou suspensão de pena havia realmente fugido ou simplesmente encontrava-se escondido por trás de uma muralha de segurança, em seu trabalho ou em casa. Era necessário uma certa medida de provas para dar entrada nos documentos jurídicos apropriados, e, embora visitas de surpresa soassem bem no papel, aparecer sem aviso prévio na porta de um criminoso podia ser um desperdício do já sobrecarregado tempo do oficial de condicional ou um grave risco de vida.

Carolyn esbarrou com Veronica no corredor.

— Você está com uma cara horrível! — exclamou a mulher. — Pensei que ia ficar famosa defendendo criminosos, não sendo explodida em pedacinhos. — Quando Carolyn fez cara de quem não tinha gostado, Veronica rapidamente acrescentou: — Estou brincando, tá? Não pode sorrir de vez em quando? Todo mundo está falando de você e desse tal Metroix.

Veronica segurou a mão de Carolyn e puxou-a para dentro de uma das salas de entrevista.

— Você não está de caso com ele, está? Quer dizer, os jornais disseram que vocês dois estavam num quarto de motel.

— Me poupe! — exclamou Carolyn, que não tinha tempo para ouvir a tagarelice habitual de Veronica. — Como pode pensar uma coisa dessas? Não consegui coletar toda a informação de que precisava sobre ele no escritório. Metroix é um caso de supervisão. Precisamos checar a moradia deles. Neste momento, a moradia dele é um motel.

Veronica apontou para o próprio peito.

— Não ponha a culpa em mim, querida. Sou sua amiga. As pessoas falam, só isso. A propósito, Preston está procurando você, e não parece muito feliz.

No refeitório, Carolyn serviu-se de um copo de café e carregou-o de volta até sua mesa. A primeira coisa que fez foi ligar para a divisão de registros para perguntar se eles podiam lhe fornecer os números de telefone e endereços de Liam Armstrong e Nolan Houston. Assim que ela desligou o telefone, Brad entrou no seu cubículo, corado e furioso.

— O mínimo que você podia ter feito era me ligar hoje de manhã — gritou ele. — Você não estava em condições de vir ao trabalho ontem, mas se sentia bem o bastante para tirar Metroix da prisão. Hank Sawyer está puto com você. Ele me mandou forçar você a dizer onde escondeu Metroix.

Carolyn continuou fazendo anotações para si mesma num bloquinho amarelo, praticamente sem levantar a cabeça para olhar para Brad. Finalmente largou a caneta, furiosa com o fato de ter de lutar não apenas contra a polícia, mas também contra sua própria agência, para realizar aquilo que ela considerava seu trabalho. Brad jamais questionara seu julgamento antes, e também nenhum dos advogados ou juízes do condado. As únicas pessoas que costumavam reclamar com ela eram os advogados de defesa. Brad realmente acreditava que ela seria capaz de proteger um homem que impunha uma ameaça à comunidade ou, mais especificamente, alguém que pudesse ferir a ela ou à sua família?

— Hank Sawyer não tem o direito de conhecer o paradeiro de Daniel Metroix. Nenhuma acusação criminal foi aberta. Eu sou a oficial que você designou para supervisionar esse homem. Segundo a lei, sou a única pessoa a quem ele é obrigado a prestar contas de seu paradeiro.

— Às vezes esqueço o quanto você é cabeça dura — disse Brad, puxando uma cadeira da outra escrivaninha e montando nela ao contrário. — Olhe, por que fazer uma guerra por causa disso? Nossa obrigação é trabalhar em consonância com o departamento de polícia. Hank tem o direito de interrogar a testemunha de um crime. E o que aconteceu naquele motel não foi um incidente menor. Além disso, ele disse que alguém deixou um bilhete de ameaça e destruiu o seu carro ontem. Por que não me contou isso?

Carolyn olhou pela janela, sua raiva se dissipando enquanto ela se aprofundava em pensamentos. Como um quebra-cabeças, as peças deste caso pareciam embaralhadas. O elemento tempo era um problema vital. De algum modo, Carolyn precisava encontrar uma forma de ressuscitar os eventos do passado e em seguida associá-los aos crimes do presente. Ela também precisava considerar que este era um quebra-cabeças que talvez jamais pudesse ser solucionado.

Carolyn lembrou-se de uma ocasião, quando era adolescente, em que acordou às 4h. Tinha ido até a geladeira pegar um copo de leite e encontrado seu pai trabalhando à mesa da cozinha, pilhas de papel à sua frente, todas cobertas de equações complexas. Ele costumava concentrar-se tão intensamente que Carolyn e Neil faziam apostas sobre quem conseguiria distraí-lo. Batiam bules e panelas, aumentavam o volume do rádio, e até ficavam de pé na frente dele e gritavam que um ladrão tinha entrado na casa. Carolyn ficara impressionada quando o pai parara de trabalhar e conversara com ela. Ele explicou que estava tentando solucionar a Hipótese de Riemann, o Santo Graal da matemática. Depois da morte dele, a mãe de Carolyn e Neil contou-lhes que a obsessão do pai com esse problema não solucionado foi o motivo por que ele passou tantos anos desempregado. À medida que cresceu, Carolyn tornou-se mais parecida com o pai. Agora ela compreendia o quanto deve ter sido difícil para ele abandonar sua pesquisa e assumir um cargo de professor para poder sustentar sua família.

Forçando-se a voltar para o presente, Carolyn perguntou:

— Hank sabe se o laboratório criminal encontrou alguma impressão digital ou outra evidência qualquer no bilhete deixado em meu carro?

— Você está convencida de que Charles Harrison está por trás disso e realmente espera que eles encontrem alguma evidência incriminadora? — Brad levantou-se, empurrando a cadeira para o lado. — O mínimo que você podia fazer é olhar para mim quando estiver falando com você.

— Eu me recuso a responder quando você grita comigo — disse muito calmamente Carolyn. Ela girou a cadeira para ficar de frente para Brad. — Brad, eu não sou apenas mais inteligente que você, sou também mais profissional.

— Eu não estou dormindo com Amy McFarland.

— Certo — disse Carolyn. — Não tente blefar no pôquer. Ela é boa de cama?

— Não desde que você contou a ela que sou noivo.

Carolyn fixou seus olhos nos dele.

— Aposto que você terá de comprar um anel para ela.

Brad levou um momento para compreender que ela o estava provocando. Eles provocavam um ao outro havia anos, tornando mais aprazível um emprego quase sempre desagradável. Uma pessoa que ouvisse casualmente algumas de suas conversas deduziria que eles se desprezavam mutuamente. Nada poderia estar mais longe da verdade.

— Está começando a falar novamente como você mesma — disse ele. — Não estou dormindo com Amy McFarland, certo? A garota quer casar e ter filhos. Eu não tenho nenhuma vontade de trocar fraldas sujas.

— Já temia que eles não achassem nada valioso no bilhete — disse Carolyn, retornando ao assunto mais sério. — Estava escrito em papelão. Você sabe, o tipo de papel pesado e áspero que eles colocam dentro das camisas masculinas nas lavanderias. Pelo menos sabemos uma coisa sobre essas pessoas.

— O quê?

— Elas não são pobres — explicou Carolyn. — Pessoas pobres não mandam suas camisas para serem lavadas e passadas a ferro. Talvez Charles Harrison tenha escrito o bilhete de próprio punho.

— E aparecido no seu quintal com um pé-de-cabra? — perguntou Brad. — Carolyn, isso é absurdo. Andei me informando. Harrison está nas últimas. O alcoolismo finalmente pegou ele. Seu fígado está destruído, e ele está aguardando por um transplante.

Carolyn esboçou um sorriso tímido.

— Então ele contrata bandidos para fazer o trabalho sujo.

Brad riu.

— Ontem você estava preparada para ir atrás de um diretor de presídio. Agora o Harrison está de volta à sua lista negra.

— Ainda não tive oportunidade de verificar a situação das patentes — explicou Carolyn. — Lackner teria tido de trabalhar muito depressa para bater no meu carro logo depois que acabei de falar com ele por telefone. — Ela olhou para o centro do peito dele. — Brad, essa é a gravata mais horrível que já vi na minha vida. Esses desenhos pequenininhos são mulheres nuas?

— Você está perdendo sua visão — disse ele, rindo. — São pinos de boliche.

Depois de todos os problemas pelos quais passara, Carolyn Sullivan ainda era corajosa o bastante para manter o senso de humor, e era por isso que ele geralmente atendia aos seus pedidos. Por mais que discutisse com Carolyn, Brad não apenas gostava dela, como também a respeitava.

— Precisamos cooperar com a polícia — disse ele, sério novamente. — Seja razoável, Carolyn.

— Eu vou cooperar — garantiu Carolyn. — Só não estou disposta a cooperar neste momento.

— O que quer que eu faça? — perguntou Brad. — Você pode se dar ao luxo de ser suspensa sem pagamento? Talvez devesse pensar um pouco nos seus filhos antes de responder. Não se esqueça de que preciso levar tudo isso ao conhecimento de Robert Wilson. Ele sabe que você deu uma mancada no caso Downly.

— Meus filhos e eu estamos bem. Preciso marcar um horário para falar com a juíza Shoeffel.

Brad levantou a voz novamente.

— Você vai levar isto para Arline Shoeffel? Você tem mesmo colhões. Eu não teria coragem de apresentar um caso tão fraco como este a nenhum juiz. — Ele fez uma pausa, e então lembrou. — Ah, você conhece Shoeffel da faculdade de direito, certo? Ela é uma das suas professoras.

— Você não entende o meu problema, Brad? — perguntou Carolyn. — Não sei em quem confiar no departamento de polícia. Gostaria de pensar que Hank não está envolvido, mas como posso ter certeza? A única forma de resolver a situação é indo direto ao topo.

— Hank era um novato quando Metroix foi mandado para a prisão — lembrou Brad, achando que ela estava sendo paranóica. — E alguns dos oficiais no departamento de polícia nem haviam nascido ainda.

— Eu não me importo — disse ela. — Eu me recuso a permitir que esse homem seja assassinado.

— Você realmente acredita que as coisas possam chegar a esse ponto?

— Claro que sim — disse Carolyn, tocando o ponto dolorido em seu cotovelo direito. Os outros ferimentos que ela havia sofrido na noite da explosão estavam sarando bem. Daniel dera sorte, porque estivera usando calças jeans e camisa de manga comprida. — Você não me disse que Harrison está em seu leito de morte? Que tipo de punição você pode impor a um moribundo? Harrison pode estar determinado a levar Metroix junto com ele. Eu não vou deixar que ele faça isso.

— Sabe de uma coisa? — perguntou Brad, arrotando. — Você vai me dar uma baita úlcera. Se quer brincar de advogada, tenho certeza de que entre o departamento de polícia e a promotoria pública podemos encontrar centenas de casos fracassados. O seu trabalho não é esse. Como está a situação do atentado a tiros de Sandoval?

— Já entrevistei Lois Mason — disse Carolyn, que não tinha a menor idéia de onde havia colocado os documentos do caso. — Ainda tenho duas semanas de prazo para apresentar o relatório.

— E quanto a Eddie Downly? — perguntou Brad. — Mesmo com acusações de estupro, você precisa suspender oficialmente a condicional dele. É claro, depois que ele estiver condenado, você será designada para lidar com a investigação pré-sentencial.

Neste caso não haveria discordâncias.

— Como está a garota?

— Ainda no Methodist Hospital — disse Brad a ela. — O laboratório encontrou tecido e sangue debaixo das unhas dela. Uma impressão digital de sangue atrás do pescoço da menina parece ser a de Downly, mas o que vai condená-lo vai ser o DNA. Três testemunhas da vizinhança escolheram ele numa fileira de suspeitos. Ele a vinha seguindo havia cinco ou seis dias. Pelo menos o desgraçado não a matou.

— Você sabe que promotor público irá processá-lo? Gostaria de ver quantas acusações vão abrir contra ele. — Carolyn rangeu os dentes. — Eu adoraria prestar uma visita a Downly. Mas o que gostaria mesmo era de tirar o calhorda e atirar nele.

— Um moedor de carne seria mais apropriado — disse Brad, esticando o corpo magro. E prosseguiu: — Embora eu ache que estou cometendo um erro, não vou interferir no caso Metroix. Você ganhou um dia. Mas se Hank ou qualquer outra pessoa do departamento de polícia me ligar de novo, vou transferir a ligação para você. Se quer trabalhar em campo sozinha, então é o que vai fazer.

Carolyn pigarreou.

— Minha arma estava no quarto do motel — disse ela. — Vou precisar de outra, além de um coldre de ombro. Meu coldre estava no carro, e o departamento de polícia confiscou o carro como evidência. Ah, também preciso de um celular novo. Neste momento, estou usando o meu próprio para os negócios da agência.

— Vou fazer as requisições — disse Brad. — Você pode pegálas com Rachel. A minha sugestão é que você procure imediatamente o secretário de suprimentos. Tente não matar ninguém. E pelo amor de Deus, não deixe que esse homem, que todos nós supostamente estamos protegendo, brinque com a sua arma. Eu quero ver você passar no exame da Ordem dos Advogados, não ajudar seus filhos a escolherem um caixão.

CAPÍTULO 11

Às 11h15 daquela manhã, Carolyn estava folheando as páginas do arquivo de Fast Eddie. Embora ela tivesse sido designada para supervisioná-lo, outro oficial havia investigado o caso antes da sentença. A indiferença transmitida no relatório era assustadora. Colocando o fone de ouvido, ela discou um número.

Dado o telefonema, Carolyn retirou do armário de arquivos um par de sapatos de salto e os calçou. Deixando os de salto baixo sob a escrivaninha, caminhou até o banheiro feminino.

De pé, diante do espelho, vasculhou sua bolsa de maquiagem até achar um batom vermelho brilhante. Depois de passar várias camadas de rímel, olho-se no espelho. Alguma coisa estava faltando. Ah sim, pensou, pegando um lápis preto para delinear os olhos.

Terminando com o rosto, enrolou a saia na cintura até a bainha estar vários centímetros acima dos joelhos. Colocando o estojo de maquiagem de volta na bolsa, desabotoou o topo da blusa, para o decote ficar visível. Por sorte, ela não precisava de um sutiã maravilha, que algumas mulheres consideravam a maior invenção do século XX. No quesito seios, a natureza tinha-lhe sido mais do que generosa.

Carolyn desceu de elevador até o primeiro andar, saiu pela porta dos fundos do prédio e dobrou a esquina até a prisão masculina.

— Visitantes só depois das três — disse o policial Herschel Wells, um homem com cabelos castanhos curtos e pele morena.

Carolyn preencheu um formulário requisitando ver Eddie Downly e colocou-o junto com outro documento na caixa de transferência metálica.

— Sou a oficial de condicional de Edward Downly. Preciso vê-lo.

— Você está de sacanagem — disse Wells, lambendo os beiços enquanto ele olhava os seios dela. — Está planejando entrar vestida assim? Vamos ter uma rebelião em nossas mãos.

— Traga logo o prisioneiro — disse, mal-humorada. — Não tenho tempo de ficar de pé aqui o dia inteiro. Estou suspendendo a condicional de Downly. Já lhe dei os papéis.

— É quase hora do almoço — disse Wells. — Se o trouxer agora, ele não vai comer.

Carolyn estreitou os olhos.

— Downly estuprou uma menina de 8 anos. Ele não merece viver, quanto mais comer. Mande um dos seus homens colocá-lo numa sala de entrevista.

Wells abriu a ficha de inscrição do detento no computador e olhou novamente para Carolyn.

— Você está procurando problemas, sabia? Não pode conseguir a informação de que precisa de Downly através do vidro?

O guarda estava se referindo à área de visita normal do presídio. Um vidro à prova de balas separava os detentos de quem vinha para vê-los. Eles usavam um telefone para se comunicar. Oficiais de condicional, policiais e advogados podiam optar pelo que era chamado de entrevista cara a cara. Por razões de segurança, o detento e o visitante eram trancados dentro de uma sala por um carcereiro. Muitos dos colegas de Carolyn recusavam-se a se colocar em contato tão próximo com um criminoso violento, sabendo que poderiam ser atacados ou usados como reféns numa tentativa de fuga. Contudo, quanto mais sério o crime, mais importância Carolyn depositava numa entrevista cara a cara. O objetivo de Carolyn era fazer o criminoso confiar nela, na esperança de que ele oferecesse informações que ela poderia usar para justificar um aprisionamento de longo prazo. Ao contrário da maioria dos oficiais, ela não usava um gravador, nem tomava notas. Detentos raramente se abriam quando sabiam que suas palavras estavam sendo registradas.

Compilar um histórico criminal preciso era crucial. Carolyn já lidara com criminosos com fichas de dez páginas que foram apresentados ao tribunal como não possuidores de antecedentes. Segundo a lei, caso a ofensa anterior não tivesse resultado numa condenação, o incidente não poderia ser considerado sentencioso. Com a profusão de casos que enchiam os tribunais por todo o país, nem sempre todas as prescrições legais eram reportadas. Os acordos entre acusado e acusação representavam mais um problema. Uma acusação de assalto com arma mortal poderia terminar numa condenação por roubo; um estupro, num arrombamento e invasão; um homicídio culposo veicular, numa violação de tráfego. Contudo, se o infrator fornecesse os detalhes da ofensa verdadeira, a informação seria admissível com ou sem uma prescrição legal formal. Carolyn fazia o humanamente possível para prover a corte com um histórico criminal detalhado e utilizável.

Carolyn adorava ver a expressão no rosto de um criminoso quando o juiz o sentenciava a uma prisão longa, sabendo que o sujeito esperara receber não mais do que alguns meses de cadeia.

Contudo o que mais enfurecia os infratores era a compreensão de que eles próprios eram os culpados por essa situação, por terem falado francamente demais com a oficial de condicional bonita.

Carolyn passara por apenas uma experiência assustadora. Acontecera não muito tempo depois de sua contratação. O presídio antigo, localizado em Oxnard, cidade-irmã de Ventura, era uma construção escura e dilapidada. Como ali havia apenas duas salas de entrevista, eles ocasionalmente usavam uma sala grande e aberta que já tinha sido um chuveiro coletivo. O homem a respeito de quem Carolyn devia submeter um relatório pré-sentencial era um hispânico que estava sendo processado por cinco acusações de assaltos a residências. Carolyn tinha certeza absoluta de que, caso estivesse vestida como hoje, teria sido estuprada por aquele homem. Vestida de forma bem mais comedida, fora perseguida em torno da sala por quase duas horas, durante as quais o homem rasgara sua blusa e golpeara sua cabeça contra o chão de concreto. Carolyn gritara por socorro, mas ninguém a ouvira. Como era hora da mudança de turno, o policial que a trancara com o prisioneiro esquecera-se de dizer aos outros que a oficial de condicional estava lá dentro.

O novo presídio era uma maravilha da tecnologia moderna. Quando Carolyn apertava a campainha, um carcereiro respondia, em geral numa questão de minutos.

— Traga o prisioneiro — disse Carolyn ao policial Wells. — Sei como cuidar de mim mesma.

Depois de passar pelas portas de segurança, Carolyn parou e guardou sua bolsa e sua arma nova num armário. Um policial mais velho, de cabeça quase calva e barriga saliente, apareceu para escoltá-la pelos corredores.

— Parece que é hora do show, Sullivan — disse Alex Barker, que há anos via Carolyn em ação. — Você sabe como os detentos estão lhe chamando ultimamente?

Carolyn não dava a menor bola para isso, mas ela gostava de Barker. Ocasionalmente, pedia-lhe favores.

— A Bruxa Má do Norte?

— Pior do que isso — disse o policial, falando alto para ser ouvido sobre os assobios e obscenidades emitidos pelos homens nas celas. — Não esses idiotas, é claro — acrescentou. — Os homens neste bloco estão aguardando julgamento. Os caras que estão cumprindo pena é que chamam você de Anjo da Morte.

— Soa bem para mim — disse Carolyn, sorrindo.

— Segundo a história que eles contam, uma dona linda de morrer aparece para visitar um detento, e então o detento some. Eles são burros demais para deduzir que o sujeito foi mandado de sua cela para o presídio.

Barker destrancou a porta para uma sala pequena e sem janelas.

— Este é o seu homem?

Carolyn fez que sim com a cabeça, vendo um jovem magro desabado numa cadeira. Um oficial de condicional possuía uma vantagem sobre os policiais investigadores. Ela não precisava ler para o prisioneiro os seus direitos. O dever de Carolyn era determinar se ele havia ou não violado os termos e exigências de sua condicional. Para fazer isso, ela precisava referir-se à ofensa pendente.

— Oi, Eddie — disse Carolyn depois que Barker havia fechado e trancado a porta. — Há quanto tempo não nos vemos. Desculpe por ter chegado na sua hora de almoço.

— O que eles servem aqui não merece ser chamado de almoço — disse Eddie com uma careta de nojo. Ele inclinou a cabeça para um lado, estreitando os olhos para vê-la melhor. — Você é a minha oficial de condicional, certo? Parece diferente?

Carolyn sentou-se numa cadeira à mesa. Eles precisavam estabelecer se Eddie era ou não um pedófilo. Nem todos os homens que estupravam crianças caíam nessa categoria. Muitos eram simplesmente predadores sexuais. Sobrepujar suas vítimas os excitava, e a idade nem sempre era um fator. Ela conhecera estupradores cujas vítimas variavam desde mulheres velhas o suficiente para serem suas avós até adolescentes e crianças.

Eddie fitou os seios de Carolyn, e então, furtivamente, desviou o olhar. Um estuprador ficaria excitado com a maneira sedutora como ela estava vestida. Se Eddie era um pedófilo, poderia haver outras vítimas. Ele estrangulara Luisa Cortez e a julgara morta ao abandoná-la. A polícia teria de checar todos os relatos de pessoas desaparecidas que fossem crianças pré-púberes.

Agora Carolyn precisava desempenhar um papel diferente.

— Desculpe — disse, cobrindo a boca para bocejar. — Estou exausta hoje. Passei a noite na casa do meu namorado. Esqueci de levar roupas para trocar. Fomos ao show dos Rolling Stones no Staples Center. Não dormi muito.

— Você gosta dos Stones? — perguntou Eddie, relaxando. — Eles são velhos.

— Meu namorado é fã — disse Carolyn. — Mas eu não vim aqui para falar de mim. O que está acontecendo, Eddie? A polícia abriu acusação contra você por estupro. Eu achei que a esta altura você estaria casado. Tudo parecia tão bem com você da última vez que te vi.

— Eu não fiz aquilo — protestou, rosto enrubescendo. — Pareço alguém que estupraria uma criança? As garotas são loucas por mim. A polícia me prendeu e deixou escapar o filho-da-puta que pegou a menina. — Limpou a boca com as costas da mão. — Você falou com a polícia? Que tipo de provas eles têm? A menina morreu? Eles não me deixaram ver televisão ontem à noite.

— Luisa Cortez sobreviveu — disse Carolyn, mordendo a parte interna da boca para não pular sobre a mesa e enfiar os dedos nos olhos dele. Ela se lembrou do telefonema, de esperar pelo momento mais oportuno. — Onde você estava na hora do crime?

— Eu estava com uns amigos — disse Eddie, tossindo. — A polícia já conversou com eles. Tenho um bom álibi.

Carolyn abriu a pasta de Fast Eddie.

— Está se referindo a Teddy Mayfield e Sam Howard?

— Sim — disse ele, empolgado. — Tenho tentado ligar para eles. Eles confirmaram minha história, não confirmaram? Os policiais me prometeram que falariam com eles.

— Ambos os homens estão presos em São Francisco. Foram detidos num acidente de atropelamento e fuga um dia antes do estupro. — Carolyn viu Eddie remexer-se na cadeira. — Mayfield e Howard também tinham um mandado de prisão por posse de narcóticos com intenção de distribuição. Acho que escolheu as pessoas erradas para cobrirem você, Eddie. Devo deduzir que você comprava suas drogas com eles.

Eddie fulminou Carolyn com um olhar.

— Você está mentindo. Você veio aqui me enganar, tentar fazer com que eu diga alguma coisa que me incrimine. — Ele moveu a mão direita para cima e para baixo. — Foi por causa disso que veio para cá com os peitos à mostra.

— Pensei que você fosse esperto — disse Carolyn, abrindo a pasta novamente e retirando as fotos da cena do crime que Hank Sawyer lhe mandara. — Traficantes de drogas não são muito confiáveis. — Ela virou as fotos para que ele as pudesse ver.

Luisa Cortez estava coberta com sangue e terra. Havia abrasões circulares em seu pescoço pequeno. Estava nua, de pernas abertas e com os braços finíssimos pendendo flácidos. Entre as pernas havia ferimentos purpúreos e fios de sangue ressecado. A alguns metros de distância jazia um vestido florido rasgado, uma calcinha de algodão e duas meias decoradas com gatinhos. Os tênis da menina não tinham sido recuperados, o que fizera a polícia deduzir que ela fora estuprada em outro lugar e depois jogada de um carro em movimento. Uma das primeiras coisas que

Luisa havia perguntado ao recobrar a consciência no hospital foi onde estavam seus tênis novos com recortes em forma de coração. Carolyn suspeitava de que Eddie guardara os tênis como suvenir.

Eddie ficou boquiaberto ao ver as imagens. Carolyn viu a mão dele tremer enquanto tentava empurrar as fotos para longe. Essa era a parte que os pedófilos não queriam lembrar — a terrível realidade de seus atos. De algum modo, eles convenciam a si mesmos que se importavam com as crianças que atacavam. Certa vez ela pegara um homem quando ele aparecera para a reunião de pais e mestres de sua vítima de 7 anos.

Com toda a sua força, Carolyn golpeou a mesa com um punho.

— Pare — gritou Eddie. — Você está me machucando.

— Estou realmente te machucando? — perguntou Carolyn, sibilando as palavras através dos dentes cerrados. — Olhe para as fotografias, Eddie. Você gosta do que fez com Luisa Cortez? Você gosta de menininhas, não gosta? Eu falei com Maria Valdez hoje. — Ela observou o rosto de Eddie manifestar choque. — A irmã de Maria, Rosita, mentiu quando fez queixa de você à polícia. Ela fez isso para proteger sua irmã de 7 anos, para poupá-la do trauma de um julgamento. Você molestou Maria, e não Rosita. Você não consegue se excitar com uma mulher de verdade.

Suor escorria pelo rosto de Eddie.

— Você está louca. Rosita era minha namorada.

— Deixe-me dar-lhe um pequeno aconselhamento legal gratuito — disse Carolyn. — Declare-se culpado de seqüestro, estupro e tentativa de assassinato. O promotor público tem um número mais do que suficiente de provas para condenar você. Lembra-se de quando foi registrado como agressor sexual e o laboratório coletou uma amostra de seu DNA? Você pode ter guardado os tênis de Luisa como suvenir, mas nós temos uma coisinha que vai custar a sua liberdade. O seu DNA foi identificado com as evidências achadas no corpo de Luisa. Além disso, ela pode identificar você. Você poderia ter deixado também seu nome e endereço que não faria diferença.

Lágrimas brotaram dos olhos de Eddie. Ele começou a falar, mas então mudou de idéia e empurrou sua cadeira para o fundo da sala.

Carolyn prosseguiu:

— Como parte do acordo, insistirei em que você cumpra seu tempo de prisão sob custódia protetora. Se não for assim, os outros detentos matarão você. Só porque esses homens estão na prisão, isso não significa que eles não tenham irmãs, filhas ou sobrinhas. — Ela respirou fundo e continuou: — Se houver outras vítimas, talvez em outros estados, você poderá ficar mais tempo se cooperar e contar a verdade. Você sabe como o sistema funciona. Terá de ser julgado em todas as cidades que possuírem jurisdição. E então, depois que todo mundo tiver terminado com você, irão jogá-lo na prisão. E depois que estiver atrás das grades será um homem morto. — Carolyn se levantou e caminhou de costas para a porta, temendo que ele tentasse retaliar. Contudo Eddie estava fitando o vazio, meditando sobre o que ela dissera. Carolyn apertou a campainha e ficou aliviada quando a chave girou na fechadura. Assim que Alex Barker abriu a porta, ela se virou e saiu da sala.

Carolyn estava prestes a correr para o banheiro feminino no primeiro andar quando foi vista por Brad Preston. A maioria das pessoas no prédio saíra para almoçar, e o corredor dos banheiros públicos passava por baixo da escadaria.

Brad caminhou até Carolyn e a segurou pelo braço para conduzi-la até ao banheiro. Encostou-se contra a porta para que ninguém pudesse entrar.

— Quem você está tentando seduzir?

— Deixe-me sair — disse Carolyn, afastando-se dele. — Você me pediu que suspendesse a condicional de Downly, não pediu? Ele é um pedófilo. A vítima do crime anterior era quase da mesma idade que Luisa Cortez. — Depois de descrever sua conversa com Maria Valdez e sua irmã mais velha, Rosita, ela acrescentou: — Ligue para Hank e diga que eles precisam procurar por vítimas adicionais. Diga para ele procurar na lista de desaparecidos por meninas abaixo dos 12 anos. Eles devem emitir um boletim nacional. Como não acompanhei Downly durante o ano passado, não há como saber onde ele esteve morando.

— Você está maravilhosa — disse Brad, sorrindo enquanto a puxava para seus braços. — Esqueci que você tem um corpaço. — Ele pôs as mãos em concha sob os seios de Carolyn e beijou-a nos lábios.

Carolyn fitou o rosto bonito, os olhos incríveis, o sorriso encantador de Brad. Sem pensar, ela deixou as mãos abrirem. Sua bolsa e a pasta de Eddie caíram no chão. Carolyn havia se convencido de que havia superado Brad. Obviamente ela estivera errada. Nenhum homem excitava Carolyn do jeito que Brad fazia. Ela segurou o rosto de Brad e disse:

— Podemos perder nossos empregos, sabia?

— Você se preocupa demais — disse Brad.

Ele trocou de lugar com Carolyn de modo a colocar as costas dela contra a porta. Cravando as mãos por cima da cabeça dela, Brad beijou a boca e o pescoço de Carolyn, correndo a língua até o centro de seu peito. Carolyn fechou os olhos e gemeu.

Quando tinha sido a última vez?

Ela ouviu um ruído e olhou por sobre os mictórios. E se houvesse alguém dentro de uma das cabines? Carolyn segurou a respiração e ouviu. Brad escolhera intencionalmente o banheiro masculino. O que eles estavam fazendo parecia ainda mais decadente. Ela sentiu que estava escorregando. O piso estava escorregadio, e os sapatos de salto alto dificultavam-lhe manter-se em equilíbrio. Chutou os sapatos para longe e desabotoou a camisa de Brad, movendo as mãos sobre sua pele bronzeada enquanto admirava seus músculos rijos.

— Você é muito bonito — sussurrou Carolyn. — Homens não deviam ser tão bonitos.

Brad riu.

— Não tenho certeza se foi um elogio ou um insulto.

— Nem eu — disse Carolyn, recuando para longe dele.

— Não vai fazer amor comigo?

— Não — respondeu Carolyn, lutando contra o desejo.

— Minha casa fica a apenas alguns quilômetros daqui — disse Brad. — Tudo o que precisamos é ser discretos, garantir que ninguém no escritório descubra que estamos saindo juntos de novo. Passe lá em casa depois do trabalho.

— Você está com batom no rosto. — Carolyn estendeu a mão e limpou o batom com o dedo. — O que fizemos hoje foi tudo, menos discreto.

— É verdade — disse ele, rindo. — Talvez tenha sido por isso que você gostou tanto.

— Eu não quero um relacionamento que eu tenha de esconder de todos — disse Carolyn. — Você é um amante fantástico, Brad, mas eu quero mais. Preciso pensar em John e Rebecca. Eles precisam de um homem dentro de casa, alguém a quem possam ver como um pai.

— O que está havendo com Frank?

— Nada — disse Carolyn, deixando-o guardar a porta enquanto ela caminhava até a pia para lavar a maquiagem pesada do rosto e ajeitar suas roupas.

— Ele devia estar sustentando os filhos dele — disse Brad. — Você já o processou? Um bom advogado iria metê-lo na prisão.

— Nós não sabemos onde ele está agora — explicou Carolyn. — Ele muda de número de telefone o tempo inteiro. Eu abri queixa contra ele por não pagar a pensão há uns três meses. Mas a justiça não o achou.

— Ele não deve estar trabalhando, senão teria sido encontrado pelo número do seguro social.

Alguém mexeu na maçaneta. Brad encostou o ombro direito contra a porta.

— Ô bacana, aqui é o encanador! — gritou. — Use o banheiro de cima! Tô atolado em merda até o pescoço!

Carolyn tapou a boca com a mão para abafar o riso. Assim que eles ouviram os passos do homem se afastando, ela comentou:

— Alguém já disse que você é maluco?

— O tempo todo — disse Brad, arqueando uma sobrancelha. — O que mais descobriu sobre Downly?

— Não muita coisa — disse Carolyn, voltando a ficar séria. — Ele deve se declarar culpado e nos poupar das despesas de um julgamento. A questão mais importante é descobrir se houve outras vítimas. Ele foi desleixado com Luisa Cortez. Estupradores seriais ou assassinos seriais geralmente não começam a cometer erros antes do terceiro ou quarto crime. Se houver outras vítimas, provavelmente estão mortas. Não tenho como não pensar nas famílias dessas crianças, que não sabem se elas estão vivas ou mortas.

— Pelo menos pegamos ele — disse Brad. — E quanto à namorada dele? Você não disse que ele estava noivo?

— Se ela existisse, ele a teria usado. Os homens que ele esperava que lhe dessem um álibi eram traficantes de drogas. Estavam presos em São Francisco quando ele estuprou Cortez. Deve ter dito que estava noivo para me impedir de descobrir que ele era um pedófilo. Fast Eddie não se interessa por mulheres adultas.

— Repulsivo — disse Brad, balançando a cabeça.

— Não podemos fazer isso de novo — disse Carolyn, baixando os olhos.

— Por que não? — replicou ele. Certo, admito que não deveríamos fazer esse tipo de coisa no trabalho. Mas isso não significa que não possamos ver um ao outro.

— Preciso tocar a minha vida, Brad — disse Carolyn. — Mesmo antes de você ser promovido, eu sabia que o nosso relacionamento não iria durar. Você não quer criar os filhos de outro homem, nem voltar para casa toda noite para lidar com os mesmos problemas domésticos.

Brad ficou chateado por ouvir isso.

— Eu gosto de você.

Carolyn beijou-o na testa.

— Eu também gosto de você.

Carolyn entreabriu a porta para ter certeza de que não havia ninguém por perto, e saiu rapidamente antes que ele pudesse impedi-la.

CAPÍTULO 12

Carolyn convenceu Raul Morales, o assistente de Arline Shoeffel, a deixá-la ver a juíza superiora durante o recesso da tarde. Ao contrário de alguns de seus colegas, a juíza Shoeffel não desfrutava de almoços regados a três martínis nos melhores restaurantes de Ventura, pagos por advogados figurões. Conquistara sua posição devido à sua ética impecável, seu domínio extraordinário da lei e sua capacidade de supervisionar indivíduos de nível elevado. Um dos deveres mais importantes de um juiz superior era movimentar o calendário. Com o número de casos que o condado de Ventura processava, o trabalho dela poderia ser comparado ao de parar um trem desgovernado.

Carolyn agora considerava uma grande sorte ter passado algum tempo sozinha com Arline na noite em que o carro da juíza havia quebrado. As pessoas que trabalhavam no tribunal raramente a viam, a não ser quando ela passava em seu Lexus prateado ou entrando ou saindo do estacionamento VIP subterrâneo. Apenas detalhes de sua vida pessoal eram conhecidos pelo público geral. A juíza jamais havia se casado, nunca comparecia a reuniões sociais e almoçava todos os dias no trabalho com a comida que levava num saco de papel. Sob muitos aspectos, ela era um fantasma. Apenas os juízes que trabalhavam diretamente sob suas ordens mantinham contato regular com ela.

Antes de sua reunião com Arline às 13h30, Carolyn foi de carro até uma loja da Verizon a fim de comprar telefones celulares para Rebecca e John. Ficou deliciada ao saber que os telefones eram gratuitos, mas sua empolgação passou quando descobriu que teria de assinar um contrato de seis meses com a companhia telefônica. Esperou ansiosamente enquanto o funcionário da loja ativava os telefones, e então saiu e jogou os aparelhos no porta-malas do BMW do professor Leighton. Ela quase ultrapassou um sinal vermelho em sua pressa de voltar para o tribunal. Temia que, caso se atrasasse, Arline se recusasse a recebê-la.

— Cheguei a tempo? — perguntou Carolyn, tentando recuperar o fôlego enquanto atravessava apressadamente a porta para a ante-sala da juíza.

Ex-nova-iorquino, Raul Morales lentamente desviou os olhos de sua tela de computador. Um homem atraente e conservador no começo da casa dos trinta, Morales provavelmente sabia mais sobre a lei que a maioria dos advogados. Sua camisa de listras azuis estava bem passada e engomada, usava um colete preto e calças cor de carvão, e calçava sapatos impecavelmente polidos.

— Quase não chegou — disse Morales, parecendo desaprovar a aparência desleixada de Carolyn. — Você estava fazendo cooper? Talvez devesse se pentear. — Ele deu a Carolyn um lenço de papel enquanto ela tirava a escova da bolsa para pentear os cabelos embaraçados. — Também está suada. Soube que está fazendo calor lá fora. Devem ser os ventos de Santa Ana novamente. Na semana passada precisei vestir um paletó. Hoje de manhã parecia até que era verão.

— Você não está mais em Nova York. Na Califórnia temos uma estação diferente todas as semanas.

Carolyn enxugou a fronte e o lábio superior enquanto ouvia Morales chamar a juíza pelo interfone.

— Só prometi a você cinco minutos — lembrou ele, fazendo um gesto para a porta fechada. — Ela tem outro compromisso em 15 minutos e precisa de tempo para almoçar. Sugiro que fale depressa.

Arline Shoeffel não levantou a cabeça até Carolyn estar de pé diante de sua mesa.

— Sente-se — convidou, removendo os óculos. — Fiquei preocupada porque você não foi à aula ontem à noite. Soube da explosão. Como está?

Carolyn não respondeu à pergunta. Ela permaneceu de pé.

— Tenho uma situação volátil em minhas mãos — disse à juíza. — Se eu não achasse que alguém pode perder a vida, não estaria aqui.

Carolyn resumiu rapidamente os eventos mais recentes no caso Metroix.

— O que você me contou parece merecer continuidade — disse a juíza, articulando cuidadosamente as palavras. — Junte tudo que tem e mande para mim. Jantaremos juntas depois da aula na semana que vem. Então poderemos conversar sobre Metroix.

— Isso não pode esperar — disse Carolyn, caminhando até a mesa da juíza para pousar as mãos na beira do tampo. — Não vou voltar à aula até as pessoas por trás disso terem sido presas. Não posso correr o risco de deixar meus filhos sozinhos. Essas pessoas sabem onde eu moro. Elas estiveram em minha casa.

— Entendo o que quer dizer — comentou pensativamente a juíza. — O sr. Metroix não estaria melhor sob custódia protetora?

— Não — disse Carolyn. — Ele já se envolveu numa altercação na prisão. A culpa não foi dele, de acordo com o que ele me disse. Eu não apenas acredito que ele foi condenado sob falsas acusações, como ironicamente Metroix parece ser um inventor talentoso. Algumas de suas invenções podem ser valiosas, a ponto de um funcionário de presídio poder estar beneficiando-se financeiramente delas.

— Por que acredita que o sr. Metroix é um inventor? — perguntou Arline. — Pensei que tinha dito que ele é mentalmente doente.

Isso de novo, não, pensou Carolyn. O mesmo problema aplicava-se a pessoas com paralisia cerebral ou doença de Lou Gehrig. As pessoas que não as conheciam bem ocasionalmente pensavam que elas eram retardadas.

— A senhora já ouviu falar em John Forbes Nash?

— O nome me parece familiar — respondeu a juíza, recostando-se na cadeira. — O que esse homem tem a ver com o sr. Metroix?

— Nash era esquizofrênico — disse Carolyn. — Ele também ganhou um prêmio Nobel. — Ela deixou que a juíza absorvesse suas palavras e então continuou: — Metroix está trabalhando numa coisa que pode ser benéfica para a segurança nacional. Não tenho competência para avaliar esse projeto. Para isso, precisaríamos da consultoria de uma instituição de pesquisa de grande porte. Porém o meu pai ensinava matemática e a minha mãe possui mestrado em química. Conheço o bastante para lhe dizer que o que vi era impressionante.

— Complexo — comentou Arline, levantando os olhos para o teto. — O que acaba de me dizer não apenas parece merecedor da atenção do tribunal, como também possui alguns aspectos legais interessantes.

A juíza esticou a mão para a prateleira às suas costas. Raul entreabriu a porta e enfiou a cabeça pela brecha.

— O juiz Alcott estará aqui em 15 minutos.

— Tudo bem — disse ela.

— Mas a senhora precisa de tempo para almoçar.

— Raul, você não é a minha mãe — disse Arline, olhando para ele por cima da armação dos óculos. — Não me interrompa de novo. Se Alcott aparecer, ele pode esperar.

— A senhora quer que eu me retire? — perguntou Carolyn, depois que Raul fulminou-a com o olhar, como se ela fosse a culpada pela reprimenda que ele ouvira de sua chefe.

— Não — respondeu a juíza. — A lei tende a ser concreta, até mesmo tediosa. Designar casos e supervisionar juízes não é tão desafiador quanto se imagina. — Ela voltou ao ponto onde havia parado: — Quanto ao presídio, segundo o artigo 2.812, é ilegal que uma prisão venda qualquer coisa feita por seus detentos, a não ser que os artigos sejam sancionados legalmente pela lei. — Ela folheou para outra página. — Agora, o 2.717.1 afirma que o Diretório de Correções pode realizar aquilo que é considerado um programa de cooperação conjunta com uma organização ou entidade externa.

— O diretor Lackner mencionou alguma coisa sobre um programa de cooperação conjunta — comentou Carolyn. — Mas Metroix disse que o diretor não apenas o fez assinar uma cessão de direitos para suas invenções, como também insistiu em que ele trabalhasse especificamente no exosqueleto.

— Se esse diretor está obtendo qualquer tipo de lucro, ou mesmo se teve a intenção de vender as invenções do sr. Metroix, ele se enquadra na violação do artigo 2.708 — disse Arline. Ela levantou os olhos para Carolyn e sorriu. — Você pode ter farejado um rato. Esse homem pode ser processado criminalmente se aquilo que o sr. Metroix disse a você for verdade.

— O que eu deveria fazer? — perguntou Carolyn, empolgada.

Arline estava estudando outro artigo.

— Você diria que esse sistema de monitoração de vídeo que o sr. Metroix alega ter inventado proveu assistência excepcional na manutenção da segurança da prisão?

— É claro.

— Dê uma olhada no artigo 2.935 quando voltar para o seu escritório. O sr. Metroix deveria ter recebido uma redução de um ano em sua sentença. Analisarei o restante dos detalhes assim que os tiver recebido. Mas não me telefone. Ligarei para você assim que determinar como devemos proceder.

— Obrigada, Arline — disse Carolyn, com a impressão de que havia acabado de expor seu primeiro caso como advogada. — Isso significa muito para mim.

— Tenha um bom dia, Carolyn — disse a juíza, dispensando-a friamente.

Fast Eddie estava enrodilhado na cama inferior do beliche da cela. Estava enfraquecido pela fome. Sempre fora seletivo com o que comia. O grude que lhe davam para comer na prisão batia mal em seu estômago, e ele não se alimentava havia 24 horas.

Algumas das coisas que Sullivan lhe dissera tinham sido mentiras deslavadas. Ele usara uma camisinha para estuprar a menina. Ele não era estúpido a ponto de deixar para trás aquele tipo de prova.

Contudo, por menor que fosse, Luisa havia resistido a ele. Ela o havia arranhado, mas os ferimentos eram tão leves que quase não podiam ser vistos. As unhazinhas dela eram finas como papel. Sullivan havia tentado intimidá-lo. Tudo o que eles tinham para ligá-lo ao crime era a garota. Não era incomum que crianças dessa idade desmoronassem na cadeira das testemunhas. Quando um advogado de defesa começava a interrogá-las, elas ficavam assustadas e confusas.

Ele não planejara estrangular Luisa. Sua intenção fora colocar uma sacola de plástico sobre sua cabeça e sufocá-la. Ele não gostava de fazer nada sexual enquanto suas vítimas se debatiam. Ao jogar a garota para fora do carro no terreno baldio perto da casa dela, Eddie tivera certeza de que ela estava morta.

Luisa Cortez fora especial. Eddie demonstrara consideração pela família dela, deixando-a onde pudessem encontrá-la. Se tivesse imaginado que ela poderia sobreviver para identificá-lo, Eddie teria enterrado o corpo num lugar deserto. O corpo de Luisa estava imóvel e frio. Eddie usara um pano de pratos para garantir que não restaria nenhum pêlo ou qualquer outra evidência que pudesse conduzi até ele. Ao escutar o peito dela, Eddie deduzira erroneamente que o som que ouvia era o de seu próprio coração, não o dela.

De qualquer modo, Luisa teria tido uma vida miserável.

Uma onda de prazer correu pelo corpo de Eddie. Ela estava tão bonita, com seus cabelos negros e sedosos e seu vestido bonito, cantando para si mesma enquanto saltitava pela calçada.

Fast Eddie ouviu uma voz grave chamar seu nome, e então a porta controlada eletronicamente se abriu.

— Edward James Downly, levante o rabo daí — ordenou um guarda. — Pagaram sua fiança.

Eddie sentou-se na cama com a rapidez de um boneco de mola. Estaria sonhando? O juiz decretara que ele deveria ser detido sem fiança. Além disso, Sullivan deveria ter suspendido sua condicional.

— Você vem ou não? — perguntou o guarda, mascando chiclete.

Eddie se levantou e, rindo baixinho, foi conduzido pelo carcereiro por um labirinto de corredores até o departamento de soltura da prisão. Aguardou atrás de uma linha pintada no chão até um policial numa sala que parecia uma gaiola chamar seu nome.

Fast Eddie deu um passo em direção ao guichê.

— Temos um par de calças jeans, uma camisa de tricô marrom, uma cueca, duas meias e um par de tênis Nike. — O policial dentro da sala empilhou cuidadosamente todos os pertences. — Temos também uma carteira masculina contendo 63 dólares, cinqüenta centavos em trocados, um par de óculos escuros e um celular Nokia. — Ele deu um formulário a Eddie. — Assine no fim e poderá ir.

Assim que Eddie rabiscou seu nome, o guarda apontou para uma sala onde ele poderia se trocar. Se era um sonho, ele estava adorando. Cinco minutos depois, saiu para o sol californiano. Colocando os óculos escuros, pegou o celular e apertou o botão que o ativava. A bateria ainda tinha carga! Hoje é um dia de muita sorte, pensou Eddie. Talvez um que merecesse até figurar nos livros de História. Se gostasse de jogar, teria ido direto para o hipódromo.

Daniel dormiu demais e perdeu o bufê do café-da-manhã do Comfort Inn. Depois de tomar um banho e vestir a camisa do Lakers e a calça de moletom que comprara na Rite Aid na noite anterior, passou a manhã tentando reproduzir seu último trabalho no exosqueleto.

Refazer seus cálculos relativos aos componentes elétricos levaria anos, e mesmo então ele teria de testá-los para certificar-se de que funcionavam. Ele praticamente havia aperfeiçoado o dispositivo que possibilitaria locomoção ao exosqueleto, além de um conversor de energia compacto e um ativador. Contudo ninguém de que tivesse notícia desenvolvera o material apropriado para a roupa. A maioria dos exosqueletos que ele vira em revistas técnicas ou militares não tinha sido nada mais do que armaduras desajeitadas e robóticas. Ele não estava interessado em aumentar o desempenho de soldados. Daniel queria encontrar uma forma de permitir que indivíduos aleijados pudessem se mover novamente.

Largando o lápis, disse a si mesmo que não poderia permitir que a perda de seu trabalho o destruísse. Daniel havia batalhado contra sua doença e cumprido sua pena. Por outro lado, talvez ele merecesse tudo o que lhe acontecera e seu tormento iria continuar por toda a eternidade.

Quando sua barriga começou a roncar, Daniel notou que eram 13h30. Carolyn dissera-lhe que ligaria naquela manhã. Ela o instruíra a permanecer no quarto e pedir sua comida ao serviço do hotel. Os pratos no cardápio não o interessaram. Ele decidiu caminhar até o Saul's Bagels, que ficava em frente ao motel Seagull. Comera lá várias vezes e gostara muito. Além disso, precisava tomar um pouco de ar fresco. De que valia estar fora da prisão se continuava enfurnado num quarto de motel?

Lembrando-se de pegar sua chave e colocar o aviso de Não Perturbe na porta, como Carolyn instruíra, Daniel desceu de elevador até o saguão. Como não tinha certeza de onde estava, parou e perguntou ao balconista como chegar ao Saul's Bagels. A lanchonete ficava a uns vinte quarteirões dali. Se fosse correndo até lá, talvez se sentisse menos ansioso.

Enquanto corria, Daniel ocupou a mente tentando decidir o que queria almoçar. Ficou com água na boca ao pensar num sanduíche quente de carne defumada acompanhado por uma deliciosa salada de repolho. Para ter alguma coisa para comer depois em seu quarto, também compraria alguns bagels e donuts. De vez em quando ele sentia necessidade de comer alguma coisa doce. A comida na prisão tinha sido horrível, e sempre fria.

No todo, ter uma refeição decente provavelmente era uma das coisas de que Daniel mais gostava, particularmente desde que sua avó possibilitara que ele tivesse dinheiro suficiente para comer qualquer coisa que quisesse.

Avistou o grande letreiro em néon que dizia Saul's Bagels. A lanchonete de bagels era um daqueles lugares pé-de-chinelo que havia começado pequeno, provavelmente servindo apenas bagels, mas, à medida que a clientela crescera, começara a vender também donuts, sanduíches e outros petiscos.

Quando Daniel corria, precisava tomar cuidado, porque não estava acostumado a prestar atenção em carros. Em Chino, ele costumara correr em torno do pátio durante o exercício da tarde. Na prisão, tudo o que ele tivera para olhar eram outros detentos, e a maioria mantinha distância dele.

O presídio era um lugar estranho, um mundo dentro de um mundo. Durante o primeiro ano de Daniel, os detentos tinham se juntado contra ele. Ele sofrera tormentos terríveis demais para mencionar. Contudo, antes mesmo de o diretor Lackner começar a protegê-lo, a maioria dos detentos começara a evitá-lo. A essa altura, já circulavam rumores de que ele era doente mental. Até os detentos mais violentos não queriam se misturar com um louco.

Daniel parou, mantendo as pernas em movimento enquanto esperava a luz do sinal mudar. Vários carros passaram. Então um utilitário preto parou perto do meio-fio e Daniel teve um vislumbre do rosto de um homem saindo da janela.

Mas não viu a arma.

A explosão reverberou dentro de seus ouvidos. Daniel sentiu uma dor lancinante na parte superior do abdome, a poucos centímetros do coração.

Imagens correram por sua mente. Viu uma menininha linda sorrindo para ele e estendendo os braços para que ele a levantasse no colo. Seu rosto era tão bonito, tão terno, que só de vê-la ele sentia vontade de chorar.

Daniel se lembrou do Natal em que seu pai lhe dera seu primeiro relógio. Ele correra direto para o quarto e lá desmontara o relógio todo. Então viu o novo televisor da família desmontado na sala de estar. O rosto gordo de Ruth franzia de raiva enquanto ela o surrava com um cinto.

— Por que faz essas coisas? — gritou a mãe. — Por que desmonta tudo? Seu pai economizou um ano inteiro para comprar um televisor novo para a gente. — O couro do cinto cortou suas pernas. — Só vou parar de bater quando você responder. Você tentou desmontar a máquina de lavar da sra. Clairmont na semana passada. As pessoas acham que o meu filho é maluco.

— Por favor, mãe, não me bata de novo — suplicara Daniel, entre lágrimas. — Quero descobrir como as coisas funcionam.

Enquanto a dor do ferimento à bala intensificava, as lembranças do passado foram sumindo. Vários carros frearam quando viram um homem de pé no meio da rua, sangue esguichando do abdome. Outro motorista começou a tocar a buzina. Uma mulher saltou do carro e agitou os braços, gritando para alguém chamar uma ambulância.

O corpo de Daniel se contraiu na cintura com um violento espasmo. Ele não percebeu que tinha levado um tiro até olhar para baixo e ver o sangue escorrendo em torno de seus dedos. Então se lembrou da expressão de ódio no rosto do homem enquanto estendia o braço para fora da janela.

Cambaleou mais alguns passos e tombou na calçada, uma poça de sangue espalhando-se debaixo de seu corpo imóvel. Piscou várias vezes, lutando para permanecer consciente.

A mulher que gritara por ajuda ajoelhou-se ao lado dele. Ela enrolou uma coisa que parecia uma toalha de praia e pressionou-a contra o ferimento à bala. Ela era gorda e lembrava a mãe de Daniel.

— Agüente firme — disse ela, sem fôlego porque tinha corrido até ele. — Atiraram em você. Mas vai ficar bem. Tente ficar calmo até a ambulância chegar.

— Você... vai... bater em mim de novo?

— Não — disse a mulher, lágrimas juntando-se em seus olhos. — Não fale. Vou rezar por você. Deus vai enviar seus anjos para o ajudar.

Daniel subitamente sentiu-se em paz. A mulher não era sua mãe. Ruth estava morta, sepultada com o restante de sua família no cemitério Queen of Angels. Ele fora de ônibus até Los Angeles e vira o jazigo vago que sua avó comprara para ele. Na vida, nunca parecera haver um lugar para ele. Ao menos na morte, disse a si mesmo, ele teria uma casa permanente.

CAPÍTULO 13

Depois de sua reunião com Arline Shoeffel, Carolyn pegou uma pasta e entrou numa sala para ditar seu relatório sobre o atentado a tiros de Sandoval.

Lois Mason, uma vítima de 67 anos, recobrara-se do ferimento à bala em seu ombro, mas emocional e mentalmente ela jamais seria a mesma. A mulher passara toda a entrevista sentada com os dedos entrelaçados sobre o colo e respondera à maioria das perguntas de Carolyn com um sim ou um não, como se estivesse no banco das testemunhas.

Numa investigação pré-sentencial, quando uma vítima não era capaz de oferecer informações, o oficial de condicional recorria ao parente mais próximo. A filha da mulher chorara quando Carolyn falara com ela ao telefone.

— A minha mãe não tinha medo de nada. Agora ela não sai de casa, não está comendo, e nós não conseguimos fazer com que ela se comunique conosco. Acho que teremos de colocá-la num asilo.

O único conforto que Carolyn poderia dar era que Carlos Sandoval pegaria prisão perpétua. Um ato de violência perpetrado contra uma mulher idosa equivalia a um homicídio. Carolyn não tinha coragem de dizer à filha da sra. Mason que uma sentença de prisão perpétua não significava que o prisioneiro não seria libertado nunca. Perpétua sem direito a condicional significava o que dizia, mas o crime de Sandoval legalmente não merecia essa sentença.

A despeito do tipo de punição que o agressor recebesse, Lois Mason sabia que havia outros homens como Sandoval no mundo. Por mais trágico que soasse, para Lois Mason a morte seria um alívio.

Depois de ditar o relatório, Carolyn olhou as horas. Eram 14h45 e ela ainda não ligara para Daniel. Além disso, planejara sair do escritório cedo e pegar John e Rebecca na escola. Depois que os filhos estivessem com os celulares, ela poderia relaxar um pouco. Contudo teria de telefonar para a escola e obter uma permissão para que eles mantivessem os celulares ligados durante as aulas para quando ela precisasse falar com eles em caso de emergência. Também precisava alugar um carro. Não podia ficar com o BMW de Leighton para sempre. Sua dívida para com esse homem era substancial. Oferecer-lhe um jantar não seria suficiente — ela teria de encontrar alguma outra forma de pagar por sua gentileza.

Usando a internet, Carolyn encontrou informação de contato para Liam Armstrong e Nolan Houston. Armstrong era um corretor de imóveis comerciais em Los Angeles, e Houston possuía uma cadeia de lojas de golfe chamada Hole in One.

Baixou um artigo do jornal de Ventura a respeito de Nolan Houston que fora publicado anos atrás. O típico artigo "menino da cidade faz bonito". O ex-jogador de futebol trocara de esporte e acabara jogando na turnê da Raleigh Golf Association. Como Carolyn não acompanhava golfe, seu sucesso passara sem que ela tivesse conhecimento. Houston aposentara-se do golfe havia cinco anos, usando o próprio nome para estabelecer uma cadeia de 24 lojas de varejo.

Carolyn estava tentando descobrir mais a respeito de Liam Armstrong quando o telefone tocou.

— O seu homem foi baleado — informou Hank. — Estou na cena do crime. O disparo ocorreu às 14h15.

A adrenalina de Carolyn aumentou subitamente.

— Metroix?

— Quem mais?

Ela empurrou sua cadeira para longe da mesa, segurando o fone bem firme com ambas mãos.

— É muito ruim?

— Ainda não sei — respondeu Hank, gritando sobre o ruído de fundo. — Ao que parece, o atirador estava mirando no coração dele. Em vez disso, acertou-o no estômago. Desta vez Metroix tem minha simpatia. Já estive no lugar dele. Quando leva uma bala na barriga, você não conhece mais nada além de dor.

— Onde aconteceu?

— Na Anchors Way, perto do motel Seagull. Segundo o relato das testemunhas, o autor do disparo estava num carro em movimento. Estou mandando Trevor White para o hospital agora. Como White estava comigo quando nós prendemos Metroix, ele vai preferir ver a sua cara à nossa.

Por que ela não havia se lembrado de ligar para ele? Daniel devia ter se cansado de ficar preso no quarto. Carolyn sentiu-se tonta e precisou encostar-se em sua mesa para não cair.

— Falei com ele que não saísse do quarto de motel.

— Que quarto de motel? — perguntou Hank. — Ele invadiu de novo o Seagull? Mas que droga, mulher, por que não o escondeu em outro lugar?

— Eu fiz isso — respondeu Carolyn na defensiva. — Eu o levei de carro da prisão até o Comfort Inn. Por que ele voltaria ao Seagull? Ele não dirige, e o motel fica a quilômetros de distância.

— Como é que vou saber?

— Eles o levaram ao Good Samaritan? — perguntou Carolyn, devastada pelo fato de Metroix ter sido mais uma vez vitimado.

— Não — disse Hank. — A ambulância o levou até o Methodist. Vários cirurgiões não compareceram hoje ao Good Samaritan por motivo de doença. Eles estão encaminhando para o Methodist todos os casos que requeiram cirurgia.

Carolyn pegou sua garrafa d'água na mesa e tomou um longo gole, a garganta subitamente seca.

— Quem fez isso?

— Tudo o que sabemos é que o veículo era um utilitário de cor escura, mais provavelmente preto, mas possivelmente verde-musgo. Nossa melhor testemunha disse que não entende de carros. A mulher afirma que não sabe distinguir um utilitário de outro. Acha que a placa tinha um três, e que a primeira letra podia ser um G ou um O.

— Metroix estava consciente?

— Por algum tempo — disse o detetive. — A sra. Olson nem pensou em fazer perguntas a ele. A gente não pode culpá-la por isso. Ela ficou com as roupas cobertas de sangue e disse que Metroix não parava de perguntar se ela ia bater nele. Os médicos terão de tirar a bala e costurá-lo. Tudo depende de que tipo de bala o atirador usou e quanto dano ela causou. A cirurgia vai demorar. Mas ele pode sobreviver e poderá lhe dar uma descrição do suspeito e do veículo. — Ele fez uma pausa e acrescentou: — Carolyn, você não precisa gastar saliva me convencendo de que alguém quer Metroix morto. Vou ficar do seu lado em cem por cento neste caso. Estou cagando para a autoridade de Charles Harrison. Se ele está por trás disso, vai pagar o mesmo preço que qualquer outro criminoso.

— Te ligo depois — disse Carolyn, pegando sua bolsa. — Estou indo para o hospital agora.

— Antes de fazer qualquer coisa, vá pegar seus filhos — disse Hank. — Ah, antes que eu me esqueça, mandei White ficar de guarda para Metroix. Começo a achar que tem alguma coisa cheirando mal nessa história. Harrison é um homem doente. E não me refiro apenas aos problemas dele com o fígado. Assassinos contratados são violentos. Eles não se importam com quem vai morrer. Eles se importam apenas com o dinheiro que vão ganhar.

Carolyn correu até a Jefferson Junior High para pegar Rebecca, e em seguida passou na Ventura High para recolher John. Quando os dois estavam no carro, ela lhes contou o que havia acontecido.

— Ele vai morrer? — perguntou Rebecca do banco de trás.

— Espero que não, querida — disse a mãe. — Eu sei que você e John têm trabalhos de casa para fazer. Não quero que fiquem sozinhos. Isso significa que terão de vir comigo ao hospital. Podem começar a fazer o dever na sala de espera. Não devo demorar muito.

John olhou enfezado para Carolyn.

— Estou muito atrasado na escola, mãe. Tem prova de cálculo amanhã. Leve Rebecca. Não posso estudar num hospital. Barulho demais.

Carolyn sentiu a pulsação acelerar. Tanto ela quanto seus filhos tinham sido submetidos a estresse demais ultimamente. Mas esta não era uma situação comum. Hank Sawyer era tudo, menos um alarmista. Ele não lhe teria aconselhado cautela se não acreditasse que suas preocupações eram válidas.

— Você precisa fazer o que eu mandar, John — disse ela, decidindo tratar tudo abertamente. — Prefiro ver você tirando nota vermelha a vê-lo estendido numa gaveta de necrotério.

— Necrotério não é o lugar para onde levam gente morta? — perguntou Rebecca.

— Não pode calar a boca, só para variar? — perguntou John à irmã, virando o pescoço para olhar para ela. — Mamãe e eu estamos tentando conversar. — Ele respirou fundo e olhou novamente para Carolyn. — Olha, sinto muito por terem atirado nesse cara. Mas analise a situação logicamente. Quem fez isso solucionou o problema. Por que iriam nos machucar agora? Eles só ficaram zangados com você porque se meteu no negócio deles. Me leva para casa.

Carolyn balançou a cabeça, chocada em vê-lo desafiá-la daquela forma.

— Nesta família quem toma as decisões sou eu — disse ela, parando no acostamento. — Eu me recuso a deixar você em casa sozinho.

John deu um tapa no banco.

— Por que tudo é sempre tão difícil para nós? Por que não podemos ser como as outras famílias? Estou fazendo tudo o que posso para vencer na vida. Você deveria estar preocupada comigo, não com um estranho que acabou de sair da prisão.

Ele abriu a porta do carro e saiu para a calçada.

— Fique aqui — disse Carolyn à filha. — Vou trancar o carro quando sair. Não vou para nenhum lugar onde você não possa me ver. Está tudo bem?

A menina fez que sim com a cabeça e colocou a mochila no colo.

— Como você ousa sair andando desse jeito! — gritou Carolyn, depois de ter alcançado o filho. — Você acha que a vida é fácil para mim? Mal tenho tempo de pôr meu trabalho em dia, quanto mais o prazer extra de tentar conseguir meu diploma de direito. Faz anos que não vejo um centavo do seu pai. Você quer ir para o MIT. Nenhuma das outras faculdades é boa o bastante para você. Preciso economizar para a educação de Rebecca também.

— Achei que Neil ia pagar nossas mensalidades — disse John. — Ele abriu uma poupança para a gente no ano passado. Lembro de ter assinado os cartões de autorização.

— Naquela época as pinturas do seu tio estavam vendendo bem — explicou Carolyn. — Desde então a economia entrou em queda. Quando os negócios andam mal, as pessoas não compram arte. Neil deposita dinheiro para a educação de vocês dois, mas apenas uma pequena quantia. Vai levar anos para juntar dinheiro suficiente. Neil pode algum dia querer criar sua própria família. Tudo o que estou tentando dizer é que não deveríamos depender de outras pessoas.

John estivera olhando para o chão. Lentamente, levantou os olhos para fitar a mãe. Durante um longo tempo ambos permaneceram em silêncio, ambos arfando devido à emoção.

— Não pode me deixar na casa do Turner? Fica a oito quadras de distância e a mãe dele não trabalha. Além disso, os dois irmãos dele são grandes como tanques de guerra.

— Isso é aceitável — disse Carolyn. — Mas você ainda me deve um pedido de desculpas.

Ele caminhou até a mãe e pousou um braço no ombro dela.

— Sinto muito — disse baixinho, dando um passo para trás. — Não vamos mais perder tempo. Se você quer que eu consiga uma bolsa de estudos, não posso desperdiçar nem um dia sequer.

Carolyn tinha certeza de que John iria conseguir. Ele possuía o intelecto e a determinação. Contudo não era justificativa para seu comportamento desrespeitoso. Ele poderia se tornar a pessoa mais rica e bem-sucedida no mundo, mas, se não aprendesse a respeitar as pessoas à sua volta, acabaria sendo odiado.

— Você pode passar a noite na casa de Turner?

— Claro — disse John. — Ele tem uma cama extra. A mãe dele já disse que posso ficar lá sempre que quiser.

— Bom — disse Carolyn bruscamente. — Aceito seu pedido de desculpas. Porém precisamos colocar algum espaço entre nós.

Sem esperar por ele, Carolyn se virou e marchou de volta até o carro.

Quando elas chegaram ao Methodist Hospital, Daniel Metroix estava sendo preparado para a cirurgia. Com Rebecca ao seu lado,

Carolyn conversou com uma enfermeira, uma mulher negra muito bonita chamada Ann Brookings, que já estava paramentada com um avental verde.

— A bala não danificou nenhum órgão importante — informou a enfermeira. — O médico que fará a operação, dr. Silver, não está antecipando nenhum problema sério. O sr. Metroix parece estar em condições físicas muito boas, o que geralmente ajuda.

Carolyn olhou para Trevor White, que estava com as costas apoiadas na parede. Todos os quatro estavam de pé atrás de uma linha vermelha e das palavras NÃO ENTRE pintadas no chão. Carolyn inclinou-se para a frente e sussurrou:

— Não deixe o policial sair de seu posto. Não se trata apenas da segurança do paciente. Diga ao restante da equipe que se eles virem qualquer coisa que seja, até mesmo apenas ligeiramente, suspeita, devem imediatamente avisar ao policial White ou discar o número de emergência.

Brookings começou a colocar a máscara sobre o rosto, preparando-se para entrar na sala de cirurgia. Em vez disso, ela se aproximou mais alguns centímetros de Carolyn.

— A senhora realmente acha que a situação é tão preocupante? — perguntou.

— Sim — disse Carolyn, levantando o braço para que a enfermeira pudesse ver a força com que segurava a mão de sua filha. — Quanto tempo a cirurgia vai demorar?

— Duas horas, no mínimo — disse ela. — Ele depois ficará na sala de recuperação por pelo menos duas horas, se não mais. Se eu fosse a senhora, levaria sua filha para casa.

— Um detetive chamado Hank Sawyer estará aqui logo — disse Carolyn. — Se Metroix disser qualquer coisa que você considere relacionada ao crime, por favor anote por escrito e avise a polícia. Precisamos saber se Metroix viu o homem que atirou nele.

— O paciente ficará fortemente sedado durante vários dias — informou Brookings. — Amanhã ele ficará acordando esporadicamente. Quando acordar, estará gritando ou falando coisas sem nexo devido à droga. — Ela fez uma pausa e sorriu. — Não tenho o hábito de falar com tanta franqueza. Estou lhe contando como as coisas são. A senhora parece uma mulher muito decente. — Antes de empurrar as portas duplas para a sala de cirurgia, a enfermeira acrescentou: — Provavelmente o seu homem viu a pessoa que atirou nele. A não ser, é claro, que o atirador estivesse mascarado. Mas máscaras estão fora de moda.

Elas estavam falando sobre um ato de violência.

— Fora de moda?

— Cresci num bairro violento — disse ela, colocando uma das mãos no quadril. — Lembra-se de quando os bandidos assaltavam carros apenas usando ameaças? Quanto tempo faz desde que você viu um caso assim? O policial bonitinho disse que o atentado deve ter sido realizado de um automóvel em movimento. Da minha parte, não acredito nisso. Disparos de carros em movimento também não estão na moda.

— Por que você acha que ele deve ter visto o atirador?

Ann Brookings brindou Carolyn com um sorriso terno.

— Ferimento frontal.

De volta ao BMW, Rebecca virou-se para a mãe e disse:

— Pelo menos não terei de me preocupar com o trabalho de casa. Fiz quase tudo no carro enquanto você e John estavam brigando.

— Não estávamos brigando — disse Carolyn, inserindo a chave na ignição. — Tivemos um desacordo, apenas isso.

— Tá bom — disse Rebecca, fechando seu cinto de segurança. — Mas para mim pareceu uma briga. Para onde você vai me levar agora? Para o necrotério ou algum lugar assim? E tem um monte de bandidos atrás de nós, ou você está tendo um colapso nervoso?

Carolyn respirou profundamente várias vezes antes de responder.

— Vou fazer de conta de que não ouvi isso.

Carolyn ligou o motor e, em vez de dar marcha a ré, dirigiu para a frente e bateu na divisória de concreto. Ao saltar do carro, tinha a impressão de que os filhos tinham subitamente se transformado em monstros. O pára-lamas cromado do BMW de Paul Leighton estava amassado. Agora ela teria de pagar o conserto. Não podia contar com seu seguro, porque não valeria a pena pagar a franquia por um reparo tão pequeno. Olhou para a árvore grande, esperando que ela tombasse sobre sua cabeça.

— Quer saber para onde estamos indo? — perguntou Carolyn logo que se sentou novamente diante do volante. — A primeira coisa que vamos fazer é alugar um carro.

— Comer um pouco também cairia bem — disse Rebecca. — Se você me der comida, não ficarei tão resmungona.

— *Touché* — disse Carolyn, acariciando a mão da filha. Ela tinha visto uma lanchonete Carl's Junior na esquina e conduziu o carro até o drive-thru.

Depois de terem recebido seus hambúrgueres, fritas e milk-shakes, Carolyn parou numa vaga de estacionamento. Então Rebecca disse:

— Achava que *touché* era uma coisa que as mulheres usavam em suas partes íntimas.

A tensão de Carolyn desapareceu quando ela soltou uma gargalhada. Quando você estava prestes a largar os filhos na esquina mais próxima, lembrava-se do quanto a vida seria difícil sem eles.

— Está se referindo a uma "douche"?*

*Ducha ginecológica. (*N. do E.*)

— Sim — disse a menina, dando uma mordida no seu hambúrguer. — O nome é Messenger ou algo assim. Tem um anúncio desse negócio em quase toda revista. A mãe de Allison tem caixas desse negócio no banheiro dela. Um se chama Baby Powder Fresh. Se só se usa isso depois que se cresce, por que alguém vai querer que suas partes íntimas cheirem a talco de bebê?

Carolyn tentou responder, mas não conseguia parar de rir.

— Não é engraçado, mãe — disse Rebecca. — Quando você se casa, o seu marido cheira a sua bunda, que nem um cachorro? Isso é nojento. Eu nunca vou me casar.

— Meu bem, a palavra que eu usei começa com um T — explicou Carolyn. — *Touché* é uma palavra francesa. É associada ao esporte de esgrima. Quando uma pessoa marca um ponto contra o oponente, isso se chama um *touché*. Acho que a empresa que faz o produto que a mãe da sua amiga usa é chamada Massengill, e não Messenger. Vamos ter uma conversa bem longa sobre essas coisas quando eu tiver algum tempo livre.

Carolyn conduziu o BMW para fora da vaga de estacionamento. As meninas da idade de Rebecca pareciam sofisticadas quando comparadas àquelas de sua própria época. Ela havia presumido que a filha sabia o que era preciso sobre os fatos da vida. Como sempre, ela estava errada. A menina era mais inocente do que ela havia imaginado. Contudo, no todo, a inocência de Rebecca era reconfortante.

As duas passaram a hora seguinte numa filial da Hertz preenchendo os documentos necessários para alugar um carro, Carolyn tendo de usar sua posição como oficial de condicional para convencer a locadora a deixar que ela alugasse um carro sem cartão de crédito. Eles exigiram um depósito de mil dólares, de modo que ela teve de assinar um cheque e torcer para ter em sua conta fundos suficientes para cobri-lo.

— Você tem o telefone do professor Leighton? — perguntou a Rebecca enquanto elas procuravam através de uma fileira de carros no estacionamento da Hertz. — Anotei o número, mas o deixei em casa.

— Por quê?

— Porque não sei o que fazer com o carro dele — respondeu Carolyn. — Preciso devolver o carro dele antes que aconteça mais alguma coisa.

Rebecca enfiou a mão na mochila e retirou uma caderneta de endereços de capa florida, abrindo-a na página em que anotara o número de Lucy Leighton.

— Gosto de Lucy — disse Rebecca, dando a caderneta aberta para a mãe. — Ela é legal e tem todos os tipos de coisas bacanas. Tem até televisão e DVD no quarto. Mas acho que ela não vai mais falar comigo, agora que você bateu com o carro do pai dela.

— Eu não bati — defendeu-se Carolyn. — Apenas amassei o pára-lamas.

Ela finalmente viu o Toyota Camry cor de bronze estacionado na vaga 22, e mandou a filha entrar. Contudo, antes de sair com o carro, ligou para Paul Leighton e explicou o que havia ocorrido.

— Não se preocupe — disse ele. — Acho que o pára-lamas já estava amassado. Quanto a pegar o carro, acho que posso ir até aí agora. Vocês já comeram? Por que não me deixam pagar um jantar para vocês?

— Deus, não — respondeu Carolyn. — Já lhe causei problemas demais.

— Não seja boba — disse ele, com uma risada suave. — Tenho certeza de que Lucy vai acabar passando mais tempo na sua casa do que aqui. Acredite em mim, ela é difícil. Puxou à mãe.

— Vou concordar em deixar você pegar o carro — disse Carolyn. — Mas apenas se prometer que vai me deixar levá-lo para jantar. Rebecca e eu já comemos esta noite. Por que não pensamos em alguma coisa para sábado? Isto é, se você não tiver outros planos ou se surgir algum problema até lá. — Ela acrescentou: — Ah, sim. Eu sei que está mentindo sobre o amassado. Verifiquei o carro antes de dirigi-lo. Vou mandar consertá-lo na semana que vem.

— Não tem pressa — disse Paul, decidindo que não adiantava discutir com ela. — Não se preocupe sobre como vamos pegar o carro de volta. Vou falar com Isobel, minha governanta, para fazer isso. Vamos discutir sobre o amassado durante o jantar amanhã à noite. Que horas gostaria que eu fosse pegá-la?

Carolyn reparou que Rebecca olhava para ela de forma estranha.

— Por volta das 19h, acho.

— Parece ótimo — disse ele. — Deixe as chaves do BMW no balcão da Hertz. Diga a eles que vamos pegar o carro em uma hora.

Carolyn fechou a capa do celular e guardou-o na bolsa.

— Por que está me olhando desse jeito? — perguntou à filha. — Estamos enlouquecendo esse pobre homem. O mínimo que posso fazer por ele é levá-lo para jantar.

— Você vai ter de comprar uma "douche" agora?

— Não — disse Carolyn, curvando-se para beijar a bochecha da filha. — Mas a gente precisa ter mesmo aquela conversa.

Carolyn girou a chave na ignição do Camry, usou o máximo de cautela para percorrer o estacionamento e parou em frente ao escritório para deixar as chaves do BMW.

— Não podemos ir para casa agora? — implorou Rebecca. — Estou morta.

— Preciso parar num supermercado, querida — disse Carolyn. — Quebrei a jarra da cefeteira outro dia.

Um dos prendedores da menina desaparecera, e seus cabelos pendiam sobre o seu olho direito.

— Por que precisamos comprar essa porcaria de jarra esta noite? Por que não fazemos isso amanhã?

— Porque eu quero ficar acordada — explicou Carolyn.

Ela deduzia que a pessoa que havia atirado em Daniel poderia ser a mesma que deixara o bilhete ameaçador em sua casa e danificara o carro.

— Por que quer ficar acordada? — perguntou Rebecca. — Tudo o que eu quero é ir para a cama.

Carolyn tinha sua arma, mas precisava manter-se alerta para proteger a si mesma e à filha.

— Preciso colocar os trabalhos da faculdade em dia — mentiu, parando em frente ao supermercado Von's. — Obter meu diploma de direito significa muito para mim.

Um alvo em movimento era mais difícil de achar. Carolyn tentara não permanecer num mesmo lugar por mais de trinta minutos. Mudar de carro também tinha sido uma prioridade. Ela havia considerado dormir na casa de Neil ou dirigir até o condomínio de sua mãe em Camarillo. Mas os endereços dos oficiais de polícia não constavam dos sistemas de computador no departamento de veículos motorizados, de modo que ou alguém de dentro informara seu endereço ou alguém a seguira. A última coisa que ela queria era que a seguissem até a casa de sua mãe.

Carolyn sabia que o atentado a Daniel Metroix só podia significar que a situação iria acalmar ou piorar. O que Carolyn mais temia era que um assassino profissional considerasse tudo o que acontecera até agora meras carícias preliminares.

CAPÍTULO 14

— Tenho más notícias — disse Brad Preston, a raiva faiscando através da linha telefônica. — O presídio libertou acidentalmente Eddie Downly!

Carolyn estava na fila do caixa no Von's. Ela largou a caixa que continha a jarra. O vidro estilhaçou quando bateu no chão. Segurando a mão de Rebecca, ela saiu correndo do supermercado.

— Você quebrou a jarra, mãe — disse Rebecca. — Precisa pagar por ele. Não podemos...

— Eu voltarei amanhã — disse Carolyn à menina enquanto elas entravam novamente no Camry e trancavam as portas. — Fique caladinha agora, meu bem. Este é um telefonema extremamente importante.

Brad prosseguiu:

— Muito bem, hoje foi preso um homem chamado Edward James Downy. O computador deu a ele o mesmo número de inscrição de Fast Eddie. O policial de plantão deve ter digitado o nome errado. Até o nome do meio era igual, e o prisioneiro tinha a mesma data de nascimento que Downly. O delegado está tentando dizer que foi algum tipo de erro de computador porque o sistema deles está programado para não dar o mesmo número caso um prisioneiro já esteja em custódia.

— A mesma data de nascimento! — exclamou Carolyn, balançando a cabeça em negação. — Essa é uma coincidência grande demais. Tem alguma coisa horrível acontecendo, Brad. Eu vi Downly com os meus próprios olhos. Esbarrei com você depois que saí do presídio. Você lembra que horas eram?

— Por volta do meio-dia — disse Brad. — O outro cara foi fichado trinta minutos depois. O policial que você viu no escritório almoçou por volta de meio-dia. De qualquer modo, não é ele quem ficha os prisioneiros.

Carolyn teve a impressão de que sua cabeça estava girando.

— Estamos falando de uma conspiração em grande escala dentro do sistema de justiça criminal.

Brad estava mais calmo, agora que Carolyn parecia à beira da histeria.

— Não vamos dar asas à nossa imaginação antes de nos inteirarmos de todos os fatos — disse Brad. — Isso aconteceu duas vezes no ano passado. Nem todas as coincidências significam que haja uma conspiração. Lamento principalmente pela família da menina.

Como estava com a filha no carro, Carolyn estava se esforçando ao máximo por controlar suas emoções. Estava com vontade de socar o pára-brisas.

— Já notificou Hank?

— O presídio fez isso.

Fora cometido um ato desprezível que ela poderia ter prevenido caso tivesse feito o seu trabalho com mais zelo. Agora um estuprador violento estava de volta às ruas. Um homem que ela considerava inocente, embora tivesse passado 23 anos preso, havia levado um tiro — crime que podia ter sido contratado pelo segundo policial mais graduado em Los Angeles, o subchefe do departamento de polícia de Los Angeles, Charles Harrison. Em quem ela poderia confiar?

— Escute — disse ela. — Telefone para Hank. Se não puder confiar nele, telefone para o capitão, o tenente ou qualquer outro policial do departamento. Tenho certeza de que eles estão divulgando que Downly foi libertado por engano. Diga a eles que terão de divulgar todas as evidências que tiverem que possam associar Downly ao estupro. Se Fast Eddie achar que tem uma chance de ficar impune se a garota não puder testemunhar, ele vai tentar matá-la.

— Você não acha que o departamento de polícia está ciente disso?

— Metroix e Downly não são os únicos casos com que o departamento de polícia está lidando — argumentou Carolyn. — Cidade pequena, departamento de polícia pequeno. Eles não podem se esquecer dos furtos, assaltos a residências, espancamentos de esposas, brigas de gangues, acidentes de tráfego, ou o que mais estiver acontecendo neste exato momento ou nos próximos minutos.

— Você tem razão — disse Brad. — Fique calma, certo? O departamento de polícia até convocou seus reservas. Eles vão pegar o filho-da-puta. Eles o pegaram antes.

— Quem é Edward James Downy?

— Um cara com multas de tráfego demais — disse Brad. — Ele conseguiu um fiador para pagar sua fiança. Fast Eddie saiu às 13h15. O presídio não descobriu o erro até Downy começar a reclamar algumas horas depois. Foi quando descobriram que tinham libertado o homem errado.

Encostando a cabeça no volante do carro, Carolyn disse:

— Não posso falar mais sobre este assunto. Rebecca está comigo. Preciso ir para casa.

— Telefonei para o comando de vigília no departamento de polícia e disse a eles que ficassem de olho na casa. Qual é a situação de Metroix? Ele saiu da cirurgia?

— Não sei — disse ela. — Ligue para mim depois. — Ela começou a finalizar a ligação, mas então acrescentou: — Fast Eddie tem um primo que mora em Compton. Ele pode tentar se esconder lá até conseguir dinheiro suficiente para sair da cidade.

— O endereço do primo está na ficha de Fast Eddie?

— Sim — disse Carolyn. — Se me ocorrer mais alguma coisa, notificarei o departamento de polícia.

— Diga a si mesma que isso é apenas um trabalho, querida — disse Brad. — Você estava certa em mais uma coisa. Devia ter sido promovida no meu lugar.

Carolyn viu que Rebecca havia adormecido e que estava com a cabeça apoiada contra a janela do carona.

— Obrigada — sussurrou Carolyn, colocando a mão em concha em torno do bocal do telefone para não acordar a filha.

— Esqueça a faculdade de direito. Precisamos de você com a gente, não defendendo criminosos. Eu sinto falta de você, Carolyn.

Lágrimas correram pelo rosto de Carolyn.

— Também sinto sua falta.

Elas estavam a poucas quadras do supermercado quando Carolyn viu faróis pelo retrovisor e checou o velocímetro para ver se estava acima do limite de velocidade. Decidiu que não era um policial de trânsito, porque o veículo não tinha luzes de emergência. Mas, fosse quem fosse, estava bem atrás do carro de Carolyn.

Ela vasculhou a memória em busca de alguma coisa que talvez não houvesse notado no caso de Downly. Ela o conhecia melhor do que ninguém. Reunira-se com esse homem uma vez por mês durante três anos. Contudo, neste momento, não conseguia lembrar-se de nada.

O veículo que vinha atrás virou subitamente para a esquerda, forçou o motor e colocou-se lado a lado com o dela. Como Carolyn estava dirigindo numa rodovia de duas pistas, deduziu que o motorista estivesse querendo ultrapassá-la. O carro era um Corvette preto de modelo recente, com vidro fumê.

Carolyn reduziu a velocidade, mas, em vez de ultrapassá-la, o carro continuou lado a lado com o dela. Estava a meros centímetros do Camry. Ela estendeu o braço e apertou o ombro da filha.

— Pegue a arma na minha bolsa! — gritou. — Depressa!

A menina estava meio adormecida.

— O que está acontecendo? Onde estamos?

— Faça o que estou mandando! — berrou Carolyn, pisando fundo no acelerador. — Abra a bolsa e me dê o revólver. Ele não vai disparar. Está travado.

Rebecca pegou a bolsa da mãe. Agora elas estavam viajando a mais de 128 por hora, e a bolsa caiu do banco para o chão do carro.

— Fique com a cabeça abaixada — disse a mãe acima do rugido do motor. — Assim que me der a arma, ligue para o 911 no meu celular. Diga à telefonista que estamos seguindo para leste na California Street. Já passamos de Elkwood. Alguém está tentando nos tirar da estrada. Eles podem estar armados. Assim que você estiver com a polícia na linha, darei uma atualização de nossa localização.

— Eu não quero morrer! — gritou Rebecca, pegando o Ruger e entregando-o à mãe.

Os olhos de Carolyn correram do carro em paralelo com o dela para o lado direito da estrada. O Corvette estava correndo na contramão. Ela tentou pensar claramente. Não podia virar para a direita porque estavam se aproximando de um parque grande e de um bosquete de árvores altas. A esta velocidade, se elas batessem numa árvore, tanto ela quanto Rebecca morreriam.

Carolyn deslizou para baixo no banco, segurando com firmeza o volante enquanto o velocímetro passava da marca dos 150 quilômetros por hora. Ela viu a pintura reflexiva de uma placa. Antes de poder tomar a decisão de virar, a placa estava às suas costas. A tal velocidade, as ruas laterais passavam depressa demais.

— Não consigo discar o número! — gritou Rebecca, curvada até a cintura no banco. — Você está indo depressa demais!

— Sente-se agora! — disse Carolyn, arfando enquanto era forçada para o meio-fio pelo Corvette. Ela não podia esperar. Precisava sair da estrada principal, mesmo se isso significasse riscos. — Use os pés e as mãos para se abraçar contra o painel!

Com o canto do olho, Carolyn viu a janela do carona do Corvette sendo aberta. Ela não podia tirar os olhos da estrada para ver as pessoas que estavam dentro do veículo, mas vislumbrou o cano de um revólver.

Tirando o pé do acelerador, Carolyn virou o volante para a direita assim que a placa de rua seguinte apareceu em sua linha de visão.

O Camry reduziu a velocidade, e sua traseira colidiu com a frente do Corvette. O Corvette derrapou de lado e começou a rodopiar na pista. Rebecca estava gritando com toda a força dos seus pulmões.

Eles estavam num bairro residencial cheio de carros estacionados nos meios-fios das calçadas. Carolyn avistou um espaço vazio entre duas casas. Ela subiu na calçada e passou por cima da grama e entre as casas. Então pisou fundo no freio.

— Saia do carro! — gritou Carolyn para a filha. — Comece a correr!

As duas saltaram ao mesmo tempo. Carolyn correu até Rebecca e segurou a mão da filha, puxando-a enquanto avançava o mais depressa possível pelo corredor atrás das casas. Ela podia ouvir o motor do Corvette ao longe. Quem a estava seguindo, fosse lá quem fosse, era um motorista habilidoso, porque do contrário o carro teria capotado ou não conseguido interromper o rodopio.

Do jeito como o Camry havia se comportado, Carolyn sabia que ele devia ter sofrido danos na traseira. Graças a Deus, pensou, o carro que lhe tinham alugado estivera em boas condições, senão ela e sua filha estariam mortas agora.

Vendo uma porta de garagem aberta, Carolyn correu para dentro e se jogou debaixo de uma picape, puxando a beira da blusa de Rebecca até o corpo inteiro da menina estar oculto. A garagem estava escura e ela não tinha como saber se havia alguém na casa.

— Por favor, mãe, machuquei o tornozelo.

Carolyn esticou o braço para pressionar a mão na boca de sua filha.

— Não podemos falar — sussurrou Carolyn. — Fique absolutamente imóvel até eu lhe dizer que é seguro.

Ela ouviu sirenes de polícia numa rua próxima. Prendeu a respiração e ficou atenta ao som do motor do Corvette. Seu medo retornou quando o ruído das sirenes se perdeu a distância. Na pressa de fugir do perigo, ela deixara revólver, bolsa e celular no carro. A polícia não sabia sua localização, porque Rebecca não conseguira completar a chamada. Carolyn imaginou que alguém avisara a polícia sobre os veículos em alta velocidade, ou que a polícia estava respondendo a outro crime.

Ela tirou a mão da boca da filha.

— Você está bem, querida? — perguntou, acariciando a fronte suada da menina. — Sinto muito por ter precisado fazer isso com você. Eu não podia correr nenhum risco. Eu não queria que você fizesse qualquer barulho.

— Meu tornozelo está doendo muito — disse Rebecca, tentando manter a voz baixa. — Os homens do carro já não foram embora?

— Não tenho certeza — disse Carolyn, batendo a cabeça no chassis do caminhão. — Eles podem estar procurando a gente a pé. Tente falar o mínimo possível. Também precisamos nos preocupar com as pessoas que vivem aqui. Elas podem nos confundir com assaltantes.

— Então vão atirar na gente, certo? — disse Rebecca, deitando-se no concreto. — Está difícil respirar aqui embaixo. E tem uma coisa pegajosa e nojenta no meu rosto e nas minhas mãos.

— Está tudo bem — garantiu a mãe. — O caminhão deve estar com um vazamento de óleo.

Carolyn recusava-se a sair do esconderijo, pois temia que o Corvette estivesse vasculhando a vizinhança. Estava achando que eram as mesmas pessoas que haviam atirado em Daniel naquela tarde. Só tinham mudado de veículo. Mas ela não conseguira olhar a placa e se repreendeu por não ter estado mais alerta. Em todo caso, o carro provavelmente era roubado, como fora o caso do utilitário usado para o atentado daquela tarde. As pessoas com quem ela estava lidando eram profissionais, como Hank havia mencionado. Não obstante, depois que essas pessoas tivessem abandonado os veículos e os policiais os houvesse recuperado, a lei teria muito mais informações do que tinha neste momento. A ciência forense solucionara um número incontável de crimes. Até os criminosos mais profissionais deixavam para trás algum tipo de evidência.

Rebecca havia adormecido, e Carolyn enrodilhou-se ao lado dela para mantê-la aquecida. Ela não tinha a menor idéia de quanto tempo havia se passado. Estava usando seu relógio, mas estava escuro como breu debaixo do caminhão. Ela também jurou que, caso saísse viva desta, passaria a carregar o revólver num coldre de ombro. Preston a havia avisado quanto a isso, mas, teimosa como era, Carolyn não o ouvira.

Carolyn escutou um ruído no beco e seu corpo enrijeceu. Momentos depois ela ouviu o que parecia um choro de bebê, e então relaxou ao perceber que tinha sido apenas uma briga de gatos.

Como os perseguidores haviam reconhecido seu Camry alugado? Eles deviam tê-la seguido. Onde haviam começado a acompanhá-la? Teria sido no tribunal ou a haviam seguido desde o hospital?

Carolyn tentara recorrer a cada precaução possível. Não fora para casa, ciente de que eles sabiam onde ela morava. Seu raciocínio fora de que os atiradores deveriam aguardar para saber se sua vítima estava morta. A discussão com John a havia atrasado, e depois ela levara mais tempo para deixá-lo na casa de seu amigo. A esta altura, o assassino poderia ter telefonado para o hospital e descoberto que se esperava que Daniel sobrevivesse. Teriam ido terminar o serviço. Vendo Carolyn no hospital, resolveram eliminá-la para que não causasse mais problemas.

Carolyn lembrou-se de Eddie Downly. Ele havia sido preso na segunda-feira e erroneamente libertado várias horas antes de Metroix ter recebido o tiro. As informações que Carolyn havia recolhido tinham conduzido à sua prisão. Isso, somado à sua visita a ele na prisão, poderia ter dado a Fast Eddie diversos motivos para querê-la morta. Mais importante era o fato de que ele não podia ter certeza do que mais ela sabia. Os lugares e pessoas que Eddie usara no passado estariam fora dos limites agora.

Carolyn sentia dificuldade em acreditar que as duas situações estivessem relacionadas, porque Eddie estivera sob custódia no momento da explosão. A única situação plausível que associaria Harrison a Downly era que de alguma forma Harrison havia providenciado sua libertação para que ele pudesse seguir e matar Daniel.

Um subchefe de polícia teria sido capaz de colocar um estuprador de crianças de volta nas ruas? Caso tivesse feito isso, Carolyn suspeitava de que Harrison pretendia usá-lo e depois matá-lo. Com o tipo de acusações que pendiam sobre a cabeça de Downly, ele poderia mandá-lo matar Daniel sem sequer pagar pelo serviço.

Decidindo espiar para ver se era seguro para elas sair, Carolyn arrastou-se até a beira da garagem e olhou para o beco escuro do lado de fora. Exceto por algumas luzes acesas dentro de uma das casas, o beco estava silencioso como um cemitério. Ela nem mesmo ouvia latidos de cachorro ou um rádio ligado. Os dois gatos que ouvira brigando tinham seguido seus caminhos.

Convicta de que o Corvette desistira e partira, Carolyn olhou debaixo do caminhão e acordou Rebecca.

— Fique ao meu lado — disse ela depois que tinham saído da garagem e começado a caminhar pelo beco. — Se eu apertar sua mão, jogue-se no chão e não se mexa.

— Meu tornozelo — disse a menina, gemendo. — Não sei se consigo andar, mãe.

Carolyn era uma mulher baixa e magra, mas seus instintos maternos deram-lhe uma injeção de energia e força renovadas. Ela tomou a menina nos braços. Quando viu o Toyota Camry estacionado no mesmo lugar onde o deixara, Carolyn compreendeu que as horas que haviam passado espremidas no esconderijo poderiam ter sido dispensáveis. Os homens no Corvette talvez tivessem passado em alta velocidade sem ver o carro enfiado entre as fileiras de casas.

Carolyn colocou Rebecca no banco da frente. Viu de lampejo o tornozelo inchado da garota e compreendeu que ela precisava de tratamento médico. Ela certamente não iria levar a menina até o Methodist Hospital. Estar tão perto de Daniel Metroix ou de qualquer coisa relacionada a ele revelara-se arriscado demais. Ela levaria Rebecca até o Good Samaritan. Graças a Deus John não estava com elas.

Ela circulou até o outro lado do carro e abriu a porta, encontrando o Ruger repousado no banco. Ela não teria ficado tão assustada se tivesse se lembrado de levar a arma. Abrindo o porta-luvas, pegou o seu novo coldre de ombro, afivelou-o no corpo e pôs a arma no bolso.

Por enquanto Daniel teria de travar suas batalhas sozinho, decidiu Carolyn. Ainda assim, estava determinada a colocar um fim no terror que ela e sua família vinham passando. Enquanto os olhos cheios de dor de Rebecca fitavam a mãe, Carolyn pegou o Ruger e checou o pente de munição. Antes de recolocar a arma no coldre, soltou a trava. Sabia que era perigoso. Mas tinha de estar preparada para situações inesperadas, com risco de vida para si e para a filha. Anos antes, policiais não usavam cintos de segurança porque isso reduzia o tempo que eles levavam para sair de seus carros de patrulha. Assim que chegassem em casa, ela travaria novamente o revólver.

— Faça o que fizer, não toque em minha arma — disse a Rebecca enquanto ligava o carro. — Se você puxar o gatilho, o revólver vai disparar. Sei que está cansada e machucada, mas o que estou lhe dizendo é muito importante. Você entendeu?

— Sim — disse a menina, uma expressão sóbria no rosto jovem. — E se acontecer a mesma coisa de novo? Você me pediu que pegasse a sua arma, lembra?

— Da próxima vez que eu lhe pedir que pegue minha arma, posso querer que você a use — disse Carolyn.

Rebecca compreendeu o que sua mãe estava querendo dizer, mas estava assustada.

— Não sei usar um revólver. E se eu atirar na pessoa errada? Você sempre nos disse que odeia armas.

— Eu sei — disse Carolyn, recordando imagens do sangue de seu tio espalhado na parede do quarto. — Quando o seu tornozelo melhorar, levarei você e John para a galeria de tiro. Uma arma é uma coisa terrível, querida. Tenho certeza de que a esta altura você já compreendeu que alguém está tentando me machucar. Uma pessoa má pode querer machucar as pessoas que você ama, se não conseguir machucar você. Não vou permitir que isso aconteça.

Ela suspirou enquanto olhava pelo retrovisor para recuar o Camry para a rua.

— O seu tio não se matou com um revólver? — perguntou Rebecca. — Você disse que queria que todas as armas do mundo desaparecessem, que um revólver pequeno como o que você tem não serve para nada, exceto para machucar as pessoas.

— Acho que até uma coisa terrível como uma arma manual possui um propósito — respondeu Carolyn. Ela nunca pensou que um dia diria uma coisa dessas à filha de 12 anos. As circunstâncias podiam alterar a perspectiva de pessoa. — Lixo é lixo. Rebecca, quando uma pessoa começa a atirar em pessoas inocentes, elas não são nada mais que lixo humano.

CAPÍTULO 15

Às 6h de sexta-feira, Hank Sawyer sentou-se ao volante do Ford preto cedido pelo seu departamento e seguiu para o Denny's, onde costumava fazer o desjejum todas as manhãs. Depois de ter comido dois ovos e uma torrada, e bebido três xícaras de café, ele pousou algumas notas na mesa e passou alguns minutos de papo furado com a garçonete, uma loura de meia-idade que estava vários quilos acima do peso mas tinha um rosto bonito e simpático.

— Quando vai me deixar levá-la para jantar, Betty? — perguntou Hank, pegando um punhado de palitos no balcão.

— Você tem o meu número, Hank — disse a mulher, inclinando-se no balcão. — Sempre diz que vai ligar, mas nunca faz isso. Há quanto tempo nos conhecemos? Dois anos.

— Você gosta de dançar?

— Claro — disse Betty. — Antigamente eu dançava sempre. Conheço um lugar que toca uma música country maravilhosa nas noites de sábado. Eles até dão aulas de dança, se você estiver enferrujado. E servem um dos melhores churrascos da cidade.

— Estou com trabalho até o pescoço agora — disse o detetive. — Talvez na semana que vem eu consiga tirar uma noite de folga. Mas você corre o risco de levar umas boas pisadas. — Baixou os olhos para a barriga saliente. — Isso se você conseguir se aproximar o bastante de mim para dançar.

— Pare de comer bacon — aconselhou Betty, rindo. — Estou brincando, querido. Gosto de homens com um apetite saudável, e não estou falando apenas de comida. Um dia desses você vai desistir de me falar sobre a gente sair e me ligar de verdade.

— Sábado que vem — disse Hank enquanto caminhava até a porta. — Temos um encontro marcado, Betty. Te ligo na sexta para confirmar.

— Só acredito vendo — disse a mulher, correndo para atender outro cliente.

Hank sentia-se subitamente animado. O trabalho era sua vida desde que a esposa o deixara. É claro, seu trabalho fora um dos motivos para o fracasso do casamento. Talvez fosse a hora certa para ele sair de sua concha.

Ele telefonou para Carolyn em sua casa. Como não obtivesse resposta, ligou para o celular dela.

— Está acordada?

— Estou agora — resmungou, aborrecida. — Pegaram Downly?

— Onde você está?

— Na casa do meu irmão — sussurrou Carolyn. — Quando conseguimos sair do hospital já eram 4h. Decidi ficar aqui em vez de ir para casa.

— Dê-me o endereço do seu irmão — disse Hank. — Vou passar aí. Quero ver você antes de ir até Los Angeles conversar com Charles Harrison.

Depois que Carolyn lhe disse onde o irmão morava, Hank garantiu que estaria lá em dez minutos.

— Teremos de conversar no seu carro — disse ela, carregando o celular até a sala de visitas. — Neil trabalha à noite e dorme durante o dia.

— Parece o Drácula.

— Ele gostaria de ouvir isso — disse Carolyn. — Já começou a beber a esta hora da manhã?

Hank apertou o botão de desligar do celular, embaraçado em lembrar que as pessoas não haviam se esquecido da época de sua batalha contra a garrafa. Ele estava sóbrio já fazia cinco anos.

Quando Hank entrou no caminho de acesso da casa, Carolyn estava esperando por ele com uma garrafa e duas xícaras. Ela estava vestida com uma suéter e bermudas de corrida que lhe desciam quase aos joelhos.

O irmão dela deve ser cheio da grana, pensou Hank. A casa ficava na região dos sopés das colinas da cidade e tinha uma vista panorâmica do oceano. Hank observou Carolyn caminhar nas pontas dos pés descalços pelo caminho de acesso de paralelepípedos, abrir a porta do carro e sentar-se no banco do carona.

— Bela casa — comentou Hank. — Como o seu irmão ganha a vida? Roubando bancos?

— Por que está pegando no pé do meu irmão? — perguntou Carolyn.

Ela ofereceu café ao detetive. Quando ele declinou, Carolyn serviu uma xícara para si mesma, pousando a garrafa térmica no banco ao seu lado.

— Não bebo mais — disse Hank, olhando para a janela da frente. — Você achou que eu ia precisar de café para ficar sóbrio?

— Eu mesma não me importaria de tomar um drinque — disse Carolyn. — Não precisa ficar chateado comigo, Hank. Quanto ao meu irmão, ele pinta. E não casas. Neil é um artista bem-conceituado.

— Sobre o que você estava falando ontem à noite? — perguntou ele, referindo-se ao telefonema que ela dera do hospital, bem tarde na noite anterior. — Você realmente não acredita que Charles Harrison mexeu os pauzinhos para retirar Fast Eddie da cadeia e matar Metroix, acredita?

— Honestamente, não sei mais no que acredito — disse Carolyn. — Os horários batem, exceto pela explosão. Talvez Harrison tenha mandado outra pessoa fazer o serviço do motel. Não foi o mesmo tipo de crime.

Hank não queria admitir, mas Carolyn tinha razão. Apontar uma arma para alguém e apertar o gatilho não era a mesma coisa que detonar um dispositivo explosivo. O trabalho do motel requereu uma certa dose de especialização. Qualquer marginal poderia apontar uma arma para fora da janela de um carro e apertar o gatilho.

— E também há o diretor Lackner — lembrou Carolyn. — Você mandou seu pessoal revistar o quarto de Metroix no Comfort Inn?

— É claro — disse ele. — Não encontramos nada além de um maço de papéis e uma fotografia velha.

— Foram recolhidas como provas?

— Não — disse Hank, enfiando a mão no bolso para pegar um palito. — Não havia nada relacionado ao caso, de modo que achei por bem deixar as coisas dele no hospital. Metroix vai precisar de alguma coisa para vestir quando receber alta. — Ele parou de falar, intrigado com o fato de Carolyn parecer tão ansiosa. — Ele saiu muito bem da cirurgia, se é isso que a está preocupando. Mas não está coerente o bastante para podermos interrogá-lo.

— Você falou que havia um maço de papéis — disse ela, virando-se de lado no banco do carro. — Havia alguma coisa nos papéis, como diagramas ou equações?

— Havia — disse Hank. — Mas não consegui entender nada. — Ele apontou para o fundo do carro. — Os papéis estão no porta-malas, se quiser dar uma olhada.

— Vá pegar — disse Carolyn, os olhos faiscando com intensidade. — Todo o trabalho de Daniel supostamente tinha sido destruído na explosão.

Hank retornou com um saco plástico.

Ela jogou algumas peças de roupas no banco traseiro, puxando o que parecia ser cerca de trinta páginas de papel e um único retrato instantâneo fechado numa bolsa plástica de provas. Descendo o vidro da janela, ela torceu para que o ar matutino a mantivesse acordada enquanto tentava entender as equações complexas. Algumas delas Carolyn já vira antes. Contudo isso não era o original, mas também não era uma cópia. Daniel estivera tentando desesperadamente reconstruir o trabalho que perdera na explosão. Curvando-se para mais perto do detetive, ela mostrou um dos papéis.

— Este é um projeto para um exosqueleto.

— Acho que já vi alguma coisa assim num filme de ficção científica — disse Hank, desinteressado.

Carolyn balançou o papel, frustrada.

— Já lhe disse, há anos os militares estão trabalhando no aperfeiçoamento de exosqueletos. Todos os outros papéis estão cobertos por cálculos para fontes de energia e outros dispositivos necessários para fazer um exosqueleto funcionar adequadamente.

Hank mexeu o palito no interior de sua boca.

— Como sabe disso?

— Porque os meus pais eram formados em ciências e matemática — disse Carolyn. — Hank, se eu não tivesse engravidado, poderia ter seguido a mesma área. O meu pai quase enlouqueceu tentando resolver um único problema. No fim das contas, desistiu e aceitou um trabalho como professor de matemática numa escola. Quando eu era criança, nós comíamos, dormíamos e respirávamos essas coisas.

O detetive olhou por sobre o ombro dela.

— Parte da física nesses papéis é complicada demais para a minha cabeça, mas Daniel pode ter resolvido um problema essencial. — Ela jogou os papéis contra o colo. — Estamos falando de grana alta.

— Quanto?

— Milhões — disse Carolyn. — Não me entenda mal. Não posso dizer definitivamente que Daniel é um gênio ou que vale a pena matar alguém por causa do trabalho dele. Tudo o que eu sei é que ele me disse que vem trabalhando nisso há anos. — Carolyn tomou mais um gole de café. — Conversei com Arline Shoeffel noutro dia e ela achou que era plausível que o diretor esteja envolvido. Daniel disse que projetou o que ele chamou de roupa de caminhar para a filha de um guarda que tinha ficado paralítica da cintura para baixo. A roupa, um exosqueleto, não funcionou muito bem porque ele não tinha acesso ao material adequado. Porém a garota andou com ela. Isso aconteceu há anos. Desde então, ele tem aperfeiçoado os planos.

Hank estava impressionado.

— Esse cara inventou uma coisa que faz aleijados andarem?

— Não necessariamente — disse Carolyn, levantando um dedo no ar como se fosse um lápis. — Não importa se o exosqueleto que ele desenvolveu funciona corretamente ou não. Não me interprete mal. Seria sensacional se funcionasse. Mas não é isso que vem ao caso. Digamos que o diretor do presídio mostrou o trabalho de Daniel a alguém de fora da prisão, talvez uma instituição de pesquisa privada, ou alguém tenha reconhecido o valor do trabalho. Essas coisas funcionam da seguinte maneira. — Carolyn fez uma pausa, esperando que o detetive absorvesse o que ela dissera até ali antes de prosseguir. — Certo, um cientista ou inventor desenvolve um protótipo. Ele ou é empregado por uma grande empresa ou vende completamente a invenção. Então a empresa coloca seus próprios funcionários para trabalhar na invenção. Se o diretor Lackner vendeu os projetos de Daniel, ele não pode permitir que mais ninguém veja seu trabalho. Ele poderia ser processado criminalmente, mesmo se apenas tivesse a intenção de vender os projetos. E quem me disse isso não foi qualquer um.

— A juíza Shoeffel, certo?

Carolyn fez que sim com a cabeça.

— Então talvez Lackner esteja por trás disso, em vez do chefe Harrison.

— É isso que tenho tentado lhe dizer — frisou Carolyn, desenroscando a tampa da garrafa térmica para encher novamente sua xícara. — Deixe-me terminar. A prisão pode ter entrado no que é conhecido como um programa de cooperação conjunta. Nesse caso, não seria ilegal. Lackner mencionou esse tipo de programa quando conversei com ele por telefone. Acho que ele tem tentado manter distância da gente. Ele está nervoso, posso lhe garantir isso. Até bateu o telefone na minha cara na última vez que liguei para ele.

Hank soltou uma risadinha.

— Já considerou que um diretor de prisão pode ser um homem ocupado demais para perder tempo falando sobre um ex-condenado?

— Talvez — disse Carolyn. — Em geral consigo perceber quando uma pessoa está mentindo. Há uma leve possibilidade de que o presídio esteja trabalhando com os militares. Como eu disse, não acho que seja esse o caso.

— Espere um pouco — disse Hank. — Como é que um diretor de presídio vai alegar que inventou um exosqueleto ou seja lá o que for?

— Acordos por trás dos panos são fechados todos os dias — disse Carolyn. — Especialmente com uma coisa tão valiosa como essa. Tudo o que Lackner tem a fazer é oferecer uma fatia do bolo a um cara que saiba alguma coisa sobre matemática e física. O testa-de-ferro estuda o trabalho e o apresenta como se fosse seu, alegando que não pode avançar mais por carecer do equipamento ou dos recursos apropriados. Ou isso, ou o diretor os convence de que encontrou esses papéis no sótão de um primo morto.

— Incrível — disse Hank, balançando a cabeça. — Vá descansar um pouco. Depois a gente conversa mais. Preciso ir a Los Angeles. O chefe Harrison está de licença por doença há duas semanas. Eu tenho o endereço da casa dele. Particularmente, acho que você está errada em apostar no diretor de presídio.

— Posso ficar com estes papéis? — perguntou Carolyn, juntando os papéis. — Conheço alguém capaz de fazer uma avaliação inteligente deles.

— Claro — disse o detetive. — Como está Rebecca?

— Engessaram o tornozelo dela — disse Carolyn. — Mas ela está mais assustada que ferida. John passou a noite na casa de um amigo. Devo deixar ele ir à escola hoje?

— Provavelmente ele estará mais seguro na escola do que com você — disse Hank, opinando a contragosto.

Ele não conhecia os filhos de Carolyn, mas achava que eles tinham uma mãe e tanto. A mulher não tinha uma noite de sono decente havia dias, e ainda estava cheia de energia, fazendo tudo o que estava ao seu alcance para proteger a família e a comunidade.

— Você acha que é seguro eu e Rebecca irmos para casa?

— Instruí a patrulha a passar por lá o máximo de vezes possível. Você sabe que no momento não temos pessoal para postar uma unidade de patrulha na frente da sua casa 24 horas por dia. Eu poderia retirar White e o policial substituto dele lá do hospital. Nós também temos uma equipe de policiais vigiando Luisa Cortez até pegarmos Downly. Até o prefeito está envolvido nisso.

— Não se preocupe comigo — disse Carolyn, abrindo a porta do carro. — Posso lidar sozinha com a situação. Não quero que ninguém machuque os meus filhos.

Hank passou na delegacia e escolheu um policial uniformizado chamado Mike Russell para acompanhá-lo como reforço. Contudo não conseguia imaginar um homem como Charles Harrison atirando em outro policial em sua própria propriedade. Além disso, não eram nem 9h, e a idéia de que Harrison cometera pessoalmente todos os crimes era ridícula.

A situação com Eddie Downly era um desastre. A história tinha sido estampada nas primeiras páginas dos principais jornais da Califórnia, e com a internet até pessoas em outros países provavelmente tinham lido sobre o caso. Hank estava aliviado pelo fato de seu departamento não ter sido envolvido. Ele não concordava com a teoria de Carolyn de que Harrison estava envolvido na libertação de Downly ou de que ele contratara o homem para assassinar Daniel Metroix. Até onde sabia, Eddie Downly só cometera dois crimes — o molestamento infantil anterior e o estupro de Luisa Cortez. Nos velhos tempos, quando o sistema de justiça criminal, assim como todo o resto do mundo, não era dirigido por computadores, erros como esses raramente aconteciam.

Mas tudo era possível. Downly estava nas ruas desde segunda-feira. Carolyn não sabia que Hank estava ciente de que ela parara de ver Downly antes do término de sua condicional de quatro anos. O detetive era meticuloso em seu trabalho. Com um crime tão grave como esse, ele lera cada palavra na ficha de Downly. Por que destruir a reputação de uma oficial de condicional, que, descontando esse deslize, era de uma competência extraordinária? Além disso, ela não teria deixado de ver Downly se não estivesse sobrecarregada de trabalho.

O próprio Hank tomara decisões ruins durante sua carreira e não apenas em seus tempos de alcoólatra. Ele perseguia os policiais mais perigosos e os casos que haviam tido mais chances de chegarem a processo. Os outros ele empurrava para o fundo do arquivo. Essa era a realidade.

Mike Russell era um homem grande, estóico, um ex-fuzileiro que não gastava saliva com nada que não fosse importante. Hank mandou Russell dirigir para que ele pudesse descansar os olhos e decidir como deveria lidar com Harrison. Mesmo se os guarda-costas dele estivessem na casa, o que era improvável, Hank sabia por experiência própria que eles não representariam uma ameaça muito grande.

A maioria dos criminosos era de notívagos. Eles espalhavam caos durante todas as horas da noite e geralmente não voltavam à vida até seus estômagos começarem a lhes avisar de que era hora do almoço. Havia anos a polícia usava esse fato para sua vantagem. Geralmente, as batidas conduzidas durante as primeiras horas da manhã eram bem-sucedidas, e poucos policiais saíam feridos.

Quando Charles Harrison fora promovido a chefe, Hank estava na força policial havia apenas dois anos. Lembrava-se de quanto os policiais haviam respeitado Harrison, e não apenas devido ao seu posto. Harrison não se importava com política, como era o caso de muitos chefes de polícia. Ele era leal aos policiais, determinado a elevar seu padrão de vida e a encontrar formas de garantir sua segurança.

No momento, a investigação do motel Seagull não levava a parte alguma. A diretoria da empresa de demolição Barrow e Kline admitiu que a sala havia sido armada para explodir junto com o restante do motel, mas jurou que não foi responsável pela explosão. Segundo Ralph Kline, um dos sócios, uma pessoa desconhecida desconectou alguns dos fios do sistema principal, religando-os através de um dispositivo dentro do telefone, que foi preparado para ativar quando tocasse. Um eletricista experiente poderia ser capaz de fazer esse tipo de serviço, mas Kline duvidava. Na opinião dele, a pessoa provavelmente possuía treinamento em explosivos. Hank imaginou que poderia ter sido um ex-membro de um esquadrão antibomba da polícia, talvez um policial que tivesse trabalhado no passado sob as ordens de Harrison.

Basicamente, Kline não havia dito a Hank nada que ele já não soubesse.

— Estamos perto, senhor — disse Russell, verificando os números no meio-fio. — O endereço é Eagle Drive 5.036, certo? Este é o 5.034, mas não consigo encontrar o 5.036. — Ele parou diante do que parecia um terreno baldio, coberto por árvores e mato alto. — O que o senhor acha? Tem certeza de que lhe deram o endereço certo?

— Tenho — respondeu Hank. — Chequei duas vezes.

Não havia números no meio-fio nem na caixa de correio. Olhando por um binóculo, Hank viu, através da folhagem densa, uma casa no fundo do terreno. Obviamente, Harrison não queria ser encontrado.

Hank olhou para o céu enquanto eles subiam até o Ford. O dia estava nublado e cinzento. Como estavam perto do oceano, ele torcia para que fosse apenas a neblina matutina. A neblina geralmente se dissipava no final da manhã ou no começo da tarde. Não, pensou ele, balançando a cabeça. Ele não achava que estivesse para chegar mais uma frente fria. Contudo tinha certeza absoluta de que o sol não iria aparecer naquele dia.

Hank estava divorciado havia dez anos. Martha, sua ex-esposa, casara-se de novo e mudara-se para a Flórida. Ele havia jurado viver o resto de sua vida sozinho. Ter sido abandonado pela esposa foi um golpe duro, porém foi ainda mais doloroso quando ela se casou pela segunda vez. Foi nesse momento que ele se entregou à bebida. Betty era uma boa mulher. Ele não conseguia adquirir o hábito de sair com mulheres. Tinha a impressão de que Martha sempre estaria na sua vida. A garçonete poderia ser uma companhia agradável. Um pouco de sexo de vez em quando adicionaria tempero à sua vida. "Se não usar, ele vai cair", lembrara-lhe recentemente um de seus colegas.

Um dia nublado quase parece apropriado quando se visita um moribundo, decidiu Hank. Mesmo se o subchefe de polícia não tivesse qualquer relação com os crimes recentes, o detetive sabia que lhe faria bem ver um homem que não fora capaz de parar de beber quando chegara a hora.

O policial Russell caminhou na frente e afastou os galhos de árvore e arbustos que conduziam até a fachada da casa. O detetive tocou a campainha, enquanto Russell mantinha-se a um lado com a mão pousada em seu revólver de serviço.

Quando ninguém atendeu, Hank olhou para cima e viu uma luz num quarto do andar superior. Apertou a campainha novamente e se recusou a retirar o dedo até escutar um leve som de passos. Virando-se rápido para Russell, instruiu:

— Mantenha-se fora de vista, a não ser que eu precise de você. Não temos um mandado. Isto só vai funcionar se Harrison achar que estou aqui em visita não oficial.

Uma mulher baixa e magra, de pele olivácea, entreabriu a porta.

— Vá embora — ordenou a mulher.

E fechou a porta.

— Abra! — berrou o detetive. — O seu patrão e eu somos velhos amigos. Ouvi dizer que ele está doente. Diga a Harrison que Hank Sawyer, de Ventura, está aqui para vê-lo.

Logo depois a mulher reapareceu. Agora ele podia ver que ela era latina, e deduziu que era a governanta de Harrison.

— Você tem um mandado?

Como elas aprendem depressa, pensou Hank, tentando adivinhar há quanto tempo ela trabalhava para Harrison. Ele ouvira rumores de que a esposa do subchefe estava internada numa instituição para portadores de distúrbios mentais e que ela sofrera um colapso quando o filho fora morto. Harrison tentara dizer às pessoas que ela sofria de algum tipo de doença crônica. Todo mundo sabia que ele estava acobertando a verdade. Talvez a mulher pequena, de cabelos escuros e sedosos, e corpo bem-formado, fosse mais do que a governanta de Harrison.

— Não preciso de um mandado, moça — disse Hank, num tom mais brando. — Como lhe disse, Charles e eu somos velhos conhecidos. Eu queria conversar com ele sobre os velhos tempos, para animá-lo um pouco.

A mulher cobriu a boca com uma das mãos, seus ombros tremendo enquanto ela começava a chorar. Alguns momentos depois ela recobrou o controle e enxugou os olhos com a barra da blusa.

— Você não pode vê-lo.

— E por que não? — perguntou o detetive, enfiando a mão no bolso para pegar um palito.

Mais uma vez, o rosto da mulher contorceu-se em angústia.

— O chefe Harrison faleceu ontem à noite. Agora, o senhor pode nos deixar sozinhos?

Hank cuspiu o palito, tomado de surpresa.

— O corpo dele está aí dentro?

Mike Russell assumiu uma posição ao lado do detetive.

— Não — respondeu a mulher, levantando os olhos para o policial alto e uniformizado.

— A funerária veio recolhê-lo ontem à noite. Estamos fazendo os preparativos, entrando em contato com os parentes do chefe Harrison. Por favor, o senhor pode respeitar nossa privacidade?

— A sra. Harrison está aqui?

— A sra. Harrison está num hospital em Los Angeles. Ela sabe a respeito do marido. Se quiser falar com ela, terá de telefonar para o Fairview Manor.

— Mas então quem são "nós"? — perguntou Hank, aproximando-se mais um pouco para olhar para dentro da casa. — Quem mais está aí dentro?

— Apenas o Mario — respondeu a mulher, recusando-se a recuar.

— Quem é Mario?

— O jardineiro.

O detetive estava chocado.

— Está me dizendo que você e o jardineiro estão providenciando o funeral de Charles Harrison?

— Estamos cuidando do que precisa ser feito — respondeu, empurrando o queixo para a frente. — O chefe Harrison deixou instruções específicas. Você não pode ir embora e nos deixar em paz?

— A polícia já esteve aqui?

— Não — respondeu a mulher, expressão intrigada no rosto. — A funerária disse que não era necessário chamar a polícia, porque Charles... digo, o chefe Harrison... estava sob os cuidados de um médico.

Ou eles tinham sido amantes, conforme Hank suspeitara, ou a mulher estava morando com o jardineiro e eles achavam que poderiam continuar na casa de Harrison. O detetive espanou algumas folhas do ombro. Ele notou que Russell tinha vários arranhões nas mãos. Hank considerou que também era possível que Harrison estivesse lá dentro e inventara essa história para ganhar tempo.

— Vou embora, está bem? — disse ele. — Mas só depois que você me disser o nome da funerária.

— Arden Brothers.

— Ele vai ser sepultado ou cremado?

— Cremado — respondeu a mulher, estremecendo de novo. — Ele não queria gastar muito.

— Uma ova! — grunhiu Hank, virando-se para ir embora.

O negócio funerário era a pior máfia da cidade. Sujeitos que lidavam com corpos mortos o dia inteiro podiam ser comprados por alguns trocados. Depois de duas tentativas abortadas de matar Daniel Metroix, Harrison manda assassinos de aluguel apagarem

Carolyn Sullivan, que persiste em ficar em seu caminho. Quando fracassa de novo, ele encena sua própria morte e sai da cidade, ou satisfeito porque Metroix foi baleado, ou deixando um matador contratado para terminar o serviço.

Hank tropeçou num toco de árvore e caiu sobre o joelho direito, o mesmo joelho que ele operara dois anos antes. Russell curvou-se e ajudou-o a levantar-se.

— Obrigado — disse Hank. — Tudo o que está faltando para Harrison é um lago cheio de piranhas.

Russell riu.

— Parece que ele não gosta de visitas.

Quando alcançaram o carro, Hank virou-se para olhar novamente para o matagal. Muito provavelmente o co-conspirador de Harrison era o homem chamado Mario. Ele sabia de uma coisa. Mario com toda certeza não estava fazendo nada que parecesse, nem mesmo remotamente, com jardinagem.

CAPÍTULO 16

— Você não está abusando — garantiu Paul Leighton enquanto se sentava diante de Carolyn e Rebecca, em sua sala de estar, alguns minutos depois das 10h de sexta-feira. — Posso oferecer alguma coisa para vocês beberem? Temos café, chá, leite.

— Não, obrigada — respondeu Carolyn, pousando a mão sobre a da filha. — Vou deixá-la na casa de meu irmão.

Começou a explicar que estava com medo de que Neil adormecesse, porque ele estivera trabalhando quando ela batera em sua porta às 4h. Ela mesma havia dormido apenas algumas horas, mas não tivera opção. Como artista, o irmão de Carolyn também era sensível quanto à invasão de seu espaço pessoal. Ele podia aturar as modelos e as namoradas. Mas não crianças.

— Minha mãe poderia cuidar dela — prosseguiu Carolyn. — Mas depois da noite passada...

O professor levantou a mão.

— Você já explicou quando telefonou, Carolyn.

A decoração da casa de Paul era espartana, mas de bom gosto. Ele removera o carpete e reformara o soalho original de madeira. Além disso, derrubara a parede que separava a sala de jantar da de visitas, criando um espaço aberto que fazia a casa parecer maior. Um sofá de couro cor de bordo e várias cadeiras na mesma tonalidade estavam posicionados no centro da sala, juntamente com uma mesinha de café coberta de livros e revistas em pilhas organizadas. Onde antes ficara uma sala de jantar formal agora havia uma combinação de biblioteca e escritório. Todas as três paredes eram cobertas do teto ao chão por estantes, exceto pelo espaço requerido para as duas janelas. Sua mesa parecia anormalmente pequena, similar à mesa de estudante que Carolyn comprara havia vários anos para John. O tampo continha um abajur, um porta-lápis, uma fotografia emoldurada da filha, um bloco de papel e nada mais.

Num canto havia outra mesa pequena com computador, impressora e cadeira. Conforme ela esperara, o professor era extremamente bem-organizado. Também desfrutava do luxo de ter uma governanta em horário integral.

— Isobel fará o almoço para Rebecca — disse Paul. — Lucy tem uma coleção de DVDs a que ela pode assistir. Tenho certeza de que Lucy ficará feliz em encontrar Rebecca aqui quando voltar da escola. — Ele parecia um pouco embaraçado. — Não quero que você tenha a impressão de que minha filha é mimada. Um dos motivos para Lucy ter tantos DVDs é que eu não dou tanta atenção a ela quanto deveria. O tempo passa voando para mim quando estou trabalhando.

— O médico mandou Rebecca manter o pé no alto — disse Carolyn, tirando um frasco de remédio da bolsa. — Você pode dar um comprido a ela a cada quatro horas, caso sinta dor. A radiografia mostrou que ela tem uma fratura mínima. Ela poderá voltar a assistir às aulas na segunda-feira.

— Não se preocupe — disse Paul, sorrindo para Rebecca. — Cuidaremos bem dela.

Carolyn olhou ansiosamente para o relógio de pulso.

— Não devo levar mais do que algumas horas. Você está planejando sair hoje? Se estiver...

— Não — respondeu Paul, compreendendo a seriedade da situação. Ele inclinou a cabeça para um revólver num estojo de vidro, comunicando a Carolyn que possuía os meios para proteger Rebecca, caso houvesse necessidade. — Quanto ao meu trabalho, estou olhando para uma página em branco há quase uma semana.

Carolyn tirou os papéis de Daniel de sua mochila.

— Eu apreciaria muito se você pudesse dar uma olhada neste material e me dizer o que acha.

Paul pareceu um pouco incomodado.

— Isso é um trabalho do seu filho?

— Não — apressou-se em responder Carolyn. — Não posso lhe dizer o nome do inventor. Ele está tentando aperfeiçoar um projeto para um exosqueleto.

— Um exosqueleto — disse ele, tomando os papéis da mão de Carolyn. Ele correu os olhos por alguns desenhos e equações e tornou a olhar para ela. — Isto é material secreto? Veio do departamento de Defesa?

— Claro que não — disse Carolyn. — Não tenho nenhuma relação com os militares.

— Então por que não pode me dizer o nome do inventor? — perguntou Paul. Quando percebeu que não iria receber uma resposta, pousou os papéis na mesa.

— Não quero que ninguém saiba que Rebecca está aqui — disse Carolyn, olhando para a filha.

As garagens de todas as casas no quarteirão deles ficavam localizadas nos fundos. Tendo deixado o Camry alugado na casa de seu irmão, Carolyn pegara um táxi para a casa de Leighton. O motorista estava esperando para levá-la ao centro governamental. Depois que tivesse se reunido com Brad, Carolyn não teria escolha senão pegar um carro emprestado na frota do condado.

Carolyn levantou-se para sair, beijando Rebecca na face.

— Ah, sim — disse ela, abrindo uma sacola de onde tirou um dos telefones que comprara um dia antes. Estendeu o aparelho para a garota. — Se precisar de mim, tudo o que precisa fazer é apertar número um na discagem automática. Número dois é o departamento de polícia. Se for uma emergência, ligue primeiro para a polícia e depois para mim.

— Bacana — disse a menina, pegando ansiosamente o telefone.

— Não comprei isso para você bater papo com suas amigas, mocinha.

A expressão de Rebecca desmoronou, para um instante depois se iluminar.

— Você não tem de pagar um mínimo por mês? Uma das garotas da escola tem um celular e ela disse que pode falar uma hora, ou algo assim, de graça. — Ela pensou por um momento e concluiu: — Chamam de hora aberta.

Carolyn viu Paul sorrindo do outro lado da sala.

— As crianças de hoje em dia são espertas demais — disse ela. — Você pode dar alguns telefonemas. Só não exagere. E quando tudo isso terminar, vou pegar o celular de volta.

Rebecca estreitou os olhos.

— Vão tomar o de John também? Ele acha que você vai deixar que ele fique com o aparelho.

Elas haviam parado na casa de Turner Highland, onde John passara a noite. Carolyn quis deixar o telefone e prevenir o filho a respeito dos eventos da noite anterior. Ela dissera ao taxista que seguisse as ruas laterais e ficasse atento para não permitir que ninguém os seguisse. A mãe de Turner oferecera-se para pegar os meninos depois da escola.

Com todas as responsabilidades que o filho levava nos ombros, Carolyn estava considerando deixar que ele ficasse com o celular. Ele não era o tipo de pessoa que abusaria de um privilégio como esse. John estava sempre ocupado demais com seus deveres de casa para desperdiçar tempo com conversa fiada. Ela se perguntou como Rebecca descobrira ou se John havia dito alguma coisa.

— Por que você não assiste a um filme, como o professor Leighton sugeriu? — disse Carolyn. — Como não dormiu muito ontem nem anteontem, talvez fosse bom tirar um cochilo também. Paul, você se importaria se ela descansasse no seu sofá?

— Fique à vontade no quarto de Lucy, Rebecca. É lá que fica o aparelho de DVD. E se tiver alguma dificuldade em mexer nele ou em qualquer outra coisa, ligue pra mim pelo interfone. — Ele se virou e fitou os olhos de Carolyn. — Quando tiver terminado o que precisa fazer, siga o seu próprio conselho. Vá dormir um pouco. A sua filha estará segura aqui. Não volte até as 18h. E traga John com você. Isobel vai preparar alguma coisa gostosa para nós. Podemos postergar nosso jantar até o próximo fim de semana. Até lá, provavelmente você já terá superado todos esses problemas.

Carolyn observou Rebecca, em suas muletas, mancar pelo corredor até o quarto de Lucy. Paul agora estava de pé ao lado de Carolyn, e ela sentiu o aroma de sua loção de barbear, alguma coisa almiscarada e máscula. Ele também emanava uma calma, um contraste reconfortande comparado ao ritmo frenético dos últimos dias. Quando a luz bateu no rosto de Paul, Carolyn reparou em como seus olhos eram bonitos, de uma tonalidade azul-clara. Hoje ele estava usando os óculos de leitura. Em vez de prejudicar a aparência, eles realçavam seus olhos e davam-lhe uma aparência distinta. Não, ela se corrigiu, este era um homem que não precisava parecer distinto. Ele era distinto.

Então outro pensamento ocorreu a Carolyn. John era um dos poucos adolescentes que realmente rezava. Eles não falavam muito a respeito disso, mas ele havia pendurado um rosário num gancho sobre sua escrivaninha. Será que ele havia rezado para sua mãe se apaixonar por este novo vizinho? É claro que as aspirações de John a se tornar físico podiam tê-lo induzido a buscar toda ajuda disponível.

Mas talvez houvesse razões mais importantes. John poderia querer que a mãe estabelecesse um relacionamento com o professor por motivos que ultrapassavam uma recomendação ao MIT. O ex-marido dela havia praticamente abandonado os filhos. Sob muitos aspectos, a ausência de Frank na vida de John e de Rebecca era uma bênção. O pensamento de que o filho ansiava por companhia e orientação masculina era preocupante. Por outro lado, a solução podia estar bem na frente dela.

— Não sei como agradecer a você — disse Carolyn com um leve tremor na voz.

— Estou começando a ter a impressão de que somos uma família — disse Paul, sorrindo. — É agradável. Quando estou ensinando, tenho mais gente à minha volta. Escrever um livro é uma tarefa solitária. — Ele parou de falar, mas então acrescentou: — Quanto a esse projeto para um exosqueleto...

— Então acho que vou ver você no jantar — disse Carolyn com um sorriso simpático. — Posso pegar os papéis de novo se você estiver ocupado demais para examiná-los.

— Não — disse ele, franzindo a testa. — Eu gostaria de saber de quem é o trabalho que vou avaliar.

— Daqui a algumas horas, telefono para saber se está tudo bem com Rebecca.

— Durma — disse Paul num tom mais de ordem que de sugestão. — Você está parecendo um zumbi.

— Prometo que usarei esse tempo com sensatez.

Carolyn virou-se para trás e olhou para ele enquanto saía pela porta. Um físico do calibre de Paul Leighton poderia ser um homem fascinante, mas ela sentiu que ele também poderia ser controlador. Ela preferiria ter um caso clandestino com Brad a acabar como uma constante numa das equações sociais do professor.

CAPÍTULO 17

— Acho que terei de designar o atentado a tiros de Sandoval para outra pessoa — disse Brad Preston, recostando-se na cadeira de couro preto atrás de sua mesa. — O que aconteceu ontem não faz sentido, Carolyn. Se o ex-condenado que você está supervisionando está no hospital, por que alguém tentaria tirá-la da estrada? Tem certeza de que não foram marginais adolescentes? Talvez eles quisessem competir num racha com você.

— Um racha contra um Camry alugado?

Brad abriu um sorriso.

— Nunca se sabe.

— Isso não é um jogo, babaca.

Rachel, a assistente de Brad, tirara o dia de folga, de modo que eles sabiam que não seriam interrompidos. Estavam matando tempo, esperando que Hank Sawyer telefonasse. Ele se empertigou na cadeira.

— Ontem você disse que eu era um amante fantástico. Hoje volto a ser um babaca. Por que não firmamos um pacto e nos consideramos amigos? Se isso não funcionar, tente se lembrar de vez em quando de que sou o seu supervisor.

— Fico puta quando você não me leva a sério. — Reclinada no pequeno sofá do escritório de Brad, Carolyn estava usando calças compridas pretas e uma blusinha azul. Seus cabelos estavam amarrados num rabo-de-cavalo. Antes de levar Rebecca até a casa do professor, Carolyn havia corrido até sua própria casa e trocado de roupa. Pegou também uma camisa e calças para a filha. — Descobri por que você me empurrou para o banheiro masculino naquele dia.

— Ah, descobriu, é? — disse Brad, com malícia no olhar.

— Eu iria parecer uma idiota se tentasse te denunciar por assédio sexual — disse Carolyn, estendendo uma das pernas para o alto. — Você poderia alegar que estava usando o banheiro e que de repente eu invadi o recinto, tentando seduzi-lo para que fizesse sexo comigo. Como não houve penetração, você não fez nada ilegal.

— Esqueça aquele dia, tá? — disse Brad, ansioso por mudar de assunto. — Sobre ontem à noite...

— Pense no assunto — disse Carolyn. — Daniel Metroix estava na prisão quando arrebentaram meu carro e deixaram o bilhete ameaçador. E não foram adolescentes que tentaram me tirar da estrada ontem. Tenho quase certeza de que eles queriam atirar em mim, como fizeram com Metroix.

— Você viu uma arma?

— Não tenho certeza — respondeu Carolyn. — Apenas alguns segundos antes de eu conseguir sair da estrada, o passageiro no Corvette baixou o vidro da janela. Lembro-me de ter visto alguma coisa saindo do carro. Mas estava escuro. Quando você está correndo a quase 160 quilômetros por hora numa zona residencial, não tem muito tempo para fazer qualquer coisa além de dirigir.

— Sinto muito sobre o tornozelo de Rebecca — disse Brad. — Ela é um amor de menina.

— É, sim — disse Carolyn, sentando-se. — Você não precisa designar o caso Sandoval para mais ninguém. Eu ditei o relatório ontem. Só vai revisar e entregar. Mas não me dê nada novo.

Brad esfregou um lado do pescoço.

— Estamos com trabalho até o pescoço agora. O estresse está acabando comigo. Acho que ganhei mais uma hérnia de disco. O caso Eddie Downly agitou a cidade inteira.

— Eu morreria se alguma coisa acontecesse aos meus filhos — disse Carolyn. — Isso está ficando pessoal demais, Brad. Estou com medo.

O telefonema que eles estavam esperando finalmente chegou. Brad apertou o botão do viva-voz e colocou os pés em cima da mesa.

— Charles Harrison está morto — disse Hank. — Acabo de sair da casa funerária Arden Brothers. Eles alegam que ele foi cremado esta manhã.

— Quando ele morreu? — perguntou Carolyn, aproximando-se para ouvir melhor.

— Ontem à noite — disse Hank em seu tom solene.

— Fantástico — comentou Brad. — Agora é tarde demais para fazer uma autópsia.

— Você não sabe como funciona? — perguntou o detetive, o tom beirando o sarcasmo. — Como Harrison estava sob os cuidados de um médico, tudo o que a governanta dele fez foi ligar para a funerária e pedir que recolhessem o corpo. Aposto que vocês da condicional não lidam com mortes.

— Apenas com assassinatos — disse Brad, pondo as palmas das mãos sobre a mesa.

O detetive prosseguiu:

— Segundo a lei, ninguém fora da casa funerária precisa ver o corpo. O atestado de óbito ainda não foi assinado. O necrotério mandará um de seus funcionários até o consultório do médico de Harrison ainda esta manhã.

Carolyn e Brad trocaram olhares tensos. Eles não conseguiam acreditar no que estavam ouvindo. Aquilo colocava suas especulações sobre o ex-subchefe de polícia sob uma nova luz.

— Charles Harrison está realmente morto?

— É isso que eles estão dizendo — respondeu Hank. — Parece um pouquinho conveniente demais, se querem a minha opinião. Metroix foi baleado ontem, por volta das 14h. Depois, na noite passada, alguém vai atrás da oficial de condicional do sujeito. Metroix sobrevive... Carolyn escapa. E não se esqueça da explosão no Seagull. Essas pessoas ainda não marcaram um só gol.

Carolyn colocou a mão no peito e disse:

— Está insinuando que Harrison pode ter encenado a própria morte?

— Eu também encenaria a minha morte se contratasse assassinos e eles fracassassem tão redondamente, deixando-me completamente exposto. — Hank parou para respirar. — Tenho certeza de que Harrison era um homem doente. Na verdade, os problemas de saúde dele seriam mais uma razão para que ele fraudasse a própria morte. Quem gostaria de passar seus últimos dias numa prisão?

— Vamos recuar um pouco — disse Carolyn, tentando ordenar todos os fatos. — Depois que eles cremam uma pessoa, não existe nenhuma forma de identificá-la? Precisamos de uma identificação positiva, Hank.

— A casa funerária Arden Brothers é uma espelunca de primeira classe — disse ele. — A sra. Harrison está numa instituição para portadores de distúrbios mentais. Ela provavelmente não seria capaz de comparecer ao funeral do marido, mesmo se ele tivesse planejado ter um. Você acha que o hospital quer que a Arden Brothers envie para a pobre mulher as cinzas do marido dela?

— Aonde quer chegar, Hank?

— Eles descartaram as cinzas — disse Hank. — A maioria das pessoas não quer as cinzas, ou pelo menos foi isso que Anthony Arden me disse. Eles costumavam jogar as cinzas numa lata de lixo nos fundos. Agora eles têm um acordo com o cemitério Ivy Lawn. Eles mandam os restos para o cemitério e eles os enterram numa vala comum. Por acaso, hoje era o dia em que eles costumam limpar a casa. Os coveiros têm até seu próprio vocabulário. Chamam o que enterram de restos cinzentos.

Carolyn lembrava-se de ter lido alguma coisa sobre isso no jornal.

— Não houve um processo legal a respeito desse tipo de coisa há alguns anos?

— Vocês ainda não entenderam — disse Hank, ainda mais agitado. — O caso de que você está falando foi sobre uma empresa que prometeu espalhar os restos no mar. Eu acho que eles não possuíam um barco ou mesmo um crematório. Eles tinham corpos guardados por tudo que era canto. A casa funerária Arden Brothers não faz nada errado. Quando ninguém quer os restos cinzentos, e nenhum arranjo específico foi feito sobre algum tipo de cofre, urna ou qualquer tipo de serviço, a casa funerária queima os cadáveres e os enterra na vala comum.

— Parece uma forma muito boa de limpar os vestígios de um assassinato — disse Carolyn. — E quanto aos dentes dele?

— Se quiser pescá-los no meio daquelas cinzas todas e conseguir achar uma ponte ou alguma coisa que não tenha sido desintegrada, fique à vontade. Nossa melhor opção é tentar encontrar Harrison por intermédio de médicos e hospitais. Se ele estiver vivo, precisará de tratamento médico.

— Por que ele declararia seu nome verdadeiro? — indagou Carolyn, caminhando pela sala. — Harrison era um subchefe. Ele não seria tão estúpido. Ele deixou o estado ou se entocou em algum lugar de Los Angeles sob um nome falso. Você certamente pode mandar seu departamento checar vários médicos e hospitais. Pessoalmente, acho que é perda de tempo.

— Digamos que Harrison morreu. — A expressão de Brad insinuava que ele achava que a situação poderia ser exatamente como parecia. — Não temos nenhuma prova que ligue Harrison aos eventos recentes. Isso significa que precisamos considerar outros suspeitos. Você descobriu alguma coisa sobre o Corvette ou o utilitário?

— Ainda não — disse Hank. — Estamos verificando dentro do possível a placa parcial que a testemunha nos deu. Saber a marca do utilitário iria nos ajudar muito.

— Ambos os carros provavelmente eram roubados — disse Carolyn, tamborilando as pontas das unhas. — Minha aposta é que eles já se livraram dos carros. Vocês estão checando veículos abandonados?

— É claro — disse o detetive. — Você sabe quantos veículos são abandonados nesta cidade todos os anos? E o que a faz pensar que eles se livraram dos carros aqui em Ventura? Além disso, as pessoas que matam por dinheiro conhecem todos os macetes. Elas deixam carros em estacionamentos de supermercado onde semanas ou meses podem se passar sem que ninguém os note. Ou isso ou os vendem para ferros-velhos. Os donos de ferros-velhos não registram metade dos veículos que desmontam. Lucra-se muito com a venda de peças roubadas de automóveis.

— Provavelmente jamais pegaremos esses caras — disse Brad. — É isso que você está tentando nos dizer, Hank?

— É por aí.

— E quanto a Daniel? — perguntou Carolyn. — Alguém já falou com ele?

— Não — disse Hank. — White disse que ele passou a manhã dormindo. Planejo passar lá esta tarde.

— Bem, nossa agência fez tudo o que podia ser feito — disse Brad, levantando e espreguiçando-se.

Carolyn sentou-se no sofá.

— Mas, afinal de contas, por que fui um alvo? Daniel eu entendo. — A empolgação fez Carolyn elevar a voz. — Há dois homens cujas vidas podiam ser destruídas caso a verdade sobre a morte de Tim Harrison viesse à tona. E como eu sou a única pessoa que tem tentado reabrir o caso, se eles se livrassem de mim também iriam se livrar de seus problemas. — Ela levantou o braço na direção de seu supervisor. — Olhe só como você está agindo, Brad — disse ela. — Você acha que Daniel e eu não estamos mais em perigo, que devemos esquecer tudo o que aconteceu. Mesmo tirando Daniel e Harrison do quadro, isso não muda o fato de que alguém pode ter desejado me matar em duas ocasiões distintas.

— Fique calma, Carolyn — disse Brad. — Mas, de qualquer modo, você perdeu meu apoio quanto aos dois outros homens.

— Você não perdeu o meu. — A voz de Hank ribombou pelo viva-voz. — Acho que é hora de fazermos uma visita a Liam Armstrong e Nolan Houston. Mas poderemos processar esses homens? O estatuto de limitações sobre perjúrio expirou há anos.

— Perjúrio foi o menor dos crimes que eles cometeram — disse Carolyn. — Eu não me preocuparia com o estatuto de limitações. Estamos falando de assassinato, Hank.

— Como você chegou a assassinato? — perguntou o detetive. — Pelo que sabemos do crime original, a morte do filho de Harrison pode ter sido um acidente.

— Daniel Metroix foi preso por assassinato em segundo grau — disse Carolyn, convicta de que eles estavam na trilha certa. — Se Houston ou Armstrong empurraram Tim Harrison na frente daquele carro, então eles podem ser processados pelo mesmo crime. Não há estatuto de limitações no assassinato. Você não vê? Estamos tratando isso pelo lado errado.

A linha ficou silenciosa, e então, alguns momentos depois, Hank voltou a falar.

— Você pode ter razão, Carolyn. Você sabe o que acontece quando se começa a olhar debaixo de pedras.

— Já localizei Houston e Armstrong — disse ela, falando rápido. — Mas apenas seus empregos. Os números de suas residências não estão na lista telefônica, e eu não tive tempo de procurar por eles. Quero estar com você quando for visitá-los. É mais difícil matar uma pessoa depois que você olha nos olhos dela.

— Não quero entrevistá-los — disse Hank. — Duvido que eles nos digam alguma coisa útil na frente de suas esposas e filhos. Vamos dar o dia por terminado e planejar uma visita a Armstrong e Houston na segunda-feira. Encontre-se comigo no departamento de polícia por volta das 8h.

Carolyn saiu do escritório de Brad para pegar as informações que compilara sobre os dois homens, de modo a poder sair diretamente de sua casa na segunda-feira.

— Moça inteligente — disse Hank ao supervisor de Carolyn. — Algumas pessoas como ela viriam bem a calhar no departamento de polícia. Você vai sentir muita falta de Carolyn depois que ela obtiver o diploma de direito.

— Vamos torcer para que ela viva o bastante para isso — disse Brad Preston, apertando um botão no viva-voz para desligar a ligação.

CAPÍTULO 18

Chegando a casa às 14h15 de sexta-feira, Carolyn cambaleou pelo corredor e caiu de cara na cama. Sabendo que os filhos estavam seguros, ela podia relaxar. Paul Leighton estivera certo. Se ela não dormisse um pouco, acabaria hospitalizada por exaustão.

Carolyn acordou ao ouvir a voz do filho.

— Onde está Rebecca? — inquiriu John, de pé diante da cama da mãe. — Estou tentando telefonar para você há uns trinta minutos. Ninguém atende.

— Acho que não ouvi — disse Carolyn, com a impressão de que suas pálpebras estavam coladas. Esticou o braço e pegou o relógio na mesa-de-cabeceira. Quase 17h.

— Rebecca está na casa de Paul. Eu tinha algumas coisas importantes para fazer no escritório.

John colocou as mãos nos quadris.

— O que é mais importante que a sua filha? Ela quebrou o tornozelo, tomou um susto daqueles, e você sai e a deixa com Paul. O cara está tentando escrever um livro. Ele não está dirigindo um serviço de babá.

Carolyn sentou-se na beira da cama, permitindo que sua voz ganhasse um tom severo.

— Está me criticando de novo?

— Estão acontecendo tantas coisas terríveis — disse o garoto, socando o ar para enfatizar as palavras. — Por que não posso dizer nada quando você...

— Pare aí — disse Carolyn. — Eu não quero começar outra discussão. Vamos jantar na casa do professor esta noite. Eu pensei que você iria gostar.

As frustrações do filho pareceram esvanecer.

— Mesmo? — perguntou ele. — Como isso aconteceu?

Carolyn sentia-se suja. Coçou a cabeça. Não lavava o cabelo havia vários dias e até sentia um pouco de mau cheiro no corpo. Em sua pressa para sair de casa naquela manhã, Carolyn se esquecera de colocar desodorante.

— Como a maioria das coisas — disse. — Ele perguntou e eu aceitei. Preciso tomar um banho. Sugiro que faça o mesmo. — Ela fez uma pausa e acrescentou: — Jogue suas cartas direito e poderá receber uma recomendação para o MIT. Você é um bom julgador do caráter de homens. Gostei desse.

— Uau — disse John, virando-se num pequeno círculo, olhos reluzindo com empolgação. Ele começou a sair do quarto, mas parou. — Como devo me vestir? O que você vai usar?

— Não consigo acreditar que você esteja preocupado com suas roupas — disse a mãe, embora ela estivesse pensando a mesma coisa. — Tenho certeza de que se estivermos limpos estaremos aceitáveis. Vista uma calça jeans e alguma outra coisa além de uma camisa de malha.

— Isso é fantástico — disse John, colocando uma das mãos na cabeça. — Tenho tantas coisas para perguntar a ele.

— E eu também — disse Carolyn, torcendo para que o professor pudesse lhe dar algumas respostas sobre o trabalho de Daniel. — Devemos estar lá às 18h. É melhor começarmos a nos arrumar. O primeiro banho é meu. Vou tentar não usar toda a água quente.

— Já tomei banho na casa do Turner hoje de manhã — disse John com um sorriso. — Demore o tempo que quiser. Você quer ficar bonita, não quer?

Carolyn caminhou até John e jogou os braços em torno do pescoço dele.

— Não fique muito empolgado sobre mim e esse homem. Só porque eu o acho interessante, não significa que ele ache o mesmo. É possível que não aconteça nada. — Ela não queria privar John de sua felicidade, dizendo-lhe que Paul poderia ser um homem exigente demais para ela. O comportamento amistoso do professor poderia mascarar muitas características desagradáveis. — Além disso, o seu amigo professor pode não estar procurando uma namorada.

John entrelaçou os dedos e levantou-os no ar num gesto de triunfo.

— Você é maravilhosa — disse ele. — Você é bonita, inteligente, forte, corajosa. E como se não bastasse, também é a minha mãe! Como alguém poderia não cair de quatro por você?

Carolyn sentiu-se subitamente animada. Ela estendeu o braço de novo e delicadamente acariciou o rosto dele.

— Adorei ouvir tudo o que você disse. Há alguns minutos você me acusou de negligenciar sua irmã.

— Não quis dizer nesse sentido — disse John. — Tenho andado preocupado com você esta semana. Às vezes acho que, como Becky e eu não temos um pai, eu preciso tomar o lugar dele.

— O nome dela é Rebecca — lembrou Carolyn ao filho.

— Nem em um milhão de anos vou entender as meninas — disse ele, balançando a cabeça. — Embora não perceba isso, mãe, você e Rebecca são muito parecidas. Com um monte de coisas importantes acontecendo ao redor, vocês ficam furiosas por causa de um nome.

— Você pode ter razão — disse Carolyn, que nunca havia pensado dessa maneira. — Podemos ter nossas diferenças de vez em quando, querido, mas eu não trocaria você por nada no mundo. Sou muito orgulhosa do meu filho.

— Sim — disse John, levantando os olhos para o teto. — Deve haver um Deus, sabia? Finalmente, alguma coisa boa acontece aqui.

Mais ou menos ao mesmo tempo que Carolyn, John e Rebecca estavam prestes a sentar-se para jantar com Paul Leighton e sua filha, Hank Sawyer estava de pé ao lado da cama de Daniel Metroix. Metroix fora transferido da unidade de tratamento intensivo para um quarto comum no sétimo andar do Methodist Hospital. Aconselhando o policial substituto de Trevor White a tirar uma folga e comer alguma coisa, Hank entrou silenciosamente no quarto.

Um enfermeiro trouxe uma bandeja. Hank olhou para ela e viu um jantar que consistia de sopa de macarrão, leite, uma jarra de suco, uma única fatia de pão e uma espécie de pudim. Embora não pudesse se lembrar de muita coisa dos dias que se seguiram à sua própria internação por ter sido baleado, ele duvidava seriamente de que Daniel fosse comer alguma coisa. Se eles tivessem trazido alguma coisa ao menos remotamente apetitosa, o detetive teria se servido. Ele não almoçara e estava faminto.

A pele de Daniel estava pálida como a de um cadáver, e seu rosto, contorcido em agonia. Quando o detetive estendeu o braço para tocar o ombro de Daniel, o corpo do ex-condenado enrijeceu e suas pálpebras abriram.

— Você é o médico?

— Não, companheiro — disse Hank. — Sou o detetive Sawyer, do departamento de polícia de Ventura.

Os olhos de Daniel fecharam-se novamente.

— Sei como está se sentindo — prosseguiu Hank. — Dói pra cacete, né? Faz alguns anos, um filho-da-puta meteu chumbo em mim, quase no mesmo lugar em que atiraram em você. — Vendo que Daniel estava agora acordado e ouvindo, ele acrescentou: — O pior é a câimbra. Isso e as dores causadas pelos gases. A cada dia que passar você irá se sentir melhor. Agüente firme. Tente lidar com isso. Não há mais nada mesmo que você possa fazer.

— Quem atirou em mim?

— Estávamos torcendo para que você pudesse responder a essa pergunta — disse Hank. — Lembra-se da marca ou da placa do utilitário?

— Não — disse Daniel, sua mão direita fechando no apoio da cama quando sentiu um espasmo violento no abdome.

— Ajuda se você respirar — disse o detetive, sorrindo enquanto esperava que o espasmo de Daniel passasse. Depois que Daniel voltou a repousar a cabeça no travesseiro, ele voltou a fazer perguntas. — E quanto a uma descrição física? Você viu a cara do atirador? Pode nos dizer a idade, cor do cabelo, alguma característica marcante em seu rosto?

— Ele era branco — relatou Daniel.

— Isso certamente reduz a lista de suspeitos — disse Hank, num tom sarcástico. — Mais alguma coisa? Como olhos, queixo, boca, dentes, cicatrizes. Como ele estava num carro, não espero que você descreva as roupas ou o corpo dele.

— Óculos escuros — disse Daniel, olhando para o teto. — Acho que tinha cabelos louros. Ou isso ou estava usando algum tipo de chapéu colorido. Não tenho certeza. Tudo aconteceu rápido demais.

— Conte-me sobre o recepcionista no motel Seagull — disse Hank. — Você disse que um homem no ônibus em que você veio de Chino escreveu o endereço e lhe disse que esse motel era o melhor lugar onde ficar. Ele era outro ex-condenado?

— Não — respondeu Daniel. — Quer dizer, acho que não. Não era um ônibus de prisão. Algumas pessoas foram libertadas no mesmo dia. Eu não sei para onde elas foram. Um sujeito disse que ele ia tentar ficar na área e arrumar um emprego. A maioria deles queria achar um bar e se embebedar.

— Como era o homem no ônibus?

— Ele era mais velho — disse Daniel. — Acho que estava na casa dos quarenta. Parecia boa pessoa.

— Em que sentido?

— Eu não sei — disse Daniel, apertando o botão em sua bomba de morfina quando sofreu mais um espasmo. Depois que a droga entrou em sua corrente sanguínea, ele acrescentou: — Ele se comportava mais ou menos como você, ou talvez como um dos guardas da prisão. Rude, seguro de si, vestindo uma camisa bonita.

— Poderia ser um dos guardas?

— Se era, não me lembro de tê-lo visto — respondeu Daniel. — E o que um guarda do presídio estaria fazendo num ônibus da Greyhound? Todos eles têm carros.

O detetive pegou a fatia de pão na bandeja e mostrou-a a Daniel.

— Vai comer isto?

Quando o ex-condenado balançou negativamente a cabeça, Hank rasgou o plástico e enfiou o pão na boca. Então puxou uma cadeira e se sentou.

— Tenho acidez estomacal — explicou. — Aumenta quando não como — explicou. — Como era a aparência do homem que lhe alugou o quarto no motel Seagull?

Daniel permaneceu calado por um instante, vasculhando a memória.

— Magro, branco — disse ele. — Não muito inteligente. Ah, sim. Ele tinha tatuagens nos nós dos dedos. Não lembro quais eram as letras, portanto não me pergunte. Só me lembro de que eram letras enfeitadas, como as que vemos em pichações.

Hank se levantou abruptamente. Eddie Downly tinha o mesmo tipo de tatuagem nos nós dos dedos. É claro que centenas de outros marginais e membros de quadrilha também tinham. Contudo as suspeitas de Carolyn de que Fast Eddie poderia estar envolvido tinham se tornado mais críveis. O escritório no motel Seagull fora limpo antes da explosão. O laboratório criminal não tinha sido capaz de recuperar uma única impressão.

— Quantas vezes você viu esse homem? — indagou Hank. — Você sabe, o balconista, o cara com tatuagens nos nós dos dedos?

— Duas, acho — disse Daniel. — Eu me registrei na segunda-feira, por volta das 16h. O cara era muito irrequieto. Acho que ele estava dopado com speed ou algo assim. Também tinha marcas nos braços e no rosto.

Certamente parece um viciado em speed, pensou o detetive. Quando uma pessoa usou anfetaminas por um longo período, o material tóxico praticamente vazava de seus poros. Merda, pensou ele. Carolyn não saberia se Fast Eddie tinha sido um usuário sério de drogas; ela não o vira por 12 meses. Um ano da vida de um criminoso não era o mesmo que um ano da vida de uma pessoa normal. Nada impedia que Eddie tivesse matado alguém, estuprado várias menininhas e roubado uma dúzia de lojas de bebidas.

Hank perguntou:

— Quando você o viu novamente? Disse que o viu duas vezes.

— A água quente não funcionava — disse Daniel. — Desci ao escritório para pedir a eles que me pusessem em outro quarto. O recepcionista alegou que eles estavam ocupados. Ele me disse que eu teria de esperar pelo técnico. Eu sabia que o motel não podia estar cheio, porque quase não havia carros no estacionamento.

Ele parou e apertou o botão para receber mais morfina e fechou os olhos para afastar a dor.

— Eu não estaria pressionando você se não fosse para a sua própria proteção — disse Hank. — O capitão está querendo que eu tire o guarda da sua porta. Eu preciso saber tudo o que você puder me dizer sobre esse recepcionista.

— Ele começou a gritar comigo — disse Daniel, falando com os olhos fechados. — Decidi que tomar um banho não era importante, e saí. Não havia mais nada a dizer. Depois disso, nunca mais vi o cara.

O detetive saiu do quarto, ligou para a central e aconselhou-os a mandar uma radiopatrulha levar imediatamente ao hospital as fotografias dos suspeitos que foram mostradas à menina que Eddie Downly estuprara. O problema era que Metroix estava tão medicado que qualquer identificação que ele fizesse não teria muito peso. Tudo o que Hank queria era ter certeza de que eles não estariam perdendo tempo se tentassem associar Downly ao incidente no Seagull. Cada agência policial do país já fora alertada para o fato de que um criminoso perigoso escapara.

Contudo eles estavam completamente perdidos no caso Metroix. Hank sabia que eles precisavam encontrar uma forma de juntar todas as peças.

— Vamos falar sobre o presídio de Chino — disse o detetive. — A propósito, Charles Harrison está morto. Isso não significa que ele não tenha contratado alguém para matar você. Só foi ontem à noite que ele morreu. Precisamos considerar outros suspeitos. Você tinha algum inimigo na prisão?

— Não que eu saiba — disse Daniel, mais alerta agora. — Não consigo acreditar que Charles Harrison esteja morto. Considerando o que aquele homem sentia a meu respeito, eu tinha a impressão de que o ódio dele já seria o bastante para me matar. Nunca achei que ele viveria mais do que eu.

— Você quase não viveu — disse o detetive. Ele jogou o invólucro de plástico do pão na lata de lixo e pegou um palito no bolso. — Você precisa ser honesto comigo se quiser que peguemos a pessoa que atirou em você. Todo mundo faz inimigos na prisão. Você era afiliado a algum tipo de grupo ou gangue de prisão?

— Não.

— Você era amante de alguém?

Daniel pareceu chocado.

— Você quer dizer um homem?

— Sim — disse Hank. — Não há muitas garotas em Chino. Primeiro, vamos deixar uma coisa clara. Se você tinha prazer com um homem na prisão, isso pode não significar nada agora. Eu talvez tivesse comido algum cara se tivesse ficado trancado tanto tempo quanto você. Ninguém vai colocar isso nos jornais. Não temos nenhuma pista sólida neste caso. Nenhuma. Os atiradores estão plenamente cientes disso.

— Como?

— Ninguém está batendo na porta deles. Como eles estão limpos, podem voltar para terminar aquilo pelo que foram pagos. Meu trabalho é impedir que isso aconteça.

Daniel subitamente pareceu animado.

— Carolyn? Ela está bem?

"Carolyn, hein?", pensou Hank, equilibrando a cadeira em suas pernas traseiras. Daniel estava tratando sua oficial de condicional pelo primeiro nome dela. Claro que, depois da experiência de Metroix no Seagull, Hank podia entender que ele achasse que o relacionamento dos dois havia se estendido para além das fronteiras profissionais. Para todos os efeitos práticos, Carolyn Sullivan salvara a vida dele.

— Esqueça a oficial Sullivan por enquanto — disse Hank. — Você não respondeu à minha pergunta. Você teve um amante dentro da prisão?

— Não — respondeu Daniel, fitando os olhos do detetive. — Nunca tive um amante, homem ou mulher.

Hank endireitou sua cadeira. Por muito tempo, ficou olhando para o chão. Quantos virgens de 41 anos havia por aí? Mais importante, quantos homens iriam admitir uma coisa dessas? E sexo era apenas um aspecto da vida que Metroix jamais tivera uma oportunidade de experimentar. Ele não era um homem feio. Ele poderia ter se casado, tido alguns filhos, obtido uma educação de primeira classe e até ter vendido todas aquelas invenções. Carolyn achava que trabalho dele era valioso, e ele respeitava a opinião dela. Inteligente como era, a mulher devia saber.

Um jovem oficial de patrulha enfiou a cabeça pela fresta da porta, segurando um envelope de cartolina.

— Mandaram eu entregar isto ao senhor — disse ele, colocando o pacote nas mãos do detetive. — O senhor quer que eu permaneça aqui?

— Não — respondeu Hank, tirando o conteúdo do envelope. — Já temos homens aqui no hospital. Precisamos de você nas ruas.

Assim que o policial saiu, o detetive soltou o apoio na cama de Metroix e curvou-se para mostrar-lhe as fotografias.

— Reconhece algum destes homens?

— Esse cara parece um pouco com ele — disse Daniel, forçando a vista para focar os olhos enquanto punha o dedo numa das fotos.

O detetive suspirou. O homem escolhido não era Eddie Downly

— Tem certeza? — perguntou Hank.

— Acho que sim — disse Daniel, puxando as fotografias para mais perto do rosto. — Este aqui parece ainda mais com ele. Ele tinha olhos estranhos.

Bingo, pensou Hank. Daniel apontara Eddie Downly como o recepcionista no motel Seagull. Não podia ser classificada como uma identificação positiva, mas pelo menos era um começo.

— Fique calmo, meu amigo — disse Hank. Considerando os percalços da vida de Metroix, sua sinceridade infantil teria comovido até o mais duro dos corações. — Daqui a alguns dias, quando você estiver se sentindo melhor, vamos passar num restaurante para você fazer uma refeição decente. Pelo que vejo, você esteve na berlinda por muito tempo. Mas, acredite, eu e sua oficial de condicional estamos fazendo tudo ao nosso alcance para virar o jogo para o seu lado.

CAPÍTULO 19

Na noite de sexta-feira, antes que eles se sentassem à mesa para jantar, John conversou com o professor Leighton sobre seu desejo de ingressar no MIT, enquanto a filha dele apresentava Carolyn à casa. Rebecca seguiu as duas em suas muletas.

Lucy era uma menina magricela com cabelos louros retos que desciam até os ombros. Vários centímetros mais alta que Rebecca, usava aparelho nos dentes e tinha covinhas profundas em ambas as faces.

Como Paul convertera a sala de jantar formal numa combinação de biblioteca com escritório, ele acrescentara outro cômodo a partir da cozinha, mobiliando-o com uma mesa grande o bastante para receber 12 pessoas, juntamente com um bufê antigo contendo pratarias e porcelanas. O quarto era iluminado por um belo candelabro de cristal.

— A maioria das antiguidades pertencia à minha mãe — contou Paul, enquanto ocupava o seu lugar na cabeceira da mesa. — Todas as coisas modernas de gosto duvidoso foram escolhidas por mim. Uma decoradora me disse que eu teria de escolher entre o velho e o novo. Eu mandei ela se danar. — Ele correu carinhosamente as mãos pela superfície de mogno polido. — Esta é a mesma mesa na qual comi quando criança. Algumas coisas você quer manter para sempre.

— Isso me faz lembrar da minha mãe e suas abotoaduras — disse Rebecca, sentada ao lado de Lucy. — Elas pertenceram ao meu bisavô.

A governanta da família, Isobel Montgomery, era uma mulher negra magra e atraente, no fim da casa dos 50, com cabelos cortados rente. Ela serviu lasanha, salada e palitinhos de pão feitos em casa embebidos em alho.

— Você não vai comer com a gente? — perguntou Lucy, ansiosa.

— Não, querida — disse Isobel, desamarrando o avental e pousando a mão no ombro da menina. — Vou jantar com um amigo. Não se esqueçam do bolo de chocolate que fiz essa tarde.

— Isobel está conosco há 18 anos — explicou Paul depois que a mulher havia saído. — Ela foi um dos motivos para Lucy ter decidido morar comigo e não com a mãe.

— Minha mãe de verdade não sabe cozinhar — disse Lucy, passando a salada para John. — Mamãe tem uma governanta, mas eu não gosto dela. Ela não fala inglês e não é como Isobel. Além disso, minha mãe e meu padrasto nunca estão em casa.

John deu algumas mordidas em sua salada e estendeu a mão para a bandeja com a lasanha.

— Está maravilhosa — disse ele, comendo da lasanha.

Rebecca estava mastigando um palito de pão.

— Queria que tivéssemos alguém para cozinhar e cuidar da gente.

— Mamãe e eu tomamos conta de você — disse John a ela, sabendo que ela estava ferindo os sentimentos de Carolyn. — Você está falando como se fosse órfã ou algo assim.

— Não estou, não — disse Rebecca. — E a comida que você faz parece ração de cachorro.

— É mesmo? — disse John. — Bem, você tem quase 13 anos. Por que não faz sua própria comida?

Paul levantou-se, sorrindo, e esfregou as mãos. Pegou uma garrafa de vinho que estivera gelando no balde.

— Se a mãe de vocês não se opuser — disse ele, sentindo que a prole de Carolyn estava prestes a entrar numa discussão —, acho que vocês poderiam tomar um pouco de vinho. Na Europa, crianças têm direito a tomar uma taça de vinho no jantar.

— Você nunca me deixou tomar vinho antes — disse Lucy.

— Esta noite é especial — retrucou o pai da menina. — Vamos brindar à nossa nova casa e aos nossos amigos maravilhosos. O que me diz, Carolyn?

— Está tudo bem — disse Carolyn, admirando a engenhosidade dele. — Mas só meia taça. E sem novas doses.

Depois que eles haviam terminado a refeição, Rebecca e Lucy foram para a cozinha pegar a sobremesa. Paul levantou-se para lavar os pratos, mas John insistiu em cuidar disso.

— Você devia manter o pé para o alto — aconselhou Carolyn à filha.

— Passei o dia todo dormindo, mãe — protestou Rebecca, apoiando-se nas muletas. — Não estou sentindo o tornozelo doer mais. Até o inchamento diminuiu.

— Rebecca pode dormir aqui esta noite? — perguntou Lucy, pousando o bolo de chocolate do pai na frente dele. — Ela quer ver *O retorno da múmia* comigo. Isobel disse que Rebecca poderia ir à igreja com a gente de manhã e depois ao cemitério para visitar Otis. Para o almoço, você poderia levar a gente ao Dave and Buster's.

O pai suspirou.

— Você terá de perguntar à sra. Sullivan.

— Esta noite, não, Lucy — disse Carolyn. — Talvez no próximo fim de semana você possa passar a noite em nossa casa. O seu pai precisa se concentrar no livro dele. Nós já abusamos demais.

As garotas foram para o cômodo ao lado. John perguntou à mãe se ele podia ir para casa.

— Paul me explicou uma forma de resolver um problema com o qual tenho tido dificuldade. Todo mundo está achando que o sr. Chang irá usá-lo no exame final.

— Prefiro que você fique — disse Carolyn. — Vamos sair logo. — Ela ouviu as meninas rindo no cômodo ao lado.

— Elas se dão muito bem — disse Paul. — Posso lhe oferecer mais uma taça de vinho, ou café? John, temos refrigerantes.

— Não, obrigado — disse ele, mal-humorado.

— Café — respondeu Carolyn, sabendo que mais uma noite sem dormir a aguardava. Ela poderia deixar que John ficasse de vigia no dia seguinte.

— Se esquecer o que estudamos, passe aqui amanhã de manhã para revermos o assunto — disse o professor a John.

— Mesmo? — perguntou John, animando-se. — Tem certeza? Sinto por ter provocado aquela discussão no jantar. Achei que você nunca mais ia querer me ver novamente.

— Venha comigo — disse Paul, gesticulando para a sala de estar. As meninas estavam sentadas no chão ao lado da lareira: Lucy estava mostrando a Rebecca fotos da colônia de dança à qual ela tinha ido no verão anterior. John sentou-se no sofá ao lado de sua mãe.

O professor abriu o armário da sala e tirou várias folhas de papel enroladas.

— Sou fascinado por montanhas-russas desde que era criança. Um dos meus amigos trabalha para a Arrow Dynamics. Eles projetaram a "X" para o parque Six Flags. Apostei com ele cinqüenta dólares em como eu poderia bolar uma coisa melhor.

— Quem ganhou? — perguntou Carolyn.

— Eles acabaram de construir o brinquedo, mas eu ainda não sei se ganhei ou não a aposta. A montanha-russa estará em funcionamento dentro de três semanas. Depois disso teremos de esperar para ver a opinião da crítica. — Paul correu os dedos pelo cabelo, rosto enrubescido com empolgação infantil. — Alguém quer ver?

— Eu adoro montanhas-russas — disse John, aproximando-se rapidamente de Paul para observá-lo desenrolar os desenhos na mesa. — Esta é a coisa mais incrível que eu já vi. É uma montanha-russa em quatro dimensões!

— Como assim? — perguntou Rebecca.

— Em contraposição às montanhas-russas tradicionais, nas quais os carros apenas correm paralelos aos trilhos — explicou Paul. — Os passageiros andam em carros que podem girar independentemente 360 graus para a frente ou para trás, num eixo.

— Caramba, olha só isso — disse John, apontando. — É um carro em forma de asa com seis metros de largura. Você pode descer de cabeça para baixo. Isto aqui se chama queda vertical. Depois você tem um rodopio para a frente, três rodopios para trás e quatro viradas em rasante.

Paul estava sorrindo.

— Estou impressionado, garoto. Você realmente entende de montanhas-russas.

— Pode apostar que sim — disse o menino, inclinando-se para ver melhor. — Foi assim que me interessei pela primeira vez pela gravidade. Quantos anos eu tinha, mãe?

— Estava no segundo ano, acho — disse Carolyn, olhando para o professor. — Ele tinha o mesmo problema que você deve ter tido, Paul. Como ele era pequeno demais para andar de montanha-russa, eu não queria gastar o dinheiro para entrar no parque de diversões. Tínhamos de achar um lugar fora da grade e ficarmos sentados ali durante quatro hortas olhando.

— Como vocês vão chamá-la?

— Já usaram todos os bons nomes — disse Paul. — Você sabe, Colossus, Medusa, Talon, Twister, Vortex. Além disso, eu só projetei essa montanha-russa como hobby. Eles vão chamá-la de Super X. Eu preferiria Ultimate X, mas acho que eles estão tentando competir com Bolliger e Mabillard, os caras da Suíça. Foram eles que projetaram as montanhas-russas do Superman e são considerados os melhores do ramo.

— Está dizendo que não foi pago por esse projeto? Você deve ter levado anos trabalhando nisso. — John olhou para Rebecca. — Ele usou física. Está vendo? Eu disse a você que física não era chato.

— A empresa me pagou — disse Paul. — Mas isso não significa que eu tinha de arrumar um nome para ela.

— Tem um jogo de computador tridimensional chamado World's Greatest Roller Coasters. Tem outro chamado Roller Coaster Tycoon, que é bem mais divertido. Você precisa construir a montanha-russa, o parque de diversões e até as concessões.

— Já vi o segundo que você mencionou — disse Paul. — Quando eu era garoto não tinha esse tipo de coisa!

As garotas, assim como Carolyn, espiaram por cima dos ombros de John e Paul.

— Eu nunca vou entrar nessa coisa doida — disse Lucy, batendo no braço do pai. — Papai diz que sou covarde. Ele me convenceu a ir no Superman Ultimate Flight. Fiquei tão assustada que quase morri. Vocês acham que estou exagerando, mas não estou. Fui levada para o hospital numa ambulância.

— Você não esteve perto da morte — disse o pai. — Você desmaiou. Prometo que não terá de andar nesta. Metade dos adultos que conheço não andaria no tipo de montanhas-russas que estamos construindo hoje.

— Uau — disse Rebecca. — Não tenho medo. Mal posso esperar para andar nela.

— Fantástico — disse Paul —, porque todos vocês são meus convidados para a inauguração. O parque estará fechado ao público. Será uma espécie de festa particular. Vocês poderão ir também em todos os outros brinquedos.

O celular de Carolyn tocou.

— Com licença — disse ela, entrando na cozinha.

— Prepare-se para mais uma surpresa — disse Brad Preston. — Vou deixar o Hank contar a você. Estou com ele numa linha de teleconferência. Onde você está?

— Na casa do meu vizinho. O que está acontecendo?

Hank entrou na linha.

— O recepcionista no Seagull pode ter sido Eddie Downly.

Acreditando que não escutara direito, Carolyn fechou a porta. Depois que fez isso, encostou a testa na parede.

— Se Downly era o recepcionista no Seagull, então ele devia estar trabalhando para Harrison — disse Brad. — Quem, senão um subchefe de polícia, seria capaz de soltar um pústula de um estuprador como Downly e fazer com que parecesse acidental? Isso significa que foi um trabalho interno. Tente encontrar esse tal Downly das multas de tráfego. A coisa toda foi armada. Estamos sendo manipulados em todos os níveis.

Enquanto Brad estava meramente reagindo, Carolyn estava pensando.

— Não se animem muito, tá? — sugeriu Hank. — Metroix estava entupido de morfina quando selecionou Downly na fotografia da fileira de suspeitos. Além disso, Downly não foi o primeiro homem que ele identificou. Pelo amor de Deus, quantos caras você conhece com tatuagens nos nós dos dedos?

— Downly esteve sob a sua supervisão, Carolyn — disse Brad. — O que as tatuagens diziam?

— A da mão esquerda dizia "amor", a da direita dizia "ódio" — disse Carolyn. — Fast Eddie tentou removê-las ou foi tatuado por um amador. Só sei o que elas diziam porque ele me contou. As letras eram praticamente ilegíveis.

A mente de Carolyn ainda estava revirando quando ela voltou para a sala de estar.

— Alguma coisa errada? — perguntou Paul. — Eu ia tomar um copo de conhaque. Você me acompanha?

— Você está sendo um anfitrião maravilhoso — disse Carolyn. — Foi muito gentil da sua parte nos convidar para a inauguração do brinquedo que você projetou. Tenho certeza de que John e Rebecca ficarão contando os dias até lá. Mas nós precisamos ir para casa. Aconteceu uma coisa relacionada a um dos meus casos.

John ouviu o fim da frase de Carolyn.

— Você não vai sair hoje, vai? Achei que não queria que ficássemos sozinhos.

— Não vou a lugar algum — assegurou Carolyn. — Preciso rever algumas coisas. — Ela pensou em Daniel. — Você teve tempo de examinar os papéis que lhe dei hoje de manhã?

— É um bom trabalho — disse o professor, acompanhando-os até a porta dos fundos. — Parte é engenharia, e o restante é física. Não pude estudar o projeto profundamente. Estou com ele apenas desde hoje de manhã. Eu passei o projeto por fax para um colega na Caltech. Ele me ligou antes do jantar e me perguntou quais eram as credenciais do autor. No próximo ano teremos uma vaga aberta no departamento de física.

— Nenhuma — disse Carolyn, jogando seu suéter sobre os ombros de Rebecca.

— Não seria necessário um doutorado em física.

— Você não está entendendo — disse Carolyn. — Ele não tem nem diploma de ensino médio. Só fez o primário.

— Impossível — disse Paul, arregalando os olhos. — Isso é uma piada, não é?

— Não — garantiu Carolyn, que não estava em seu melhor humor depois das notícias que recebera a respeito de Eddie Downly. — Eu não lhe dei permissão para passar os papéis por fax ou compartilhar o trabalho desse homem com outras pessoas.

Telefone para as pessoas para quem você passou o projeto e mande que destruam suas cópias. Eu lhe dei os originais. Pode me devolver, por favor?

— Certamente — disse Paul, saindo e voltando pouco tempo depois com o maço de papéis.

Carolyn viu John e Rebecca caminhando pelo gramado. Lucy não estava por perto, de modo que ela presumiu que a menina fora para seu quarto. Ela rapidamente se curvou para beijar Paul no rosto.

— Eu fui muito rude. Por favor, me desculpe. Os papéis constituem prova de uma investigação criminal. Eu não devia tê-los dado a você. Achei que poderia me dizer apenas se eles tinham algum valor.

— Eles têm valor, com toda certeza — respondeu Paul Leighton. — E a pessoa para quem passei o projeto por fax não apenas é um amigo de confiança como também um físico excepcional. Vou seguir as suas instruções, mas, se quiser, posso providenciar uma consulta confidencial na universidade.

O ar noturno estava frio. Carolyn cruzou os braços sobre o peito para permanecer quente e chamou John e Rebecca. Eles estavam passando sob uma lâmpada no lado direito da garagem do professor. Carolyn não queria que eles entrassem na casa sem ela.

— Esperem onde estão! — gritou. — Estarei aí em dois minutos.

— Além de um físico, precisamos de um engenheiro — explicou Paul. — Quando se lida com uma coisa como um exosqueleto você nem sempre pode dizer se um problema foi resolvido até que o tenha construído e testado.

— Vou retribuir a recepção de hoje na semana que vem — disse Carolyn, enfiando os papéis debaixo do braço enquanto corria pelo gramado na direção dos filhos.

*

— Tem alguém na nossa casa! — disse Rebecca, sua voz tremendo. — Olhe pela janela. Dá pra ver as costas dele no espelho.

— Abaixe-se — gritou Carolyn, sacando o Ruger da bolsa. Passando a arma para a mão esquerda, ela pegou o celular e apertou a discagem automática para emergência. Antes de começar a falar, ela reconheceu Frank quando ele entrou no corredor que levava à cozinha. Ela comunicou ao atendente da emergência que tinha sido alarme falso e desligou. Como ele havia conseguido uma chave da casa? Ela mudara as fechaduras havia anos.

— É o papai — disse John, caminhando em círculos. — Não vou entrar, mãe. Ele deve estar quebrado e veio lhe pedir dinheiro.

— Talvez ele queira ver a gente — argumentou a irmã. — Ele não é um monstro. Não vai nos machucar nem nada assim.

Depois que destrancaram a porta dos fundos e entraram, encontraram Frank espalhado no sofá da sala, assistindo à televisão.

— Aí está a minha menininha — disse enquanto se levantava. Ele abriu os braços para a filha. — Venha, lindeza. O que aconteceu com seu tornozelo?

— Tropecei — disse Rebecca.

— Dá um abração no papai.

Depois que Frank soltou Rebecca, a menina ficou ao lado dele, olhando zangada para o irmão.

— Não vai nem me dizer olá, garotão?

— Olá — disse John, seco. — Agora vá embora. Esta é a nossa casa. Mamãe paga as contas. Como entrou aqui?

Carolyn sentou-se de frente para o ex-marido. Frank tinha olheiras e suas faces estavam chupadas. Suas calças pareciam vários números grandes demais. Ele devia ter perdido vinte quilos desde a última vez que Carolyn o vira. Ela tinha certeza de que ele estava chapado.

— Como tem andado, Frank?

— Tenho passado por dificuldades. Acho que poderia cair aqui no sofá, se não for incômodo. — Ele olhou para o celular na mesinha de centro. — Estou esperando uma chamada importante. Uma dica de emprego.

Carolyn entrelaçou as mãos. Ela sabia que ele estava mentindo. Ele devia estar esperando uma chamada de um traficante. Era uma situação delicada. Rebecca agora estava com a mão no ombro do pai.

— Eu preferiria que você não ficasse, Frank. Entre em contato comigo na semana que vem e conversaremos sobre marcar uma visita para que você possa passar algum tempo com Rebecca.

— Estou com minha foto de escola — disse a menina. — Falei pra mamãe mandar ela pra você. Mas ela disse que não tinha seu novo endereço. Quer que eu vá pegar?

Frank fez um cafuné na filha.

— Claro, princesinha. Eu adoraria ver sua foto.

Rebecca pegou suas muletas e seguiu para o quarto. John estava de pé ao lado do vão da porta, uma expressão mal-humorada no rosto.

— Mamãe pediu para você sair.

— Ei — disse Frank —, você não tem motivo para ficar chateado. Só Deus sabe o que a sua mãe tem dito a meu respeito.

Um silêncio tenso caiu na sala. Carolyn e John permaneceram imóveis. Rebecca retornou e deu ao pai a fotografia e um punhado de cartas.

— São todas para mim, meu anjo?

A menina olhou ansiosa para Carolyn.

— Mamãe disse que elas foram devolvidas no seu endereço antigo. — Ela viu o celular quando seu pai o pegou. — Eu achava que você não tinha mais telefone. Que não tinha dinheiro para ter um.

— Quis dizer um telefone comum.

Procurou por uma caneta, rasgou um pedaço de papel de uma revista e rabiscou alguns números.

— Agora você pode ligar para o papai sempre que quiser.

John foi para seu quarto na garagem e bateu a porta. Carolyn fingiu assistir TV até Rebecca levantar-se para ir ao banheiro.

— O que você está fazendo é crueldade — sussurrou Carolyn. — Rebecca te ama. E John também. Ele está zangado porque você parou de vir vê-lo para não pagar a pensão.

— Merda, mulher — disse Frank, jogando-se no sofá. — Você mandou seus cachorros atrás de mim. Não posso pagar pensão até arrumar um emprego. E não posso arrumar um emprego se estiver na cadeia, está me entendendo?

— Como você entrou?

— Pulei pela janela — disse ele. — Lembrava o código do alarme.

Rebecca voltou para a sala.

— Ele não pode ficar esta noite — disse a mãe. — Você tem o número dele. Pode ligar amanhã.

— Bem, acho que estou indo então — disse Frank, os lábios enrugados de raiva ao se levantar para sair. — Você é fria, Carolyn. Qual é o problema de eu dormir no sofá? Só estou pedindo para passar uma porcaria de noite aqui. Meu carro está quase sem gasolina e meu dinheiro está curto. Além disso, minha filha quer que eu fique.

Ele começou a cambalear e teve de se segurar nas costas do sofá para não cair.

Carolyn sentiu cheiro de álcool. Quando ele ficava chapado com cocaína, bebia para se acalmar. Cambaleou até a porta. Rebecca começou a chorar.

— Ele não deve dirigir — disse ela à mãe. — Pode sofrer um acidente.

Tirando uma nota de vinte dólares da bolsa, Carolyn caminhou até Frank e a enfiou na mão dele. Frank inclinou-se e tentou beijá-la. Carolyn afastou-o gentilmente. Se o tivesse empurrado com força demais, ele teria caído.

— O dinheiro que lhe dei é para pegar um táxi. Sua filha de 12 anos é inteligente o bastante para saber que o pai dela está bêbado demais para dirigir. Vou chamar o táxi agora. Estará aqui em cinco a dez minutos.

— Obrigado, querida — disse Frank, enfiando a nota de vinte no bolso.

Em algum lugar, enterrado dentro do homem alquebrado diante dela, estava o homem bonito, gentil e escritor de talento genuíno com quem Carolyn se casara. Aqui e ali, ela tinha lampejos da personalidade anterior dele. Frank ainda era jovem. A maioria dos romancistas não se revelava até chegar ao fim da casa dos quarenta. Se conseguisse vencer o vício, Frank podia voltar a ensinar. Ele era formado. Talvez pudesse encontrar seu caminho de volta antes que fosse tarde demais.

— Fique sóbrio e arrume um emprego — disse Carolyn, falando baixo para Rebecca não ouvir. — Vou suspender o processo de pensão durante alguns meses para você não acabar com um registro policial por prisão. Frank, você era um bom professor. Você tem o resto da sua vida para trabalhar em seus livros. Não é fácil achar um editor para um primeiro livro. Até Hemingway e Fitzgerald foram rejeitados no começo. — A escolha de autores tinha sido um erro. Os dois homens haviam morrido alcoólatras. — Você não está apenas destruindo a si mesmo, está destruindo aos seus filhos. Se continuar usando drogas, vai morrer.

Através da porta de tela, Carolyn observou Frank caminhar pela calçada dos fundos até um Mustang preto conversível, e então atrapalhar-se com as chaves. O topo de lona tinha sido tão danificado que ele parara de usá-lo. Os assentos vermelhos estavam manchados devido à exposição aos elementos. Carolyn dera o carro a ele como presente de Natal havia 12 anos, debitando os pagamentos mensais de seu salário. O conversível novo e elegante deixara Frank muito feliz. Todos os sábados, ele colocava o calção de banho, e lavava e encerava o carro na calçada. Naquela época ele fora muito parecido com John — alto, moreno, musculoso. Ela tivera medo de perdê-lo para outra mulher. Mas não foram os casos de Frank que acabaram com o casamento dos dois. Carolyn perdera-o para a cocaína.

Carolyn foi até a cozinha ligar para um serviço de táxi. Teria de instalar cadeados nas janelas. Ela se perguntou se tinha sido Frank quem danificara seu carro, com raiva por ela tê-lo processado formalmente por não pagamento de pensão. Não valeu o agravante. Pelo que ela vira esta noite, Frank teria de passar meses em reabilitação antes de conseguir manter um trabalho.

Alguns momentos depois, Carolyn saiu para ver se Frank ainda estava lá fora, mas o carro sumira. Carolyn ficou parada ali durante algum tempo, o vento soprando em seus cabelos, triste pelo fato de que aquilo que um dia parecera tão bom agora aparentemente estava perdido para sempre. Voltando para casa, ela viu um pequeno objeto branco na calçada. Ao pegá-lo, cobriu a boca com uma das mãos. Dentro de casa, abriu sua bolsa e guardou a fotografia de escola de Rebecca num bolso interno.

Encontrou a menina no corredor, olhando pela janela através de suas lágrimas.

— Não chore, meu bem — disse Carolyn. — Dei dinheiro ao seu pai. Ele vai ficar bem.

— Não, não vai, não! — gritou Rebecca, escorregando pela parede enquanto chorava. — Posso não ser tão esperta quanto John, mas não sou burra. Estava olhando pela janela do meu quarto quando ele saiu de carro. — Ela jogou um pedaço de papel amassado em sua mãe. — Tentei ligar para ele. Mas este número não está em funcionamento. Ele mentiu para mim. Ele não queria nos ver novamente. Só queria dinheiro.

Carolyn sentou-se no chão e tomou a filha no colo. O que ela poderia dizer para confortá-la? Durante a próxima hora o pai dela poderia sofrer um acidente e morrer. Ela devia denunciá-lo à polícia para que ele não matasse acidentalmente um inocente.

— Durma na minha cama esta noite — disse Carolyn, tentando soar animada. — Vou fazer uma xícara de chocolate quente para nós. Talvez possamos ficar acordadas até tarde e assistir a um filme.

Carolyn encontrou John estudando à mesa da cozinha.

— Ele quebrou uma janela na sala de jantar — disse ele. — Cobri com um pedaço de papelão, mas precisamos mandar instalar logo outro vidro. Por que o alarme não disparou?

Carolyn parou diante da pia, olhando para o quintal. A esta altura já havia passado tempo demais para que a polícia o detivesse. Ela deveria esperar até de manhã para se informar sobre acidentes de carro.

— Troquei as fechaduras, mas não o código do alarme.

— O cérebro do papai está frito — disse John. — Como ele lembrou?

Carolyn suspirou, virando-se para vê-lo.

— Eu uso a data do nosso aniversário de casamento. Frank deu à sua irmã o que disse que era o número do celular dele. Ela ligou e descobriu que o número não existia.

— Filho-da-puta — disse ele, levantando-se para pegar seus livros na mesa. — Pode me fazer um favor?

— Qual? — perguntou Carolyn, enchendo duas xícaras de água e colocando-as no microondas para fazer chocolate quente instantâneo.

John caminhou até a porta que levava à garagem.

— Esqueça o aniversário. Queria que você nunca tivesse se casado com ele. Para mim, ele não é meu pai.

CAPÍTULO 20

O escritório empresarial da cadeia de lojas de golfe de Nolan Houston ficava num edifício comercial alto no Wilshire Boulevard, em Los Angeles. Querendo saber se Houston estava disponível, Hank telefonara na segunda-feira de manhã e marcara um horário para vê-lo, às 10h, alegando ser um agente do Imposto de Renda.

— Sempre dá certo — disse ele a Carolyn, um sorriso matreiro no rosto. — Diga a eles que você é um policial, e eles lhe dão as costas. Mencione o imposto de renda, e eles se cagam de medo.

Quando chegaram à estrada, Carolyn abriu a bolsa, pegou o estojo de maquiagem e passou um pouco de batom.

— Lembra-se do professor de física? O homem que comprou a casa perto da minha? Pedi que ele desse uma olhada nos papéis de Daniel que foram achados no Comfort Inn. Ele os passou por fax para um de seus colegas na Caltech.

— É mesmo? — perguntou o detetive, ajustando o retrovisor.

— Não disse a ele de quem era o trabalho — prosseguiu Carolyn. — Mas ouça esta: eles pensaram que Daniel era um candidato a uma vaga de professor universitário.

— Tá de sacanagem!

— Paul quer marcar uma reunião com alguns dos membros do corpo docente da universidade. Para avaliar o trabalho de

Metroix, não para considerá-lo para uma vaga na universidade. O que você acha?

— Visitei Metroix no hospital, sexta à noite — disse Hank. — Com toda certeza, ele estava sofrendo com dores e dopado com morfina. Não me entenda mal. Sinto pena do cara, mas não acho que ele seja um gênio. Ficaria surpreso se ele conseguisse sair sozinho de dentro de um saco de papel, entende o que quero dizer?

Reação típica, pensou Carolyn. As únicas habilidades de Daniel estavam além da compreensão da pessoa mediana. Sua doença e a pena que ele cumprira na prisão também prejudicavam sua credibilidade.

— Tudo o que eu quero é a sua permissão para a Caltech avaliar o trabalho dele. Se não der em nada, então pelo menos nós vamos saber em que pé estamos quanto à situação do diretor Lackner.

— É propriedade de Metroix — disse Hank. — Não acha que deve pedir a permissão dele em vez da minha?

— Isso pode acabar sendo uma prova — considerou Carolyn. — Sei que o diretor não é um dos nossos suspeitos primários. E se cortarmos Armstrong e Houston da nossa lista, junto com Harrison e Downly? Então estaremos de volta ao ponto de partida.

— Então faça o que for preciso — disse o detetive, saindo da rodovia e pegando um desvio para Wilshire.

Quando localizaram o prédio, entraram num estacionamento subterrâneo e estacionaram.

— O que você acha disto? — A fotografia que estivera com os papéis de Daniel caíra no banco quando Carolyn abrira sua bolsa. Ela a deu ao detetive.

Hank deu de ombros.

— É um instantâneo de duas crianças. Por quê? Acha que tem alguma relação com o caso?

— Provavelmente, não — disse Carolyn depois que tinham estacionado e começavam a caminhar até o prédio. — Rebecca encontrou a foto ontem na minha mesinha-de-cabeceira e achou que a menina era eu.

Chegaram ao décimo segundo andar, onde ficavam os escritórios da Hole in One.

— Estou feliz por você ter decidido falar primeiro com Houston — disse Carolyn. — Tive uma experiência ruim com Liam Armstrong.

O detetive pareceu surpreso.

— Você o conhece?

— Já o conheci — disse Carolyn, olhando para as letras grandes e douradas nas portas de vidro. — Houston e Armstrong foram meus colegas de escola. Este é um lugar chique, Hank. Veja só como estou vestida. — Carolyn estava com uma blusa xadrez, calças jeans e um colete de brim decorado com lantejoulas. — Pareço uma vaqueira. Duvido que uma agente do imposto de renda ande vestida assim.

— Não se preocupe com isso — disse Hank. — Vamos dizer ao Houston que somos policiais assim que estivermos com o pé na porta.

Contudo Carolyn podia ver que Hank também estava intimidado. Eles entraram no saguão, onde duas recepcionistas jovens e atraentes estavam sentadas atrás de um painel comprido, ambas usando *headsets* e falando ao telefone. Um homem de aparência distinta, usando um terno caro, carregando uma valise preta, estava sentado num sofá folheando uma revista lustrosa.

Um homem alto e negro muito bonito, vestido com uma camisa de golfe com a logomarca da Hole in One, cujas mangas curtas revelavam braços extremamente musculosos, irrompeu da porta e caminhou a passos largos por um dos corredores laterais.

— Estamos aqui para ver o sr. Houston — disse Hank à recepcionista, sacando seu distintivo e colocando-o de volta dentro do paletó antes que ela tivesse a chance de ler as palavras Polícia de Ventura. Ele observou os olhos da mulher voltarem-se para o corredor no qual o homem sumira, confirmando suas suspeitas de que o indivíduo que passara apressado por eles era Nolan Houston.

Loura magra com grandes olhos azuis, a mulher levantou um dedo para pedir que ele a aguardasse concluir seu telefonema, e em seguida afastou o microfone da boca.

— O senhor tem horário marcado com o sr. Houston?

— Claro que tenho — disse Hank, piscando para Carolyn enquanto apoiava-se de lado no balcão. — Estamos com o Imposto de Renda. Sugiro que você ligue para o seu patrão e lhe diga que estamos aqui. E você pode querer mencionar que não nos importamos em esperar.

Enquanto a mulher ligava para Houston, o detetive se aproximou de Carolyn.

— Não sei quanto a Armstrong, mas este cara tem muito a perder — sussurrou no ouvido dela.

De costas para janelas imensas que exibiam o horizonte de Los Angeles, Nolan Houston olhou para eles por trás de uma mesa ornada. As paredes do escritório estavam cobertas de pinturas a óleo, e várias esculturas de bronze posavam em pódios de mármore branco.

— Eu poderia processar vocês por falsidade ideológica — disse Houston, furioso. — Eu devia estar agora jogando num torneio de golfe no Los Angeles Country Club. Vocês podem considerar que uma coisa como essa não é importante, mas o golfe é o meu negócio.

— Não creio que nos processar seria do seu interesse, senhor — disse Hank, lábio curvado numa das pontas. — Estamos aqui para discutir a morte de Tim Harrison.

Carolyn observou o rosto de Houston, atenta à sua reação. Ele nem piscou. Devido a todos esses anos que haviam passado, Carolyn não esperava que Houston se lembrasse dela. Ele era um homem frio e calculista, decidiu ela. Não era de surpreender que tivesse se tornado bem-sucedido no mundo dos empreendimentos. Houston poderia não lembrar-se de uma antiga colega de escola, mas não poderia jamais se esquecer da tragédia da morte de um rapaz. Ele estendeu a mão para uma jarra de prata pousada numa bandeja, junto com quatro copos de cristal.

Nolan Houston serviu-se de água, mas não fez qualquer movimento para oferecer o que fosse aos seus convidados.

— Tim Harrison morreu há mais de vinte anos — disse a eles, segurando o copo para ocultar a parte inferior de seu rosto. — O homem que o matou não está na prisão?

— Neste momento ele está se recuperando de um ferimento à bala — disse o detetive, pegando um palito no bolso. — O senhor não saberia nada a respeito disso, saberia?

— Claro que não — disse Houston, um lampejo de medo transparecendo no rosto. Momentos depois, a expressão pétrea retornou. — A notícia saiu no jornal? Não me lembro de ter lido nada sobre isso. Geralmente não acompanho esse tipo de coisas. Além disso, não moro em Ventura há 15 anos.

Hank enfiou o palito na boca e moveu-o de um lado para o outro, querendo que algum tempo passasse antes que ele voltasse a falar.

— O que o faz pensar que atiraram nele em Ventura?

Houston teve um movimento abrupto que fez sua cadeira ranger no tapete de plástico sobre a qual estava. Ele franziu a testa e sua mão tremeu levemente enquanto pousava o copo de cristal na mesa. Carolyn notou que havia um descanso de copo na mesa, mas Houston não o usou. Ela trocou olhares com Hank, perguntando-se se ele também teria notado aquilo.

São coisinhas que revelam mais do que a maioria das pessoas imaginava.

— Eu presumi, certo? — disse Houston, deixando as palavras saírem num sibilo entre os dentes cerrados. — Por que estão aqui, detetive? Certamente não acham que eu tenho qualquer relação com o atentado à vida desse homem. — Ele fez uma pausa para respirar fundo. — Para ser perfeitamente honesto, vocês não vão encontrar nenhuma simpatia aqui por esse tal Metroix. Eles nunca deveriam ter libertado esse desgraçado.

Carolyn decidiu que era a sua hora de se manifestar.

— Lembra-se de mim, Nolan? Freqüentamos juntos a Ventura High. Namorei o Liam Armstrong.

— Você namorou o Liam? — perguntou ele, como se estivesse com dificuldade de engolir. — Qual é mesmo seu nome?

— Carolyn Sullivan — disse ela. — Sou a oficial de condicional de Daniel Metroix. Acredito que a mesma pessoa que atirou em Metroix tentou tirar a mim e a minha filha da estrada ontem à noite. Além disso, o quarto de motel de Metroix estava cheio de explosivos. Eu estava lá quando eles explodiram.

— Você tem visto seu amigo Liam Armstrong? — perguntou Hank.

— Eu o vi há uns dois anos — disse Houston. — Vão visitá-lo também?

O detetive e Carolyn não responderam. Ela tinha certeza de que Houston ligaria para avisar Armstrong tão logo eles saíssem do escritório. O que eles queriam saber era se os dois homens haviam trabalhado em conjunto ou se apenas um deles fora responsável pelos eventos recentes. Houston claramente dispunha de fundos para contratar um assassino de aluguel, mas um homem de seu calibre seria frio a ponto de tentar matar uma oficial de condicional? Ela corrigiu a si mesma. Sucesso não era indicativo de honra e decência. Tinha sido necessário muito pouco tempo para que ela fosse ofuscada pelo ambiente opulento que cercava Houston.

Carolyn tentou recuar a mente até o passado e visualizar a noite da morte de Tim Harrison. Liam, Nolan e Tim Harrison eram três dos rapazes mais populares do Ventura High. Como o pai era um chefe de polícia, Tim desfrutara de um certo status. Carolyn lembrava que todos os três dirigiam carros bacanas, usavam roupas de grife e tinham todas as garotas aos seus pés. A própria natureza do jogo de futebol americano podia ter desempenhado um papel adicional no crime. Era um esporte violento no qual os jogadores eram ensinados a aproveitar as fraquezas dos oponentes. O que acontecera nos dias que precederam a morte de Tim Harrison? Isso era uma coisa que eles talvez jamais fossem saber. Talvez um dos rapazes tenha ouvido um sermão do treinador, ou acontecera alguma outra coisa que o fez sentir-se inferiorizado. Que forma melhor de inflar um ego ferido do que escolher um indivíduo mentalmente doente como Daniel Metroix, a quem o destino pusera em seu caminho?

Carolyn duvidava seriamente de que Liam ou Nolan tivessem planejado assassinar seu amigo. Contudo suas ações tinham sido desprezíveis no todo. Depois de espancarem e aviltarem Metroix, a situação provavelmente fugira ao controle deles. Daniel lembrava que os três rapazes haviam brigado. Daniel até mesmo acreditava que Harrison tentara apartar a briga, preocupado com a possibilidade de seu pai descobrir o que eles haviam feito. Um cotovelo aqui, um empurrão violento, ou mesmo uma investida como aquelas que Carolyn vira no campo de futebol americano... Não era difícil imaginar como Liam e Nolan teriam feito Harrison voar para a rua mal-iluminada, de modo tal que um motorista em aproximação não tivera tempo para frear. Carolyn não apenas estava convencida de que Liam Armstrong e Nolan Houston não haviam dito a verdade sobre o ataque deles a Daniel, como também acreditava que eles haviam permitido que o homem ficasse preso por 23 anos por uma morte que eles provavelmente haviam causado.

Ouvir Houston dizer que não tinha simpatia pela pessoa a quem usara como bode expiatório deixou Carolyn com vontade de cortar a garganta do empresário. Mais uma vez, ela olhou ao seu redor para o escritório de Houston e decidiu que ele não merecia o copo de cristal do qual bebera sua água.

— E quanto a Charles Harrison? — perguntou Houston sem convicção, o silêncio prolongado dos oficiais cumprindo seu propósito. — Se alguém queria Metroix morto, era o pai de Tim. Durante o julgamento, Liam e eu estávamos preocupados com a possibilidade de Harrison atirar no acusado em pleno tribunal.

— Tá bom — disse Carolyn com um olhar de desprezo. Aqueles dois rapazes haviam se preocupado apenas com uma coisa: eles próprios.

— O chefe Harrison está morto — disse Hank. — Morreu na noite de sexta-feira.

— Sinto ouvir isso — disse Houston, fitando um ponto acima de sua cabeça enquanto se esforçava por reaver o sangue-frio. — E quanto à esposa dele? Ela conseguiu se recuperar? Ela sofreu um colapso nervoso. Tim era a sua vida. Depois que ele foi morto, a sra. Harrison foi submetida a uma histerectomia. Depois disso, nunca mais foi a mesma. Se pudesse ter tido outro filho, talvez tivesse sido mais fácil para ela aceitar o que aconteceu.

Hank levantou-se e inclinou a cabeça para a porta, comunicando a Carolyn que era hora de se retirarem. Eles estavam a meio caminho da porta, quando Hank se virou, pegando Houston já estendendo a mão para o telefone.

— Novas informações vieram à luz — disse Hank. — Daniel Metroix jura que você, Tim Harrison e Liam Armstrong o atacaram naquela noite. Metroix até se recorda de que depois que vocês o espancaram o filho de Harrison discutiu com vocês.

— Isso é mentira! — vociferou Houston, um filete de suor despontando em sua fronte.

O detetive prosseguiu:

— Como alguém tentou assassinar Metroix e a sra. Sullivan, a investigação foi reaberta oficialmente. É claro que agora há três novos crimes envolvidos. Você é um homem inteligente, Houston. Não acha que cedo ou tarde a verdade virá à tona?

Segurando o telefone, Nolan Houston ficou subitamente sem ação, o rosto completamente pálido.

— Preciso de um advogado — balbuciou sem pensar.

Hank abriu a porta e esperou que Carolyn passasse. Ele levantou o dedo para Houston.

— Se mais alguma coisa acontecer a Carolyn Sullivan, virei pessoalmente cuidar de você. Estamos claros, Houston?

Sozinhos no elevador, Carolyn perguntou ao detetive:

— O que você acha?

— Sujo — respondeu, crispando a mão.

— Tem certeza?

Uma sineta tocou enquanto as portas do elevador abriram no térreo.

— Nada na vida é certo — disse Hank, o rosto suavizando para uma expressão paternal. — Ao menos conseguimos alguma coisa. Se Houston for o culpado, pensará duas vezes antes de tentar machucar você ou sua família novamente.

CAPÍTULO 21

Depois de saírem do edifício em Wilshire e entrarem no carro de polícia de Hank, ele se virou para Carolyn e disse:

— Vamos parar em algum lugar para almoçarmos. Nunca vejo você colocar nada na boca além daquelas barras de cereais de gosto horrível.

— Não diga bogagem, eu como o tempo inteiro — garantiu Carolyn. — Achei que tínhamos um compromisso marcado para as 13h. Já passa do meio-dia. Onde vamos nos encontrar com Armstrong?

O detetive sorriu.

— A umas cinco quadras daqui.

— Como providenciou isso?

— Disse a ele que era lá que eu queria alugar uma área comercial de dez mil metros para minha nova firma de investimentos. — Hank entrou num shopping. — Não quero perder tempo. Precisamos de provas. Kevin Thomas, do gabinete do promotor público, terá os pedidos de mandados prontos até o fim do dia.

Entraram num restaurante chamado China Garden, sentando-se ao balcão para não terem de esperar por uma mesa. O lugar estava cheio de fregueses e muito barulhento. Fizeram seus pedidos, e então Carolyn olhou para o detetive.

— Se Houston ligou para ele, Armstrong provavelmente não irá.

— Ele vai, sim — disse o detetive, dando um rolinho primavera para Carolyn assim que o garçom pousou o prato. — Acredite em mim, quando conversamos Armstrong não pensou em outra coisa além de cifrões. E que diferença faz se ele recebeu uma dica de que somos policiais? O gato já está no saco. Eu sei onde achá-lo. — Quando um prato de arroz com camarão chegou, Hank serviu uma porção generosa a Carolyn. — Coma. Você pode conseguir dormir apenas algumas horas, mas não pode viver de ar.

Carolyn viu Liam Armstrong assim que ele entrou no saguão do Wilshire West Towers.

— É ele — sussurrou para Hank.

Armstrong não era tão alto e atlético quanto Nolan Houston. Caminhava rígido e parecia ter um problema na perna esquerda. Seu rosto não mudara muito. Algumas linhas de expressão em torno de seus olhos e boca, e uns fios grisalhos nos cabelos. Carolyn de repente se lembrou de como ficara empolgada quando eles saíram em seu primeiro encontro. Mesmo agora, ele era um homem atraente. Usando um terno risca de giz, camisa azul-escura e gravata da mesma cor, carregava uma pasta e estava com um fone de ouvido de celular plugado.

— Você é Liam Armstrong?

— Com licença — disse ele, olhando o terno barato e os sapatos desgastados de Hank. — Estou no meio de uma conversa.

Hank estendeu a mão e puxou o fone do ouvido de Armstrong. Mostrando o distintivo, disse:

— Detetive Hank Sawyer do departamento de polícia de Ventura. Onde podemos conversar em particular?

Liam Armstrong olhou com curiosidade para Carolyn.

— Não estou entendendo — disse ele, virando-se novamente para o detetive. — Deve ser um engano. — Ele enfiou a mão no bolso e deu um cartão de visitas aos dois. — Estou esperando um cliente importante. Ele deve estar aqui a qualquer momento. Qual é o problema, policial?

— A pessoa com quem você marcou já chegou — disse Hank, atirando o cartão de visitas de Armstrong na lata de lixo mais próxima. — Estamos investigando vários crimes sérios. Todos eles parecem estar relacionados à morte de Tim Harrison.

Pessoas estavam passando pelas portas duplas, voltando do almoço. Uma delas esbarrou em Armstrong e quase o derrubou no chão.

— Tim está morto há anos — disse ele, mancando até o canto mais distante do saguão. — O homem responsável foi sentenciado a prisão perpétua. Os crimes que vocês estão investigando, sejam quais forem, não têm nenhuma relação comigo.

— Podemos conversar aqui ou pegar uma carona até a delegacia de polícia — disse Hank. — Você é quem sabe, companheiro.

O telefone de Armstrong emitiu um som agudo. Ele enfiou a mão no bolso e desligou o aparelho.

— Acho que podemos conversar na área que estamos alugando — sugeriu. — Os locatários anteriores já se mudaram. É uma propriedade de primeira qualidade, todo o oitavo andar. Um espaço como esse raramente fica disponível ao longo do corredor de Wilshire.

Hank informou a Armstrong quem eles eram e por que estavam ali. Mesmo assim, ele agiu como se eles realmente estivessem interessados em alugar o espaço. Houston podia ter ficado abalado, pensou Carolyn, mas Armstrong estava sofrendo de um caso seríssimo de negação, bêbado ou chapado de drogas. Ela se aproximou mais dele, tentando ver se detectava álcool em seu hálito. Se ele bebia, devia usar anti-séptico bucal.

— Faz muito tempo, Liam — disse Carolyn depois que eles haviam entrado no elevador. — Estou magoada por você não se lembrar de mim. Nós namoramos no colégio.

— Desculpe — disse ele, balançando a cabeça. — Eu saía com muitas garotas quando estava no colégio. Qual é o seu nome?

— Carolyn Sullivan — respondeu. — Meu pai ensinava matemática.

Eles finalmente extraíram uma reação dele.

— Certamente isto não é sobre...

— Não — disse Carolyn, esticando o braço para apertar o botão do oitavo andar.

Eles esperaram enquanto Armstrong abria sua valise. Depois de se atrapalhar todo com a chave, conseguiu introduzi-la numa fenda no elevador.

— Vou ligar o ar-condicionado — anunciou, folgando a gola em seu pescoço. — Deve estar fazendo uns 26ºC aqui.

— Estou confortável — disse Hank. — E você, Carolyn?

— Sou casado, vocês sabem — disse Armstrong sem razão aparente. — Tenho três filhos.

— Onde estava na segunda à noite? — perguntou Hank.

— Em casa com minha família — respondeu. — Por quê? Por que vocês estão aqui? Por que você fingiu que era um cliente? Você poderia ter me feito todas as perguntas por telefone. — Ele se virou para Carolyn. — Você agora é policial?

— Sou da Agência de Serviços de Correção — explicou. — Fui designada para supervisionar Daniel Metroix.

— Está dizendo que ele está livre?

— Isso mesmo — disse Hank. — Não sabia? O seu amigo Nolan Houston não telefonou para você?

— Meu Deus — disse Armstrong. — Não falo com Nolan há anos. Como um homem sentenciado a prisão perpétua pode estar de volta às ruas?

Hank caminhou até a janela, e então se virou. Armstrong estava suando agora.

— E quarta-feira? Você pode nos dizer onde estava entre as 10h e as 15h?

Armstrong engoliu em seco.

— Estava visitando clientes, acho. A minha secretária terá de verificar qual foi a minha agenda para esse dia. Os crimes que vocês mencionaram, onde ocorreram?

— Em Ventura.

— Foram sérios?

— Eu diria que uma explosão e um atentado a tiro são crimes sérios — disse Hank. — Concorda, Carolyn?

— Totalmente — disse ela, repousando as costas contra a parede. — Como não havia mobília, eles não tinham opção senão ficar de pé.

— Mas não entendo por que vocês suspeitam de que eu esteja envolvido, a despeito dos tipos de crimes que tenham sido cometidos — protestou Armstrong. — Nunca fui preso em minha vida. Trabalho duro, sustento minha família. Posso lhes dar dúzias de referências. Vocês não precisam de um motivo válido para se meter desse jeito na minha vida?

— Você não está preso — disse Hank. — Estamos tentando determinar o que aconteceu realmente no dia em que Tim Harrison foi morto.

Os olhos de Armstrong reluziram com lágrimas.

— Há cinco anos perdi minha perna devido a um câncer — disse. — Pensei que isso havia ficado para trás, mas ontem o meu médico me disse que viu uma coisa suspeita em minha radiografia. Amanhã farei um exame de ressonância magnética. — Ele fez uma pausa para recobrar as forças antes de continuar. — Contei tudo o que sabia sobre a morte de Tim quando testemunhei no julgamento. Neste momento estou lutando pela minha vida. Se vocês quiserem me fazer mais perguntas, terão de telefonar para o meu advogado. — Ele abriu a valise novamente e lhes deu outro cartão de visitas.

Se Armstrong está envolvido, pensou Carolyn, ele merece um Oscar por sua atuação. A história dele comoveu-a tanto que ela precisou conter uma lágrima. A carência de sono pode perturbar completamente as emoções de uma pessoa, disse a si mesma. Ela havia desmaiado no sofá no domingo, mas as crianças a tinham acordado. Rebecca e Lucy estavam se tornando inseparáveis. Elas haviam pedido para ir ao cinema, e depois tinham ficado assistindo à televisão até Carolyn servir o jantar para a garota e mandá-la para casa.

— Estamos interrogando todos os que estiveram envolvidos no incidente original, na esperança de esclarecermos alguma coisa sobre esses novos crimes — disse Hank, esfregando o queixo.

Armstrong pareceu ainda mais pasmo.

— Eu ajudaria se soubesse o que vocês estão procurando, detetive. Quem foi baleado?

— Daniel Metroix — disse Carolyn, sabendo que ele poderia informar-se sobre os eventos dos últimos dias pela internet.

— Não posso ajudá-lo com isso — disse Armstrong. — Tudo o que sei é que o pai de Tim ficou extremamente abalado com sua morte. O chefe Harrison é um homem poderoso. Ele era muito rígido com Tim. Achava que Tim poderia se tornar jogador profissional caso se dedicasse mais. Tim era um grande zagueiro. Corria como um raio e tinha mãos fantásticas. Mas duvido de que tivesse chegado aos profissionais. E fazia muito sucesso com as garotas. Todas queriam acompanhá-lo nos bailes da escola.

Carolyn ficou curiosa.

— Você disse que o pai de Tim era rígido. Como assim?

— Bem, eu não sei todos os detalhes — respondeu Armstrong. — Tim morria de medo dele. Uma vez ele bebeu demais numa festa e jogou muito mal. No dia seguinte apareceu com o queixo fraturado. Disse a todos que tinha se machucado no jogo. Achei aquilo estranho porque ele não tinha mencionado nada no vestiário no dia anterior.

— Você acha que o pai de Tim bateu nele?

— Possivelmente — disse ele, olhos apontados para o chão. — Depois que Tim morreu, eu saí do time. Nem assisto a futebol americano na tevê. Tim Harrison era o meu melhor amigo.

— Ligue para a gente se se lembrar de alguma coisa — disse Hank. — Boa sorte com os exames.

Liam Armstrong apertou a mão de Carolyn e se dirigiu mancando até o outro lado da sala, fazendo um gesto para que ela o seguisse. O detetive já estava esperando perto da porta. Ela presumiu que o agente imobiliário tivera outros motivos, além da morte de Tim Harrison, para perder o interesse por futebol americano. Para um ex-atleta, perder uma perna devia ser devastador.

— Sinto muita vergonha pela forma como me comportei naquela noite — disse Armstrong. — Eu era jovem, você sabe como é. Pensava que o mundo e tudo nele me pertencia. Sou muito agradecido por você não ter contado ao seu pai ou à polícia. De certa forma, talvez tivesse sido melhor se você tivesse feito isso. Então eu teria tomado jeito mais rápido.

Carolyn não sabia o que dizer.

— Parece que você tem uma família maravilhosa, Liam. Tenho certeza de que eles apóiam muito você. Vou mantê-lo em minhas preces.

Pela primeira vez, Armstrong sorriu.

— Ainda a boa menina católica, hein?

— Não sei se sou boa — disse Carolyn. — Mas não falei da boca para fora. Vou rezar por você.

CAPÍTULO 22

Carolyn, Hank Sawyer e o promotor público assistente Kevin Thomas estavam sentados no escritório da juíza Arline Shoeffel às 16h30 da segunda-feira.

Hank colocara o caso nas mãos do promotor público assim que soubera da possibilidade de Downly estar envolvido. Depois de rever todos os fatos pertinentes, Thomas dissera que estava disposto a expedir mandados de busca para as residências de Charles Harrison, Nolan Houston e Liam Armstrong. Contudo ele não tinha certeza se conseguiriam convencer um juiz a assinar esses mandados. O promotor ficou eufórico ao saber que Carolyn já havia relatado o caso à juíza superiora. Isto é, até ouvir a reação dela.

— Entendo perfeitamente, sr. Thomas — disse friamente Arline Shoeffel, óculos empoleirados no nariz. — Entretanto os eventos dessa última semana podem não possuir qualquer relação com o crime original. Recuso-me a permitir que o senhor execute esses mandados de busca até que me traga provas mais substanciais de que o sr. Houston e o sr. Armstrong estiveram envolvidos. Esses homens parecem ser cidadãos que respeitam a lei. Nenhum deles possui ficha criminal. É preciso aplicar certa dose de discrição quando se lida com pessoas proeminentes na comunidade.

— Com todo o respeito — disse Carolyn —, apenas porque Houston e Armstrong são empresários, isso não significa que não sejam culpados. Eles não podem ser isentados apenas por serem bem-sucedidos.

A boca da juíza Shoeffel contraiu-se numa linha fina. Obviamente, ela não aceitava bem quando as pessoas questionavam seu julgamento. Kevin Thomas sabiamente manteve a boca fechada. Argumentar contra um dos outros juízes era uma coisa. Entrar na lista negra de uma juíza superiora poderia arruinar sua carreira.

Arline ajustou os óculos e voltou a folhear as páginas da pasta.

— Quanto à sra. Harrison, sua internação é voluntária ou involuntária? — perguntou ela, a voz tão baixa que eles tiveram de fazer força para ouvi-la.

Thomas virou-se para Hank, que lentamente balançou a cabeça.

— Algum de vocês, por favor, pode responder? — perguntou a juíza, seu nível de frustração subindo mais um pouco.

— Não sabemos — finalmente admitiu Hank. — Não vi nenhum motivo para entrar em contato com o hospital. A sra. Harrison esteve internada por quase vinte anos. Ela está tão doente que não pôde nem comparecer ao funeral do marido.

A juíza fechou a pasta e colocou as mãos sobre ela.

— Detetive, em primeiro lugar, fui informada de que o sr. Harrison não teve um funeral, que a casa funerária já se livrou de suas cinzas — disse, tirando os óculos. — Foi isso mesmo?

— Bem, sim — respondeu Hank, remexendo-se na cadeira. — Mas quando isso acontece as pessoas mesmo assim mandam rezar missas.

— Mas o sr. Harrison não terá uma missa.

— Não — disse Hank. — Antes de sua morte, ele fez preparativos para que a casa funerária recolhesse seu corpo e o cremasse. A governanta do sr. Harrison disse que ele queria economizar nos gastos.

— Vocês acreditam que o sr. Harrison está morto ou vivo?

Ele deu de ombros.

— Não temos certeza.

— Nem eu, detetive — disse a juíza Shoeffel, pegando os óculos e enfiando-os de novo no nariz. — Embora eu não esteja preparada para emitir mandados contra a Houston e Armstrong até que sejam obtidas mais provas, assinarei um para a residência de Charles Harrison.

Ela pegou o formulário, assinou-o e entregou-o ao promotor, junto com a pasta. Depois, ela prosseguiu:

— Agora vamos aplicar um pouco de raciocínio inteligente, certo? Vocês consumiram uma quantidade considerável de meu tempo sem investigar essa questão. O sr. Harrison estava no controle de suas faculdades mentais até o momento de sua alegada morte na noite de sexta-feira?

— Segundo o médico de Harrison, o fígado dele estava comprometido, mas ele estava lúcido — disse Hank.

— Quando foi a última vez que o médico do sr. Harrison o viu?

— Aproximadamente há duas semanas — respondeu o detetive. E antecipando a próxima questão: — O médico de Harrison disse que ele iria morrer se não recebesse um transplante de fígado. O médico ficou chateado porque a governanta não telefonou para ele quando encontrou o sr. Harrison morto.

A juíza apoiou a cabeça numa das mãos.

— E por que o médico ficou chateado?

— Porque ele não esperava que o seu paciente morresse tão cedo — disse Hank, coçando o queixo. — É por isso que não temos completamente certeza de que o homem está morto. O médico de Harrison disse que ele poderia viver mais um ano, talvez até mais. Por outro lado, o estado de seu fígado pode ter piorado subitamente e o matado. Uma autópsia ajudaria, mas isso não vai acontecer agora.

— Ninguém sofre mais a morte de um filho do que a mãe — disse Arline Shoeffel. — Isso é evidenciado pelo fato de que a sra. Harrison se encontra no momento numa instituição para portadores de distúrbios mentais, ao passo que o marido não sofreu nenhuma espécie de distúrbio psíquico. O fato de a mulher não ter comparecido ao funeral do marido é imaterial, já que eram precisas as instruções do sr. Harrison para que não houvesse funeral. Estamos de acordo neste ponto, detetive Sawyer?

— Acho que sim — disse ele, dando de ombros.

— O que pode ser vital para este caso é se a sra. Harrison se encontra numa instituição fechada ou se tem liberdade para sair. De preocupação secundária são os tipos de recursos que a mãe da vítima tem à sua disposição.

Hank levou um choque ao entender o que Arline Shoeffel estava sugerindo. Carolyn também sentiu-se uma idiota. O promotor público golpeou a pasta do caso contra o joelho e se levantou, lançando um olhar para o detetive e para Carolyn que dizia que ele gostaria de jamais ter se envolvido.

— Vocês não fizeram direito o trabalho de casa — disse a juíza Shoeffel, vendo todos os seus quatro telefones piscando. — Não tentem abordar ninguém da tribuna, achando que poderão passar por cima de mim. Lembrem-se, todas as estradas levam de volta a este gabinete.

Brad Preston conduziu Carolyn até o Infiniti às 18h da segunda-feira.

— Quando recebeu seu carro de volta?

— A oficina o trouxe essa tarde — disse ela, examinando o carro para certificar-se de que estava satisfeita com o conserto. —

Eu também arranhei o pára-lama do BMW de meu vizinho e agora terei de pagar isso também.

— Vai voltar a freqüentar as aulas?

— Não esta semana — disse Carolyn, protegendo os olhos do sol do fim do dia. — Tenho medo de deixar as crianças sozinhas.

Pararam de falar até várias pessoas terem passado por eles.

— Veronica me disse que você saiu com aquele professor de física. Como foi?

— Fantástico — disse ela com um sorriso. — John gosta dele. Rebecca e a filha dele estão se tornando grandes amigas, e a governanta dele é uma cozinheira de mão cheia.

Brad encostou-se na lateral do carro de Carolyn, impedindo que ela abrisse a porta, uma expressão desanimada no rosto.

— É namoro ou amizade?

— Meu Deus! — exclamou Carolyn. — Você está com ciúmes. O homem me emprestou o carro dele. Deixou Rebecca dormir em sua casa. Talvez eu estivesse errada sobre Amy McFarland, mas não me diga que você não tem saído com outras mulheres.

— Naquele dia eu contei a você sobre o que sinto a seu respeito — disse Brad, meio constrangido. — Claro, tenho visto outras mulheres. Mas são apenas isso: mulheres. Não significam nada para mim.

— Então o professor é apenas um homem — retrucou Carolyn, surpresa com a forma como a mente masculina funciona. Brad podia dormir com uma dúzia de mulheres e proclamar calmamente que isso não era nada. Contudo o fato de que ela havia saído com um vizinho o havia perturbado. — Nós rompemos meses atrás, Brad — disse a ele. — Estou envergonhada por ter permitido que as coisas fugissem do controle. Eu gosto de você, eu até sinto falta de fazer amor com você. Mas não quero me envolver emocionalmente de novo. E, definitivamente, não quero perder meu trabalho por causa de você.

— Por que você não me convida mais para ir à sua casa? Fomos amigos durante anos antes de começarmos a namorar. Você vai jogar tudo fora? John e eu costumávamos nos divertir juntos. Rebecca não é tão fácil para mim porque ela é uma menina.

Carolyn lembrou que John fizera a mesma pergunta. Era difícil fazer um caso de amor voltar a ser uma amizade. Depois que se cruzava a linha, tudo mudava.

— Frank reapareceu uma noite dessas.

— Como foi? — perguntou Brad. — Ele lhe deixou um cheque por todas as pensões que lhe deve?

— Está brincando? Mesmo se ele tivesse dinheiro para isso, eu não sei se iria aceitar. Ele estava com uma aparência péssima, Brad. Chegamos em casa e o encontramos lá dentro. Ele fez a maior festa para Rebecca e depois lhe deixou um número de celular falso. Como um homem pode magoar uma criança desse jeito?

— Ele é um drogado — disse Brad, indignado. — Ele vive numa região além da imaginação.

— Quero que ele suma da minha vida.

— E a viúva de Harrison? — disse Brad, mudando de assunto. — Hank descobriu alguma coisa essa tarde?

— Descobriu — disse Carolyn. — Que Arline Shoeffel é brilhante. O lugar em que Madeline Harrison está parece um clube de campo. Ela sai para fazer compras, vai ao cabeleireiro, assiste a peças e balés. Acho que ela se sente segura lá ou algo assim. Hank está achando que as contas do hospital podem ser um dos motivos para que Harrison estivesse tão preocupado com dinheiro.

— Mas não há provas de que ela tenha contratado alguém para matar você e Metroix, há?

— Depois de hoje eu não vou especular nada até saber de todos os fatos — disse Carolyn, empurrando para trás uma mecha de cabelo. — Arline estava receptiva a reabrir o caso até descobrir que tínhamos metido os pés pelas mãos.

— Ora, vamos — disse Brad, fazendo cócegas nas costelas de Carolyn. — Você realmente acha que a mulher de Harrison teve alguma coisa a ver com isso? Onde ela conseguiria os contatos e o dinheiro para contratar alguém para cometer esses crimes? Estamos falando sobre uma explosão, um atentado com arma de fogo.... e o incidente com você e Rebecca. Muito sinistro para uma velha senhora.

— Como vou saber? — disse Carolyn. — Talvez a esposa de Harrison tenha uma conta bancária secreta. O hospital alega que ela goza de uma saúde excelente. Ela corre três quilômetros todos os dias. Ela nem é tão velha, Brad. Tem apenas 52 anos.

— Entendi — disse ele, rindo. — Ela chamou uma de suas amigas do hospício, alugou dois carros, e, em vez de saírem para fazer compras, saíram para matar pessoas.

— Às vezes você se comporta como um delinqüente juvenil. — Carolyn empurrou-o suavemente para o lado. — Podemos falar mais sobre isso amanhã de manhã.

CAPÍTULO 23

Na noite de segunda-feira, pouco depois das 21h, Carolyn estava limpando a cozinha quando o telefone tocou. Uma voz masculina perguntou suavemente:

— Quer sair para tomar uma bebida?

— Não acredito que você ainda está pegando no meu pé — disse ela, pensando que fosse Brad. Na época em que eram amantes ele costumava telefonar para ela tarde da noite, tentando convencê-la a deixá-lo entrar escondido em seu quarto.

Paul Leighton retrucou, num tom formal:

— Talvez tenha ligado muito tarde. Telefonarei novamente em outra hora.

— Me desculpe! — disse Carolyn. — Pensei que você fosse outra pessoa.

— Sinto muito — disse ele. — Estava na cama? Eu queria ter ligado mais cedo.

— Estava terminando minhas tarefas de casa.

— Então venha tomar um drinque. Lucy está fora esta noite. Se você estiver preocupada quanto a deixar sua cria sozinha, posso mandar Isobel. Ela pode não parecer assustadora, mas se alguém tentar machucar os seus filhos irá se arrepender do dia em que nasceu. Digamos, 15 minutos — acrescentou. — Vou esperar no meu quintal dos fundos.

— Mande Isobel — disse Carolyn. — Não posso demorar muito aí.

Depois de escovar os cabelos e borrifar um pouco de perfume, Carolyn remexeu em seu armário, retirando uma blusa de tricô preta e justa com um decote revelador. Retirou sua camisa de malha e começou a vestir a blusa, mas então colocou-a de volta no cabideiro. Jantar com o professor e seus filhos na noite de sexta não era a mesma coisa que um encontro tarde da noite.

A situação com Brad precisava acabar. Durante todo o tempo em que eles haviam namorado, Brad jamais mencionara casamento. A mãe de Carolyn sempre dizia que a melhor maneira de esquecer um relacionamento era começar um novo. Carolyn, porém, não queria que Paul pensasse que ela estava tentando fisgar um marido. Quase no mesmo instante em que o pensamento apareceu, ela teve de perguntar a si mesma se era verdade. Certas noites, quando não conseguia dormir, Carolyn chorava sozinha na cama. Pessoas do mundo inteiro passavam por casamentos desastrosos e se recusavam a perder a esperança. Ela não queria passar o resto de sua vida sozinha.

Carolyn vestiu uma blusa branca com uma gola de renda muito feminina e meteu-se num par de calças pretas. Ela ouviu alguém batendo na porta dos fundos e correu para atender.

— Sou o segurança.

Isobel estava vestida com um pulôver cor de laranja e o que pareciam ser as calças do seu pijama. Seus pés estavam calçados em chinelos de pêlo.

— É realmente muita gentileza sua — disse Carolyn, perguntando-se se a mulher já não estaria dormindo quando Paul a chamou. — Quer assistir à televisão na sala?

Isobel mostrou um livro.

— Não assisto à televisão — disse Isobel. — Hoje em dia não passa nada naquela caixa idiota além de lixo. Diga-me onde estão as crianças que eu devo proteger e me ponha em algum lugar com uma cadeira confortável e luz decente.

Depois que Isobel estava acomodada, Carolyn espiou o quarto de John na garagem. O menino estava debruçado sobre sua mesa, estudando. Seus cabelos estavam desgrenhados e havia olheiras em seu rosto. Vários livros estavam abertos e ele fitava uma coluna de equações, batendo levemente na própria cabeça com um lápis.

— Vou sair um pouco — disse Carolyn. — Se quiser falar comigo, ligue para meu celular. Paul mandou Isobel para cá. Ela está na sala.

John parecia não tê-la ouvido, mas então se virou.

— Diga a Paul que acho que resolvi o problema — disse ele, empolgado. — No fim das contas, talvez eu tire A em cálculo. Tive problema nessa matéria o ano inteiro.

— E quanto aos seus outros estudos? — perguntou Carolyn. — Você precisa ter boas notas em todas as matérias, se quiser um conceito alto no teste de aptidão acadêmica.

— Só tiro "A" — disse John, sem olhar para ela. — Minhas outras matérias são moleza.

— Ótimo — disse Carolyn. — Se precisar de mim, ligue.

Eles estavam sentados em duas cadeiras reclináveis em seu pátio. Paul abriu uma garrafa de Chardonnay e encheu suas taças.

— Você conseguiu perguntar aos seus superiores sobre o projeto de exosqueleto que me mostrou?

— Sim — disse ela. — Não há necessidade de uma reunião. Tudo de que preciso é da permissão do proprietário do trabalho. Devo me encontrar com ele nos próximos dias.

O céu noturno estava limpo, e Paul flagrou-a olhando para as estrelas. No canto do pátio havia um telescópio grande num tripé.

— Quer olhar mais de perto?

— Claro — disse Carolyn, carregando sua taça de vinho enquanto o seguia. Assim que Paul ajustou as lentes, ela se curvou e posicionou-se diante do visor. — Você sabe o nome de todas as constelações?

— Possivelmente — disse ele. — Mas eu preferiria ouvir você falar. Cosmologia não é a minha especialidade.

Ela sentiu a respiração cálida de Paul em seu pescoço enquanto ele se movia por trás dela para apertar um botão no intuito de reposicionar o telescópio. Quando ela se empertigou e se virou, os corpos deles estavam se tocando.

— Você é linda — disse Paul, levantando a mão para acariciar o cabelo de Carolyn. — Estou feliz por ter vindo esta noite.

— Eu também — disse Carolyn, a respiração presa na garganta. Ele colocou a mão na nuca de Carolyn e pressionou seus lábios nos dela. Ela sentiu a outra mão de Paul tocar sua cintura. O beijo não durou muito, mas Carolyn foi tomada pela emoção. Impulsivamente, segurou o rosto de Paul e beijou-o apaixonadamente. Então ela recuou abruptamente. — Meu Deus — disse. — O que estou fazendo? Nós mal nos conhecemos.

— É assim que acontece — disse Paul, puxando-a para si novamente. — Assim que bati os olhos em você, eu a desejei. Não me sentia assim havia anos. Tenho certeza de que você também não.

O que Carolyn compartilhara com Brad tinha sido mais físico do que mental. Como ela poderia amar um homem que quase certamente lhe seria infiel? Ela já havia viajado por essa estrada com Frank.

— Talvez eu não quisesse me sentir assim.

— Talvez eu também não — disse Paul. — Eu fiz um esforço considerável para me mudar para cá e me distanciar da universidade. Terminar de escrever meu livro é importante para mim. Não vou poder ficar aqui para sempre.

Carolyn colocou a palma da mão no peito de Paul.

— Mas você pode voltar — disse ela. — Por que ter uma casa se não a usa?

— Um ano passa depressa, principalmente entre pessoas com responsabilidades. Você não quer descobrir aonde isso vai nos levar?

— Que tal ao paraíso? — disse ela, aninhando-se novamente nele e se deleitando com a sensação e o aroma do corpo dele.

— Não acredito no paraíso — disse Paul. — É uma invenção da mente humana, como tudo o mais relativo à religião.

Carolyn recuou um passo, o momento estilhaçado.

— Está tentando me dizer que é ateu?

— Por que não apreciamos nosso vinho?

— Não — disse Carolyn, segurando a mão de Paul para puxá-lo de volta. — Quero terminar esta conversa.

— Tudo bem — disse Paul, um pouco irritado. — Eu me considero um agnóstico. Não posso provar que não existe um Deus, não mais do que posso provar a existência de Deus ou de qualquer coisa remotamente sobrenatural. Na verdade, um ateu tem uma posição mais forte. Sinto muito. Não tinha percebido que você era tão religiosa.

— Você não perguntou — disse Carolyn, com a sensação de que estava afundando.

— Isso importa?

A preocupação no rosto de Paul fez Carolyn imaginar que talvez sua posição quanto à religião tivesse lhe causado problemas substanciais. Teria sido a causa do fim de seu casamento?

— Não me entenda mal — disse Carolyn. — Não sou fanática religiosa. Mas eu acredito, e meus filhos também. John...

Paul afastou-se vários metros, para então debruçar-se na balaustrada de madeira e olhar para a noite.

— O seu filho é jovem — disse Paul. — O que ele acredita hoje irá mudar. Particularmente se ele seguir seu desejo de se tornar um físico.

Carolyn deixou os braços caírem, enfraquecidos.

— Não quero ouvir isso — disse ela, os pensamentos idílicos de se apaixonar rapidamente evaporando. — Preciso voltar para casa.

— Você é realmente tão imatura assim? — disse ele, caminhando rápido até ela. — Duas pessoas com pontos de vista opostos não podem gostar uma da outra e respeitar o direito do outro em acreditar no que quiser? E se eu gostasse de carne e você fosse uma vegetariana radical? Eu não poderia continuar comendo carne enquanto você comesse verduras e legumes?

— Eu não sei — disse Carolyn, confusa.

— Claro que poderíamos — respondeu Paul. — Não estou tentando roubar suas crenças, nem as crenças de seus filhos. Eu não estaria desperdiçando meu tempo se não achasse que existe potencial aqui. Potencial para felicidade, companheirismo, prazer, talvez até um compromisso duradouro. Você acha que estou procurando um caso de uma só noite? Eu nem falo com a maioria das mulheres. Por que alguém do seu calibre se enterrou nesta cidade como oficial de condicional é algo além da minha compreensão.

Paul puxou-a para si, beijando-a na testa, nas faces, no pescoço. O corpo de Carolyn arqueou para trás e ela deixou escapar um suspiro longo. Ela não podia ir embora. Queria este homem. Alguma coisa nele fazia com que Carolyn se sentisse completa, como se ela houvesse encontrado uma parte perdida de sua anatomia. Paul tomou-a nos braços e carregou-a até a espreguiçadeira, deitando-a de costas, para então se posicionar por cima dela. A língua de Paul sondou o interior da boca de Carolyn, enquanto seus dedos desabotoavam sua blusa.

— Pare — disse ela. — Não podemos...

— Por quê? — sussurrou ele. — Ninguém pode nos ver.

— Agora não — respondeu Carolyn.

— Quando?

— Não sei — disse ela, levantando-se e arrumando a roupa.

— Encontre-me aqui em casa para almoçarmos amanhã.

— Tem muita coisa acontecendo no meu trabalho.

— Encontre tempo — insistiu Paul. — O tribunal não fica a mais de 15 minutos de carro. Quero te ver.

Havia anos Carolyn não se sentia tão viva. Sentia-se cheia de energia, como se pudesse correr, saltar sobre a cerca e continuar correndo até desmaiar. Brad satisfizera o corpo de Carolyn, mas Paul agitava sua alma. Este era um homem por quem ela podia se apaixonar, talvez até casar. Pensamentos tão sérios não permitiam decisões impulsivas. Ela queria que eles fossem devagar, que se conhecessem, que deixassem o relacionamento se desenvolver.

Ela podia dar uma escapulida do trabalho durante algumas horas, particularmente depois que tivesse completado todas as suas tarefas nos casos. Contudo ela não iria dizer a Paul. Sob muitos aspectos, física era parecido com um jogo, ou melhor, com uma charada. Talvez ela não fosse nada além de uma charada fascinante embrulhada em pele para o professor decompor com equações e solucionar. Ela talvez tivesse se enterrado numa cidadezinha como Ventura, mas, depois de anos lidando com criminosos, ela sabia quando precisava bater o pé.

— Como você pode me fazer esperar? — disse Paul, dando palmadinhas na beira da espreguiçadeira como um menininho petulante. — Você vai me deixar maluco. Não vou ser capaz de me concentrar no meu livro. O que vou fazer?

— Experimente rezar — disse Carolyn, rindo enquanto descia os degraus da varanda e se virava na direção de sua casa.

CAPÍTULO 24

Hank irrompeu no cubículo de Carolyn às 10h40 de terça-feira. Em vez de um de seus terninhos, Carolyn pusera um vestido preto leve que modelava seu corpo e enfatizava suas curvas. Planejando telefonar para Paul e chamá-lo para almoçar em sua casa, ela também trocara os sapatos práticos por saltos altos e meias de náilon.

— Você está um arraso — disse Hank. — Cortou o cabelo ou algo assim?

Homens, pensou ela. Mesmo quando notavam que uma mulher fizera alguma coisa para melhorar a aparência, não conseguiam discernir o que tinha sido.

— Obrigada — disse ela, enquanto pesquisava na internet por informações sobre invenções e patentes. — Estou tentando trabalhar, Hank. Você tirou uma folga do caso ou veio aqui só para me atazanar?

— Achei que você gostaria de ir comigo ao Fairview Hospital para falar com Madeline Harrison.

— Quando?

— Depois que revistarmos a residência de Charles Harrison. Kevin Thomas quis ir primeiro resolver umas coisas em seu escritório.

Carolyn girou sua cadeira.

— O laboratório conseguiu encontrar mais alguma evidência no motel Seagull?

— Nenhuma — disse Hank. — Nenhuma impressão, nenhum cabelo. O lugar estava limpo como uma sala de cirurgia. Downly era viciado em speed?

— Não que eu saiba — disse Carolyn. — Como ele não tinha nenhuma dependência de droga, nunca exigi que ele fizesse um exame. Por quê?

— Metroix disse que o balconista no Seagull tinha marcas nos braços e no rosto. Para mim, parece speed. Isso, ou ele tinha...

— Nem diga isso — disse Carolyn, os pensamentos correndo para Luisa Cortez. Aids sempre era uma preocupação em casos de estupro. Quando ela visitara Eddie no presídio, ele estava usando mangas compridas. Porém ela não podia contar a Hank sobre a visita, porque temia que isso comprometesse o caso. — Se Eddie tinha marcas de speed, então ele usa a droga há anos.

— Será que não é por isso que o chamam de Fast Eddie?

Carolyn ficou calada. Como ela poderia se perdoar por não ter supervisionado esse homem no ano passado? Depois da entrevista preliminar, uma oficial de condicional passava pouco tempo com o infrator. Ela não se lembrava de ter visto nenhum sinal de uso de drogas.

— Vou lhe dizer o que acho — disse Hank. — Antes do incidente de Luisa Cortez, um dos policiais do departamento de polícia de Los Angeles pegou Downly, drogado ou vendendo drogas. Podia ser assim que o chefe Harrison o recrutara. Em vez de levá-lo para a prisão, o guarda de penitenciária entregou-o a Harrison. Como Downly havia crescido em Ventura e conhecia a área, ele era o candidato perfeito para eliminar Metroix.

Hank puxou uma cadeira para o lado dela, sentou-se e cheirou o ar.

— Você está até perfumada.

Carolyn o ignorou.

— Então o chefe de polícia teve de tirá-lo da prisão. Ele não podia correr o risco de que Downly abrisse o bico em troca de uma redução de sentença por estupro. — Ela pensou um pouco e se corrigiu: — Na verdade, não. No caso de estupro de uma criança, a lei impossibilita a redução de sentença. Não é isso, Hank. O subchefe de polícia estava com medo de mim, você não vê?

— Por que ele teria medo de você?

Harrison sabia?, perguntou Carolyn a si mesma. Ela confiara em Alex Barker para acobertá-la. Mesmo se Barker fizera o que ela pedira, alguém dentro do presídio podia ter notificado o chefe de que uma mulher visitara Eddie. Harrison não sabia como ela era, mas sabia como o sistema operava.

— Já falou com o homem das multas de trânsito? — perguntou Carolyn.

— Quem?

— Você sabe — disse Carolyn. — Edward James Downy, o homem que foi confundido com Fast Eddie.

— Não — disse Hank. — Mandamos alguém para o endereço que estava na ficha de prisão dele. É um edifício residencial. Eles disseram que nunca ouviram falar de ninguém com aquele nome. Também checamos com a financeira que pagou a fiança do sujeito. Um homem de meia-idade apareceu no escritório deles com três mil dólares em dinheiro e instruções para que pagassem a fiança de James Edward Downy.

— E os registros do departamento de trânsito?

Hank deu de ombros.

— A carteira de motorista devia ser falsa. Eles tinham um Downly, mas nenhum Edward James Downy com a mesma data de nascimento.

— Essa outra pessoa não existe — disse Carolyn, chocada com a quantidade de fraude envolvida. — O presídio sabia que havia libertado um estuprador e mesmo assim também soltou o cara das multas. Como o sujeito podia ter multas de trânsito se não tinha carteira de motorista?

— As multas foram emitidas para Fast Eddie.

— Essa é a maior bagunça que já vi — disse Carolyn, massageando as têmporas. Teria Alex Barker descoberto que sua visita já tinha sido registrada no computador? E então, tentando consertar isso, teria mexido nos números de registro de prisão do detento? Ela não podia estar errada, disse a si mesma. Ainda que estivesse munido de identidade falsa, um homem de verdade fora preso e depois libertado.

— Você não explicou por que Harrison teria medo de você.

— Ah — disse Carolyn. — Ele sabia que eu ia investigar a nova denúncia. Sou conhecida por conseguir fazer esses caras falarem. Harrison precisava tirar Eddie do presídio antes que eu o visse de novo. Depois que arranjou a soltura de Fast Eddie, Harrison mandou que ele desse cabo de Metroix.

— Faz sentido — disse o detetive. — Sabemos que havia mais de uma pessoa envolvida. Depois do atentado a tiros, o chefe teria dado a Eddie dinheiro para sair da cidade. Mas, quem tentou tirar você da estrada naquela noite?

— Eddie — disse Carolyn, balançando uma perna com meia de náilon. Ela parou quando pegou o detetive prestando mais atenção ao seu corpo do que ao que ela estava tentando lhe dizer. — Mas se Eddie ainda não está morto, ele estará assim que os homens de Harrison puserem as mãos nele. O chefe não deu nenhum dinheiro a esse desgraçado. É por causa disso que o cara está tão desesperado. Ele precisa de uma casa segura. Eu conheço todos os contatos dele. Está preso em Ventura, com policiais de ambos os lados da cerca apontando suas armas para ele.

— Precisamos de mais fatos e menos especulação — disse Hank, levantando-se. — A não ser que encontremos alguma coisa grande na casa de Harrison, pretendo seguir para Los Angeles por volta das 15h. Você está dentro ou fora?

Carolyn tentou decidir o que fazer. Mesmo se ela desse continuidade aos seus planos de almoçar com Paul, teria de estar de volta ao escritório no fim da tarde. Ela precisava pensar em alguma coisa que não fosse relacionada ao seu trabalho, tentar clarear a mente. Carolyn disse ao detetive que iria encontrá-lo no departamento de polícia às 15h, porque era mais perto da casa do professor. Em seguida ligou para Paul, dizendo-lhe que estava a caminho.

Assim que abriu a porta, Carolyn sentiu um cheiro delicioso de pão fresco. Pratos de rosbife em fatias finas, salada de batata, fatias de abacaxi, laranjas, mamões e morangos estavam servidos na mesa da sala de jantar.

— Você parece mais deliciosa que a comida — disse Paul, levantando o cabelo de Carolyn para beijá-la no pescoço.

— Onde está Isobel? — perguntou, ao não ver a governanta quando passaram pela cozinha.

— De folga — disse ele com um sorriso malicioso.

— Entendo — respondeu Carolyn. — O dia de folga normal dela ou você a mandou sair depois que ela preparou toda essa comida?

— Você é esperta — disse ele, rindo. — Dei um dia de folga extra a ela para poder ficar sozinho com você.

— Você não devia ter-se dado tanto trabalho — disse Carolyn, sentando-se à mesa. — Não estou acostumada a almoçar. Sou o tipo de pessoa que come mais no jantar do que no almoço.

— É mesmo? — comentou Paul. — Por que não deixamos isso esperar um pouco? Em geral só almoço bem mais tarde. — Ele lhe deu uma taça de vinho. — Venha comigo. Tenho uma coisa para lhe mostrar.

Carolyn seguiu-o, achando que ele talvez tivesse deparado com alguma coisa importante no trabalho de Daniel. Quando ela se viu no quarto principal, ele tirou-lhe a taça de vinho da mão e a puxou para a cama.

— Estou faminto — sussurrou ele. — Mas não por comida.

— Percebi — respondeu Carolyn, afastando uma das mãos dele de sua perna.

Porém, quando Paul a beijou, ela instantaneamente respondeu, correndo os dedos pelos cabelos dele. Os lábios de Paul eram macios; seu corpo magro, mas musculoso.

Ele abaixou um dos lados do vestido de Carolyn, expondo o ombro direito dela.

— Meu Deus, você é linda.

— Pensei que você não acreditava em Deus — disse ela, de brincadeira.

— É só a maneira de dizer — disse ele. — Você não veio aqui para discutirmos religião, espero.

— Hoje, não. — Carolyn correu a ponta do dedo pelo contorno do nariz de Paul, decidindo que ele era mais bonito do que ela achara antes. Ela amava o cabelo dele. Ele devia secá-lo para reduzir o encaracolado natural. O cabelo do pai de Carolyn tinha sido assim. Depois de algumas horas, os cachos reapareciam. Ela estava curiosa para saber qual era a idade dele, mas não sentiu que fosse apropriado perguntar. O rosto dele era desprovido de linhas, e sua pele era macia e lisa. De perfil, quase parecia um menino.

Ela pegou uma das mãos dele e a estudou. Os dedos eram longos e finos, as unhas cortadas com zelo — obviamente não um homem que ganhava a vida como trabalhador braçal. Aninhada nele, ela estava se sentindo serena e contente. Ele parecia animado, mas sem pressa.

Dez minutos depois, ambos estavam se beijando e acariciando-se com a energia e o despudor de um casal de adolescentes, rindo e se provocando. Eles se beijavam, e então paravam e olhavam um para o outro, tentando ver quem seria o primeiro a piscar. Depois Paul tocava os seios de Carolyn e ela recuava depressa.

Carolyn finalmente fechou os olhos quando ele começou a acariciá-la sensualmente entre as pernas. Ele a tocava de forma diferente da de todos os homens que ela conhecera. Ela jamais havia considerado a possibilidade de um físico ser um amante extraordinário. Inteligente, sim... bom de cama, provavelmente não. Ah, disse a si mesma, consciente de que seu julgamento tinha sido completamente equivocado. Além de física, Paul parecia ter um mestrado em anatomia feminina. Ele não apenas sabia como tocá-la, mas sabia precisamente onde.

— Pare — disse ela, afastando novamente a mão dele.

— Não — retrucou Paul, os olhos ardendo de desejo. — Ainda nem começamos. Tire as meias de náilon.

Carolyn olhou para o relógio de cabeceira. Já eram 13h. Ela não podia se dar ao luxo de perder a hora. Além disso, por mais que ela o desejasse, não podia fazer sexo à luz do dia, particularmente com um homem a quem acabara de conhecer.

A porta de correr de vidro no fundo do quarto dava para um pátio pequeno coberto de verde. Como não havia cortinas, não dava para bloquear o sol do meio-dia. Ela só começara a sair com Brad anos depois de tê-lo conhecido, e apenas depois de seis meses ela permitira que o relacionamento avançasse para o nível seguinte. Depois que a novidade cessava, ela aprendia a relaxar e se divertir.

— Tire isso — disse ele, puxando o vestido de Carolyn. — Quero olhar para você.

— Não vou tirar minha roupa — disse Carolyn, segurando a mão dele para beijá-la. — Você não entende.

Ele se virou de lado e apoiou a cabeça com uma das mãos.

— O que eu não entendo?

Carolyn sabia que se ficasse mais tempo ali acabaria sucumbindo aos avanços de Paul. Ela sentou-se na cama.

— Preciso voltar para o meu trabalho.

— Isso é desculpa — disse Paul, puxando-a de volta para a cama. — Por que não me deixa fazer amor com você? Por quanto tempo vai me torturar? Você não me quer?

— Claro que quero — disse Carolyn, constrangida. — E você sabe que estou dizendo a verdade.

Ele a beijou de novo.

— Então você vai ficar.

— Eu não tenho de voltar até as 15h — confessou Carolyn. — Eu poderia até não viajar para Los Angeles e tirar a tarde de folga. Eu não posso fazer sexo com você durante o dia. Sempre fui muito tímida quanto ao meu corpo. — Ela pensou nas estrias causadas por suas duas gravidezes. Era magra, mas não fazia exercícios. Olhava com inveja para mulheres vestidas em minissaias ou calças dependuradas precariamente dos ossos dos quadris, expondo completamente a barriga. As mulheres da Califórnia eram fanáticas por exercícios. Passavam horas na academia todos os dias. Ela não tinha bumbum de ferro, ou abdome reto, nem seu orçamento anual podia arcar com uma única visita ao consultório de um cirurgião plástico.

A respiração de Paul estava aquecendo o rosto de Carolyn.

— Você tem algum contato com o Divino?

— O Divino? — perguntou, intrigada. — Quer dizer, Deus? Por que me pergunta uma coisa dessas?

— Um eclipse viria bem a calhar — disse Paul. — Então estaria escuro e poderíamos fazer amor.

— Só porque eu disse que acredito em Deus isso não significa que tenho uma linha direta com ele — disse Carolyn. — E mesmo se tivesse, como eu iria produzir um eclipse?

— Moleza — disse ele. — Jogue tudo na frente do sol.

Carolyn pôs um dedo sobre os lábios dele.

— Vou trabalhar no seu eclipse, mas só se você prometer me deixar ir. Eu não vou fazer sexo com você hoje.

— Você é impiedosa. Se não está interessada em mim, tudo o que precisa fazer é me dizer.

— Nada poderia estar mais longe da verdade — disse Carolyn, soltando-se dos braços dele.

Quando se levantou, Carolyn sentiu-se tonta e teve de se apoiar na penteadeira. Ela não precisava de vinho. O homem por si próprio já era inebriante. E ela não estava lutando contra a vontade formidável dele; estava lutando contra os seus próprios desejos de voltar para os braços dele.

— Te ligo à noite — disse a ele, calçando os sapatos de salto alto.

Frustrado, Paul deixou-se cair de volta no travesseiro.

— Sem almoço? — perguntou. — Você vai sair e me deixar de novo? Acho que é melhor eu jogar meu manuscrito no lixo, porque não vou conseguir trabalhar com tanta tensão.

— Seja paciente — disse Carolyn, beijando-o de leve nos lábios antes de sair. — Não vim pela comida, lembra? Quando for a hora certa, estaremos juntos.

— Ahm, antes que eu esqueça — disse ele, sentando-se e colocando os óculos. — Meu amigo na Caltech me ligou esta manhã. O projeto de uma fonte de força leve para um exosqueleto parece executável. O governo ofereceu até cinqüenta milhões para qualquer empresa de pesquisa que aperfeiçoe um exosqueleto prático e funcional. — Fez uma pausa, limpando as lentes dos óculos na beira do lençol.

Carolyn estava perplexa.

— Você disse cinqüenta milhões?

— Exatamente — disse Paul, esquecendo-se da paixão enquanto sua mente científica voltava à tona. — Vamos esclarecer uma coisa. Esse cara não tem educação formal. Há quanto tempo ele está trabalhando nesse projeto?

— Há mais de 12 anos — respondeu Carolyn. — Ele inventou outras coisas também. Mas todos os seus projetos foram destruídos na explosão.

Paul ficou boquiaberto.

— Está me dizendo que isso foi feito por Metroix, o ex-detento sob sua supervisão?

Carolyn bateu a mão na testa. Ela não quisera revelar a identidade de Daniel.

— Sim — disse ela. — Ele inventou outras coisas também. O material que lhe passei foi escrito em seu quarto de motel antes que ele sofresse o atentado.

Carolyn não dispunha de tempo para explicar as outras complexidades envolvidas no trabalho de Daniel. Seu passo seguinte, no que dizia respeito ao diretor Lackner, era descobrir se realmente houvera um programa de cooperação conjunta envolvendo Metroix na prisão. Obter esse tipo de informação provavelmente iria requerer a ajuda do gabinete do promotor público. Ela não podia ligar novamente para Lackner.

— O que você me contou é impossível — disse Paul, levantando-se para arrumar a roupa de cama. — Ninguém poderia fazer tanto trabalho em um dia. Você deve estar enganada.

— Todo o trabalho de Metroix havia sido destruído, e ele estava tentando refazê-lo — disse Carolyn, sorrindo. — Eu estava preocupada porque achava que ele talvez não fosse capaz de refazer tudo. Mas, pelo que você acaba de me dizer, isso não será problema.

CAPÍTULO 25

Na tarde de terça-feira, John permanecera alguns minutos em sala depois da aula para conversar com o sr. Chang, seu professor de cálculo. Estava guardando alguns livros dentro de seu armário, quando ouviu alguém parar ao seu lado. Quase todos os alunos já tinham saído, e os corredores estavam vazios.

— Ninguém o ensinou a não se aproximar de fininho?

— Preciso de ajuda — disse um rapaz, o pânico estampado no rosto.

John olhou para ele. Parecia ter uns 18 anos, de modo que devia estar no último ano. Ele se perguntou se o cara ia lhe pedir dinheiro para comprar drogas. Estava com a suéter manchada e fedia como se não tivesse tomado banho naquele dia.

— Qual é o seu problema?

— Meu pai teve um ataque cardíaco. Eu devia me encontrar com a minha mãe no Methodist Hospital. Fui transferido para cá de Simi Valley na semana passada. Ainda não sei andar bem na cidade.

— Se está procurando uma carona, bateu na porta errada — disse John, fechando o armário e girando a combinação. — Não tenho carro. Qual é o seu nome?

— Wade — disse o rapaz. — Olhe, a minha mãe está histérica. É o terceiro ataque cardíaco do meu pai. Ela se esqueceu de me dizer como se chega ao hospital. — Ele socou o armário. — Vão levar meu pai para a sala de cirurgia em 15 minutos. Preciso ver o velho. — Esfregou o rosto, como se estivesse tentando não chorar. — A gente teve uma briga ontem à noite. Eu disse umas coisas horríveis. Não quero que meu pai morra sem que eu diga a ele que o amo.

— Tente relaxar — disse John, tocado pelo desabafo do rapaz. Ele pensou em seu próprio pai: o ressentimento que nutria, a forma como falara com ele. Ele agiria da mesma forma se soubesse que o pai estava à beira da morte?

— Vou escrever para você o caminho para o hospital. Dê-me um papel. Você está a apenas dez minutos de lá.

— Estou nervoso demais — disse Wade. — Já tentei achar o hospital, mas me perdi. Por favor, venha comigo. Eu tenho carro.

— Não posso — disse John. — Preciso pegar minha irmã na escola. Já estou atrasado. Se eu não correr, vamos perder o último ônibus.

— Estou lhe implorando, cara.

A escola de Rebecca ficava a apenas duas quadras do Methodist Hospital. Além disso, a mãe instruíra Rebecca a esperar no ginásio até que John chegasse. Como o rapaz tinha um carro, John provavelmente chegaria à escola de Rebecca mais cedo do que se fosse andando.

— Tá legal — disse John. — Vou com você no carro.

— Depressa — disse Wade, olhando para um corredor vazio. — Vamos sair pela porta lateral. O estacionamento de estudantes estava cheio hoje de manhã. Meu carro está na rua.

— Realmente parece um clube de campo.

Carolyn estava falando com Hank enquanto se aproximavam da entrada da frente do Fairview Manor. O hospital estava localizado nas colinas que davam vista para o campus da UCLA e a área conhecida como Westwood. A construção propriamente dita parecia uma velha mansão de Hollywood, com belos pátios elevados, canteiros de flores variadas e árvores maduras em profusão. Havia pessoas sentadas nos diversos bancos e mobílias de jardim, algumas dormindo pacificamente, outras lendo, outras mais conversando entre si. Um grupo de homens jogava xadrez em uma mesinha. Eles viram alguns funcionários da instituição em uniformes brancos.

Os pacientes do Fairview não estavam vestidos com pijamas nem perambulando dopados. Carolyn viu uns tipos estranhos, mas de uma forma geral as pessoas pareciam perfeitamente normais.

— Parece o paraíso, não acha? — comentou Hank enquanto cruzavam com uma enfermeira ruiva e muito bonita que os cumprimentou com um sorriso. — Talvez a gente devesse reservar um quarto. Garanto que quando me aposentar não ficarei num lugar tão luxuoso. Terei sorte se conseguir um apartamento de um quarto. E não terei dúzias de gatinhas como aquela ruiva cuidando de todas as minhas necessidades.

A mente de Carolyn estava em outras coisas.

— Nem um subchefe de polícia ganha tanto dinheiro, Hank. A diária deve ser de mil dólares, talvez mais. Não conheço nenhum seguro de vida no mundo que cobriria as despesas de um hospital luxuoso como este.

— Talvez a Blue Cross cobrisse a conta por alguns meses — especulou Hank. — Porém, como no caso do nosso departamento, a cobertura provida pelo departamento de polícia de Los Angeles é por intermédio de um plano de saúde.

— Meu Deus! — exclamou Carolyn, parando e virando-se para ele. — Madeline Harrison está aqui há vinte anos. Como o marido dela poderia pagar por isso?

— Estou tão perdido quanto você — disse Hank, tirando o paletó e jogando-o sobre o ombro. — Harrison fez um seguro para si mesmo no valor de um milhão de dólares, listando sua esposa como beneficiária única. Esse pode ter sido mais um motivo para ele ter encenado a própria morte. Ficou sem dinheiro.

— E quanto à governanta? — indagou Carolyn. — Acha que ela está mentindo? Ela poderia ser processada como cúmplice. Não foi ela quem achou o corpo?

— A sra. Sanchez alega que ele estava morto havia várias horas quando o encontrou — disse o detetive. — Tem alguma coisa cheirando mal aí, ainda que Harrison tenha batido as botas mesmo. Não temos motivo real para prender a esposa, de modo que por enquanto precisamos deixar os eventos se desenrolarem. O departamento de polícia não está colaborando muito comigo.

Carolyn não havia pensado no que Hank devia estar passando.

— Eles não querem trabalhar num caso envolvendo outro policial, sobretudo um ex-subchefe de polícia muito respeitado do seu próprio departamento. Estou certa?

— Acertou na mosca — disse Hank. — Teria sido bom se a busca na residência de Harrison essa manhã tivesse revelado alguma coisa sobre a posição financeira dele. A sra. Sanchez deve ter limpado o lugar antes de ter chamado o agente funerário. Até os armários de Harrison estavam vazios. Ela alegou que estava apenas seguindo as instruções dele de dar tudo para o Exército da Salvação. Meu palpite é que Mario, o suposto jardineiro, renovou seu guarda-roupa.

— Você entrou em contato com o Exército da Salvação para se certificar se ela disse a verdade?

— Não — respondeu ele. — Eu não estou nem aí para o que aconteceu com as roupas e os outros pertences de Harrison. O que estamos tentando determinar é se o homem retirou uma quantidade grande de dinheiro.

Chegaram à entrada de visitantes do hospital. O detetive pediu a um dos funcionários que trouxesse a sra. Harrison. Enquanto aguardavam, eles se sentaram num sofá no saguão.

— O chefe Harrison era funcionário do condado — disse Carolyn. — Descobrir onde ele tinha conta não deve ser muito difícil.

— Todos os meses ele descontava seu cheque na cooperativa de crédito. O rastro do dinheiro pára aí. Não sabemos nem o nome do contador de Harrison. Há alguns meses ele contratou algum tipo de plano de auxílio funeral.

— Como ele pagou pelo plano?

O detetive esfregou os dedos.

— Dinheiro vivo — disse ele. — Ele pagava da mesma forma a governanta e o jardineiro. O que as contas médicas não cobriam eram pagas com um cheque ao portador. Isso era o tratamento dele. Não sei quem pagava pelos cuidados da sra. Harrison. Tudo o que sei é que Harrison tomava todos os cuidados necessários para manter a privacidade de suas transações. — Ajeitou com o dedo uma das sobrancelhas. — Por que faria isso, se não para esconder alguma coisa? Mesmo se ele não pagou a Downly, como você sugeriu, ele ainda teria de contratar alguém para fazer o serviço no motel Seagull.

— Eu sei — disse Carolyn. — Procure por um fundo de investimento sob o nome de Tim Harrison. O menino devia ter seguro de vida fornecido pelo departamento.

Hank pensou um pouco antes de replicar:

— Por que manter uma conta bancária no nome do filho morto?

— Tenho certeza de que Harrison tinha permissão para movimentar a conta. Não apenas isso, como ele também poderia ter posto os benefícios de morte do filho num fundo de investimento. Depois de 23 anos, esse dinheiro teria crescido para uma soma considerável. A avó de Daniel deixou para ele apenas dez mil dólares. Ele tinha setenta mil quando saiu da prisão.

— É por causa disso que deixo você trabalhar comigo — disse Hank, desmanchando o cabelo de Carolyn.

Ela esticou o braço para fazer o mesmo com ele.

— Já estou muito horrível — disse ela, observando enquanto ele pegava o pente para cobrir sua calva.

— A sra. Harrison irá recebê-los agora — disse a mulher na recepção. — Sigam este corredor e dobrem à esquerda.

Carolyn e Hank viram uma sala grande e aberta que deveria servir como biblioteca. Estantes cobriam as paredes, e numa extremidade do cômodo havia uma lareira e um conjunto de cadeiras estofadas. Janelas grandes davam vista para a fachada do hospital, banhando de luz a sala.

Madeline Harrison estava sentada numa das cadeiras de encosto alto. A expressão em seus olhos era lúcida, mas defensiva. Mulher alta e magra, estava bem-vestida em calças compridas marrons e suéter de tricô. Seus cabelos louros eram sedosos e limpos, amarrados atrás na nuca e presos com um grampo.

— Por que vocês estão aqui? — indagou a sra. Harrison, braços dobrados sobre as laterais da cadeira.

Hank e Carolyn sentaram-se de frente para ela.

— Estamos fazendo algumas perguntas sobre o falecimento de seu marido. Sou o detetive Sawyer, da polícia de Ventura, e esta é Carolyn Sullivan. A sra. Sullivan é uma oficial de condicional.

— Charles não estava em condicional. — Seus olhos pareciam inteligentes e límpidos. — Meu marido era alcoólatra. Ele morreu de uma doença crônica do fígado. Que motivo vocês poderiam ter para fazer perguntas sobre a morte dele?

Talvez a viúva de Harrison tivesse perdido a razão nos meses que se seguiram à morte do filho, mas neste momento ela não demonstrava sinais de distúrbio mental.

— Quando foi a última vez em que viu seu marido? — perguntou Hank.

— Não me lembro — respondeu ela, catando um fio solto de suas calças. — Charles e eu estávamos casados apenas no papel. Teríamos nos divorciado se não fossem os benefícios do seguro dele. Vou participar de um campeonato de bridge às 16h. Ficaria grata se vocês fossem embora.

— A senhora está ciente de que Daniel Metroix foi solto da prisão?

— Estou agora — disse a sra. Harrison, estreitando os olhos. — Presumo que seja a oficial de condicional dele, sra. Sullivan. Estou certa?

— Sim — respondeu Carolyn. — Alguém atirou nele.

— Bom — respondeu a mulher. — O desgraçado está morto?

— Não — respondeu Carolyn. — Mas foi ferido gravemente.

A raiva fez Madeline Harrison cerrar os dentes.

— Precisamos fazer algumas perguntas à senhora — prosseguiu o detetive. — A senhora estava no hospital na sexta-feira?

— É claro — disse ela. — Não saio à noite, detetive.

— Mas sai durante o dia, certo?

Ela se virou para olhar pela janela. A sra. Harrison fazia Carolyn se lembrar de uma estátua de pedra. Mesmo enquanto falava, mal se detectava movimento em seu corpo, exceto pelos lábios. Por fim, ela voltou a olhar para os dois.

— Não acho que eu tenha saído na última sexta-feira. Presumo que estejam se referindo ao dia em que Charles morreu.

— Sim — disse Hank. — A última sexta.

— O hospital tem um formulário de saída — informou a sra. Harrison. — Vocês podem verificar isso, se julgarem necessário. Um dos membros da equipe teria também chamado um táxi para mim. Usamos uma van para certas atividades, como visitas a médicos, idas a museus, shows, coisas dessa natureza.

Tive um resfriado na semana passada. Estive a maior parte do dia em meu quarto.

— A senhora divide o quarto com outra paciente?

— Antigamente, sim — disse ela, um tom de irritação na voz. — Mês que vem eu vou celebrar meu vigésimo aniversário como residente do Fairview. Depois de todo o dinheiro que este estabelecimento ganhou comigo, o administrador do hospital finalmente concordou que eu merecia minha privacidade. — Olhou o relógio de pulso e se levantou, a coluna completamente reta. — Sinto muito, mas preciso ir. Vocês já me atrasaram. Meus amigos estão esperando.

Irritado, Hank também se levantou e bloqueou a passagem da sra. Harrinson,

— Espere um pouco, senhora. Estamos investigando vários crimes sérios, todos aparentemente relacionados à morte de seu filho. Não viajamos até aqui por dez minutos do seu tempo.

— Saia do meu caminho, detetive — rosnou. — Se não sair, terá de me prender. Você não acha que está preparado para fazer isso, acha?

Carolyn observou Madeline Harrison retirar-se de queixo erguido da sala, sua postura e corpo mais parecidos com os de uma pessoa no fim da casa dos trinta do que dos cinqüenta. As informações adicionais das quais eles precisavam teriam de ser obtidas na ficha hospitalar da mulher. Por mais relaxada que fosse a atmosfera do Fairview, ele ainda era classificado como uma instituição psiquiátrica, e obter uma ordem judicial para esse tipo de informação era quase a mesma coisa que tentar conseguir acesso aos arquivos do Pentágono.

Pelo menos, pensou Carolyn, eles haviam respondido à pergunta de Arline Shoeffel: não havia nada que impedisse uma paciente de sair da instituição. Havia uma casa de guarda no sopé da colina e uma cerca de metal de 1,50m envolvia a propriedade, mais para manter as pessoas do lado de fora do que para impedir os pacientes de sair. O hospital informara a Hank pelo telefone que todos os pacientes no Fairview estavam ali por livre e espontânea vontade. Uma pequena porcentagem da população sofria de distúrbios mentais como esquizofrenia e psicose maníaco-depressiva. Contudo mesmo esses estavam internados ali voluntariamente e podiam pedir para serem dispensados sempre que quisessem. Os outros haviam se internado no Fairview para tratamento de dependência de drogas, distúrbios alimentares e hipocondria, juntamente com fobias diversas. Um número limitado de pacientes tinha problemas de saúde, não suficientemente graves para merecer hospitalização numa instalação de longo prazo. Muitos permaneciam ali porque não tinham nenhum outro lugar onde ficar e, como Madeline Harrison, haviam se acostumado com a segurança e a rotina proporcionadas pelo ambiente.

Haviam dito a Carolyn que a sra. Harrison fora diagnosticada como portadora da síndrome da fadiga crônica. A julgar pelo que ela vira hoje, e pelo que a equipe do hospital relatara a respeito de seu regime de exercícios, a fadiga da qual a mulher sofrera no passado não mais existia.

— É possível que ela esteja envolvida? — perguntou Carolyn enquanto eles caminhavam até o carro de patrulha de aparência civil de Hank, que estava no estacionamento de visitantes.

— Quem sabe? — disse ele. — Acho que as chances de ela ter cometido os crimes pessoalmente são remotas. Ela poderia ter contratado alguém? Sem dúvida. Aquela mulher é uma cobra. Ela poderia meter uma faca nas suas costas sem piscar. Deus me livre se ela perder a porcaria do jogo de bridge. Ela não deve nem ter parado de jogar quando lhe disseram que o velho tinha passado desta para melhor.

Carolyn estava achando engraçado que o detetive tivesse criado tamanha antipatia pela viúva de Harrison. Ela julgara a mulher fria e indiferente, mas não detectara qualquer evidência de crueldade em seu comportamento. Eles provavelmente jamais saberiam por que a sra. Harrison preferira viver dentro de uma instituição. O que impressionara Carolyn fora sua força. Ela tivera todo o direito de não gostar das perguntas. A despeito de que tipo de relacionamento ela mantivera com Harrison, seu marido estava morto, e Carolyn e Hank haviam despertado recordações dolorosas a respeito do filho deles. Quanto mais poderoso o homem, mais ameaçado ele ficava quando confrontado por uma mulher que se recusava a ceder às suas exigências.

— Ei, bridge é um jogo sério — disse Carolyn, olhando para ele. — Aposto que ela joga bridge duplicado. Provavelmente é uma mestre. Anos atrás, eu jogava bridge duplicado.

— Não posso acreditar — disse Hank, olhando para ela. — Você gostou dela, não gostou? Você me faz suar a camisa tentando pegar quem atirou no seu geniozinho. Depois, quando entrevistamos uma suspeita potencial, você vira a casaca. Mulheres são doidas.

— Experimente interromper um punhado de homens enquanto estiverem assistindo à World Series ou ao Super Bowl.

— Esqueça — disse Hank, rabugento. — Estou cansado, estou faminto, e o tráfego provavelmente está engarrafado até Ventura. Se não encontrarmos alguma prova sólida até a semana que vem, o capitão vai me tirar do caso. — Quando chegaram ao carro, ele jogou as chaves para ela. — Você dirige. Vou tirar um cochilo e esquecer que já ouvi o nome de Daniel Metroix.

Enquanto Hank roncava no banco do carona, Carolyn ligou para casa a fim de saber se as crianças estavam bem. Ela falara com John na escola depois de sair da casa de Ralph e dissera-lhe que estava em Los Angeles e que chegaria alguns minutos mais tarde em casa.

— Oi, querida — disse quando a filha atendeu. — Ponha seu irmão no telefone.

— Ele não está aqui — disse Rebecca. — Ele não me pegou na escola hoje.

— Por que você não ligou para mim?

— A Isobel me deu uma carona — disse Rebecca. — Não aconteceu nada de mais. Achei que tinha dito para só ligar para você em caso de emergência. O John deve estar na casa do Turner. Você programou o seu número e o da polícia no meu celular, mas não me deu o de John.

Carolyn sentiu ácido borbulhando em sua garganta. Como pudera ter sido tão negligente? Ela não devia ter perdido uma hora com Paul, com tudo o que estava acontecendo.

— Você tem o número da casa de Turner?

— Não — disse Rebecca. — O que há de errado, mãe?

Carolyn estava presa num engarrafamento na auto-estrada 101. Ela bateu no ombro do detetive, acordando-o, e em seguida continuou falando com a filha.

— Vá até a casa do professor Leighton e fique lá até eu voltar para casa. Não saia. Se John aparecer ou entrar em contato com você, ligue imediatamente para o meu celular.

— O que está acontecendo? — murmurou Hank, empertigando-se na cadeira.

Carolyn ignorou-o e apertou a discagem automática para o celular do filho. Depois de dez toques, ela apertou o botão de desligar. Eles não haviam programado o correio de voz. Seus dois filhos tinham sido instruídos a manter seus celulares ligados o tempo todo, exceto quando estivessem dormindo em casa. Ela olhou para o engarrafamento à sua frente. Devia ter havido um acidente, porque o trânsito estava completamente parado.

— Você dirige — disse ela ao detetive. — Aconteceu alguma coisa com o meu filho.

Eles saltaram ao mesmo tempo do carro, circulando-o para trocar de lugar.

— Pelo amor de Deus, você vai me dizer o que está acontecendo?

Ignorando-o, Carolyn discou novamente o número de John.

— John desapareceu. — Ela olhou para os carros ao redor, sentindo-se em pânico, encurralada. — Ele não pegou Rebecca na escola e não está atendendo ao celular.

Hank esticou o braço para o banco de trás e pegou a luz de emergência, inclinando-se para fora da janela enquanto prendia-a no teto do carro de patrulha de aparência civil. Antes de ligar a sirene, entrou em contato por rádio com a central, instruindo para que carros de patrulha se dirigissem ao Ventura High e à residência de Carolyn.

— Mandei Rebecca ir até a casa de Paul Leighton — disse Carolyn. — Fica duas casas à direita da nossa. O endereço é Wilton Drive, 518. Eles devem vigiar ambas as casas para o caso de John chegar em casa.

— Ele poderia estar na casa de um amigo? Ou do seu irmão?

— Talvez — disse Carolyn, a voz tremendo. Ela ligou para Neil e caiu em sua secretária eletrônica. Ele provavelmente estava na galeria de arte, preparando a exposição. Ela ligou para a mãe e perguntou: — Você falou com John hoje?

— Não, querida — disse Marie Sullivan, suas palavras pronunciadas cuidadosamente. — Alguma coisa errada? Por que não tem ligado para mim? Sei que Neil está envolvido com sua pintura, mas você nunca se esquece de me telefonar.

— Meu trabalho, mãe — disse Carolyn. — Não posso falar agora. Prometo que ligarei para você amanhã ou ainda hoje.

Carolyn fechou o celular e olhou de relance para o detetive.

— John passa a maior parte do tempo com um garoto chamado Turner Highland. Não tenho nem o telefone nem o endereço dele comigo. Mas sei qual é a rua em que ele mora e posso descrever sua casa. Ele vive em Oakhurst, e a transversal é a

Windward. A casa é a quarta a partir do cruzamento, e a única com caminho de acesso circular. A fachada é pintada de azul-claro. Tem uma sacada no segundo andar. Ah, e a mãe dele tem um Ford Explorer branco.

Hank transmitiu as informações para a central e ligou a luz e a sirene. Vários carros desviaram para o acostamento, dando-lhes uma abertura para alcançar a saída mais próxima. Usando toda a potência do motor do Ford, ele correu a toda pela estrada.

— Não se preocupe! — gritou Hank acima do uivo da sirene. — Ele deve estar farreando em algum lugar.

Carolyn roeu uma unha já maltratada. O detetive estava tentando confortá-la, de modo que não havia motivo para discutir com ele. John era um jovem responsável. Para ele não ter telefonado nem apanhado a irmã, alguma coisa terrível havia acontecido.

John chegou a um Dodge Stratus azul na rua adjacente à Ventura High e aguardou enquanto Wade destrancava a porta do carona. Assim que John virou-se para entrar, Wade torceu ambos os braços do rapaz para trás de suas costas e amarrou-os com uma corda. John tentou escapar, mas o joelho de Wade estava no centro de suas costas. Wade rapidamente empurrou-o para o carro e bateu a porta.

John gritou por ajuda. Ele se virou de lado para tentar abrir a porta com chutes. Mas quando se sentou no banco do motorista, Wade abriu o porta-luvas e pegou um rolo de fita adesiva. Usou-a para cobrir a boca de John.

— Não tente mais nada, ou eu mato você — disse Wade.

Eles dirigiram aproximadamente por vinte minutos, finalmente parando em frente a uma casa velha num bairro residencial. A pintura estava rachada e descascada, e o quintal estava coberto por mato alto. Wade entrou com o carro na garagem aberta. Ele só permitiu que John saísse depois de ter fechado a porta e passado um ferrolho.

A casa era desprovida de mobília e fedia, uma combinação almiscarada de mofo com esgoto, juntamente com outros odores que John não conseguiu identificar. A pia da cozinha tinha sido arrancada e o tapete desfiado estava manchado.

Wade empurrou John para o chão e retirou mais um pedaço de corda do bolso de trás. Com ele, amarrou as pernas de John. Em seguida arrancou a fita adesiva da boca de John.

— O acordo é o seguinte — disse ele, segurando um celular na mão esquerda. — Me dê o número da sua mãe. Mande ela encontrar você no saguão do Methodist Hospital dentro de trinta minutos.

— Se eu fizer o que está mandando, minha mãe vai aparecer com uma dúzia de policiais — disse John, tentando libertar as mãos das cordas. — É o que quer?

— Não, não — disse Wade, o pânico fazendo-o caminhar em círculos. — Diz pra ela que você se machucou e que um amigo o está levando para a emergência.

John sentia-se um idiota por ter deixado o cara atraí-lo até ali. Daniel Metroix estava no Methodist Hospital. Wade queria usar a mãe de John para obter acesso a Metroix. Se planejava matar Metroix, raciocinou John, Wade provavelmente mataria também sua mãe e a ele, e a qualquer número de outras pessoas inocentes. Ele precisava achar um modo de impedi-lo.

— Não sei como entrar em contato com minha mãe — mentiu John. — Ela disse que ia sair do escritório cedo hoje. Precisava passar na mercearia.

— Ligue para o celular dela.

— Ela não tem celular.

— Mentiroso filho-da-puta! — gritou Wade, aproximando-se para que John pudesse ver o celular em sua mão. — De onde você acha que veio isto, seu bundão? Peguei no bolso de trás das suas calças. Está tentando me dizer que sua mãe não tem um celular, mas o filho tem? Isso é mentira da grossa. Me dá o número ou vai se arrepender do dia em que nasceu.

— Tá certo, minha mãe tem um celular, mas ela não tem permissão para usá-lo, a não ser para assuntos oficiais.

— Se você ligar para sua mãe ela não vai atender?

— Vai cair no correio de voz dela — disse John. — Ela só vai ouvir as mensagens dela amanhã de manhã.

— Não acredito em você, seu veadinho! — gritou Wade, ficando cada vez mais agitado. — Acho que a única forma de fazer você cooperar comigo é te machucando. — Ele caminhou até o balcão da cozinha americana e pegou uma serra. — Talvez eu comece serrando seus dedões das mãos e dos pés.

A mente de John estava funcionando à velocidade da luz. Sua mãe ligara-lhe antes, mencionando que estava indo a Los Angeles naquela tarde para checar alguma coisa relacionada à investigação de Metroix. Ele duvidava que ela iria retornar para seu escritório na corte judicial. Wade estava dopado com cocaína ou speed. Por causa do pai, John sabia como reconhecer esse estado. Os olhos do rapaz corriam de um canto para outro e seus gestos eram instáveis e frenéticos. Não conseguia manter-se parado e passava o tempo todo lambendo os lábios.

Olhando para a terra, John decidiu dar a ele a linha direta para o escritório de sua mãe, rezando para estar certo, e que Wade caísse no correio de voz dela. Com as mãos atrás das costas, ele não conseguia ver seu relógio de pulso. Eram quase 17h. A escola largava os alunos às 15h30 e ele havia ficado lá talvez uns vinte minutos depois da hora da saída.

— O número do celular da minha mãe é o seguinte — disse John, ditando o número do escritório dela.

Wade apertou as teclas e segurou o telefone na frente do rosto de seu prisioneiro.

Depois de alguns minutos, John disse:

— Ouça você mesmo. É o correio de voz dela. Quer que eu deixe uma mensagem?

— Porra! — gritou Wade, arremessando o celular através da sala. — O que eu vou fazer agora? Se Metroix não estiver morto às 20h da noite, não vão me pagar.

— Então você é um assassino? — perguntou John, pensando que quanto mais tempo o mantivesse falando, mais tempo levaria para Wade matá-lo. Embora estivesse aterrorizado, forçou-se a falar numa voz baixa e calculada. — Quem contratou você?

— O Coelhinho da Páscoa, seu retardado — disse Wade. — Como se eu fosse dizer quem me contratou.

— Eles vão te pegar e te mandar para a prisão.

— Tô com tanto medo! — disse o rapaz, sarcástico. — A prisão não me assusta. É viver e lidar com pessoas como você que dá vontade de vomitar. Eu poderia te matar agora e isso não significaria nada para mim. Eu tinha apenas 14 anos quando matei pela primeira vez. É a maior onda que existe. — A língua dele estava enrolada por efeito das drogas. — Da última vez me pegaram por causa da puta da tua mãe. Eles nunca vão me achar de novo. Estou mais esperto agora. Acha que eu moro nesta pocilga? Só usei este lugar porque estava abandonado. Tenho 15 carteiras de identidade diferentes. Nunca fico no mesmo lugar por mais que alguns dias. Roubei o Dodge só uma hora antes de te pegar. — Ele se virou para encarar John. Colocando as mãos na cintura, sorriu. — Olhe para o meu rosto. Parece o rosto de um assassino? Puta merda, você veio comigo, não veio?

John precisava admitir: com seus cabelos bem-cortados e sardas espalhadas pelo nariz e a fronte, Wade não parecia ameaçador. Suas roupas estavam um pouco desalinhadas, mas isso não era incomum entre adolescentes. Ele notou algumas marcas escuras nos nós dos dedos de Wade e pensou que talvez fossem manchas de tinta.

— Você é um faz-tudo ou alguma coisa assim? — perguntou John. — Devia estar consertando esta casa?

Wade deixou a serra onde a havia encontrado. Acocorou-se num canto e ficou olhando para o espaço.

A crença do rapaz de que ele era invencível devia ser induzida por drogas, decidiu John. Wade jamais lhe teria dito essas coisas se não pretendesse matá-lo.

Ele tinha de escapar.

Os minutos arrastavam-se como horas. John observou Wade levantar-se e pegar uma cerveja numa caixa de isopor na cozinha, puxando a lingüeta da lata e sugando o líquido quase todo num só gole. John considerou que, se pudesse distrair Wade e pegar a serra, conseguiria cortar as cordas. Wade era magro. John havia fortalecido seu corpo levantando pesos. Ele achava que conseguiria derrotá-lo num corpo-a-corpo.

— Tenho outro plano — disse Wade, caminhando até John e obrigando-o a se levantar.

Antes que John pudesse perguntar qual era o plano, o rapaz cobriu novamente sua boca com fita adesiva. John teve de se esforçar para caminhar com as pernas amarradas uma à outra enquanto Wade o empurrava.

Alcançaram os degraus que conduziam à garagem. No chão ao lado da porta John viu um pequeno tênis branco. Havia algum tipo de desenho no calçado, mas ele não conseguiu ver o que era. Corações, talvez, pensou enquanto forçava a vista para enxergar. A um metro e meio, viu outro sapato manchado de tinta. Ao lado do segundo sapato havia uma toalha manchada de sangue. Quando compreendeu que devia estar olhando para sangue em vez de tinta, sentiu uma onda violenta de náusea. Uma menininha tinha sido estuprada. A mãe de John tinha sido a oficial de condicional do estuprador. Mas não podia ser Wade. A polícia já capturara o homem.

Alguma coisa hedionda acontecera aqui — o fedor, a serra, os sapatos salpicados de sangue. Eles eram tão pequenos. Lágrimas apareceram nos olhos de John. Em sua mente, ouviu o grito de uma criança, um grito de gelar o sangue.

John sentiu a mão de Wade em sua cabeça quando ele o empurrou para o banco traseiro. O toque desse homem era repugnante. John forçou-se a fitar seus olhos. O que ele viu foi a essência do mal. Outra entidade parecia estar espiando através daqueles olhos. Como alguém podia ser capaz de violentar uma criança? John mais uma vez forçou as amarras. Wade bateu nele e usou o pé para forçá-lo contra o piso do automóvel. Jogou alguma coisa sobre o rosto de John para impedi-lo de enxergar. John ouviu a porta do carro ser fechada.

Ouviu o que parecia um martelar, e então um ruído metálico. Teve a impressão de que não podia mais respirar. Não entre em pânico, disse a si mesmo. Lembrou-se do ferrolho metálico na base da porta da garagem. Ele devia ter emperrado. A porta do carro abriu e fechou. O rádio emitiu um som de música.

Eles estavam em movimento.

O corpo de John sacolejou para cima e para baixo enquanto o carro corria por ruas e adernava em curvas. Quando o carro parou com um guincho de pneus, John foi jogado para o fundo do banco.

Wade abriu a porta traseira e usou um canivete para cortar as cordas que envolviam os tornozelos de John. Ele arrancou a fita de sua boca, obrigou-o a se levantar e jogou o casaco de neve extragrande, que anteriormente lhe cobrira o rosto, sobre os ombros de John.

John viu a placa para o Methodist Hospital. Ele conseguira liberar um dedo, mas as cordas estavam apertadas demais em torno dos pulsos. Depois que eles tivessem entrado no hospital, ele gritaria por ajuda.

— Somos apenas dois colegas indo visitar um amigo — disse Wade. — Pareça feliz e fique de bico fechado.

John sentiu alguma coisa arredondada e dura pressionando sua costela.

— Você está sentindo que é um revólver, não está? — sussurrou Wade em sua orelha. — Faça exatamente o que eu disser e não me arrume problemas. Dê um passo em falso e será um homem morto.

Eles passaram pelo saguão e se agacharam dentro do elevador de serviço. Wade apertou o botão para o sexto andar. Depois que saíram, eles prosseguiram pelo corredor até encontrarem um almoxarifado. Wade tirou a roupa e vestiu um avental verde, também calçando um par de luvas de borracha. Usou uma toalha para limpar a arma e passou-a para a mão direita, apertando-a novamente contra as costelas de John.

Wade olhou para fora do almoxarifado para certificar-se de que não havia ninguém por perto. Mais uma vez conduzindo John até o elevador de serviço, apertou o botão do sétimo andar.

Assim que as portas abriram, John viu um policial uniformizado sentado numa cadeira na extremidade do corredor, folheando as páginas de uma revista.

Wade chutou John com violência, fazendo-o cair no chão. Ele ajustara o casaco de neve para que ele cobrisse os braços e parte superior do corpo de John.

— Ele apontou uma arma para mim! — gritou Wade para o guarda enquanto corria na direção do quarto que o policial estivera vigiando. — Ele não vai ficar caído por muito tempo. É melhor você agir rápido!

Trevor White sacou o revólver de serviço e usou o rádio preso perto da orelha para chamar reforços. Ouvindo a algazarra, várias enfermeiras juntaram-se atrás do posto de enfermagem. Como estava de costas, White não viu o homem de jaleco verde entrar no quarto de Metroix. Estava se aproximando cautelosamente do suspeito no fim do corredor.

As mãos de John estavam ocultas pelo casaco de neve. Sabia que o policial não podia ver que ele estava desarmado. Começou a rolar, e então parou, com medo de que o policial achasse que ele estava tentando alcançar uma arma. John esperava que a qualquer segundo uma bala varasse sua carne.

John fechou os olhos e rezou.

Dentro do quarto de Daniel, Wade mirou o revólver calibre 357 para a cama, dedo pairando acima do gatilho..À medida que se aproximava, viu que a cama estava vazia. Decidindo que Metroix devia estar no banheiro, girou e apontou a arma para a porta do toalete. Precisava matar Metroix e, se necessário, abrir caminho a balas para fora do hospital. Ele havia examinado o exterior do prédio na noite em que tentara empurrar Carolyn Sullivan para fora da estrada. Não havia escada de incêndio externa. Um salto pela janela do sétimo andar iria matá-lo.

Wade recuara até a beira da cama quando sentiu alguma coisa fechar-se em torno dos calcanhares. O piso de linóleo fora encerado recentemente e ele caiu de cara no chão. A arma voou de sua mão e acabou no outro lado da sala. Wade começou a chutar para se livrar, mas tinha a impressão de que seus pés estavam presos num tornilho. Gritou de dor quando sentiu uma coisa afiada penetrar em seu tornozelo esquerdo e, um momento depois, no direito.

Trevor White abriu a porta, nivelando sua arma de fogo para o homem no chão.

— Não se mova ou eu atiro! — gritou ele, o suor pingando da testa. Ele recolheu o 357 e enfiou-o na cintura. Em seguida esticou a mão até as costas para pegar as algemas.

— Onde está Metroix?

— Como é que eu vou saber? — disse Wade. — Sou um médico. Aquele homem apontou uma arma para mim. Eu vim até aqui ver a situação do paciente.

— Ele não poderia ter apontado uma arma para você — disse White, ajoelhando-se para algemar Wade. — Ele estava com os braços amarrados atrás das costas.

A parte inferior do corpo de Wade ainda estava debaixo da cama. Quando White fez o gesto de segurar os braços dele, Wade puxou a arma da cintura de White e apertou o gatilho.

O disparo reverberou através da sala. A bala entrou na garganta de Trevor White. O oficial foi empurrado para trás, sangue esguichando da ferida aberta na base do pescoço. Ele bateu contra a parede e deslizou para o chão.

Wade levantou-se atabalhoadamente e saiu correndo do quarto. Como não viu John, gritou para as enfermeiras:

— Um policial foi baleado! Você viram em que direção o suspeito foi?

As enfermeiras pareceram confusas. Wade não esperou pelo elevador. E encontrou a escadaria e desceu correndo até o térreo. Limpando o 357 na barra da camisa, jogou-o numa caçamba de lixo e caminhou calmamente para fora do prédio.

Três carros de polícia com as sirenes ligadas estavam parando no meio-fio. Wade começou a caminhar junto com um grupo de enfermeiras que seguiam na direção do estacionamento dos funcionários.

— O que está acontecendo? — perguntou uma enfermeira jovem e baixa, esticando o pescoço para ver os carros de polícia.

— Ameaça de bomba — disse Wade, olhando para o chão para que ela não visse seu rosto.

Parou de caminhar quando alcançou o lugar onde o Dodge estava estacionado, e esperou até o grupo de enfermeiras prosseguir sem ele.

Uma vez dentro do carro, sentou-se curvado no banco do motorista e deu a partida no carro. Dirigiu devagar até estar a vários quilômetros do hospital, e então estacionou num beco atrás do que parecia um terreno baldio.

Antes de abandonar o Dodge, Wade tirou a camisa e usou-a para limpar o volante, o porta-luvas, as maçanetas, o rádio e outras superfícies que poderia ter tocado. Saindo e abrindo a porta de trás, removeu as extensões de corda e a fita adesiva, amassando-as numa bola e enfiando-as no bolso das calças verdes que roubara.

Seus tornozelos sangravam. Doía andar. Como não permitiam animais no hospital, disse a si mesmo, o responsável pelo ataque aos seus tornozelos devia ter sido Metroix, aquele demente. Ele devia ter ouvido o barulho do lado de fora e se escondera debaixo da cama. Metroix passara 23 anos no xilindró, de modo que seus instintos de sobrevivência eram melhores do que os de uma pessoa mediana. Não era de admirar que as pessoas que o haviam contratado queriam o cara morto. Por vingança, cortaria fora os pés de Metroix antes de matá-lo.

Wade capengou por mais um quarteirão e meio. Viu um Honda Civic do ano com os vidros das janelas abaixados. Enfiou-se para dentro do carro e puxou os fios na ignição até fazer a conexão certa e acionar o motor.

Assim que alcançou a divisa de Ventura, Wade pegou uma estrada para a praia e estacionou, socando o volante com os punhos num acesso de ódio. Compreendendo que ainda estava com as luvas de borracha, rasgou-as e arremessou-as pela janela, juntamente com a corda e a fita adesiva.

Ele não apenas falhara em matar Metroix, o que significava que não seria pago, como também atirara num oficial de polícia. O policial tinha sido estúpido. Pela forma como se comportara, era óbvio que era um novato. Se o homem sobrevivesse, ele duvidava que fosse lembrar-se o suficiente para identificá-lo. Ele planejara matar o filho de Carolyn Sullivan, do contrário não teria soltado a língua e lhe contado como operava. O garoto sabia tudo e não teria a menor dificuldade em identificá-lo.

O acesso de raiva finalmente passou.

Wade disse a si mesmo que tudo o que ele precisava fazer era fugir da cidade e ficar escondido até que as coisas se acalmassem. O problema era que ele atirara num policial. Quando você atira num policial, as coisas jamais se acalmam. As enfermeiras não representavam qualquer problema. Certo, elas tinham visto seu rosto, mas centenas de outras pessoas pareciam muito com ele. Sua aparência era um dos motivos pelos quais ele fora preso apenas algumas vezes depois de cometer mais crimes do que podia lembrar. Seu maior problema não era ser pago ou não, embora ainda restasse uma chance de que pudesse ganhar uma prorrogação de prazo e completar o serviço.

O filho da oficial de condicional representava a maior ameaça. Se ele fosse preso, amanhã ou dali a seis anos, o testemunho do garoto iria condená-lo. Se o policial morresse, ele pegaria a pena de morte. Podia ser arriscado, mas ele tinha certeza absoluta de que poderia dar cabo do problema. Não tinha escolha.

O garoto precisava morrer.

CAPÍTULO 26

Carolyn e Hank Sawyer ouviram a respeito do incidente no hospital pela freqüência da polícia. Trevor White fora levado às pressas para a cirurgia. Se o policial tivesse sido baleado fora do hospital, provavelmente teria sangrado até a morte. A bala atravessara a artéria carótida e acertara a medula espinhal.

— Tem certeza de que John está bem? — indagou Carolyn, curvando-se sobre a cintura como se estivesse prestes a vomitar.

— Respire fundo algumas vezes — disse Hank. — John pode ter problemas para caminhar durante alguns dias, mas ficará bem. Ele deu sorte, Carolyn. Se aquela bala partiu a espinha de White, ele passará o resto da vida numa cadeira de rodas.

Estavam a poucos quilômetros do hospital. Carolyn telefonou para Paul e explicou o que ocorrera. Paul assegurou-lhe que cuidaria de Rebecca. Quando soube o que acontecera a John, o professor quis ir até o hospital e deixar Isobel com Lucy e Rebecca. Carolyn agradeceu-o por sua preocupação. E acrescentou que, se ele quisesse ajudá-la, permaneceria onde estava e protegeria a filha dela.

— Tirar um daqueles rifles que vi na estante e carregá-lo seria uma boa idéia — disse ela. — Apenas não conte nada a Rebecca. Diga a Rebecca que encontramos o irmão dela e que ele está bem.

Depois que ela desligou o celular, Hank comentou:

— Você e o professor estão bem chegados, não estão?

— Ele tem sido prestativo — disse Carolyn, lembrando-se do tempo que eles haviam passado juntos naquela tarde. — Sempre que preciso dele, ele está disponível para mim. Isso é mais do que posso dizer sobre Frank.

— Todo mundo precisa de alguém — disse Hank. — Esse Leighton parece um sujeito decente. O homem tem um bom emprego, se relaciona bem com os seus filhos e parece genuinamente preocupado com o seu bem-estar.

Carolyn cortou o detetive com um olhar, mais preocupada em pegar o assassino do que discutir seu relacionamento com o professor.

— Nós teremos de tirar Metroix dali. Quando acha que o hospital vai liberá-lo?

— Bem, faz cinco dias desde que atentaram contra a vida dele — disse Hank. — Ele deve estar em boa forma ou não teria sido capaz de atacar o atirador. Além disso, o hospital não mantém mais as pessoas internadas por tanto tempo como antigamente. Onde vamos colocá-lo? Podemos transferi-lo para a ala hospitalar do presídio, agora que ele está fora de perigo.

— Isso não faz sentido — ponderou Carolyn. — Alguém de dentro providenciou a liberação de Downly. Se essa pessoa está trabalhando para Harrison, ela poderia matar Metroix e fazer com que parecesse um acidente.

Hank viu que ela tinha razão.

— O que você sugere que façamos com ele?

— Paul tem uma casa em Pasadena — disse ela. — Talvez eu possa convencê-lo a nos deixar usá-la por algum tempo. Não estou apenas com medo de que eles vão atrás de Daniel de novo. Estou morta de preocupação por meus filhos. Se Paul concordar, posso contratar uma enfermeira para cuidar dele durante o dia. Eu e as crianças poderíamos cuidar dele o resto do tempo.

— E quanto ao seu trabalho?

— Tenho férias e licenças por doença acumuladas — disse Carolyn. — Brad já designou a maioria dos meus casos para outros agentes. Posso desaparecer pelo menos durante uma semana. Com sorte, até lá você deverá ter prendido alguém. Ninguém vai procurar por nós em Pasadena. Tudo o que precisamos fazer é garantir que não seremos seguidos.

— Leve Metroix numa ambulância — sugeriu o detetive. — Você e seus filhos podem ir com ele. Eles podem faltar à escola?

— Não ir à escola por uma ou duas semanas é melhor do que correr risco de vida. Posso pedir aos professores deles que adiantem seus trabalhos de casa. John vai ficar furioso. — Ela pensou no assunto e mudou de idéia. — Talvez não depois do que aconteceu hoje. — A voz de Carolyn embargou de emoção. — Deus, Hank, meu filho poderia estar morto agora. Precisamos botar um fim nisso. Não sei quanto posso suportar mais.

Eles estacionaram atrás dos carros de patrulha. Quando chegaram ao sétimo andar, Carolyn correu até o balcão de atendimento.

— Onde está meu filho?

— É a sra. Sullivan? — O crachá identificava-a como enfermeira Alice Nelson. Era uma enfermeira de meia-idade com cabelos pretos curtos e rosto agradável.

— Sou.

— Não se preocupe — disse Alice Nelson. — Pusemos seu garoto num quarto para descansar. Pusemos uma compressa de gelo no joelho dele. Ele estava muito abalado, e o médico lhe deu um sedativo leve. Fora isso, ele não sofreu ferimentos.

John abriu os olhos quando viu a mãe. Carolyn abaixou-se para beijá-lo. Depois se afastou um pouco e segurou a mão dele.

— Sinto muito por isso ter acontecido — disse Carolyn. — Como está o joelho?

— Vou ficar bem — disse ele, estremecendo de dor. — Eles não o pegaram, não é mesmo? Sabia que ele ia escapar.

— Ele vai ser capturado — assegurou Carolyn. — A polícia já falou com você?

— Já — disse ele. — Disse a eles tudo o que eu sabia... o carro que ele estava dirigindo, como ele se parecia, tudo o que eu podia lembrar. O cara é um maníaco, mãe. Inventou que o pai dele havia tido um ataque cardíaco e que não conseguia achar o hospital. Não devia ter deixado ele me enganar. Ele parece jovem. Quer dizer, não parece um assassino.

— Você não teve culpa.

Depois que John acabou de contar à mãe tudo o que havia acontecido, ela disse:

— Por que não ligou para o celular da sua irmã e disse que ia chegar atrasado? Foi por causa disso que comprei os telefones.

— Sabia que você ia botar a culpa em mim — disse John, defensivo. — Não estou acostumado a ter um celular. Eu estava pensando num problema no qual eu e o sr. Chang tínhamos trabalhado depois da aula. De qualquer modo, depois que concordei em ir com ele, o cara afanou o celular.

— Esqueça o celular — disse Carolyn. — Estou feliz por você não ter se ferido gravemente. Disseram a você que o policial foi baleado?

— Disseram — disse John. — O policial quase atirou em mim. Ele era bem ruim. Agiu como se não soubesse o que fazer. Ou isso, ou simplesmente estava assustado.

Carolyn fulminou o filho com um olhar severo.

— Não é justo ridicularizar o pobre homem. Tenho certeza que o policial White fez o melhor que pôde, nas circunstâncias.

Hank Sawyer entrou na sala.

— Você se saiu bem, John. Quando se escondeu no quarto de um dos pacientes, escapou de ser morto.

Agora que o pânico estava diminuindo, mais detalhes vinham à tona.

— Ele chamava a si mesmo de Wade — disse John, rolando para ficar de lado na cama. — Mas esse não era seu nome de verdade. Ele disse que usava todos os tipos de nomes. Ele se vangloriou de ter matado alguém quando ainda tinha 14 anos. Como ele estava dopado, não tenho como saber se alguma coisa do que ele disse era verdade.

— Você disse ao outro detetive que viu manchas ou algo assim nas mãos do homem — disse Hank. — Podiam ser tatuagens?

— Acho que sim — disse John, o medo relampejando em seus olhos. — Foi uma cena realmente assustadora, sabem? É difícil lembrar tudo. Ele tinha uma serra. Estava pronto para começar a cortar os meus dedões. A coisa que mais me assustou foram os tênis de criancinhas que vi na garagem. Tenho certeza que estavam ensangüentados.

A descrição combinava com Eddie Downly. Carolyn lutou para conter o horror de que o filho estivera nas mãos de um homem tão vil e perigoso. Para ter certeza, ela fez um desenho de como deviam ser as tatuagens, propositalmente distorcendo as letras.

— É disto que você está falando? — perguntou Carolyn, segurando o papel na frente dele.

— É — disse John. — Vi uma das mãos dele bastante bem enquanto ele estava me amarrando. Agora que estou pensando no assunto, acho que estava escrito "amor". Palavra bem estranha para um assassino escrever nos nós dos dedos.

— Voltaremos já — disse Carolyn.

Ela e Hank saíram do quarto.

— Eddie Downly é canhoto. A tatuagem que diz "amor" ficava na mão esquerda dele — disse Carolyn. — Por que Downly não foi atrás de Luisa Cortez, se ela estava aqui no hospital? Aqueles deviam ser os tênis dela. John provavelmente esteve na casa onde Downly violentou a menina.

— Deram alta à menina ontem — disse Hank, pegando um palito. — Acha que Downly realmente matou alguém quando tinha 14 anos?

— Se matou, não foi pego — disse Carolyn. — Já tinha falado para você checar homicídios não resolvidos. Não há como saber quantos crimes Eddie cometeu. Como John disse, ele é jovem, branco e não parece um marginal. Eu apenas o supervisionei. Não estive com ele 24 horas por dia.

— Pare de se punir — aconselhou o detetive. — Nós nunca sabemos com quem estamos lidando quando prendemos alguém.

Voltaram para o quarto de John. O garoto estava sentado na cama, pressionando a bolsa de gelo contra o joelho.

— Esqueci-me de contar a vocês! — disse ele, agitado. — Ele devia ter matado Metroix até as 20h desta noite. Do contrário, não seria pago.

— Ele mencionou mais alguém? — indagou a mãe de John. — Durante o tempo em que vocês estiveram juntos, ele conversou com alguém ao telefone ou deixou escapar algum sinal de que estivesse trabalhando com um parceiro?

— Não que eu lembre.

— Ele disse quem o contratou?

— O Coelhinho da Páscoa — respondeu John. — Obviamente, ele estava gozando da minha cara. — Ele se calou enquanto pensava. — Sinto muito por não poder falar mais sobre a casa. Estava tão assustado que não prestei atenção.

— Está bem o suficiente para dar um passeio? — indagou Hank.

— Acho que estou — disse John, removendo a bolsa de gelo e verificando se o inchamento diminuíra. A enfermeira havia cortado seus jeans, de modo que a metade inferior da perna direita estava exposta. — Já disse a vocês que não me lembro de como cheguei à casa. Eu me sinto um idiota. Não me lembro nem do nome da rua.

— Você vai reconhecer a rua se a vir — afirmou o detetive. — Você ficou no carro por um período de tempo mais longo no trajeto da escola para a casa ou da casa para o hospital?

— Tive a impressão de que levamos poucos minutos para chegarmos ao hospital — disse John, levantando-se e dando alguns passos para testar o joelho. — Mas posso estar errado. Quando saímos da casa, viajei atrás, no chão. Não podia ver nada. Depois que vi os tênis da menininha, parei de pensar direito.

— Podemos ir agora? Aquela casa deve estar lotada de provas.

Carolyn podia ver que seu filho estava exausto. Contudo, ela sabia que ele precisava cooperar com a polícia, dada a gravidade da situação.

— Pode haver até mais de uma vítima. Você disse que viu uma serra. Havia sangue na serra?

— Não sei — disse John, empalidecendo enquanto recordava aqueles momentos aterrorizantes. — Não havia muita luz dentro da casa. As persianas estavam fechadas. E o lugar fedia muito. No começo achei que fosse esgoto. Podiam ser cadáveres, certo?

— Escute, John — disse Carolyn, sentando-se ao lado dele na cama. — O homem que se autodenominava Wade estuprou e estrangulou uma menina de 8 anos chamada Luisa Cortez. O nome verdadeiro dele é Edward Downly. Ele jogou a menina do carro num terreno baldio, julgando que estivesse morta. Ela está viva, mas isso não significa que ele não tenha matado mais alguém. Está entendendo?

— Pensei que esse cara estava na cadeia — disse John, olhando para a mãe, confuso. — Você mesma disse isso. Um dos professores da minha escola até mencionou o assunto. Como ele saiu?

— Vou explicar no carro — disse Hank, encontrando os sapatos e as meias de John no armário ao lado da cama. — Prepare-se para sair. Vou pegar mais umas bolsas de gelo para o seu joelho. Precisamos achar aquela casa.

A cabeça de um oficial à paisana apareceu na brecha da porta.

— Localizamos o Dodge na Walker Drive, senhor. O laboratório está mandando um caminhão-guincho. A placa foi identificada como sendo de um veículo roubado.

— É assim que ele age — disse John, falando ainda mais depressa agora. — Ele rouba um carro algumas horas antes de cometer o crime. Depois ele deixa o carro em algum lugar e rouba outro.

— Depois que vocês tiverem terminado, leve John para casa — disse Carolyn a Hank. — Vou ver como Daniel está.

— Oh, meu Deus! — exclamou John. — Onde está Rebecca? Ela voltou para casa da escola? Passou tanto tempo e eu nem perguntei por ela. Eu realmente deixei você na mão, mamãe.

— A sua irmã está bem — garantiu Carolyn. — Paul está cuidando dela. Você não me deixou na mão. Ao não permitir que aquele homem me atraísse para o hospital, você pode ter salvado a minha vida, bem como a de muitas outras pessoas. Devia sentir orgulho de si mesmo.

— Eu não queria que ele machucasse você — disse o menino, lágrimas reluzindo em seus olhos. — Eu te amo, mãe.

Carolyn pressionou a cabeça contra o peito de John.

— Também te amo, meu querido. Tudo vai ficar bem. Vamos pegar esse homem. E depois que fizermos isso ele nunca mais vai machucar ninguém.

Daniel Metroix estava sentado na cama, expressão deprimida no rosto.

— Você foi ferido? — perguntou Carolyn.

— Estou bem — disse Metroix. — Tiraram os meus pontos hoje de manhã. Como está o policial?

— Ainda sendo operado — disse ela. — Ele vai sobreviver, mas o caso é preocupante. A bala ficou alojada na medula.

— Queria poder ter impedido que ele fosse baleado — disse Daniel. — Quando vi o policial enfiar a arma do cara na cintura, soube que ele tinha cometido um erro terrível. Então se curvou e praticamente entregou a arma na mão do homem. — Daniel fitou um ponto na parede. O esforço obviamente exaurira suas forças. — Um guarda de prisão jamais teria cometido um erro como esse. Os policiais disseram que eu mordi o sujeito?

— Não — respondeu Carolyn. — Onde o mordeu?

— Nos tendões-de-aquiles — disse Daniel, pegando um copo na mesa-de-cabeceira para tomar um gole de água. — Não havia nada aqui que eu pudesse usar como arma. Consegui derrubá-lo, mas tive medo de que ele fosse me matar. Na prisão, você aprende a usar tudo em que pode pôr a mão. Encontre alguém com marcas de dentes nos calcanhares e terá achado o seu homem. Os médicos forenses podem comparar os ferimentos com os meus dentes, não podem?

— Claro que podem — disse Carolyn. — Mas primeiro precisamos pegá-lo. Teremos policiais de guarda no hospital inteiro esta noite, embora eu duvide muito que ele seja estúpido a ponto de retornar. Até amanhã de manhã terei pensado num lugar seguro para você.

— Até agora lugar nenhum foi seguro — disse Daniel, baixando os olhos. — Acho que vocês deviam simplesmente me mandar de volta para Chino.

— Eu sei que as coisas têm sido duras — disse Carolyn. — Eu estava com você quando o motel explodiu. A minha filha quebrou o tornozelo, o meu carro foi danificado e o meu filho foi seqüestrado hoje. Esta luta nem era minha, Daniel. Quando as coisas ficam ruins, tudo o que podemos fazer é nos esforçarmos ao máximo por consertá-las.

— Sinto muito — disse ele, esfregando a mão para a frente e para trás no lençol. — É só que a vida parecia melhor quando eu estava na prisão. Quando não posso trabalhar, fico deprimido.

— Escute — disse Carolyn com firmeza, recusando-se a permitir que um homem com o intelecto e as habilidades dele se arrastasse para dentro de um buraco. — Se quer desistir e passar o resto da vida atrás das grades, vá em frente. Tudo o que precisa fazer é roubar umas calotas.

Daniel se calou.

— Mostrei seu trabalho a um professor de física que eu conheço — prosseguiu Carolyn. — Ele ficou muito impressionado. Ele quer que alguns dos outros membros do corpo docente da Caltech dêem uma olhada no seu projeto para o exosqueleto. Tudo de que eu preciso é da sua autorização.

Os olhos de Daniel reluziram.

— Está falando sério?

— Sim, estou — disse ela. — Ele até me disse que o governo estava oferecendo cinqüenta milhões de dólares a qualquer indivíduo que apareça com o melhor protótipo.

— Quando você diz o governo, quer dizer o exército — sentenciou Daniel, o entusiasmo desaparecendo. — Não estou interessado em aperfeiçoar o exosqueleto ou qualquer uma das minhas outras invenções para ser usado em guerras. Dinheiro não significa nada para mim. O meu sonho é trabalhar no campo biomédico. Quero ajudar deficientes físicos.

— Amanhã de manhã bem cedo vou te ligar ou passar aqui — disse Carolyn. — Nós vamos pegar esse homem, Daniel. Se agüentar firme e permitir que o ajudemos, poderá trabalhar onde bem quiser.

Daniel lançou a Carolyn um olhar melancólico, quase como se não fosse capaz de suportar a partida dela. Esse pobre homem sofreu demais, pensou ela. Ele não conhecia o amor desde a adolescência. A provação de John deixara Carolyn num tormento emocional. Tomada por um impulso, Carolyn caminhou até a cama de Daniel e o beijou na testa.

Carolyn foi tomada por uma sensação estranha. Enquanto fitava o rosto de Daniel, sua visão embotou.

— A foto que você tinha no seu quarto — disse ela, tirando-a da bolsa. — Este é você?

— Sou sim — disse Daniel num tom sereno.

— E a menina? — perguntou Carolyn. — É sua irmã?

— Eu a amava muito — disse ele. — O nome dela era Jenny.

— Você não mencionou que tinha uma irmã — disse Carolyn. — Onde ela está agora?

— No Queen of Angels Cemetery, em Los Angeles — respondeu Daniel. — Tinha 5 anos quando morreu. Quando você se mudou para o nosso prédio, eu achei que Deus a tinha mandado de volta para mim. Eram da mesma idade e você era igualzinha a ela. Nós costumávamos brincar juntos. Você não se lembra, não é?

— Não — disse Carolyn, conjecturando se essa tragédia prematura não desempenhara um papel na doença de Daniel. — Sinto muito pela sua irmã. Como me reconheceu depois de tantos anos?

— Talvez porque os momentos que passei com você tenham sido felizes, e porque minha irmã tinha sido doente desde o dia em que nasceu, eu tenha mais memórias boas de você do que dela. Quando soube que uma mulher chamada Carolyn Sullivan ia ser a minha oficial de condicional, não tive certeza se era a mesma pessoa. Mas no momento em que a vi, eu soube.

Carolyn precisava sair.

— Não importa se eu lembro ou não do passado — disse ela. — Estou feliz por você ter me encontrado.

— Ninguém jamais se importou comigo, fora os meus pais — disse Daniel com um olhar grato. — Você arriscou a sua vida para me salvar. Você é uma pessoa maravilhosa.

— Você também — disse Carolyn com um sorriso. — Desta vez, prometo que não vou me esquecer de te ligar. Por favor...

— Não se preocupe — disse Daniel, cortando-a. — Não vou sair do hospital.

CAPÍTULO 27

Carolyn e Paul estavam sentados um ao lado do outro no sofá da sala de estar dela. Era quase meia-noite, e tanto John quanto Rebecca estavam dormindo. Depois de várias horas no carro com Hank Sawyer, John finalmente havia identificado a casa abandonada na qual tinha sido mantido. A polícia havia delimitado o lugar como cena de crime e ainda estava vasculhando a casa em busca de provas. Eles não haviam descoberto mais um corpo, mas confirmaram que os tênis que John vira na garagem tinham pertencido a Luisa Cortez. Depois que o laboratório criminal tivesse removido e examinado todas as provas, poderiam determinar se mais crimes haviam sido cometidos e empreender uma tentativa de localizar vítimas adicionais.

— Eu não me importo que você use minha casa em Pasadena — disse Paul. — Ir numa ambulância é uma boa idéia. Contudo, para ser honesto, não acho que contratar uma enfermeira seja uma boa idéia.

— Por quê? — indagou Carolyn, olhando para ele. — Daniel precisará de tratamento médico. Um ferimento a bala é muito sério.

— Concordo que Daniel vai precisar de alguém para cuidar dele enquanto estiver se recuperando, mas acho que não será necessário contratar uma enfermeira — disse o professor. — Além disso, você e as crianças não devem sair da minha casa em

Pasadena até que o assassino tenha sido preso. Vou mandar Isobel com vocês. Ela pode fazer compras, cozinhar e cuidar de Metroix. Pasadena é uma cidade pequena. Um rosto novo atrairia atenção.

— Não, Paul — disse Carolyn. — Não posso deixar você fazer isso. Emprestar a sua casa já é suficiente. Você precisa de Isobel para ajudá-lo com Lucy, bem como para cuidar das suas tarefas. Não quero impedi-lo de terminar o seu livro.

— O livro que se dane — disse Paul, colocando um dedo debaixo do queixo de Carolyn. — Acho que estou me apaixonando por você.

Eles se beijaram, e então Carolyn recuou um passo.

— Essa declaração não parece um pouco prematura? Nós ainda nem transamos. Sei como vocês homens são. Ficam desesperadamente apaixonados até conseguirem levar a mulher para a cama; depois disso a paixão começa a desaparecer.

— Mesmo se nós nunca transarmos, eu ainda irei adorar você. Veja toda a emoção que você trouxe à minha vida. — Paul esfregou as mãos. — Mudei de idéia sobre escrever outro livro de física. Decidi ser um combatente do crime.

Carolyn cutucou as costelas dele.

— Você está caçoando de mim.

— Um pouco — disse Paul, sorrindo. — Duvido que eu pudesse fazer o seu trabalho, mesmo se quisesse. Mas o que disse antes foi sincero. Acho que apenas não foi o momento certo para iniciar um caso de amor.

— Amém para isso — disse ela, repousando a cabeça no ombro dele. — Estou tão cansada que não consigo enxergar direito. Amanhã vou falar com os professores dos garotos, pegar seus trabalhos de casa e empacotar algumas de nossas coisas.

— Esqueça os trabalhos de casa — acautelou Paul. — Para que isso dê certo, você não pode deixar ninguém saber o que está havendo. Não esqueça que John foi enganado por Downly. Ele usa sua juventude e aparência como arma.

— Eu não ia dizer ao pessoal da escola para onde vamos — garantiu Carolyn. — Tudo o que eu pretendia fazer era garantir que eles ficassem em dia com os estudos. Você sabe que é importante para John tirar notas altas. Além disso, o que eles vão fazer enfurnados em casa o tempo todo?

— Vou mandar alguns dos DVDs da Lucy com você — disse Paul. — E seu filho pode aprender mais com Daniel Metroix do que aprenderia na escola. Como John estará nas proximidades da Caltech, pensei em mandar alguns dos professores até lá para conversar com ele. — Ele viu a expressão no rosto de Carolyn e acrescentou: — Não foi uma boa idéia, certo?

Carolyn bocejou.

— Não abandone a física.

Alguns minutos depois Paul percebeu que Carolyn havia adormecido. Ele a pegou em seus braços e carregou-a para a cama. Em vez de voltar para casa, ligou para Isobel e pediu que ela levasse seu rifle até ele. Esta noite, decidiu Paul, era a sua vez de bancar a sentinela.

Arline Shoeffel telefonou para a casa de Carolyn às 7h30. Paul saíra tão logo acordara. As crianças estavam empacotando as coisas para a viagem a Pasadena. Carolyn estava descansando em seu quarto, sabendo que tinha um longo dia pela frente.

A juíza ouvira falar do seqüestro de John e do policial que fora baleado no hospital, bem como da possibilidade de que Eddie Downly fosse o homem que estuprara Luisa Cortez. Carolyn contou a Shoeffel sobre o plano de ficar na casa do professor em Pasadena até Downly ser preso.

— O que devemos fazer quanto ao diretor Lackner? — perguntou Carolyn. — Até onde sabemos, ele contratou Downly. Ele tinha o mesmo motivo que Charles Harrison para tirá-lo do presídio. Não podia correr o risco de que Downly o dedurasse.

— O gabinete do promotor público está iniciando uma investigação — informou Arline. — Eles já determinaram que não havia um programa de cooperação conjunta em Chino.

Carolyn levantou-se de supetão da cama.

— Então Lackner mentiu?

— É o que parece. Não existe registro oficial de que nenhum detento possuísse um laboratório como o descrito por Metroix. Vários guardas já confirmaram a história de Metroix. Portanto, Lackner deve ter fechado o laboratório assim que você começou a fazer perguntas. A promotoria pública quer ouvir o depoimento de Metroix tão logo seja possível.

— Eles compreendem que alguém está tentando matar Metroix?

— Eu argumentei que ele estaria indisponível por várias semanas devido aos ferimentos — prosseguiu Arline. — Tentei providenciar proteção federal, mas o caso não é amplo o bastante para isso. A única coisa que você pode fazer, porque vai passar algum tempo com esse homem, é tentar compilar uma lista das coisas que ele inventou durante o período em que passou no presídio.

Carolyn desligou, para então telefonar para Brad Preston.

— Para onde vocês vão?

— Para o mais longe que pudermos — disse ela. — Vou me comunicar com você no fim da semana.

— E quanto a Metroix?

— Eu não sei — mentiu Carolyn. — Minha preocupação principal é a segurança de minha família.

— Você não pode simplesmente abandonar seu emprego e não dizer a ninguém para onde vai nem quando vai retornar.

— Neste momento eu não preciso dar satisfação a ninguém — asseverou Carolyn. — Se quiser, pode me demitir.

— Você não está sendo justa — disse Brad, magoado pelos comentários ferinos de Carolyn. — Estou preocupado com você. Não estou tentando demitir você.

— Estou cansada e assustada, Brad — disse Carolyn. — Ninguém jamais chegou tão perto de ferir meus filhos. Se você gosta de mim, não faça perguntas. É para o seu próprio bem, além do meu. Diga a Wilson que serei submetida a uma cirurgia.

— Tenho pensado muito em você ultimamente — disse Brad baixinho. — Talvez pudéssemos tentar de novo. Você sabe, tentarmos de novo. Tudo o que você precisa fazer é pedir transferência para outra unidade. Ou isso ou eu vou assumir o serviço de campo.

Carolyn deitou-se na cama, imaginando que ele estava a seu lado. Paul Leighton oferecia-lhe inteligência e estabilidade. Apenas pensar em Brad deixava os dedos de seus pés dormentes e seus mamilos enrijecidos.

— Você disse a verdade a respeito de Amy McFarland?

— Nunca houve nada entre nós — garantiu Brad. — Para ser honesto, eu nem tenho saído com mulheres. Acho que estou envelhecendo ou algo assim. Eu não sei o que há de errado comigo. Um dia desses eu estava pensando muito em pedir você em casamento.

— Sim, claro — disse Carolyn. — E você vai desistir de beber e farrear a noite toda, vender todos aqueles seus estúpidos carros de corrida e se tornar um homem de família.

Brad riu.

— Talvez.

— Talvez não, você quer dizer — asseverou Carolyn. — Você apenas não suporta a idéia de que eu esteja saindo com outra pessoa. Entrarei em contato com você perto do fim da semana.

CAPÍTULO 28

Por volta das 10h de quarta-feira, Carolyn, John e Rebecca estavam sentados numa sala no Departamento de Polícia de Ventura. Hank pusera o Infiniti de Carolyn numa garagem de serviço nos fundos da delegacia e mandara que alguns dos outros policiais retirassem as caixas de pertences que ela trouxera e as colocassem num furgão branco.

— O plano é o seguinte — disse Hank, entrando na sala e ocupando uma cadeira de frente para ela à mesa de reuniões. — Você e seus filhos irão para o hospital num dos nossos furgões de transporte de provas. Isso não deve atrair suspeitas, porque Downly sabe que mandaremos pessoas para o Methodist Hospital para colher provas da cena do crime. Metroix deve receber alta ao meio-dia. A alta só entrará nos registros do hospital amanhã. Se Downly conseguir se apoderar dos registros do hospital ou ligar para se informar sobre o estado de saúde de Metroix, será comunicado apenas que ele não é mais um paciente. Não haverá nenhum registro do endereço no qual o ex-paciente se encontra. Isso dará a você uma vantagem de um dia inteiro. Estender isso seria arriscado demais. Não sabemos quem está envolvido nessa zona. Vamos cobrir hoje colocando uma nota falsa no prontuário de Metroix de que ele foi transferido para a ala de psicologia. — Ele se curvou para tomar um gole de seu café. — Sabemos que

Downly não está trabalhando sozinho. O mesmo vale em relação às pessoas que tentaram tirar você e Rebecca da estrada.

Carolyn viu o medo nos olhos da menina quando se lembrou daquela noite.

— Vocês não têm nenhuma pista de Eddie Downly? — inquiriu Carolyn, esticando o braço para segurar a mão da filha. John estava sentado ao lado da irmã, expressão sorumbática no rosto. Ele tinha ficado furioso quando a mãe anunciara que ia tirá-lo da escola. E então, quando Carolyn lhe dissera que eles ficariam entocados com Daniel Metroix, John afirmara que ela estava insana. Carolyn tentara explicar que, como o assassino conhecia todos os três de vista, fazia sentido que eles permanecessem juntos.

— Não temos nada sobre o paradeiro de Downly no momento — admitiu Hank, empurrando sua cadeira para longe da mesa. — John, queira você ou não, Downly deseja se livrar de você tanto quanto deseja se livrar de Metroix e Luisa Cortez. O seu testemunho irá condená-lo.

— Ora, como eu me sinto bem em ouvir isso — disse John com sarcasmo. — Talvez seja melhor ele me matar. Provavelmente vou ser jubilado da escola.

— Você não vai ser jubilado da escola — retrucou Carolyn. — Hank só está tentando explicar por que precisamos nos manter afastados durante algum tempo. — Ela se virou para o detetive. — E quanto a Nolan Houston e Liam Armstrong?

— Você precisa deixar a gente tocar a bola, Carolyn — disse Hank. — O capitão e Kevin Thomas, da promotoria pública, têm uma reunião marcada com a juíza Shoeffel esta tarde. Depois do que aconteceu ontem, ela concordou em emitir mandados de busca tanto para Houston quanto para Armstrong. — Ele inclinou a cabeça na direção da porta. — Temos de nos mexer, pessoal. A ambulância já está preparada no hospital. Temos homens posicionados ao redor do hospital de braços cruzados. Gostaria de colocá-los de volta nas ruas o quanto antes.

O caminho de Pasadena, Carolyn usou o celular para ligar de dentro da ambulância para Paul Leighton.

— Obrigada por passar a noite comigo.

— Esqueci-me de lhe dizer uma coisa. Não há linhas telefônicas na casa, com exceção de duas pagas pela universidade. Uma é uma linha de banda larga para o computador. O outro terminal fica bem ao lado. Não quis devolver as linhas para o caso de Downly ou alguma outra pessoa hackear os computadores da companhia telefônica e obter o endereço. Teremos de nos comunicar apenas por nossos celulares. Caso o seu celular não funcione por algum motivo, basta plugar um dos telefones no terminal atrás do meu computador.

Carolyn ia desligar, mas o professor continuou falando.

— Conhece alguém que tenha um Nissan preto?

— Não — disse ela. — Por quê?

— Vi uma pessoa estacionada a algumas casas da sua, dentro de um Nissan preto. Deduzi que fosse um policial à paisana, mas achei que valia a pena mencionar. Perguntei aos vizinhos. Ninguém tem um carro desses.

— Mais tarde, quando falar com Hank, vou perguntar se foi um dos homens dele. Não vi nenhum carro estranho quando saímos para ir ao departamento de polícia.

Paul mandara Isobel a Pasadena no começo da manhã, para arejar a casa e abastecer a geladeira.

— Essa pessoa estava lá quando Isobel saiu? — perguntou Carolyn, colocando uma das mãos em concha no telefone para que as crianças não ouvissem.

— Honestamente, não sei. Duvido que seja alguma coisa merecedora de preocupação. Liguei para os vizinhos, mas muitos não estavam em casa. Até onde sabemos, a pessoa no Nissan poderia ser um dos adolescentes que moram por aqui. Talvez estivesse parado esperando para dar carona a alguém. O carro desapareceu por volta das 8h30. Isso coincide com a hora em que a maioria das crianças sai para a escola. — Ele fez uma pausa e acrescentou: — Pelo que vi, o motorista era uma mulher. Nada do que você me contou indica que uma mulher esteja envolvida.

Carolyn instantaneamente pensou em Madeline Harrison. Daniel descrevera o atirador como tendo cabelos louros, e a viúva de Harrison era loura. Contudo a sra. Harrison emanava uma aura de sofisticação. Era difícil imaginá-la estacionada sozinha na rua, esperando para matar alguém. Algumas coisas simplesmente não se encaixavam.

Quando Carolyn permaneceu em silêncio, Paul perguntou:

— Você está com seu revólver, espero?

— Sim — disse ela. — Revólveres eu tenho em abundância.

Hank dera-lhe um pequeno arsenal. Eles não teriam apoio da polícia de Pasadena, a não ser que acabassem num tiroteio ou se algum outro tipo de crise se desenvolvesse. Segundo o detetive, a polícia local passava a maior parte do tempo tentando impedir que os cidadãos idosos e ricos de Pasadena, que compunham a maioria dos moradores, atropelassem os universitários.

Numa bolsa de lona no fundo da ambulância havia três armas manuais adicionais, um rifle de assalto AK-47 e munição suficiente para deter um exército.

Depois de concluir sua conversa telefônica com Paul, Carolyn familiarizou-se com os suprimentos que o hospital lhe dera para cuidar de Daniel. Dentro de um saco plástico grande, encontrou Percodan, antibióticos, bandagens e vários outros medicamentos. No fim da semana, segundo a folha de instruções que eles haviam lhe dado, Daniel precisaria ser examinado por um médico. Ainda estava pálido e fraco.

Sentindo pena de Daniel, Rebecca puxou conversa com ele. Vestida com uma blusa de malha branca e saia xadrez, a garota estava com os cabelos castanhos cacheados amarrados num rabo-de-cavalo, com alguns fios puxados para cima da testa.

— Como é levar um tiro?

— Doloroso — respondeu Daniel, deitado de bruços na cama com rodas. — Como está o seu tornozelo?

— Já consigo caminhar. O médico chama isto aqui de gesso de caminhar. Eu só terei de usar as muletas por mais alguns dias.

Para que Daniel tivesse algo para vestir, Paul dera a Carolyn vários pares de calças de moletom folgadas e uma pilha de camisas de malha brancas. Carolyn trouxera também as cuecas e meias que Daniel comprara na Rite Aid, junto com os medicamentos injetáveis, na noite depois da explosão.

Rebecca continuou sondando.

— Você ficou assustado?

— Não dá tempo de ficar assustado.

— Aposto que você odeia o cara que fez isso.

— Ódio é uma coisa feia — definiu Daniel. — Tudo o que ele faz é devorar você por dentro.

— Mas não está furioso por causa de todo aquele tempo que passou na prisão? — perguntou a garota, rabiscando num caderno espiral aninhado em seu colo. — Mamãe disse que você não fez nada errado.

— Tenho sorte de estar vivo — disse Daniel. — Se não fossem sua mãe e seu irmão, eu estaria morto. Sua mãe é uma mulher corajosa, John — disse ele, usando os braços para levantar o tronco. — Sou muito grato pelo que você fez naquele dia. Eu lhe devo uma, cara. Foi muita esperteza da sua parte dar a Downly o número do escritório da sua mãe, em vez do celular dela. A maior parte das pessoas teria desabado sob esse tipo de pressão.

John estava debruçado num livro sobre Richard Feynman, o físico ganhador do Nobel sobre quem estava escrevendo um trabalho para a escola. Ele ignorou os comentários de Daniel e se virou para a mãe.

— Feynman ensinou na Caltech. Nós vamos ficar em Pasadena. Talvez eu possa dar uma volta pelo campus.

Daniel tornou a falar, determinado a anular a indiferença do rapaz.

— Você é fã do Feynman, hein? Sabia que um dos hobbies dele era arrombar cofres? Ele costumava deixar todo mundo maluco na época em que trabalhou no Projeto Manhattan.

Os olhos de John faiscaram com interesse.

— Você sabe a respeito de Feynman?

— Claro — disse Daniel. — Ninguém que se interesse por física pode deixar de saber uma ou duas coisas sobre Feynman. Ele foi um gênio no campo, além de um professor maravilhoso. Muita gente pode entender de física, mas é preciso um talento especial para ensinar essa ciência.

— Meu interesse principal é nanotecnologia — disse John, fechando o livro. — Sabia que uma vez Feynman disse que no futuro as pessoas iriam engolir seus cirurgiões? Pode imaginar o que poderíamos fazer se tivéssemos máquinas pequenas o bastante para executar cirurgias dentro do corpo humano? Não seria maravilhoso?

— Infelizmente, estamos muito atrasados nesse aspecto — disse Daniel. — Está pensando em entrar nesse campo?

— Que campo?

— O biomédico.

— Nunca pensei seriamente sobre isso — disse John. — Sei que não quero construir armas de destruição em massa. Estou mais interessado nos benefícios da física e das ciências no sentido prático.

A ambulância parou na frente de uma casinha com telhas de madeira e paredes cobertas por trepadeiras. O motorista, um policial disfarçado chamado Stockwell, mandou Carolyn e os filhos esperarem no carro enquanto ele cuidava dos preparativos necessários. Pela janela da frente, eles observaram o policial tocar a campainha, e então aguardaram que Isobel respondesse. Stockwell instruiu-a a abrir a porta da garagem para que ele pudesse entrar com a ambulância em marcha a ré.

Depois que tudo estava preparado, o policial certificou-se de que Daniel estava afivelado na maca com rodas. Hank Sawyer insistira em que John usasse um uniforme para dar a entender que ele também era enfermeiro socorrista. Um veículo de emergência como uma ambulância sempre era ocupado por dois indivíduos, porque um dirigia enquanto o outro cuidava do paciente.

Com um gesto, Stockwell pediu que John o ajudasse a carregar Daniel para dentro da residência. Carolyn e Rebecca receberam instruções de permanecer dentro do veículo até que ele lhes desse permissão para entrar na casa.

Eles puseram Daniel no quarto de hóspedes no primeiro piso, perto da garagem. Como Isobel trabalhava há anos para o professor e sua família, ela possuía seu próprio quarto do outro lado do corredor. Os dois quartos compartilhavam um banheiro. O corredor que separava os quartos passava através da cozinha e pelas salas de jantar e estar.

Havia mais três quartos no andar superior. Rebecca encontrou o que devia ser o quarto de Lucy, enquanto John acomodava-se no escritório do professor. Paul informara-lhes que o sofá se convertia em cama. John ficou feliz ao ver uma mesa com computador, e também um jogo X-Box, que ele presumiu que o professor comprara para a filha.

— Será que ele tem banda larga? — disse o garoto, imediatamente ligando o computador enquanto a mãe permanecia de pé, encostada no vão da porta. — Ele tem até Windows XP!

— O que isso significa? — indagou Carolyn, não tão atualizada com tecnologia quanto os filhos. Eles tinham um bom equipamento no tribunal, mas o condado não dispunha de fundos para atualizar o sistema inteiro assim que alguma coisa nova era lançada.

— Bem, Paul não precisa se preocupar com a possibilidade de eu mexer nos arquivos pessoais dele — disse John. — O Windows XP é um sistema operacional da Microsoft que permite que você ajuste seu computador para que um convidado possa usá-lo sem causar problemas. Eu te pedi um de presente de Natal no ano passado, mas você disse que era caro demais.

John entrou na internet e as imagens apareceram instantaneamente na tela.

— Lá em casa, levo uma eternidade para acessar qualquer página com o nosso modem. Mãe, você precisa botar banda larga lá em casa. Hoje em dia todo mundo tem.

Carolyn se perguntou se teria tomado a decisão certa ao isolá-los em outra cidade.

— Se todo mundo tem conexão mais rápida com a internet, então todo mundo tem uma conta bancária mais gorda que a minha — disse ao filho. — Pelo menos você terá uma coisa para se divertir enquanto estiver aqui.

Quando Stockwell fosse embora, eles ficariam ali sozinhos. Hank alertara-a quanto a isso. O capitão se recusara a destacar recursos humanos para uma cidade onde eles não possuíam jurisdição legal. Além disso, eles precisavam de cada um de seus policiais, se queriam manter a caçada a Fast Eddie e seu cúmplice.

Comunicar a situação à polícia de Pasadena não parecera prudente. A questão era que ninguém deveria saber onde eles estavam escondidos e, devido às circunstâncias, qualquer pessoa relacionada à polícia ainda era considerada suspeita. A morte de Charles Harrison não fora confirmada. Além disso, Carolyn temia o diretor Lackner, um homem que possuía recursos suficientes para obter qualquer informação que quisesse.

Depois que o policial Stockwell trouxe para dentro as caixas e o saco de lona cheio de armas, ele falou em particular com Carolyn na cozinha.

— Preciso sair imediatamente — disse ele. — Queremos que pareça uma transferência de rotina. Escolher esta cidade em particular não foi má idéia. Pelo que ouvi dizer, moradores idosos são transportados de ambulância o tempo todo. Corre muito dinheiro neste lugar. As pessoas que moram aqui não acabam em asilos. Contratam alguém para cuidar delas em suas casas. Fora os estudantes da universidade, metade da população da cidade provavelmente consiste de enfermeiros profissionais.

— Isso é bom, não é? — indagou Carolyn. — Enquanto for Isobel quem estiver circulando na cidade, não chamaremos muita atenção.

— Eu também evitaria isso ao máximo — recomendou Stockwell. — E não se esqueça de manter as cortinas fechadas. Mande a governanta fechar e trancar a porta da garagem depois que eu sair. O professor Leighton avisou à empresa de alarme de segurança que vocês vão ficar aqui?

— Sim — disse Carolyn, apertando a mão do policial Stockwell. — Obrigada por nos ajudar.

— É um prazer servi-los — disse educadamente o policial. — Tente guardar o arsenal em algum lugar ao qual você tenha acesso rápido. Mas providencie para que, caso aconteça alguma coisa errada, Downly ou quem estiver trabalhando com ele não alcance as armas primeiro. Quando guardei suas coisas no armário do quarto principal, encontrei uma escada retrátil que dá acesso ao sótão. A decisão é sua, mas em seu lugar eu colocaria lá. Mas mantenha o revólver de serviço ao lado da cama.

Fast Eddie não tinha permissão de usar o celular para telefonar para a sua empregadora. Aquela piranha estúpida não entendia que restava um número limitado de telefones públicos em funcionamento? Dentro de alguns anos, eles estariam obsoletos. Ele fora a seis locais diferentes em busca de telefones públicos. Num deles, o fone tinha sumido. Em outro, a caixa de moedas fora esmagada com uma chave-inglesa de tamanho industrial. Os ladrões haviam deixado a chave-inglesa. Pensando que ela poderia ser útil, jogara-a no porta-malas do Nissan preto que estava dirigindo no momento. Aqui e ali, ele vinha pegando várias ferramentas, assim como placas de automóveis. Ele pegara as placas em estacionamentos de veículos apreendidos, selecionando os carros menos prováveis de serem resgatados. A maioria das empresas de apreensão era terceirizada pelo condado. As taxas que elas cobravam eram exorbitantes e rapidamente subiam até o custo do veículo. Ele agora possuía 12 placas que não levantariam suspeitas.

Como ele era procurado por cada agência policial do país, com boletins listando-o como armado e perigoso, Eddie mudava a placa do Nissan a intervalos de poucas horas. Quando dirigia, jamais ultrapassava o limite de velocidade, não mudava de pista sem dar sinal, não acompanhava de perto outros veículos nem deixava de dar a preferência. Os policiais não podiam parar cada Nissan preto que vissem, particularmente sem causa provável. Eles teriam de confiar nos números das placas. Mesmo assim, dentro de mais ou menos um dia ele iria se livrar do Nissan.

Quanto à sua aparência, Eddie não podia mais fazer-se passar por adolescente comportado, aparência com a qual enganara facilmente o filho de Carolyn Sullivan. Um dos seus ídolos pessoais era o assassino serial Ted Bundy. Mas até Bundy cometera erros. Ele matara apenas mulheres, e muitas delas com características semelhantes. Um assassino profissional, como ele mesmo, jamais estabelecia um tipo de padrão. Nenhum agente do FBI jamais conseguiria montar um perfil dele.

Mas ele admitia ter cometido um grande erro com Luisa Cortez. Havia considerado tentar eliminá-la, mas isso representaria um risco grande demais. O testemunho da menina não era tão importante se o que Sullivan dissera era verdade. Era impossível contestar uma análise de DNA. Ele abriu a camisa e olhou as leves marcas vermelhas em seu peito. Tudo o que eles precisavam era de um folículo de cabelo, um pedaço de pele minúsculo, uma gota de sangue, saliva ou qualquer outro tipo de fluido corporal.

Em primeiro lugar eles precisavam pegá-lo. Depois do estupro, cometera o erro de marcar um encontro com um traficante de drogas numa churrascaria onde trabalhara como garçom até Sullivan parar de supervisioná-lo.

Perturbado ao descobrir que a menina estava viva, sentira vontade de ficar chapado. Mas agora ele precisava evitar todos os lugares nos quais estivera antes.

Depois do incidente no hospital, Eddie mudara sua aparência para aquela que Eminem, o rapper branco de Detroit, tornara famosa. Usava uma touca de tricô azul puxada até bem abaixo das orelhas e da testa, uma camisa grande e folgada, com mangas compridas e calças jeans baixas na cintura. Com uma caneta esferográfica, rabiscava letras de músicas nas palmas das mãos.

Pelo menos a mulher o deixava ligar a cobrar. Ele discou o número de memória. Ela rapidamente aceitou o telefonema dizendo "sim" à voz do sistema automatizado.

— Ainda não localizei Metroix — informou Eddie. — Liguei para o hospital fingindo que era o irmão dele. Conversei com uma enfermeira e ela me disse que a polícia levou Metroix de ambulância para algum lugar.

Madeline Harrison estava sentada numa cadeira reclinável bege e confortável em seu quarto no Fairview Manor.

— Eles levaram Daniel Metroix junto com Carolyn Sullivan e os dois filhos dela para uma residência particular em Pasadena.

— Quando isso aconteceu?

— Hoje de manhã, enquanto você estava dormindo ou cometendo outro crime desprezível.

— Olhe aqui, moça, eu não estava dormindo — disse ele, levantando a voz. — Eu e meu parceiro estávamos estacionados na rua perto da casa de Sullivan antes das 8h desta manhã. Para caras como nós, isso é cedo pra cacete. Eles devem ter saído antes de chegarmos. Depois de uma hora, tivemos de sair para que a polícia não nos visse. Como você parece saber de tudo, por que não me disse antes que eles iam ser levados para Pasadena?

— Você quer ser pago? — perguntou Madeline Harrison. — Eu me recuso a tolerar desrespeito da parte de um verme repugnante como você. Vá até Pasadena e cuide do homem que matou meu filho. Depois que eu tiver recebido uma prova de que ele está morto, você receberá 250 mil dólares em dinheiro.

— Qual é o endereço?

— Não tenho o endereço — retrucou. — Se tivesse o endereço, não precisaria de você. Eu iria matar o homem com as minhas próprias mãos.

Que maravilha, pensou Eddie, desligando o telefone.

Madeline telefonou para o marido em Boston.

— Como foi com o médico hoje?

— Bem, eu acho — disse Charles Harrison. — Estou na lista para receber um fígado sob a nova identidade, mas teria mais chances se tivesse permanecido em Los Angeles.

— Tudo vai correr bem — comentou, fria. — Já falou com Boyd Chandler?

— Ainda não — disse ele. — Metroix está morto?

— Não — respondeu Madeline. — A polícia o levou para um endereço desconhecido em Pasadena. Acabo de falar com Eddie Downly. Eu o instruí sobre o que fazer.

— E quanto às companhias de seguro? Elas lhe deram alguma resposta?

— As coisas estão progredindo sem problemas. Carl Myers, o advogado que contratei, telefonou hoje. A polícia não tem nenhuma prova de que houve uma fraude. Ele disse ao agente de seguros que eu precisava do dinheiro para cuidar de minhas despesas aqui no Fairview.

— Você ainda vai me encontrar depois que tudo isso tiver terminado? — perguntou ansiosamente Charles. — Quer dizer, era esse o nosso plano. Não quero entrar na faca sozinho numa cidade estranha. Posso não acordar nunca.

Madeline suspirou, puxando a alavanca para reclinar a cadeira.

— Oh, Charles, por que você é sempre tão melodramático? — disse ela, vendo que uma de suas unhas estava descascando. — Todos os dias pessoas são submetidas a transplantes bem-sucedidos. As chances de alguma coisa dar errada com você são mínimas. Se você tem tanto medo de se submeter a uma operação, deveria ter parado de beber há anos.

Harrison ficou furioso.

— Talvez se você tivesse ficado ao meu lado como minha esposa em vez de viver nesse hotel de luxo que eles chamam de hospital, eu jamais teria desenvolvido dependência de álcool.

— O seu pai era alcoólatra, Charles — lembrou-lhe Madeline. — Eu só te pedi uma coisa em todos esses anos. Tudo o que quero é que aquele homem horrível morra. Ele roubou as nossas vidas quando matou Tim. Depois o presídio lhe deu tratamento especial. Como você permitiu que isso acontecesse?

— Não posso controlar o que acontece dentro de um presídio! — berrou Charles. — Eu o mantive atrás das grades durante

23 anos. E você pode não reconhecer, mas fazer isso não foi nada fácil. Depois que Boyd falhou, eu soltei Eddie. Boyd fez um trabalho decente no motel. Ele fez Metroix se hospedar lá e então contratou um especialista em demolição para montar uma arapuca no quarto. Como eu ia imaginar que a tal Sullivan estaria lá para resgatar o infeliz? Boyd teve de sair da cidade por algum tempo até as coisas acalmarem. Ele é bem conhecido. Já foi policial do departamento de polícia de Ventura.

— Você tem desculpa para tudo — disse Madeline. — Pode entrar em contato com Boyd?

— Sim, tenho um número de contato dele. Vamos nos ater ao último plano?

— Sim — disse Madeline, seca. — Depois que Metroix estiver morto, vou dizer a Eddie aonde ele deve ir para receber o pagamento. Quero aquele homem morto. Ele estuprou uma criança de oito anos.

— Você quer todo mundo morto — murmurou Charles. Ele idolatrava a esposa, mas ela havia controlado sua vida desde a morte de Tim. Ela ficava no hospital, mas fazia todos comerem em suas mãos. Ele tinha certeza de que ela manipulava pacientes para se divertir. Ela costumava vir para casa nos fins de semana fazer sexo com ele. Tentara convencê-lo a fazer Metroix ser assassinado em Chino. Charles tentara algumas vezes, mas sua posição dificultava trabalhar dentro do presídio. Prisões locais eram mais fáceis. Eddie fora levado até ele por um policial do departamento de polícia de Los Angeles que ele conhecia havia anos, depois de prendê-lo por porte de uma grande quantidade de metanfetamina. Ele dera a opção a Eddie. Ou trabalhava para ele ou tinha sua condicional suspensa e ficaria preso por um ano. Como eles poderiam saber que ele iria estuprar uma criança? Ele tinha sido preso por violência sexual, mas Charles lera o relatório original e não ficara convencido de que um crime fora realmente cometido.

Eddie e sua vítima, a adolescente que fora sua vizinha de porta, tinham uma diferença de idade de apenas dois anos. A história dele de que eles eram namorados parecia plausível. Assim como sua alegação de que tinham sido apenas carícias. Ele não tinha feito sexo com a menina. Depois que Eddie fora preso pelo estupro de Luisa Cortez, Charles não tivera escolha senão providenciar sua libertação. Não poderia correr o risco de que Eddie o delatasse. Tudo o que ele fizera no trabalho do motel fora passar-se por recepcionista. Entregar ao promotor público um subchefe de polícia não conquistaria para Eddie uma redução de sentença, mas certamente lhe teria servido de alguma coisa. Sean Exley, o promotor público de Ventura, era candidato à reeleição. Um caso escandoloso poderia lhe ser bastante útil.

— Já conversei com Boyd — disse Charles. — Ele está preparado para eliminar Eddie. O preço é 250 mil, a mesma cifra que pusemos pela cabeça de Metroix. Você tem todo esse dinheiro disponível na sua conta pessoal ou teremos de aguardar o pagamento do seguro? Eu paguei a Boyd, Eddie e o especialista em demolição pelo trabalho no motel. Agora me resta menos de cem mil no fundo de investimento de Tim. Terei de pagar pelo transplante, lembra? As contas do hospital serão imensas, e isso sem contar a equipe cirúrgica. Não posso usar meu plano de saúde.

— Homens mortos não têm planos de saúde — disse Madeline. — Não se preocupe, Charles. Tenho mais do que suficiente. Depois que Eddie matar Metroix, irei me encontrar com Boyd e pagar a ele metade da quantia combinada. Boyd receberá o restante assim que matar Eddie. Depois, isso estará acabado. Pegarei o primeiro avião para Boston.

CAPÍTULO 29

A primeira noite em Pasadena não lhes reservou surpresas. Isobel serviu frango frito, purê de batata e palitos de massa de pão. Depois do jantar, Rebecca estirou-se no chão da sala de estar para assistir a um dos DVDs de Lucy.

Daniel comeu em seu quarto, numa bandeja. Carolyn juntou-se a ele para a sobremesa, uma deliciosa torta de lima-da-pérsia. Tomou um susto quando John abriu a porta.

— Se vocês estão conversando, eu posso vir...

— Não — disse Carolyn, ansiosa por ver John afeiçoar-se ao homem por quem antes ele nutrira antipatia. — Eu estava mesmo subindo para dar uns telefonemas.

Enquanto saía, fechando cuidadosamente a porta, Carolyn sentiu-se subitamente animada. Talvez coisas boas acontecessem quando uma pessoa menos as esperava. Subiu a escada para o quarto principal, plugou o celular numa tomada elétrica para impedir que a bateria caísse e digitou o número de seu irmão.

— A minha exposição será amanhã à noite — disse Neil. — Você vai trazer a mamãe, não vai?

— Você nunca lê os jornais? — indagou Carolyn. — John foi seqüestrado ontem. Um policial foi baleado.

— Por que não me ligou? — perguntou Neil. — John está bem? Onde você está agora? Estou indo aí.

— Não estamos em casa — disse Carolyn. — E não posso lhe dizer onde estamos, apenas que estamos em segurança.

— O que quer dizer com não pode me dizer onde estão? — exclamou Neil. — Sou seu irmão! O mínimo que pode fazer é me dizer o que aconteceu.

Carolyn resumiu para Neil os eventos do dia anterior.

— Não se preocupe — acrescentou Carolyn. — Eles vão pegar Downly. Mas tome cuidado, Neil. Se ele descobrir que você é meu irmão, pode tentar usá-lo para chegar até mim.

— Uau! — exclamou Neil. — Que notícia para começar uma noite. Como esse cara se parece?

Carolyn descreveu Fast Eddie.

— Vou ligar para a mamãe e dizer a ela que você vai pegá-la às 9h.

Antes que Neil pudesse se queixar, Carolyn desligou e discou o número de sua mãe.

— Escute, mamãe — disse Carolyn. — Aconteceu uma coisa séria no meu trabalho. Neil vai pegá-la às 9h e passar o dia com você. Não vou poder ir à exposição dele.

— Você não vai à exposição do seu irmão! — exclamou Marie Sullivan. — Certamente o departamento de condicional não pode impedir você de comparecer a uma ocasião tão importante. O seu irmão vai ficar arrasado. E o que as pessoas irão pensar?

Carolyn estava feliz por sua mãe não assinar jornais de Ventura. Quando não estava reunida com as amigas, passava o tempo lendo revistas de divulgação científica, assistindo a programas educativos e documentários, e trabalhando em projetos de química em seu porão.

— Mãe, você sabe que eu só perderia a exposição de Neil por uma razão muito importante. Nós vamos passar o dia entrando e saindo; não se preocupe se não conseguir nos pegar em casa. Por enquanto fale comigo pelo meu celular. Ah sim, e não acredite em tudo o que ouvir.

— O que você quer dizer com isso?

Carolyn torceu para que Marie reagisse bem à notícia de que o neto fora seqüestrado. Ela estava em boa forma para sua idade, mas tinha um problema cardíaco. Carolyn não podia correr o risco de que uma de suas amigas lhe desse a notícia. Carolyn explicou a situação, insistindo em que ela e as crianças estavam seguras e que não havia motivo para preocupação.

— Vou ligar para você depois da exposição do Neil, está bem? Ele vai pegar você amanhã de manhã, às 9h.

— Que coisa horrível, Carolyn — desabafou Marie Sullivan. — Quero que você se demita desse emprego. É perigoso demais. Prometa-me isso. Você e as crianças podem morar comigo até você encontrar outro tipo de emprego. Tenho três quartos e as escolas aqui em Camarillo são excelentes.

— Não posso pedir demissão do meu emprego, mãe — disse Carolyn. — Dentro de alguns anos, terei meu diploma de direito. Este é um incidente isolado. Não vai acontecer de novo. Ligue para o Neil, para vocês combinarem a respeito de amanhã. Sei que Neil está em casa, porque acabei de falar com ele.

— Quando vou ver você?

— Não tenho certeza — admitiu Carolyn. — Com sorte, poderemos nos reunir no próximo fim de semana. Eu te amo, mamãe. Divirta-se na exposição amanhã. Queria muito estar lá com você.

Carolyn desceu para o térreo e se surpreendeu ao ver que a porta de Daniel ainda estava fechada. Ela encontrou Isobel na cozinha lendo um romance.

— Preciso verificar o cronograma dos medicamentos de Daniel — disse Carolyn.

— Não se preocupe com isso — disse Isobel. — Estou no quarto bem em frente ao de Daniel. Cuidarei bem dele.

Carolyn sentou-se numa cadeira à mesa, vendo Isobel fechar o livro enquanto se preparava para se recolher.

— Como era a esposa de Paul? — perguntou Carolyn. — Você não precisa responder. Estou apenas curiosa.

— Penélope — disse Isobel com uma careta. — Aquela mulher pensava que era uma rainha, ou algo assim. Nunca se importou com ninguém além dela mesma. Não ligava nem mesmo para a pequena Lucy. Ela não merecia um homem como o professor Leighton. Esta casa é dela, você sabe.

Carolyn ficou boquiaberta.

— Está dizendo que ela ainda mora aqui?

— Não mais — disse Isobel, saindo da sala para voltar com um prato de brownies e um pilha de guardanapos. — Sirva-se à vontade — disse ela, pousando o prato no centro da mesa. — Você está tão magrinha... Precisa botar um pouco de carne nesses ossos.

Carolyn acariciou a barriga.

— O jantar estava delicioso — disse a ela. — Acredite em mim, deixe esses brownies na mesa e os meus filhos darão sumiço neles. Você disse que esta casa é da ex-mulher de Paul. Isobel, estou começando a me sentir extremamente desconfortável.

— Penélope não mora aqui há anos — disse a mulher, pegando um brownie e colocando-o num guardanapo. — Ela herdou esta casa de um de seus parentes. Cresceu aqui em Pasadena. Este era apenas o lugar onde ela hospedava amigos grã-finos quando vinham para a cidade. Agora ela mora numa mansão em Malibu com o homem mais feio que já vi na minha vida.

— Mas então por que ela se casou com ele?

Isobel comeu o brownie e espanou os farelos da mesa com o guardanapo.

— Dinheiro, meu bem. Além disso, o homem é cirurgião plástico. Mantém Penélope brilhando como aquele Rolls Royce que ela dirige. Da última vez que deixei Lucy lá, a mulher estava com o rosto tão esticado que nem conseguia sorrir.

— Mas não entendo — disse Carolyn, esfregando a cabeça. — Se ela tem dinheiro, por que se casou com um homem feio? Certamente não foi apenas para fazer plástica de graça. Ela podia fazer as cirurgias que quisesse sem se casar.

— Dinheiro de herança não dura para sempre — explicou Isobel com uma expressão sábia. — Metade das empregadas nesta região têm mais dinheiro em suas poupanças do que aqueles velhos idiotas que moram nas casas grandes. As pessoas que nascem ricas não trabalham. Acham que estão acima disso. Vivem apenas com o que o papai e a mamãe lhes deixaram. Como geralmente suas casas já estão quitadas, tudo o que precisam fazer é pagar os impostos e a manutenção.

— Algumas dessas casas valem milhões de dólares — disse Carolyn. — Por que simplesmente não as vendem?

— Os mais jovens fazem isso e depois torram o dinheiro. Essas pessoas gastam como se não houvesse amanhã. Mas entenda, foi assim que elas foram criadas. — Isobel fez uma pausa e se espreguiçou. — Os mais velhos nunca vendem suas propriedades. Esta cidade é a vida deles. Nasceram aqui e morrem aqui. Para eles, vender suas casas e se mudar para outra cidade seria o mesmo que você pegar sua família e partir para a Sibéria.

— Por falar em família, você já foi casada? — perguntou Carolyn, que estava se afeiçoando à mulher.

— Fui casada, sim — disse Isobel, a voz levemente embargada. — Meu marido fugiu antes que meu filho nascesse. Nunca mais ouvi falar dele. Depois disso, desisti dos homens.

— Onde está o seu filho?

Ela piscou várias vezes antes de responder.

— Otis está morto.

— Sinto muito — disse Carolyn, lembrando que Lucy dissera alguma coisa sobre visitar um cemitério. — O que aconteceu, se não se importa que eu pergunte?

— Assassinado — respondeu Isobel, enxugando uma lágrima. — Eu tinha uma casinha muito boa em Los Angeles. Trabalhava nos correios. Você é funcionária pública. Sabe que não é fácil conseguir um emprego desses. Um homem invadiu minha casa no meio da noite. Atirou nas costas de Otis enquanto ele estava dormindo. Antigamente eu me culpava porque tinha deixado Otis levar o televisor para o seu quarto. — Ela baixou os olhos para o livro. — Meus pais não tinham televisão. Mamãe dizia que se quiséssemos subir na vida precisaríamos aprender a ler. Ela tinha razão, você sabe. Foi isso que me ajudou a passar na prova para o funcionalismo público. Otis era tudo o que eu tinha, então eu o mimava muito. Você sabe qual é a parte triste?

Carolyn respirou fundo, mas não falou.

— Se o televisor não estivesse no quarto dele, meu filho talvez ainda estivesse vivo. Aquele assassino matou Otis por causa de uma porcaria de aparelho de tevê. Atirou nele enquanto estava dormindo para ter certeza de que não poderia identificá-lo.

— Quantos anos Otis tinha?

— Quatorze — disse Isobel. — Domingo que vem ele faria 33 anos. Depois que Otis foi assassinado, pedi demissão e saí da cidade. Conheci o professor Leighton no supermercado. Trabalho para ele há 18 anos. Ele e Lucy são minha família.

Carolyn se perguntou por que Paul teria colocado Isobel numa situação em que sua vida poderia estar ameaçada.

— Não está com medo? Você sabe, por causa do motivo pelo qual estamos aqui?

— Escute, querida — disse Isobel, linhas profundas aparecendo em seu rosto. — Hoje em dia nada me assusta mais. Não poderia haver uma pessoa melhor para cuidar de vocês. Se um alfinete cai no meio da noite, eu escuto. Se alguém entrar aqui em busca de problemas, vai se arrepender muito.

— Obrigada — disse Carolyn, caminhando até Isobel para beijá-la na face. — Ter você aqui me dá certeza de que tudo ficará bem.

— Claro que ficará — disse Isobel, levantando-se para esticar a coluna. — Vocês estão com as pessoas certas agora.

Antes de subir ao segundo andar, Carolyn foi à sala de visitas dar uma espiada em Rebecca.

— Não fique acordada até tarde demais — disse à garota, beijando-a no topo da cabeça.

— Por que não? — perguntou Rebecca. — Não temos de ir à escola amanhã.

— Você trouxe seus livros, não trouxe? — observou Carolyn. — Tudo o que você tem a fazer é estudar o capítulo seguinte de cada matéria

— Você está brincando — protestou a menina. — Os professores pulam partes dos livros. Eu vou acabar fazendo um monte de trabalhos a troco de nada.

— Não a troco de nada — corrigiu Carolyn. — Tudo o que você aprender será válido. Eu sei que você tem uma lista de leitura para créditos extras. Vou mandar Isobel até a biblioteca.

John estava sentado numa cadeira reclinável diante da cama de Daniel.

— Eu estava fuçando na internet — disse ele. — Na escola, estávamos estudando o desastre da *Columbia*. Eu não sabia que Richard Feynman pertenceu ao comitê presidencial que investigou o desastre da *Challenger*. Esse tipo de coisa não era a especialidade dele. Você sabe, tecnologia aeroespacial.

— Mesmo não tendo nenhuma experiência com o programa espacial ou com o ônibus espacial propriamente dito, ele era um dos melhores físicos da época — disse Daniel, ajustando os travesseiros atrás da cabeça. — Na época ele estava lutando contra o câncer. Você está interessado em ouvir uma história?

— Claro.

— Feynman estava visitando um amigo que era fanático por carros. O sujeito estava com alguns carburadores na mesa e mencionou a Feynman que os carburadores vazavam quando ficava frio. Então os dois homens conjecturaram que o frio talvez tivesse criado um problema com as borrachas de vedação da *Challenger*.

— A temperatura tinha caído muito no dia do lançamento — disse John. — A Nasa não sabia que a temperatura iria afetar as borrachas de vedação. Pelo menos foi o que eu li.

— Eles não desconheciam completamente a existência de um problema com a temperatura — disse Daniel. — Eles apenas não conheciam todos os fatos. Foi aqui que os físicos lhes deram sua resposta. Feynman provou seu ponto de vista durante uma reunião da comissão da *Challenger* usando apenas um copo de água gelada.

— Você está brincando — disse John, absolutamente fascinado.

— Todos os generais e mandachuvas estavam na sala, e eles estavam passando de mão em mão um pedaço de junta do ônibus espacial. Em vez de simplesmente olhar a peça e passá-la adiante, como todos os outros estavam fazendo, Feynman pegou suas ferramentas e desmantelou a junta. Ele removeu um pedaço da borracha de vedação, apertou-o com grampos e o mergulhou no copo de água gelada. Foi por causa disso que eu disse hoje à tarde que ele era dado a lances teatrais. A maioria das pessoas não teria desmontado uma prova, particularmente não naquele ambiente.

— Meus amigos não entendem nada de física — disse John, impressionado. — Eles acham que sou um tipo de doido e que física se resume a fazer contas bobas.

— Física é tudo — disse Daniel, ajustando sua roupa de cama. — Claro, isso é apenas a minha opinião.

John se levantou, inclinando a cabeça e sorrindo.

— Sabe, você é bacana — disse ele. — Agora eu entendo por que a minha mãe arriscou o pescoço por você. Se não se importar, gostaria de conversar mais com você enquanto estivermos aqui. Afinal, você está aqui para se recuperar, e não quero incomodá-lo.

— Você pode falar comigo sempre que quiser — disse Daniel. — Lá na prisão não havia muitos detentos interessados em física.

Depois que as crianças tinham ido para a cama, Carolyn foi ao escritório de Paul e acessou a internet para ver o que poderia descobrir a respeito de Madeline Harrison. Como o casal provavelmente casara-se em Ventura, ela checou artigos de jornal datados de alguns anos antes do nascimento do filho deles.

Um artigo anunciando seu noivado pipocou na tela. Charles Harrison tinha sido um homem bonito, mas sua futura esposa era uma beldade. O texto dizia que os pais de Madeline eram ambos médicos com clínicas em Los Angeles e que ela havia se formado em antropologia pela Universidade de Cornell. Carolyn tentou imaginar como uma mulher nascida em berço de ouro teria conhecido e se casado com um policial. Amor, presumiu. Não era de admirar que ela parecesse tão sofisticada.

Se os pais de Madeline tinham sido médicos, ela provavelmente tinha dinheiro só seu. Carolyn precisava ligar para Hank e contar isso a ele. Parecera absurdo presumir que a sra. Harrison contratara alguém para matar Daniel. Eles não podiam mais desconsiderá-la como suspeita.

Por meio do buscador, Carolyn havia conseguido uma lista de velhos artigos de jornais. Enquanto corria os olhos pelos arquivos, viu o nome Madeline Milcher e rapidamente clicou no link. O artigo dizia que a antropóloga formada pela Cornell fora presa pela polícia de Ventura por furto em loja. O policial que a prendera estava listado como Charles Harrison. Mais tarde as acusações tinham sido suspensas por serem consideradas infundadas.

Carolyn imprimiu os artigos e foi para o quarto principal, de onde telefonou para Hank. Como a linha estava ocupada, deixou um recado na secretária eletrônica dele, pedindo-lhe que telefonasse para ela de manhã.

CAPÍTULO 30

O tédio chegou na noite de sexta-feira como uma tempestade. Rebecca assistira a todos os filmes pelo menos duas vezes, John surfara na internet e conversara sobre física até Carolyn e Isobel precisarem pregar um horário de visitas na porta do quarto de Daniel. Até Isobel, que saíra da casa várias vezes para fazer compras, informou-lhes que iria sair na manhã de domingo para assistir à missa e visitar o túmulo do filho.

— Por que não podemos ir ao cinema? — protestara Rebecca, arremessando almofadas pela sala de estar. — Podíamos usar disfarces ou algo assim.

Eram 18h30 e Carolyn estava sentada no sofá. John estava sentado displicentemente ao lado dela, zapeando pelos canais de televisão. Quando Rebecca acertou o rosto da mãe com uma almofada, Carolyn explodiu.

— Não vou tolerar esse tipo de comportamento, mocinha! Quando viemos para cá eu lhe disse que teríamos de ficar na casa até que a polícia prendesse os suspeitos. Não estamos aqui nem há três dias.

— Ninguém está mais tentando machucar a gente — disse Rebecca com uma expressão insolente. — Eu me sinto como uma seqüestrada esperando o pagamento do resgate. Quero voltar para a minha casa, os meus amigos, a minha escola.

John desligou o televisor.

— Ela tem razão, mãe. Você não entende que aquela gente desistiu? Eles acham que Daniel saiu da cidade. Ele sempre foi o problema, não nós. Se eu não voltar para a escola na semana que vem, nunca irei conseguir minha bolsa. O que você espera de nós? Passarmos o resto de nossas vidas aqui?

Carolyn apoiou a cabeça em suas mãos. Ela sabia que haveria problemas, mas não esperara que fossem surgir tão cedo.

— Falei com o detetive Sawyer hoje — disse ela num tom cansado. — Parece que eles conseguiram uma pista sobre Eddie Downly. Um homem o identificou como suspeito num crime cometido ontem à noite em Los Angeles.

— Está vendo? — disse John, levantando as mãos para o alto. — O cara seguiu com a vida dele.

— Downly entrou armado num supermercado e assaltou o lugar — disse Carolyn, fulminando o filho com os olhos. — Até atirou num cliente. Por sorte, errou. — Agora que tinha a atenção completa das crianças, prosseguiu: — Ele está apenas esperando, vocês não entendem? Que garantia temos de que ele não vai aparecer na nossa porta no instante em que voltarmos a Ventura? Esse homem é um assassino. Você passou algum tempo com ele, John. Por que não conta à sua irmã algumas das coisas que Downly lhe disse? Você quer que Rebecca acabe no necrotério? Ou talvez ele não a mate. Há outras coisas que um homem como Eddie Downly gostaria de fazer com uma menininha como a sua irmã, uma menina prestes a se tornar uma mulher.

John ficou chocado.

— Não acredito que você está falando essas coisas na frente de Rebecca.

A filha de Carolyn estava agora sentada absolutamente imóvel, braços pendendo flácidos nos lados do corpo.

— Ela tem quase 13 anos — disse Carolyn. — Ela assiste a telejornais, filmes, séries de tevê. Ela sabe o que acontece no mundo. — Carolyn olhou para Rebecca, esfregando as mãos nas calças jeans. — Estou tentando explicar por que precisamos ficar aqui, querida. Eu jamais assustaria você sem motivo. A minha responsabilidade como mãe é proteger você. — Carolyn levantou-se, caminhou até Rebecca e virou o braço da menina para revelar uma cicatriz circular em torno do pulso. — Lembra-se de quando você tinha 7 anos? Você decidiu brincar com o fogão. E não queimou apenas o braço. Seus cabelos também pegaram fogo. Você também não achou que o fogão fosse perigoso.

— Tive uma idéia — disse John, compreendendo que as preocupações da mãe eram válidas. — Isobel está doente ou alguma coisa assim. Ela deixou uma caçarola de atum pra gente na geladeira. Eu não suporto atum. Podemos pedir uma pizza e assistir a um filme. Se esse tal Downly está assaltando lojas, talvez alguém acabe atirando nele ou ele seja capturado pela polícia. Você disse que ele estava em Los Angeles, não foi? Então estamos seguros aqui.

— Já assisti a todos os filmes — disse Rebecca, à beira das lágrimas devido à frustração. — Além disso, mamãe disse que não podemos pedir uma pizza porque ela não quer que ninguém saiba que estamos morando na casa do professor Leighton. Ficar parada aqui sem nada para fazer faz com que eu pense ainda mais nos bandidos. Ontem à noite tive um pesadelo horroroso.

— Paul e Lucy talvez venham até aqui amanhã à noite — disse Carolyn, abraçando a filha. — Provavelmente vão passar a noite aqui. Então vocês terão companhia.

— Por que você não pode pedir uma pizza e alguns DVDs novos? — perguntou Rebecca, afastando-se da mãe. — A Isobel não vai se importar se você usar o carro dela. Tem uma Blockbuster e uma Domino's Pizza no shopping da esquina. Consigo ver os letreiros da minha janela. Use um chapéu e óculos escuros. Se alguém vir você, vão pensar que é uma estrela de cinema.

— Por que não jogamos gin rummy? — sugeriu Carolyn. — Acho que vi um baralho em algum lugar. Vamos fazer um torneio. Quem vencer ganhará dez dólares.

Rebecca meditou um pouco sobre isso.

— É a mesma quantia da minha mesada. Não dá pra comprar muita coisa com dez dólares. Vamos combinar vinte.

— Por mim tudo bem — disse Carolyn com um sorriso. — Vão pegar seu dinheiro. Precisamos botar dinheiro na mesa.

— Você vence sempre — queixou-se Rebecca. — Tenho só cinco dólares.

— Que seja cinco, então.

Carolyn vasculhou a casa, mas não conseguiu encontrar cartas. Considerando que Isobel teria guardado as cartas, ela bateu na porta da governanta. Ao ouvir a mulher gemendo, ela virou a maçaneta e entrou.

Isobel estava na cama, segurando uma enorme bacia plástica sobre a barriga.

— Estou muito doente — disse ela. — Devo ter pego a gripe que está dando por aí. Faz horas que estou botando tudo para fora. Nem chegue perto. Não quero que você fique doente.

Ignorando Isobel, Carolyn caminhou até ela e encostou a mão na testa da governanta.

— Meu Deus, você está ardendo! — exclamou Carolyn.

Isobel empurrou Carolyn e correu até o banheiro do outro lado do corredor. Carolyn levou a bacia de plástico até a cozinha, lavou-a e carregou-a de volta para o quarto de Isobel. Ela não tinha certeza de qual era a idade de Isobel, mas parecia estar no fim da casa do cinqüenta. Ela se sentiria segura quanto a deixar que uma pessoa mais jovem se curasse sozinha da gripe. Contudo, no caso de Isobel, temia que a mulher ficasse desidratada, principalmente porque estava febril.

Carolyn esperou até Isobel sair do banheiro e ajudou-a a voltar para a cama.

— Conhece algum médico local?

— Vou ficar bem — disse ela, debruçando-se sobre a bacia como se estivesse na iminência de vomitar de novo.

— Onde está o termômetro?

— Procure no armário do banheiro.

Isobel novamente correu pelo corredor.

— Ligue para o dr. Clark! — gritou através da porta aberta. — Ele cuidou de mim por anos. O número dele está na porta da geladeira.

Carolyn telefonou para o médico. Atendida pelo bipe, digitou o número de seu celular. Quando Isobel estava novamente na cama, verificou a temperatura dela e descobriu que era de 39ºC. Seguiu para a sala de estar e encontrou John e Rebecca sentados à mesa, jogando gin rummy.

— Achei as cartas debaixo de uma revista na mesinha de café — relatou John. — Rebecca também não quer comer a caçarola de atum. Estou faminto.

— Estou esperando o médico da Isobel ligar — disse Carolyn. — Vou fazer uns sanduíches de manteiga de amendoim e geléia. — Depois de ter limpado a sujeira de Isobel, atum não parecia mesmo muito apetitoso.

Carolyn havia posto os sanduíches, refrigerantes e um saco de batatas fritas numa bandeja quando o médico retornou o telefonema.

— Espere um pouco — disse ela, levando o telefone até Isobel.

Depois de levar a comida para as crianças, Carolyn retornou ao quarto de Isobel e pegou seu celular na mesinha-de-cabeceira. Ela se lembrou de lavar as mãos e limpar o telefone com desinfetante.

— Ele me passou uns remédios — disse Isobel, segurando uma folha de papel. — Alguma coisa chamada Lomotil para a diarréia e supositórios de Compazina para o vômito. Devo usar o segundo antes do primeiro.

— Onde fica a farmácia? — perguntou Carolyn, testa franzida de preocupação.

— Querida, sinto muito — disse Isobel. — Esqueci que você não pode sair. Não se preocupe. Talvez este mal-estar passe em algumas horas.

— Tem alguma farmácia que entregue em casa? Esqueça — acrescentou Carolyn, tentando decidir o que devia fazer. E se os assassinos estivessem vigiando a casa? Ela teria de desarmar o alarme. Os assassinos poderiam bater na cabeça do entregador e começar a atirar assim que ela abrisse a porta. O Impala de Isobel estava na garagem. Com as janelas fechadas, Carolyn desfrutaria de pelo menos algum grau de proteção. E como Fast Eddie já cometera outro crime em Los Angeles, a esta altura ele poderia estar fora do estado.

— Vou sair — disse Carolyn a John e Rebecca. — A drogaria fica no mesmo shopping que a Blockbuster. Façam uma lista de filmes. Vou alugar alguns DVDs novos. Com isso vocês vão ficar felizes?

— Vamos — disse Rebecca. — Compre também alguns M&M's, um daqueles sacos grandes.

Carolyn subiu para pegar sua bolsa. Pegou o Ruger na mesinha-de-cabeceira, tirou um dos Rugers extras que Hank havia lhe dado e desceu até o quarto de Daniel.

— Você já disparou uma arma?

Daniel estava sentado na cadeira de descanso cor-de-rosa, desenvolvendo um pouco o seu trabalho. Estava ficando mais forte a cada dia. Agora estava caminhando pelo menos 15 minutos a cada manhã e noite, a operação parecia estar cicatrizando bem, e eles haviam começado a reduzir os analgésicos.

— Não — respondeu, pousando os papéis na mesinha-de-cabeceira. — Tem alguma coisa errada?

Carolyn explicou que ela precisava sair para pegar os remédios que o médico receitara para Isobel.

— Posso deixar uma arma com você ou com o meu filho. Preferiria deixá-la com você.

Daniel não hesitou.

— Deixe comigo.

Carolyn tirou da bolsa o outro Ruger e o deu a ele.

— É muito fácil usar um revólver. — Ela estendeu a mão direita e a apoiou com a esquerda. Em seguida mostrou como liberar o pino de segurança. — Vou desarmar o alarme quando sair. Se a situação ficar grave e você precisar atirar, há apenas duas coisas que quero que pense antes de apertar o gatilho. Certifique-se de que não é Isobel ou um dos meus filhos. Se disserem que são da polícia, não acredite. Já falei com Hank Sawyer hoje. Não há motivo nenhum para alguém aparecer nesta casa durante os trinta e poucos minutos em que eu estiver fora. — Ela enfiou a mão na bolsa novamente. — Tome um pente de munição extra, para o caso de a coisa ficar preta. — Removeu o pente de balas que estava no momento no Ruger para mostrar a ele como fazer e em seguida lhe deu o sobressalente. — Você tem dez balas em cada pente. — Antes de sair, ela acrescentou: — Além disso, se Eddie Downly ou qualquer outra pessoa invadir a casa, não tente atirar para ferir. O melhor lugar para mirar é bem entre os olhos. Com esse tipo de gente com quem estamos lidando, atire para matar.

Carolyn não usou um chapéu, como a filha sugerira, nem achou que fosse uma boa idéia tentar disfarçar-se com óculos escuros. Uma pessoa de óculos escuros à noite atrairia atenção, que era precisamente o que ela não queria.

Quando chegou ao shopping, Carolyn entrou correndo na Blockbuster, deixando o Chevy Impala vermelho de Isobel estacionado na frente. Estava correndo os olhos pela seção de DVDs quando ouviu um homem chamá-la pelo nome.

Carolyn enfiou a mão dentro da bolsa, apertou o Ruger cedido por seu departamento e se ajoelhou enquanto se preparava para mirar. Antes de sacar a arma, viu David Reynolds caminhando até ela, um sorriso largo no rosto bonito. Para que ele não percebesse que ela quase atirara nele, puxou um DVD da prateleira inferior e apanhou no chão o papel com a lista de outros títulos.

— Oi — cumprimentou Carolyn, levantando-se. — O que está fazendo neste fim de mundo?

— Sentimos sua falta na aula da Shoeffel — disse David, que estava vestido com uma camisa preta de gola rulê debaixo de uma jaqueta de couro marrom. — Achei que você tinha abandonado o curso, mas a juíza Shoeffel disse que você tinha sofrido uma perda na família. Foi alguém próximo?

— Um tio — disse Carolyn, fechando a aba de sua bolsa. — Você não mora em Thousand Oaks? — Thousand Oaks era uma cidadezinha não muito longe de Ventura.

— Moro, sim — disse David. — Mas um amigo meu que estuda na Caltech me convidou para passar o fim de semana aqui. Ei, se você tiver sem nada para fazer esta noite, por que não dá uma passada na casa dele? Uma turma vai aparecer lá pra gente assistir a um filme, tomar umas cervejas e depois relaxar na jacuzzi. É tudo gente boa, Carolyn. Você está com cara de quem está precisando dar umas boas risadas.

— Obrigada por me convidar — disse ela, fingindo que estava desapontada. — Talvez outro dia.

Ele correu os dedos pelos cabelos compridos e disse:

— Desculpe, foi muita insensibilidade da minha parte. Você acaba de perder um ente querido. O seu tio morava aqui em Pasadena?

— Sim — respondeu Carolyn. — Estou aqui com minha família.

— Ele era jovem? Tinha filhos?

— Não. Estava na casa dos 60. Sem filhos. Fumante inveterado, você conhece o tipo. Estou tentando ajudar a minha tia a organizar as coisas. Meus filhos estão começando a sentir saudade de casa, de modo que devemos voltar hoje mesmo. — Ela não queria revelar muito, nem mesmo a um colega da faculdade. Mesmo sem má intenção, as pessoas falavam da vida dos outros.— A gente se vê na faculdade semana que vem — disse Carolyn. — Espero conseguir alcançar vocês.

Ela viu David olhando para a pilha enorme de DVDs em suas mãos.

— Como estamos indo embora, a minha tia me pediu que pegasse uns filmes para ela — mentiu. — Ela ainda nem consegue sair de casa.

— Ela está bem deprimida por causa da morte do marido, não é? — disse David, estendendo a mão para os DVDs. — Deixe que carrego para você.

— Obrigada, mas tenho mais alguns filmes na lista — disse Carolyn. — Adorei ver você. Divirta-se com seus amigos.

Pelo menos ela havia encontrado alguém inofensivo. Mas, como todo cuidado era pouco, Carolyn permaneceu entre os corredores da locadora até ver David sair da loja.

— Nós a achamos — disse o homem, sentando, no banco do carona de um Nissan preto estacionado perto do supermercado Ralph's, do outro lado da rua do shopping. — Foi bom termos desistido de assaltar o supermercado. Tenho certeza absoluta que ela está armada. — Ele observou Carolyn sair da Blockbuster e entrar na drogaria Savon, ao lado. — Sei que ela mentiu sobre voltar para Ventura esta noite.

— Por quê?

— Simples — respondeu, muito satisfeito consigo mesmo. — Se ela ia voltar para casa, como me disse, por que alugou um monte de vídeos e jogos para X-Box? Dê a partida, mas não ande antes de termos uma idéia de que tipo de carro ela está dirigindo.

— Ela disse por que estava aqui? — perguntou Eddie Downly, curvado no banco.

— Um tio dela morreu. Um tio que não tinha filhos.

— Acha que é verdade?

— Eu sei que não é verdade — disse o parceiro dele, acendendo um cigarro. — Por que a viúva do tio ia querer um monte de jogos para X-Box? — Tragou profundamente e jogou as cinzas pela janela. — Pegamos Metroix, somos pagos. Não vamos fazer serviço completo, espero. Há crianças envolvidas.

— Lá vai ela — disse Fast Eddie, desligando os faróis do Nissan. E então esperou Carolyn tirar o Chevy vermelho do estacionamento e seguir pela Lake Street na direção da casa de Paul Leighton.

Eddie tomou cuidado para manter pelo menos um veículo entre ele e o Impala, para o caso de Carolyn olhar pelo retrovisor e perceber que estava sendo seguida. Não havia muitos carros na estrada, de modo que não tiveram problemas para segui-la até que entrasse na garagem de Leighton.

Depois de estacionar no fim da rua debaixo de uma árvore grande, Eddie virou-se para o parceiro.

— Me dá uma cerveja, Percy — pediu. — Só vamos entrar depois que todo mundo estiver dormindo. Então primeiro vamos examinar a casa, ver se eles têm alarme contra ladrões ou um doberman no quintal dos fundos. Odeio cachorros quase tanto quanto odeio policiais.

— Precisamos matá-la também? — perguntou Percy, abrindo a mochila para tirar duas Budweisers de um saco de papel. — O contrato foi só pelo Metroix. Eu tenho uma quedinha pela Carolyn. Ela é bem gostosa. Sabia que ela tem um filho de 15 anos?

— Você é o maior bundão da face da Terra — disse Eddie, que achava que todos os rapazes bonitos como Percy eram bundões. — Claro que sei sobre o filho dela. Usei o cretino para entrar no hospital para pegar Metroix. Sabe quanto tempo dura a sua capacidade de atenção? Trinta segundos. Não consigo entender como você conseguiu se fazer passar por aluno de direito. Você deve ser menos burro do que parece.

— Vá se foder — disse Percy Mills, esmagando com a mão a lata de cerveja. — Foi apenas uma coisa que me ocorreu, tá? Acho que eu mereço algum crédito; afinal, fui eu que a vi. Você estava preparado para voltar a assaltar supermercados e invadir casas.

Ambos se calaram. Percy pegou mais duas cervejas, tomou uma e deu a outra a Eddie.

— Pena que não conseguimos coca ou meta — disse ele. — Nunca matei ninguém sóbrio.

— Você nunca matou ninguém e ponto final — disse Eddie, rindo dele. — Você realmente gostou de fingir que era David Reynolds, não gostou? Contratou alguém para fazer os seus trabalhos de casa, mas mesmo assim ficou preocupado com as notas.

Percy não respondeu, suando e tremendo como enquanto se preparava para o crime que eles estavam prestes a cometer.

— Achou mesmo que ia se tornar advogado? — perguntou Eddie, sacando um Kurtz 9mm e dando um Magnum 357 ao parceiro.

O Kurtz fora adquirido legalmente por um dos amigos de Downly e até agora não fora usado para um crime. Pessoalmente, Eddie preferia o 357, porque era o mesmo tipo de arma que ele usara na primeira vez em que matara alguém. Embora revólveres de 9mm fossem mais populares ultimamente, Eddie pegara o 357 durante um assalto a residência. Como o proprietário do 357 reportara seu furto ao departamento de polícia, Eddie queria garantir que Percy levaria a culpa caso alguma coisa desse errada.

— Vamos matar todo mundo na casa que vir nossas caras, sacou? — disse Eddie, uma expressão maníaca nos olhos. — Tô me lixando se forem crianças ou velhas. Vamos ganhar 250 mil quando terminarmos este serviço.

— Não sei se consigo matar uma criança — admitiu Percy, tomando um gole grande de cerveja. — Só cumpri pena no reformatório juvenil. Mesmo se formos presos por nossos assaltos, eu vou acabar sendo solto.

Eddie virou-se de lado em seu banco.

— Quando entrarmos naquela casa, você vai matar quem eu mandar, entendeu? Se tiver alguma dúvida, apenas pense no que vão fazer com um garoto bonito como você dentro da prisão. Você nunca esteve numa penitenciária. Eles vão te enrabar até fazerem suas tripas saírem.

CAPÍTULO 31

Às 10h30, irritada com os efeitos sonoros repetitivos do jogo de X-Box com o qual John estava brincando no andar de cima, Carolyn subiu para fazer uma caneca de chá quente. Sentindo frio, receou também estar ficando gripada. Rebecca estava assistindo ao filme *As Patricinhas de Beverly Hills* na sala de estar enquanto comia um M&M de amendoim atrás do outro.

O forno de microondas bipou no mesmo instante em que o celular de Carolyn tocou.

— Finalmente demos uma dentro — disse Hank. — Liam Armstrong abriu o bico.

Carolyn deixou-se cair numa cadeira da cozinha.

— Então Armstrong empurrou Tim Harrison na frente do carro?

— Ele alega que foi Nolan Houston — disse Hank, a voz rouca depois de uma tarde inteira conduzindo o interrogatório. — Foi exatamente como Metroix relatou. Eles empurraram o garoto para o beco. Tinham visto Metroix andando pela cidade antes e sabiam que ele era portador de algum problema mental. Quando a mochila de Metroix arrebentou, os livros dele caíram no chão. Houston começou a chutar os livros de Metroix. Os outros dois garotos se juntaram a ele e ficaram chutando os livros como se fossem bolas de futebol. Então a coisa começou a ficar violenta. Harrison não pegou leve com Metroix, pelo menos até perceber o que eles haviam feito. — O detetive interrompeu-se um instante para pigarrear. — Sinto muito — disse ele. — Foi um dia longo. Armstrong confessou quando aparecemos na casa dele com um mandado de busca às 10h de hoje. Tivemos de esperar horas pelo advogado dele.

— Você quer me ligar de volta mais tarde?

— Não — disse Hank com um suspiro. — Depois de comer alguma coisa, vou para casa cair na cama. De acordo com Armstrong, Harrison segurou Metroix para Houston mijar na cara dele. Todos os três bateram em Metroix. Quando o pobre coitado começou a sangrar, Harrison entrou em pânico. O chefe de polícia era muito rígido com o filho. O garoto era um tremendo jogador de futebol americano, e o velho achava que ele tinha chance de entrar num time profissional. A última coisa que o garoto queria era ser preso.

Carolyn tirou a xícara do forno de microondas e abriu a caixa de mogno com saquinhos variados de chá, que ficava no balcão.

— Armstrong alega que Houston tentou investir de cabeça contra ele. Armstrong se esquivou e Houston atingiu Harrison. O impacto jogou Harrison no caminho do carro que estava se aproximando.

— Onde Daniel estava quando Harrison foi morto? — perguntou Carolyn, querendo se certificar de que todas as histórias batiam. Nolan Houston iria reagir colocando a culpa em Armstrong. Esse caso só seria reaberto se o maior número possível de indivíduos concordasse quanto ao que acontecera.

— Armstrong não se lembra. Ele acha que Metroix estava escondido atrás da lata de lixo — disse Hank. — Houston havia jogado muito mal naquele dia. O treinador tinha passado um sabão nele na frente dos outros jogadores. Ao que tudo indica, Houston tinha saído naquela noite procurando por confusão.

— Graças a Deus! — exclamou Carolyn, pensando que aquele pesadelo estava chegando ao fim. — O que fez Liam Armstrong confessar? Qual foi o resultado dos exames dele? O câncer voltou?

— Alarme falso — disse Hank. — Armstrong parece um cara decente, desconsiderando o fato de que ele deixou Metroix apodrecer na prisão por 23 anos para salvar o próprio pescoço. Quando aparecemos na casa dele, Armstrong viu que era hora de jogar a toalha. Ele tem esposa e três filhos. Queria poupar a família do constrangimento de um julgamento.

Carolyn bebericou seu chá.

— E quanto ao chefe Harrison?

— Até onde Armstrong sabe, Harrison está morto. Ele alega que não fala com o chefe Harrison desde a condenação de Metroix. Por outro lado, Houston ligou para ele assim que soube que você estava fazendo perguntas. Quando descobriu que Metroix tinha sido libertado sob condicional, entrou em pânico.

Carolyn mal podia esperar para contar a Daniel.

— Então Houston deve ter contratado Fast Eddie para matar Metroix.

— Armstrong não sabe — disse Hank. — Ele acha que Houston está cheio da grana, que aquelas lojas de golfe fizeram a fortuna dele. Armstrong vive confortavelmente vendendo propriedades comerciais, mas não está rolando em dinheiro como seu antigo colega de futebol.

— Prenderam ele?

— O advogado de Armstrong está tentando negociar um acordo com o promotor público. Na minha opinião, vai ser uma vergonha se ele não cumprir nenhuma pena. Mesmo se o cara fosse apenas uma testemunha que deixou de se apresentar, o que não é o caso, ele precisa pagar pelo que fez. Mas esse é um crime antigo. Nós temos a declaração dele. Mas sem algum tipo de prova concreta, que não sei se iremos conseguir, a promotoria pública pode se recusar a processar. Eles têm certeza de que Houston vai alegar que o responsável foi Armstrong.

— Vocês falaram com Arline Shoeffel?

— Ainda não — disse Hank. — Assim que a promotoria pública tomar uma decisão, poderemos prender Houston. Mesmo assim, não há como saber que acusações eles podem abrir. E até aqui estamos lidando apenas com o crime original. Já discuti o assunto com Thomas. Com o que temos no momento, eles não vão nem considerar uma tentativa de assassinato mediante aluguel.

Carolyn se levantou e começou a caminhar de um lado para o outro.

— Isso é conversa pra boi dormir — disse ela. — Só porque uma prova é circunstancial isso não significa que um júri não irá aprová-la. Já vi pessoas serem condenadas com muito menos provas. Não importa em que quantia eles estabeleçam a fiança, Houston terá fundos para pagá-la. Esse homem fez das nossas vidas um verdadeiro inferno. Eu mesmo vou ligar para Arline.

— Tenha calma, Carolyn — aconselhou o detetive. — Você está ultrapassando a sua autoridade. A solução é óbvia. Nós vamos pegar Downly ou o parceiro dele. Como sabemos que eles são dois, vamos jogar um contra o outro. Alguém precisa declarar se Houston mandou ou não matar Metroix. Podemos estar lidando com dois crimes separados. Pense nisso.

— Não consigo acreditar — disse Carolyn. — Você está tentando me dizer que Harrison ou outra pessoa contratou esses homens para matar Daniel, que eles foram atrás de mim apenas porque me intrometi? O motivo de Houston foi estabelecido firmemente. Eu quase fui morta numa explosão. Meu filho foi seqüestrado. Um oficial de polícia foi baleado. Nolan Houston deveria ser preso imediatamente e sem fiança.

— Eu sei que você está fazendo faculdade de direito — disse Hank. — Também sei que vai desperdiçar seu tempo telefonando para a juíza Shoeffel. Quanto mais grave o crime, mais provas são necessárias para que se obtenha uma condenação. Se você levar Houston a julgamento e perder, o jogo está terminado. Espere um pouco, e ele vai acabar jogando mal, exatamente como jogou naquele dia fatal. Você não entende o que estou tentando lhe dizer? A proeminência desse homem é outro fator.

— Entendo — disse Carolyn, furiosa. — Como Nolan Houston tem dinheiro, a gente precisa tratá-lo com panos quentes. Enquanto isso, eu que me vire para impedir que os homens que Houston contratou terminem o serviço. Por que não me escuta uma vez na vida, Hank?

— Se a promotoria colocar a carroça na frente dos bois, Houston vai se safar — disse Hank, levantando a voz. — Quer saber quem está defendendo Armstrong? Clarence Walters, a melhor advogada criminal de Los Angeles.

— Jamais pegaremos Downly e o parceiro dele — disse Carolyn. — Você já me disse isso uma dúzia de vezes. Houston não tem motivo para cancelar o contrato com os assassinos. Tanto Daniel quanto eu somos testemunhas materiais da tentativa de assassinato sob aluguel. Ele só teria motivo para recolher seus cachorros se levássemos o assunto para a imprensa e o colocássemos em evidência.

— Estou exausto — disse Hank. — Te ligo amanhã cedo.

— Certo — disse Carolyn, apertando o botão de desligar no telefone.

Os dois homens estavam acocorados no lado esquerdo da garagem.

— E se tiver um alarme na garagem?

— Ninguém bota alarme em garagem — disse Fast Eddie, relanceando a rua. — Tem certeza de que não tem um cachorro no quintal deles?

— Tenho — respondeu Percy. — Parece que eles só estão com algumas luzes acesas. Uma no andar de cima e outra no que parece o banheiro do térreo. Tenho quase certeza de que todo mundo está dormindo.

— Quase certeza não basta — disse Eddie. — Fique onde está. Se escutar alguma coisa ou vir algum movimento dentro da casa, vá até onde eu estiver.

Ele contornou a frente da casa e tentou abrir a porta da garagem. Merda, pensou. A casa era tão velha que ele não havia esperado que ela tivesse uma porta de garagem automática. As pessoas que eram realmente fanáticas por segurança colocavam até travas nas portas, o que tornava quase impossível entrar. Essa foi uma das razões por que tinha escolhido a última casa que havia usado. A porcaria da casa estava quase em ruínas, mas a pessoa que tinha morado nela providenciara para que ninguém pudesse entrar.

Ele tamborilou ao longo da madeira e decidiu usar os dedos. A porta estava dividida em painéis de 1,20m x 1,20m. Ao encontrar uma borda áspera, tirou a chave de fenda do bolso de trás. A casa devia valer alguma grana, pensou, provavelmente por causa do terreno. A estrutura em si não estava em bom estado. O proprietário devia ter se esquecido de encomendar um tratamento contra cupins. Ou isso ou ele caíra num golpe. No ano anterior, Eddie havia trabalhado para uma empresa de extermínio de pragas. Algumas dessas firmas mandavam seus funcionários usarem uma lata de spray cheia de água. Até usavam isso para cobrar mais caro, dizendo aos clientes que eles usavam produtos desodorizados. Aquele tinha sido o trabalho dos sonhos para um ladrão. Ele havia invadido cada casa na qual trabalhara. Eddie estava cavando a madeira apodrecida quando Percy apareceu atrás dele.

— Alguma coisa errada?

— Nada — disse Percy. — Por que está demorando tanto?

— Eu podia ter atirado em você — sussurrou Eddie. — Estou tentando entrar, idiota. Se eles tiverem um alarme, nós vamos ter de desarmá-lo. O que você acha que eu estava fazendo? Você devia estar vigiando. Volte para o seu lugar.

Como não podia correr o risco de produzir qualquer ruído, Eddie levou quase uma hora para cavar um buraco grande o bastante para permitir que engatinhasse através dele. Paciência e persistência, pensou, usando mais uma ferramenta para arrombar a fechadura de uma caixa de metal cinzento. Depois de abrir a caixa, usou uma lanterna para examinar seu interior. A caixa continha os controles para o alarme, bem como para as linhas telefônicas. A maioria dos sistemas de segurança eram ajustados para, uma vez ativados, acessar automaticamente a linha telefônica e discar para a empresa de alarme. Usando o alicate de corte, ele partiu os fios. Tentou encontrar a caixa de força para desligar a eletricidade. Decidiu que ela devia ficar em algum lugar dentro da casa, mais do que provavelmente num armário ou quartinho de limpeza no térreo. Ele estava prestes a chamar Percy e entrar na residência, quando ouviu alguém gemendo do lado de dentro. Alguns minutos depois, ouviu o que julgou ser a descarga do banheiro. Girou a maçaneta da porta que conduzia para a casa. Vendo que estava trancada, encostou o ouvido na porta. Os passos estavam ficando mais altos. Isso significava que alguém estava caminhando na direção dele. Eddie rapidamente engatinhou de volta através da abertura na porta da garagem.

Carolyn estava desapontada. O que julgara ser a notícia que eles estavam esperando ouvir era apenas o começo. Nolan Houston era um homem poderoso, como dissera Hank. Ela lembrou-se de Liam Armstrong em sua adolescência. Depois que havia tentado forçá-la a fazer sexo, ele ficara choramingando como um bebê. Julgando pelo que vira há poucos dias, Carolyn estava preocupada com ele não ser forte o suficiente para enfrentar Houston. E se Armstrong tinha um advogado proeminente, a razão dizia a Carolyn que Houston iria contratar o melhor escritório de advocacia do país para defendê-lo. Ela decidiu esperar para ver o que iria acontecer nos próximos dias.

Eram quase 23h e ambas as crianças já estavam em seus quartos, com as portas fechadas. Carolyn tirou a roupa e abriu a água quente na banheira. Enquanto se banhava, escutou um ruído do lado de fora da janela. Torcendo que o vento tivesse derrubado uma lata de lixo, saiu da banheira e vestiu o roupão. Caminhou até a janela e espiou através de uma fresta na persiana.

Sem ver nada errado no jardim, Carolyn virou-se, quando um tiro atravessou a janela.

Estilhaços de vidro voaram através do ar. Ela se jogou no chão quando ouviu outro disparo. Adenalina corria por seu corpo.

Carolyn engatinhou freneticamente até a mesinha-de-cabeceira para pegar sua arma antes de lembrar que deixara sua bolsa na cozinha. Ouviu ruídos no andar térreo — som de vidro quebrando.

Eles estavam dentro da casa!

Correndo até o closet, puxou a escada que levava ao sótão. Subiu alguns degraus, esticou o braço e tateou até achar a sacola de compras. Encontrou-a e puxou-a para baixo, deixando que caísse no chão. Depois que havia descido, enfiou a mão na bolsa, tirando os dois 9mm adicionais àquele que dera a Metroix. Ambas as armas eram modelo C-9 Comp; contudo uma era munida com um botão de pressão que ativava um laser vermelho que possibilitaria acertar em cheio num alvo sem mira telescópica. O outro possuía, em vez de um laser vermelho, o que era conhecido como lanterna de luz branca, que permitia ao atirador identificar o objeto, ou a pessoa, contra o qual iria disparar.

Guardou a arma com a lanterna de luz branca no bolso esquerdo do roupão, e a com laser vermelho, no direito. Enquanto destravava os pinos de segurança de ambas as armas, ouviu Rebecca gritando no outro quarto. Pegou o fuzil AK-47 e pôs sua correia no ombro enquanto corria na direção dos quartos das crianças.

A luz no banheiro apagou. Ela verificou o interruptor no corredor. Os assassinos haviam desligado a eletricidade. Ela encontrou John no corredor.

— Fique com Rebecca — sussurrou, colocando a 9mm na mão dele. — A arma está pronta para atirar. Ela tem um mecanismo de lanterna para você poder ver em quem está atirando. Entre no closet. Mantenha uma fresta aberta para poder enxergar. Não saia até eu lhe dizer que é seguro. Faça o que fizer, não aponte a arma para sua irmã.

John abriu a porta do quarto da irmã, pousou a arma na penteadeira por medo de dispará-la, tomou Rebecca nos braços e colocou no closet. Deixando sua irmã enrodilhada no canto, posicionou-se no chão, mãos tremendo enquanto mirava a arma através de uma pequena abertura na porta do armário.

— Chame a polícia — disse John, arfante.

— Não há tempo — explicou a mãe. — Não se mexa até eu dizer que pode. Preciso descer. Se tiver de disparar a arma, certifique-se de que sabe em quem está atirando.

O corpo de Carolyn estava empapado de suor. A rigor, ela havia posto uma arma carregada nas mãos de um esquizofrênico e outra nas mãos de um adolescente. Estava aterrorizada com a perspectiva de que todos começassem a atirar ao mesmo tempo. Colada à parede, moveu-se lentamente em direção à escada. Então ouviu mais disparos no térreo. Rebecca começou a gritar novamente, e de repente parou. John devia tê-la forçado a calar-se. Temia que Daniel e Isobel tivessem sido mortos. Precisava permanecer calma. Se entrasse em pânico, eles iriam massacrar as crianças.

Com as cortinas fechadas, a casa estava escura como uma masmorra. Carolyn se arrependeu de não ter ficado com a arma com lanterna em vez de dá-la a John. A casa estava silenciosa demais. Os assassinos estavam ouvindo, tentando determinar onde suas vítimas estavam escondidas.

Carolyn sentiu o piso de madeira estalar sob os pés. Cada passo que ela desse iria atraí-los. Devia permanecer onde estava? Eles não poderiam subir a escada sem que ela os visse. Ela iria matá-los antes que alcançassem as crianças.

Os minutos tiquetaqueavam dentro de sua cabeça. Com a borda do roupão, enxugou o suor do rosto. E se eles ficassem cansados de esperar e começassem a atirar através do teto? Dependendo do tipo de armas que tinham, poderiam acertar Rebecca ou John.

Carolyn apertou o botão do laser, apontando-o para baixo, em direção ao corredor. O facho luminoso vermelho não era suficientemente forte para iluminar mais do que um pequeno círculo redondo. Precisava agir. Ela precisava saber quem estava vivo ou morto.

— Daniel! — gritou ela.

— Atirei num homem — respondeu Daniel, a voz ecoando pela casa. — Não consigo encontrar Isobel.

— O homem está morto?

— Não tenho certeza.

— Atire nele de novo.

Alguns momentos depois, Daniel gritou para ela:

— Ele não está respirando.

— Onde está Isobel?

— Não está no quarto dela.

Carolyn deduziu que o invasor sobrevivente, sabendo que Daniel estava armado, não tentaria atacá-lo. Ela se curvou e pôs o fuzil no chão. A arma parecia desajeitada, tendo sido projetada para uso em situações táticas a grandes distâncias. Ela precisava ser mais ágil, porque parecia que Isobel conseguira escapar, estava morta em outra parte da casa ou estava sendo mantida refém. Chamar a polícia de Pasadena sem conhecimento explícito daquilo em que estavam se metendo poderia terminar em desastre.

Antes de descer a escada, Carolyn tentou determinar a localização do outro intruso. Como Daniel havia atirado em seu parceiro, ela considerou que esse era o primeiro cômodo no qual eles haviam entrado. Daniel já devia ter verificado o quarto de Isobel, retornado ao quarto de hóspedes para certificar-se de que o homem em quem atirara estava morto. Carolyn deduziu que ele havia permanecido lá. Isso significava que o suspeito sobrevivente estava na cozinha, no banheiro ou na sala de estar. A lógica dizia-lhe que ele estava à espreita na sala de estar, o único lugar de onde poderia vê-la descer a escada.

Carolyn tinha a sensação de estar equilibrando-se na beirada de um edifício de vinte andares. Descer a escada seria suicídio. Ela se deitou de bruços no chão e se arrastou até o lado oposto da escadaria. Não podia se dar ao luxo de se comunicar novamente com Daniel. Sua voz iria guiar os assassinos até ela.

Estavam num impasse.

O assassino não podia subir a escada pelo mesmo motivo pelo qual Carolyn não podia descê-la. Enquanto permanecesse onde estava, ela teria a vantagem. Ele não iria esperar para sempre. A qualquer segundo, ela esperava que ele começasse a disparar através do teto.

Ela tinha duas chances.

A janela no escritório de Paul tinha um toldo de alumínio que se inclinava em direção ao quintal. Se ela engatinhasse para fora da janela, poderia deslizar pelo toldo e entrar pelos fundos da casa, pegando o suspeito de surpresa. O único problema com esse plano era que Daniel poderia entrar em pânico e atirar nela quando entrasse pela porta dos fundos. Ele estava com a arma de Carolyn, e o departamento de condicional não fornecia aos seus funcionários armas com lasers e lanternas.

A única opção de Carolyn era descer a escada.

Ela lembrou que no soalho do corredor do andar de cima havia um tapete estreito. Sentindo o caminho com os dedos dos pés, ela encontrou a borda. Acocorada, pegou silenciosamente a ponta do tapete e o enrolou numa bola. Em seguida, desenrolou o tapete escada abaixo. Aguardou, esperando ouvir sons de tiros. Quando nada aconteceu, posicionou-se de barriga no chão, arma segura nas mãos estendidas.

Carolyn desceu centímetro a centímetro pela escada de madeira, o tapete abaixo dela abafando o som de seu movimento. Ela tirou o dedo do botão de pressão que ativava o laser. Agora a escuridão era sua melhor defesa.

O tempo parecia ter parado. Alcançando o sopé da escada, engatinhou pelo chão e colocou-se contra a parede da sala de estar. A poucos metros de distância, ouviu um som de respiração abafada. Carolyn começou a suar ainda mais profusamente. Não conseguia entender por que o suspeito não anunciara que tinha um refém, a não ser que estivesse usando a pobre Isobel como escudo humano contra balas. Carolyn rezou para que Deus a ajudasse, fazendo o sinal-da-cruz sobre o peito. Ela não era uma exímia atiradora, e sua familiaridade com armas de fogo era limitada.

Carolyn não podia esperar mais. Ela não tinha como saber se eram mais de dois os invasores. Isobel poderia já estar morta e os homens posicionados em lados opostos da sala. Se era esse o caso, ela não teria a menor chance. Ela não poderia atirar simultaneamente em dois alvos.

Tendo tomado sua decisão, colocou um pé à frente para obter equilíbrio. Quando nada aconteceu, apertou o botão do laser e o apontou para a sala de estar. Estava prestes a abrir fogo, quando um ponto de luz vermelha iluminou o rosto de Isobel. Movendo a arma, ela viu a governanta, camisola empapada em sangue, sentada em cima de um corpo. Isobel levantou as mãos acima da cabeca e gritou:

— Pelo amor de Deus, não atire em mim!

Suor gotejara nos olhos de Carolyn. Ela piscou várias vezes, tentando focar.

— Está ferida?

— Estou viva — respondeu a mulher. — Não tenho certeza sobre este cara. Acho que o matei.

Isobel estava perto da frente da casa. Carolyn moveu a arma de lado a lado, buscando por outro possível intruso. Com noventa por cento de certeza de que não havia mais ninguém na sala, correu até as janelas e abriu as cortinas. A luz da rua permitiu que visse uma pessoa com cabelos louros e compridos deitado de bruços no chão. Quando viu os tênis prateados de marca, soube que estava olhando para David Reynolds. Acocorou-se ao lado dele e pôs um dos dedos em seu pescoço para verificar a pulsação.

— O coração dele está batendo — disse Carolyn. — Você atirou nele? Onde está a arma?

Isobel levantou o braço direito, mostrando uma faca de carne ensangüentada.

— Esfaqueei o cretino — disse ela. — Desde que mataram o meu Otis, sempre durmo com uma faca debaixo do colchão. O desgraçado me agarrou pelo pescoço e me arrastou até aqui. Ele não viu a faca na minha mão.

— Fique onde está — disse Carolyn, vendo uma arma no chão, a alguns metros de distância. — Vou chamar a polícia e uma ambulância.

Isobel balançou negativamente a cabeça.

— Não vou ao hospital. Não tem nada errado comigo.

— Talvez não, mas o homem que você esfaqueou precisa de tratamento médico.

— Passei mal o dia inteiro, e este desgraçado entra no meu quarto no meio da noite querendo me matar. Ele mereceu a facada. Devia ficar sentada em cima deste pedaço de carne podre enquanto ele sangra até a morte.

Carolyn ainda estava sentindo o estômago revirar. Ela se curvou, temendo que fosse vomitar. Quando a náusea passou, ela se empertigou.

— Por que não nos avisou que estava viva, Isobel?

— E eu sou burra? — retrucou a mulher. — Como eu poderia saber quantos assassinos havia aqui? Eu peguei o meu, e então decidi que, se os outros quisessem me matar, primeiro teriam de me encontrar.

— Você agiu bem — disse Carolyn, ainda chocada com o fato de que seu colega bonitão da faculdade era um assassino contratado. — Preciso ver como os outros estão. Apenas fique sentada onde está até que a ambulância chegue.

Carolyn correu até o sopé da escada.

— John, Rebecca, está seguro agora. Vocês estão bem?

— Estamos — gritou John.

— Vamos chamar a polícia. Fiquem no quarto até eu subir para pegar vocês.

Carolyn achou a caixa de força e ligou o disjuntor. A eletricidade da casa voltou. Entrando no quarto de hóspedes, viu Fast Eddie no chão aos pés da cama, um grande buraco escuro na testa e uma poça de sangue em torno do corpo.

— Já chamou a polícia? — perguntou a Daniel, confirmando que Downly estava morto. — Vamos precisar de uma ambulância para o homem na sala de estar. Ele foi esfaqueado por Isobel. Diga a eles que é um ferimento no estômago. Não acho que seja fatal, mas ele perdeu muito sangue.

— Não consegui achar o telefone no escuro — explicou Daniel, ainda segurando a arma. — Você acha que nossos problemas estão acabados?

— Sim, eu acho — disse Carolyn. — Vou trazer o telefone para você ligar para a polícia. Preciso subir para cuidar dos meus filhos.

Achando o telefone na mesa da cozinha, onde o deixara, ela retornou e o deu a Daniel.

— Nunca telefonei antes para a polícia — disse ele. — Não vão me prender de novo, vão?

— Não — disse Carolyn. — Liam Armstrong confessou hoje. Você vai ser inocentado, Daniel.

Quando passou pela sala de estar a caminho da escada, Carolyn viu que Isobel ainda estava empoleirada em cima de David Reynolds, cotovelos dobrados em torno dos joelhos.

— Eu disse a você que tudo ia ficar bem, não disse? Quando você está com as pessoas certas, o diabo pode balançar o seu bote, mas Jesus não vai deixar você afundar.

CAPÍTULO 32

Às 14h de segunda-feira, Carolyn, Daniel, Isobel, John e Rebecca estavam sentados à longa mesa de reuniões do Departamento de Polícia de Ventura. Brad Preston, Hank Sawyer, o promotor público Kevin Thomas, o capitão Gary Holmes e vários outros investigadores também estavam presentes.

— Bem — disse Hank, os olhos correndo de uma pessoa para outra. — Como todos vocês já estão sabendo, não resta qualquer dúvida de que Eddie Downly foi morto num ato de autodefesa. Se Daniel não tivesse atirado nele, o Estado o teria executado. — Ele dirigiu sua declaração seguinte a Daniel. — Hoje de manhã falei com os pais de Luisa Cortez. Eles me pediram que eu agradecesse diretamente a você.

— Como a garota está? — perguntou Daniel, timidamente. Embora ele estivesse aliviado pelo rumo que as coisas haviam tomado, toda a atenção que vinha recebendo o estava deixando nervoso. Ele já dera entrevistas a dois repórteres de jornal. A revista *People* queria falar com ele, assim como vários periódicos científicos e técnicos.

— Ela está bem, considerando tudo pelo que passou — disse Hank. — Saber que Downly não existe mais certamente vai ajudá-la a se recuperar. — Virou-se para dirigir-se novamente aos outros na sala. — Infelizmente, temos vários problemas significativos. Percy Mills, também conhecido como David Reynolds, irá se recuperar do ferimento a faca. Mas ele não vai sair da prisão.

Carolyn fez a pergunta cuja resposta todos queriam ouvir:

— Quem contratou Eddie Downly?

— Mills não sabe — disse o detetive. — Ele admitiu que Fast Eddie lhe disse que tinha sido contratado para matar Daniel Metroix. O problema é que Mills alega que não faz a menor idéia de quem o contratou. Downly era esperto. Ele sabia que não devia confiar num cara como Percy Mills. A julgar pelo jeito como as coisas correram na casa do professor Leighton, Mills era um assaltante, não um assassino. — O detetive respirou fundo e exalou devagar. Todos os envolvidos estavam alcançando o ponto de exaustão. — Mills não possuía a astúcia ou a coragem necessária para realizar um homicídio.

— Pelo menos aquele homem mau que violentou a menininha está morto — disse Isobel com uma careta de nojo. — Não precisamos mais nos preocupar se ele vai machucar mais crianças.

— Espere — disse Carolyn, levantando uma das mãos para pedir silêncio. — Mills estava armado. Por que não atirou em Isobel em vez de levá-la para o quarto?

— Quem sabe? — disse o detetive, dando de ombros. — A essa altura, Downly estava morto. Mills deve ter achado que a polícia estava cercando a casa e decidiu tomar Isobel como refém.

— Por que ele se matriculou numa faculdade de direito sob nome falso?

— Para se aproximar de você — disse Hank a Carolyn. — Mills roubou os registros de um estudante de direito da UCLA que tinha morrido de leucemia. Como o verdadeiro David Reynolds era um aluno excelente, Ventura aceitou a transferência.

— Mas isso não faz sentido — disse Carolyn, perplexa. — Ele foi transferido muitas semanas antes que eu fosse designada para supervisionar Daniel.

— Sim, mas Metroix já tinha sido posto em liberdade condicional.

Daniel confirmou a declaração do detetive.

— Saí da prisão em 25 de fevereiro. Não fui direto para Ventura. Passei algumas semanas em Los Angeles.

Kevin Thomas intrometeu-se:

— Quando chegou a Ventura, você se hospedou no motel Seagull. O homem que estava no ônibus com você disse que era o melhor lugar para ficar. Não foi isso que você disse ao detetive Sawyer?

— Foi — confirmou Daniel.

Hank deslizou uma fotografia sobre a mesa.

— Este se parece com o homem no ônibus?

— É ele — disse Daniel, fitando a imagem. — Tenho quase certeza. Ele até tem a mesma verruga na bochecha esquerda. Mas ele estava mais velho do que nesta foto.

— Temos uma identificação desta pessoa? — inquiriu Carolyn, olhando sobre o ombro de Daniel.

— Ele é um ex-policial chamado Boyd Chandler — informou o capitão Holmes, um homem grisalho no meio da casa dos cinqüenta. — A governanta de Harrison também o identificou. Junto com outro homem que suspeitamos ser Pete Cordova, também ex-policial e conhecido como associado de Chandler, ele fez visitas freqüentes à residência de Charles Harrison. A visita mais recente deles foi depois que Metroix tinha sido libertado e já estava sob sua supervisão, sra. Sullivan. O policial encarregado das condicionais também identificou Chandler como o homem que lhe pagou a fiança de três mil dólares.

— Isso significa que Harrison contratou os assassinos — supôs Carolyn. — Já confirmamos a morte dele?

Hank pegou um palito.

— Não — disse ele. — Harrison não apareceu em parte alguma. Conseguimos localizar um fundo de investimento. Ele tinha mais de duzentos mil guardados no nome do filho. O dinheiro sumiu. Harrison retirou o dinheiro uma semana antes de sua suposta morte. Fez o saque em dinheiro e em cheques ao portador. Nós identificamos os bancos e demos a eles os números nos cheques. É difícil rastrear essas coisas. Para um banco, um cheque ao portador é praticamente a mesma coisa que dinheiro vivo. — Após pensar durante alguns momentos, acrescentou: — E não esqueça, Harrison era um subchefe de polícia. Diante dessas credenciais, a tendência das pessoas é não fazer perguntas.

— Quem fica com o dinheiro da venda da casa dele? — perguntou Carolyn. — E a companhia de seguros vai pagar o milhão de dólares a Madeline Harrison? Por que ele deixaria o dinheiro para ela? Pelo que a mulher disse, ela não via o marido há anos.

— Não há outros herdeiros — disse Hank. — Cabe à companhia de seguros decidir sobre a requisição. Eles não podem negá-la, a não ser que haja prova definitiva de fraude, o que não temos neste momento. O advogado da sra. Harrison já fez contato com eles. Parece que ela precisa do dinheiro para pagar as contas do Fairview. A casa ainda não foi vendida, mas a esposa também fica com o dinheiro.

Carolyn fez um resumo das informações que obtivera em relação ao passado de Madeline Harrison. Hank não acreditava que esses fatos tivessem muita relação com o caso. Tudo que explicava era por que a viúva de Harrison possuíra fundos para permanecer numa instituição cara como Fairview por um período de tempo tão longo. Charles Harrison não poderia ter acumulado duzentos mil dólares no fundo de investimento se tivesse sido obrigado a cobrir as contas hospitalares da esposa.

— Mas que maravilha — disse Carolyn num tom alegre. — Pelo que sabemos, Harrison está vivo e pode tentar matar Daniel de novo.

— O homem está com uma doença de fígado muito grave — disse Hank. — Se não está morto, pode morrer qualquer dia desses. Eddie Downly está morto, Percy Mills irá para a prisão por tentativa de assassinato, assalto, invasão de domicílio, e sabe lá Deus quantas outras acusações podem aparecer no caso do sujeito. Eu não perderei meu tempo me preocupando com Charles Harrison.

Carolyn pediu a John e Rebecca que saíssem da sala, deu-lhes algumas notas e disse-lhes que comprassem refrigerantes na máquina do final do corredor. Assim que as crianças saíram, Carolyn disse aos outros:

— Harrison precisa de um fígado. Depois que conseguir um, poderá viver tanto quanto qualquer outra pessoa. Sabemos que ele possui dinheiro para pagar pela operação. Precisamos encontrá-lo.

— Considere-o morto — sugeriu Hank, sem saber mais o que dizer a ela.

— Não sem provas — disse Carolyn, meneando a cabeça. — E você não tem provas. Ao providenciar sua própria cremação, Harrison garantiu que não teríamos provas.

Com desânimo estampado no rosto, Daniel comentou:

— Achei que tudo já havia acabado.

— Você está sendo alarmista — disse o capitão Holmes. — Muito provavelmente, Charles Harrison está morto. É muito incomum uma pessoa encenar a própria morte. Além disso, Liam Armstrong já inocentou Metroix. Depois que Harrison souber que Metroix não causou a morte do filho, por que iria querer eliminá-lo? Sua raiva deve ser redirecionada para os responsáveis: Nolan Houston e Liam Armstrong.

— E se Harrison se recusar a crer que eles são culpados? — teorizou Carolyn. — E o julgamento pode demorar meses, até anos. Mesmo se eles forem condenados, você sabe que Armstrong e Houston irão apelar. Enquanto isso, Daniel está na iminência de se tornar uma figura pública. A notoriedade de Daniel pode enfurecer Harrison o bastante para que ele contrate outra pessoa para matá-lo.

— Quero perguntar uma coisa — disse Daniel, os eventos daquela noite repassando em sua mente. — Liam Armstrong disse que Houston empurrou Tim na frente do carro?

— Exatamente — disse Hank. — Conversamos com Houston e com os dois advogados dele hoje de manhã. Houston está usando a tática exata que pensamos que ele usaria. Ele jura que Liam Armstrong empurrou Tim Harrison para a morte, que o coagiu a esconder a verdade das autoridades.

— Ele está certo — disse Daniel, olhando para a detetive.

Um silêncio tenso caiu sobre a sala.

— Não tenho certeza se entendi você — disse Hank, surpreso com o que estava ouvindo. — Por que não nos conta o que você acredita que realmente aconteceu?

Daniel ficou animado, gesticulando com as mãos.

— A maior parte do que vocês disseram é verdade. Pelo menos a forma como as coisas se desenrolaram. Tudo o que vocês precisam fazer é inverter algumas coisas. Lembro-me de Liam Armstrong conversando com o homem que atropelou Tim, alegando que eu os havia atacado e empurrado o garoto na frente do carro. Ele tentou dizer ao homem que eu estava com uma faca, o que também era mentira. — O rosto de Daniel empalideceu. — Eu tinha uma faca — admitiu. — Mas não estava com ela naquela noite. Eu juro que nunca quis machucar ninguém com ela. Eu ia me matar com aquela faca. Eu tentei, mas não tive coragem.

Carolyn estendeu o braço para pousar a mão sobre a de Daniel. Mesmo antes de ele ter sido acusado falsamente, Daniel sofrera tantos tormentos que quisera tirar a própria vida. Ele não apenas sobrevivera 23 anos na prisão, como também fizera algumas conquistas notáveis. A promotoria pública descobrira que o diretor Lackner havia patenteado várias invenções de Daniel no nome de seu cunhado. O sistema de monitoração por telas múltiplas havia gerado milhões de dólares. A melhor notícia era que a maior parte do dinheiro era recuperável. Lackner depositara os ganhos num fundo de investimento, gastando apenas algumas centenas de milhares de dólares por ano, em sua maior parte juros ou ganhos de investimentos. A promotoria pública estava se preparando para processar a ele e ao cunhado. O diretor já fora dispensado de seus deveres na prisão. Além disso, várias empresas de pesquisa e desenvolvimento estavam interessadas em recrutar Daniel, e a Mitsubishi Corporation oferecera-lhe uma soma de seis algarismos para atraí-lo. Quisesse ou não, Daniel Metroix estava a caminho de se tornar rico e famoso.

— Prossiga — disse Hank. — Queremos saber o que você lembra sobre a morte de Tim Harrison.

— Nolan não falou muito — prosseguiu Daniel. — Foi Liam quem falou tudo. Lembro-me de Liam ter dito várias vezes: "Não foi assim, Nolan?" Você sabe, do jeito que uma pessoa fala quando está tentando fazer com que outra pessoa concorde com ela.

Agora todos os olhos estavam fixos em Daniel.

Ele esperou mais alguns momentos antes de falar de novo, olhando para a mesa.

— Durante o período que passei na prisão, eu não tinha certeza se era culpado ou inocente. Não pensei muito no assunto, para ser franco. Quando um júri diz que você fez alguma coisa terrível, uma pessoa que sofre uma doença como a minha tende a acreditar. — Ele fez uma pausa e olhou para cima. — Como já passamos por isso tantas vezes, estou começando a me lembrar do que aconteceu.

— Como você pode ter certeza de que foi Liam Armstrong em vez de Houston? — perguntou Kevin Thomas, tomando um gole de água enquanto seu caso dava outra virada inesperada.

— Liam é o branco, não é?

— É, sim — disse Thomas.

— Bem, foi o branco que empurrou Tim na frente do carro.

— Hum — exprimiu Isobel, cruzando os braços sobre o peito. — Esta é uma para os registros.

— Os rapazes estavam brigando — disse Daniel, falando baixinho. — Tim estava zangado porque sabia que eles estavam arrumando problemas. Nolan o mandou calar a boca e começou a bater nele. Liam estava a vários metros de distância. Ele começou a correr na direção de Nolan, mas Nolan fez um movimento estranho, quase como um passo de dança. Acho que os jogadores de futebol aprendem a fazer esse tipo de coisa. Em vez de se arremeter contra Nolan, Liam atingiu Tim. Foi quando Tim saiu voando pelo ar e o carro o atropelou.

Hank inclinou-se para a frente.

— Você tem certeza? — perguntou. — Quando você testemunhar, eles vão trazer à tona o fato de que você teve um surto psicótico naquela noite. E se você teve, como podemos saber que está nos dizendo a verdade?

Daniel fitou-os com uma expressão inocente.

— Porque estou — disse ele, esfregando uma das faces. — Tenho certeza. Agora me lembro de praticamente tudo o que aconteceu naquela noite. Lembro-me do que aconteceu até mesmo quando tive meu primeiro surto e eles me mandaram para o Camarillo State Hospital. Pelo menos segundo minha própria experiência, ser psicótico e ter delírios não são a mesma coisa. Quando tenho surtos psicóticos, eu faço e digo coisas estranhas, mas sei o que acontece ao meu redor. Nesse estado, tudo parece ampliado. Quando você tem delírios, tem a impressão de estar num mundo de sonho.

— E você estava sob um surto psicótico naquela noite do crime?

— Devo ter estado — disse Daniel. — Se eu estivesse sofrendo delírios, nada do que aconteceu teria sido real. Nós sabemos que isso não é verdade.

Carolyn se lembrou da análise do laboratório do medicamento encontrado com Daniel na noite do crime. Eles não podiam reproduzir as pílulas, mas a informação estava nos arquivos de computador.

— Ele recebeu os medicamentos errados — disse Carolyn a eles. — O meu palpite é que a farmácia deu esse medicamento a Daniel por engano. A droga era chamada Levodopa. É usada para tratar o mal de Parkinson. Segundo o dr. Weiss, uma das nossas testemunhas especializadas em questões psiquiátricas, essa droga em particular causaria um episódio psicótico grave se fosse administrada a um esquizofrênico.

— Por que isso não foi mencionado no julgamento? — perguntou Kevin Thomas. — É um fundamento perfeito para uma defesa de capacidade reduzida.

Carolyn fitou o promotor com uma expressão revoltada.

— Você nem leu as transcrições da porcaria do julgamento? — vociferou Carolyn, inclinando-se sobre a mesa. — Não se apresentou nada relacionado à doença de Daniel no julgamento. Ele precisou lutar por mais de dez anos apenas para fazer o presídio administrar-lhe o medicamento. Não foram apenas Charles Harrison ou três jogadores de futebol americano que arruinaram a vida deste homem. O sistema inteiro é responsável. A mesma coisa vai acontecer de novo?

— Eu não tenho obrigação de ouvir isso, Sullivan — rebateu Kevin Thomas, levantando-se enquanto tirava a gravata. — Só fui colocado a par de tudo isso na semana passada. Estou preparando mais cinco casos para julgamento. Não fui eu quem fez merda neste caso. Por que está descontando em mim?

— Pegue leve com o homem, Carolyn — disse Hank. — Nenhum dos outros promotores públicos quis dar atenção à gente.

— Tudo bem — disse Carolyn, fitando o promotor. — Peço desculpas. — Depois que o promotor se sentou, ela prosseguiu de onde tinha parado. — A prova foi suprimida. O responsável óbvio foi Charles Harrison. Na época ele era chefe de polícia, e já que a vítima foi o filho dele, tenho certeza de que a maioria da comunidade policial simpatizava o suficiente com Harrison para fazer qualquer coisa que ele quisesse.

Kevin Thomas olhou as horas.

— Preciso ir — disse ele. — Meu filho joga beisebol às quatro.

— O que você vai fazer em relação a Armstrong e Houston?

— Processá-los — disse ele. — Fazer o dr. Weiss preparar um relatório psiquiátrico sobre Metroix. O testemunho dele será vital.

— Que acusações você vai abrir? — perguntou Carolyn, arrependida por tê-lo atacado.

— Não chegamos a uma decisão concreta — disse Thomas. — Estou pensando em tentativa de assassinato, porque essa foi a acusação que levou Metroix à prisão. Não poderemos acusá-los de perjúrio devido ao estatuto de limitações.

— Daniel merece um perdão pleno — disse Carolyn. — O que podemos fazer para manter a bola em jogo?

— A juíza Shoeffel já assumiu essa responsabilidade — disse Kevin Thomas. — Essas coisas demandam tempo. Considerando as circunstâncias, duvido que haverá algum problema. — Ele caminhou até Daniel e apertou sua mão. — Você não poderia ter uma pessoa melhor ao seu lado. Quando Shoeffel quer alguma coisa, ela geralmente consegue.

— Houve outras vítimas? — perguntou Carolyn. — Alguém respondeu ao boletim a respeito de Downly?

— Sim — disse Hank, entristecido pelas atrocidades que eles suspeitavam terem sido cometidas por Eddie Downly. — Vamos mandar amostras de DNA para outras agências. Os corpos das meninas foram recuperados, mas seus assassinos jamais foram levados à justiça. Suas idades variam entre 6 e 10 anos. Duas foram encontradas no Arizona, uma em Las Vegas e a quarta garota desapareceu de Los Angeles há cinco anos. Faz bem pouco tempo que o departamento de polícia de Los Angeles localizou o corpo.

— Como sabemos que foi Downly? — indagou Brad.

— As meninas foram raptadas na rua e levadas para um local remoto, onde foram estupradas. Depois os corpos foram jogados de um carro em movimento ou enterrados numa cova rasa. O assassino usava preservativo. Downly usou uma camisinha quando estuprou Luisa Cortez. A única exceção foi a menina de Los Angeles. — Olhou para suas anotações. — As outras semelhanças foram que todas as quatro meninas estavam usando vestidos e todas tinham calcinhas de algodão branco.

Brad olhou para Carolyn.

— Você deduziu que Downly era pedófilo há muito tempo. Ele certamente não se enquadra no perfil padrão. Quase sempre eles são homens de meia-idade. Downly tinha apenas 19 anos. Como sabia que havia outras vítimas?

— Ele ficou descuidado, lembra? — disse Carolyn. — Jogou Luisa Cortez do carro porque pensou que a menina estava morta. A menina de Los Angeles deve ter sido a primeira vítima. Se ela despareceu há cinco anos, Downly então tinha 14 anos na época. Ele disse a John que cometeu seu primeiro assassinato quando tinha essa idade.

Sem dizer nada, Carolyn levantou-se e saiu da sala. Brad saiu para ver como ela estava. Encontrou-a de pé no corredor, chorando.

— Eu o tinha sob minha supervisão, você não entende? Ele já era um assassino quando o tribunal o colocou em liberdade condicional. Eu devia ter percebido. Ele nunca foi noivo. Tudo o que ele me disse era mentira. Ele estava tentando me iludir. Fora a menina de Los Angeles, ele deve ter matado as outras três durante a época em que eu o estava supervisionando.

— Escute — disse Brad, abraçando Carolyn. — Nada disso teria acontecido sem você. Você inocentou um homem com quem ninguém se importava. Você serviu como isca para atrair Downly e Mills. O presídio libertou Downly acidentalmente. Ele ainda estaria lá fora se não fosse por você. Quando a coisa ficou preta lá naquela casa em Pasadena, você lidou com a situação como uma campeã. Você é uma heroína.

— Então por que me sinto tão mal? — perguntou Carolyn, pegando um lenço na bolsa para assoar o nariz.

— Porque, como todos nós, você quer pôr fim ao pior tipo de violência que existe: os crimes cometidos contra crianças inocentes. Nós não podemos impedir essa violência, Carolyn. Tudo o que podemos fazer é combatê-la. E foi exatamente isso que você fez.

— Obrigada — disse Carolyn, olhando nos olhos dele.

— Só tem uma coisa que eu quero.

Carolyn perguntou-se se ele iria pedi-la em casamento. Ela já havia tomado sua decisão, pelo menos no que dizia respeito ao futuro imediato. Ela gosta mais de Brad como amigo que como amante. Os aspectos de sua personalidade que faziam de Brad um homem excitante provavelmente tornariam a vida de Carolyn miserável caso eles se casassem.

— Largue a faculdade de direito — disse Brad. — Se você insistir em continuar, prometa-me que vai trabalhar na promotoria pública. Eu não agüentaria ver você defendendo criminosos.

Carolyn sorriu.

— Temos um acordo.

Carolyn mandou John e Rebecca para casa com Isobel. Agora que todo mundo estava pedindo uma chance de falar com Daniel, Brad Preston subitamente tornara-se o melhor amigo dele. Eles estavam no corredor do lado de fora da sala de reuniões. Uma turba de repórteres estava acampada no jardim em frente à delegacia de polícia.

Brad sugeriu um apart-hotel perto do centro governamental como uma solução temporária para o problema de domicílio de Daniel. Usando seu celular, ligou para o apart-hotel e combinou que viessem buscá-los em trinta minutos. Daniel estava se recuperando bem do ferimento a bala, mas parecia cansado e um pouco desorientado.

— Do jeito que as coisas estão andando, você vai ter mais dinheiro que Deus — disse Brad, pousando um braço no ombro de Daniel. — O tal sistema de monitoração multitelas deve sustentar você pelo resto da vida. Agora, se o exosqueleto der certo, o céu é o limite. — Ele levantou a palma da mão. — Mas conseguir o dinheiro vivo vai levar algum tempo. Estou sabendo que você tem uma herança, que deve te cobrir por pelo menos um mês. Se precisar de dinheiro, tenho certeza que você não terá qualquer dificuldade de conseguir um empréstimo.

— Um empréstimo? — perguntou Daniel, perplexo. — Por que eu precisaria de um empréstimo?

— Esqueça isso — disse Brad, percebendo que negociar com Daniel não iria ser tão fácil quanto ele havia pensado. — A primeira coisa importante é conseguir uma carteira de motorista. Depois vou levar você para comprar um carro. Uma Ferrari seria ostentosa demais. Um Porsche usado poderia ser mais discreto. Também poderíamos considerar um Jaguar. Qual é a sua cor favorita?

— Preciso de livros e papel.

Carolyn e Hank Sawyer estavam de pé na porta do posto de detetives, escutando a conversa. Ela se inclinou e sussurrou no ouvido de Hank:

— Parece que Daniel arranjou um agente.

— Vou te conseguir todos os livros e papéis de que você precisa — disse Brad. — Precisamos trabalhar na sua aparência. A *People* deve colocar você na capa. Tem uma loja de vestuário masculino perto do seu apartamento. Vamos passar lá mais tarde e comprar algumas roupas decentes. Você precisa de camisas, alguns pares de calças decentes, um bom paletó esportivo e pelo menos umas duas gravatas. Os representantes da Mitsubishi querem levar você para almoçar amanhã. O seu advogado provavelmente deveria ir com você. Mas não esqueça que advogados cobram por hora. Eles podem agir como seus amigos, mas não são. Se você sentir necessidade de falar, terei o maior prazer em ouvir.

— Preston é uma figura — disse Hank, movendo seu palito para o outro lado da boca. — Não vai salvar o seu protegido?

— Não — disse Carolyn com um sorriso. — Brad pode fazer algum bem a ele. Daniel precisa ficar mais safo. Eles formam uma dupla até engraçadinha.

— Não preciso dessas coisas — disse Daniel a ele, olhando para os pés. — Só preciso de cadarços novos. Estes ficaram ensangüentados no dia em que fui baleado. Se bem que acho que, lavando, consigo tirar as manchas.

— O seu tempo é valioso demais para ser desperdiçado lavando cadarços — admoestou Brad, segurando-o pelo cotovelo. — Ah, quase esqueci. Você precisa de um celular.

— Por quê?

— Porque todo mundo tem um. É fantástico. Você pode se manter a par de tudo enquanto está sentado na privada.

Carolyn riu e se despediu de Daniel com um aceno.

Sentada a uma mesa vazia no posto de detetives, Carolyn estava vasculhando as caixas com as provas colhidas na residência de Charles Harrison. Pegou um maço grosso de contas telefônicas e começou a examiná-las página por página. Um número reaparecia sempre. Em cada caso, a ligação durara apenas um minuto. Ela caminhou até a mesa de Hank. As estações de trabalho eram separadas por divisórias.

— Checaram este número?

— Checamos — disse o detetive, ajustando os óculos de leitura. — Trevor White ligou para ele, acho. A mulher que atendeu não falava inglês. Devia ser uma das amigas da empregada.

— Em geral, chamadas dessa duração são algum tipo de código. Eu costumava ligar para minha mãe a cobrar da faculdade. Eu pedia para falar com uma pessoa fictícia, pré-combinada. Mamãe fingia recusar o telefonema, e depois ligava para o telefone público do alojamento.

— Isso é fraude contra a companhia telefônica — disse Hank, fitando sua tela de computador.

— Eu sei — reconheceu Carolyn. — Mas chamadas a cobrar custam quase o dobro das ligações comuns. Acredite em mim, Hank, tem alguma coisa errada aqui.

— Não precisam de você de volta no departamento de condicionais? — perguntou ele, datilografando um relatório sobre a morte de Eddie Downly e o esfaqueamento de Percy Mills. A jurisdição cabia ao Departamento de Polícia de Pasadena, mas Ventura precisava submeter relatórios delineando seu envolvimento com os dois elementos.

Carolyn voltou até a mesa. Decidiu que ela mesma devia telefonar para o número. Em casos grandes como este, freqüentemente as coisas escapavam por frestas. Ela instantaneamente reconheceu a voz de Madeline Harrison. Em vez de falar, ela escutou.

— É você, Charles? Apareceu um fígado?

Carolyn cobriu a boca e murmurou alguma coisa numa voz grave.

— Vou ligar para você no hospital — disse Madeline. — A ligação está ruim.

Carolyn desligou, gritando para ser ouvida através da divisória:

— Ela tem uma linha particular!

— Quem?

— Madeline Harrison — disse Carolyn. — Ela deve ter uma linha particular em seu quarto em Fairview. E adivinhe quem ela pensou que estava ligando para ela? Seu marido morto. Ele está num hospital em algum lugar, esperando por um transplante de fígado.

Hank se levantou.

— Isso é algum tipo de brincadeira?

— De jeito nenhum — disse ela, a adrenalina correndo em suas veias. — Se nos apressarmos, poderemos conseguir falar com Arline Shoeffel antes do fim do expediente dela. Precisaremos de uma ordem judicial para obter os registros das chamadas telefônicas de Madeline. Enquanto conversamos, ela está ligando para o chefe Harrison. Precisamos conseguir o nome do hospital.

— Me dê a porcaria do número! — berrou Hank, balançando a cabeça, incrédulo. — Ainda bem que Trevor White está no hospital. Aquele cara só serve para atrapalhar. Ligue para a juíza. Ela pode dar a autorização pelo telefone e depois oficializá-la.

Hank ligou para uma operadora da polícia, deu-lhe o número e pediu que ela rastreasse o telefonema.

— Boston Memorial! — gritou para um dos detetives, alguns minutos depois. — Ponha o Departamento de Polícia de Boston na linha. Vamos passar para eles por e-mail tudo o que temos sobre Harrison. Ele deve ter sido admitido sob nome falso. Eles terão de agir rápido.

— Eles podem dizer para qual quarto ela ligou? — perguntou Carolyn quando Hank desligou.

— Não — respondeu o detetive, desamarrando a gravata e jogando-a na mesa. — Eles só podem rastrear a ligação até o hospital. Eles não podem rastrear internamente. Eu estava planejando tirar uns dias de folga, mas acho que vou voar para Boston.

Na noite de terça-feira, Carolyn estava abraçada a Paul Leighton. Estavam sentados num balanço de lona no quintal de Paul, bebericando vinho e olhando para o céu noturno. Daniel, Lucy, Rebecca, John e Isobel tinham saído para jantar e ir ao cinema.

— Então Madeline Harrison estava por trás de tudo desde o início? — perguntou Paul. — Vão conseguir condená-la?

— Claro que sim — disse Carolyn. — A promotoria pública está abrindo três acusações de tentativas de assassinato em primeiro grau. Madeline e Charles Harrison podem ser condenados a três prisões perpétuas. Se tivessem conseguido, seriam executados.

— O que define primeiro e segundo grau?

— Um ato intencional, deliberado e premeditado.

— Eles podem ser libertados um dia?

— Duvido — disse Carolyn. — Não em casos como este, com vítimas múltiplas, explosivos, seqüestro e diversas violações do uso de armas de fogo. Estou me referindo a Madeline. O marido dela provavelmente vai morrer antes mesmo de o caso chegar a julgamento. Boyd Chandler abriu o bico. Assim que soube disso, Charles Harrison confessou. Os médicos não esperam que ele viva mais do que alguns dias se não conseguir um fígado. Ele tem trezentas pessoas à sua frente na lista de transplante. Se eu estivesse no lugar dele, também confessaria. Quem quer carregar uma coisa como essa para o túmulo?

— Do jeito que você contou, ele parece ter sido induzido a tudo isso pela esposa — disse Paul. — Ele não pode requerer sua posição anterior na lista?

— Não — disse Carolyn. — E tenho certeza que há pessoas bem mais merecedoras do que ele. Harrison era um subchefe de polícia. Ele e a esposa diabólica tramaram assassinatos que nós conseguimos evitar. Achei que não íamos falar sobre o meu trabalho esta noite.

— Está escuro — disse Paul com um sorriso. — As crianças não vão voltar para casa por mais duas horas.

— É mesmo? — disse ela, num tom tímido. — Está sugerindo entrarmos?

— Algo assim — disse ele. — É claro que aqui fora nós temos a espreguiçadeira.

Carolyn montou sobre Paul e envolveu seu pescoço com os braços. Então beijou-o na boca. O balanço rangeu, mas não cedeu. Carolyn estava usando uma blusa de linho branco com laços. Paul desfez os laços e colocou a mão em concha em torno de um dos seios.

— Sabe quanto progresso tenho feito no meu livro?

— Não — disse ela, afastando os cabelos de Paul de sua testa.

— Nenhum — disse Paul. — Você está na minha mente quando acordo, quando vou para a cama. Penso em você o tempo inteiro. Não consigo trabalhar. Não consigo dormir. A única coisa que consigo fazer é comer. Eu me pesei outro dia. Ganhei dois quilos e pouco.

— Bom — disse Carolyn. — Quando não estou tentando impedir que me matem, também penso em você. Os quilos que você ganhou eu perdi. Adoro quando o estresse me emagrece. Fazia anos que não usava esta roupa.

— Vamos entrar.

— Vamos esperar.

— O quê? — disse Paul em voz alta, afastando-a dela. — Você é uma provocadora. Você nunca vai dormir comigo. Estou com a impressão de que voltei aos tempos de escola.

— Não tem nada errado nisso — disse Carolyn, esticando as pernas à sua frente. — Não quero que seja apressado da primeira vez. Esperamos tanto. Por que não podemos ir a algum lugar onde não teremos de nos preocupar se as crianças vão nos pegar no flagra?

— Quando?

— Poderíamos ir até sua casa em Pasadena no próximo fim de semana — disse ela, pensando que isso lhe daria uma chance de cuidar do tipo de coisas nos quais os homens não pensavam quando estavam ansiosos para levar uma mulher para a cama:

cortar o cabelo, fazer as unhas, depilar as pernas, colocar seu descanso em dia. — Isobel poderia ficar aqui com as crianças.

Paul pensou durante alguns momentos, como se estivesse resolvendo um problema complexo.

— Partiríamos na sexta-feira ou no sábado?

— Não sei — disse Carolyn. — Por quê?

Ele colocou o braço novamente sobre os ombros dela.

— Quero saber quanto tempo terei de esperar. Já passam alguns minutos das 7h de terça-feira. Se sairmos na sexta-feira, terei de aguardar 65 horas, ou aproximadamente 390 minutos. Isso se não começarmos a contar até a meia-noite de hoje e sairmos às cinco. Agora, se você pudesse sair do trabalho ao meio-dia, eu teria de esperar apenas sessenta horas. É claro, temos de equacionar também o percurso até Pasadena e o tráfego de sexta-feira.

— Vou ter de ouvir esse tipo de conversa sempre? — perguntou ela, rindo. — Você precisa voltar a trabalhar no seu livro.

Ele apontou com o polegar para a casa.

— Não tem nenhum motivo para não entrarmos agora.

— Sexta-feira estará ótimo — disse Carolyn, sentindo um calor espalhar-se por seu corpo. — A antecipação não é uma coisa maravilhosa? Agora temos uma coisa pela qual esperar a semana inteira.